KB093347

마녀와의
7일

Seven Days he spent with the Laplace's Witch
© Keigo Higashino 2023
Edited by KADOKAWA SHOTEN
First published in Japan in 2023 by KADOKAWA CORPORATION, Tokyo.
Korean translation rights arranged with KADOKAWA CORPORATION, Tokyo through
Shinwon Agency Co., Seoul.

이 책의 한국어판 저작권은 신원에이전시를 통한 저작권자와의 독점계약으로 (주)현대문학에 있습니다.
저작권법에 의해 한국 내에서 보호를 받는 저작물이므로 무단 전재와 무단 복제를 금합니다.

마녀와의 7일

히가시노 게이고 장편소설

양윤옥 옮김

현대문학

1

학교 정문을 나서면서 리쿠마는 하늘을 올려다보고 미간을 찌푸렸다. 두툼한 잿빛 구름이 번져가고 있었다. 비 쏟아지겠네. 아침 일기예보에서 비 모양 표시를 봤는데도 괜찮을 거라고 생각해 우산을 챙겨오지 않았다. 7월에 접어들었지만 장마는 아직 한참 더 이어질 모양이다.

오늘은 곧장 집으로 가는 게 좋겠다고 생각하면서도 어느새 발걸음은 항상 다니던 그 길로 향했다. 집과는 반대 방향이다.

이윽고 도착한 곳은 역 앞에 있는 10층 빌딩이었다. 도쿄 중심가 오피스빌딩처럼 세련된 디자인으로 벽면이 금속처럼 빛을 반사했다.

시에서 운영하는 복합공공시설이다. 시청과 도서관, 커뮤니티센터 등이 자리 잡고 있다. 5년 전에 완공된 건물이라서 그야말로 최신 설비가 다양하게 갖춰졌다.

리쿠마는 정면 현관을 통해 안으로 들어갔다. 무료로 이용할 수 있는 데다 번거로운 수속도 필요 없다. 다만 곳곳에 설치된 방범카메라가 드나드는 사람들의 모습을 찍고 있었다. 공공연히 알려진 건 아니지만, 아버지 가쓰시의 말에 따르면 그 영상이 실시간으로 경찰에 의해 감시된다고 한다. 수상한 움직임을 보이는 인물이 눈에 띄면 그 즉시 AI가 경보를 울리는 것이다. 얼굴 인식 시스템으로 지명수배 중인 범인을 간단히 잡아낼 수 있으니 누구든 복잡한 수속 없이 드나들게 해주는 건 당연한 일이라는 얘기였다.

엘리베이터 홀에는 아무도 없었다. 1층에 멈춰 있었는지 리쿠마가 버튼을 누르자 곧바로 문이 열렸다. 아무도 없는 것을 확인하고 안에 들어가 3층 버튼에 이어 닫힘 버튼을 꾹 눌렀다.

문이 스르륵 닫히기 시작했다. 30센티미터쯤 남았을 때, 밖에서 뭔가 데굴데굴 굴러와 양 문 사이에 끼었다. 센서가 작동하면서 엘리베이터 문이 다시 열렸다.

문틈에 낀 것은 테니스공보다 조금 작은 빨간 공이었다. 재질은 나무인 것 같았다.

다시 엘리베이터 문이 닫히려다가 빨간 공에 걸려 또 다시 열렸다. 리쿠마는 열림 버튼을 누르고 공을 주우려고 허리를 숙였다. 그러자 "앗, 미안"이라는 여자 목소리가 들려왔다. 리쿠마가 얼굴을 들자 휠체어가 눈에 들어왔다. 초등학교 저학년으로 보이는 남자애가 타고 있었다. 그리고 그 뒤에 여자가 있었다. 몸집은 작지만 어른이었다. 목소리를 낸 것은 그 여자였다.

"안에 사람이 있는 줄 몰랐어." 여자가 머쓱한 얼굴로 말했다.

"아뇨, 괜찮아요."

빨간 공을 주워들고 여자는 휠체어를 밀면서 안으로 들어왔다. 리쿠마가 내내 열림 버튼을 눌러준 것을 알았는지 "고마워" 하고 인사를 건넸다.

"몇 층이에요?" 리쿠마가 물었다.

여자는 불 켜진 버튼을 보고 미소를 지었다.

"우리도 3층."

아름다운 사람이구나, 라고 리쿠마는 생각했다. 끝이 살짝 올라간 큼직한 눈이 인상적이었다.

여자가 어깨에 멘 토트백에서 꺼낸 물건을 보고 리쿠마는 흠칫했다. 겐다마*였기 때문이다. 방금 주운 빨간 공을 뾰족한 막대 끝에 끼워 다시 가방에 넣었다. 엘리베이터 문을 막았던 빨간 것이 겐다마 공이었다. 하지만 왜 끈이 달리지 않았을까.

리쿠마는 조금 전의 광경을 되짚어보았다. 엘리베이터 문이 닫히지 않게 하려고 그녀가 밖에서 겐다마 공을 굴렸다. 원하는 대로 공이 문틈에 딱 맞게 끼워진 것인데, 그게 그렇게 쉽게 되는 일인가. 공을 굴린 타이밍이 조금만 늦었어도 엘리베이터 문은 닫혀버렸을 것이다. 반대로 조금만 빨랐어도 공은 문틈 사이를 지나 안으로 들어와버린다.

일단 되든 안 되든 공을 굴려봤는데 우연히 딱 끼워졌다? 그렇게 생각할 수밖에 없었다.

---

* 장구 모양의 나무토막에 긴 막대를 꽂고 그 끝으로 끈에 매단 공을 받았다 올렸다 하는 놀이 도구.

엘리베이터가 3층에 도착했다. 리쿠마는 열림 버튼을 누르고 그들이 내릴 때까지 기다렸다. 고맙습니다, 하고 휠체어에 탄 남자애가 말했다. 여자는 말없이 고개를 끄덕였다.

3층은 도서관이다. 학교가 끝나면 이곳에 들르는 게 리쿠마의 일과였다. 몇 시간을 앉아 있어도 공짜인 데다 리쿠마를 즐겁게 해주는 것들로 가득하다.

가장 좋아하는 책은 모험소설이다. 요즘 나오는 신간이 아니라 이삼십 년 전에 출간된 옛날 소설 중에 마음에 드는 게 많다. 그 시절에는 스마트폰도 없었고 인터넷도 지금처럼 보급되지 않았다. 그래서 등장인물들은 중요한 정보를 입수하려면 발 빠르게 뛰어다닐 필요가 있었다. 때로는 적의 아지트에까지 잠입했다. 동료와 연락을 주고받는 방법도 제한적이라서 이래저래 머리를 굴리지 않으면 안 된다. 그런 물리적 어려움을 지혜와 용기로 차례차례 뛰어넘는다. 그런 부분이 리쿠마의 가슴을 설레게 했다. 이 시대에 태어났으면 좋았을 텐데, 책을 읽을 때마다 적잖이 아쉬운 마음이 들었다.

모험소설 코너를 천천히 둘러본 끝에 오늘 읽을 소설책 한 권을 골랐다. 소련의 군인이 최신예 원자력잠수함을 이용해 미국으로 망명을 꾀한다는 내용이다. 출간된 지 40여 년이나 된 책이다. 지금의 러시아를 예전에는 소비에트연방, 줄여서 소련이라고 했다는 것을 리쿠마는 교과서로 배워서 알고 있었다.

소설 앞부분을 읽자마자 자신의 선택이 옳았다고 확신했다. 지금까지 읽어본 적이 없는 타입의 작품이지만 그야말로 흥미진진해서 다음 장, 그다음 장이 견딜 수 없이 궁금했다. 하지만 상당히 두툼한 책이라서 오늘 하루에 다 읽지는 못할 것이다. 내일부터 한동안 책을 고르느라 고민할 일은 없겠다고 내심 흐뭇한 미소를 지었다.

눈 깜짝할 사이에 시간이 흘러 문득 깨닫고 보니 창밖이 어둑어둑해졌다. 게다가 유리창에 빗방울이 투둑투둑 찍혔다. 리쿠마는 창가로 다가가 밖을 내려다보았다. 가로등 불빛을 받은 길거리의 행인들이 모두 우산을 쓰고 있었다.

바닥에 바퀴 쓸리는 소리가 대각선 뒤쪽에서부터 들려왔다. 돌아보니 휠체어를 탄 남자애와 그 여자가 다가오고 있었다.

"제법 쏟아지네?"

여자가 유리창 밖을 보며 말했다. 휠체어의 남자애에게 건넨 말인지 아니면 혼잣말인지는 알 수 없었다.

갑자기 그녀의 얼굴이 리쿠마를 향했다.

"너, 우산 안 가져왔어?"

"가져올까 말까 망설였는데 괜찮을 거 같아서……."

"하긴 아침에는 날씨가 좀 애매했지." 그렇게 말하고 그녀가 물었다. "이 근처?"

"네?"

"너희 집 말이야. 여기서 가까워? 아니면 지하철 타고 가니?"

리쿠마는 고개를 가로저었다. "걸어서 15분이에요."

"그럼 꽤 멀잖아." 그녀는 쓴웃음을 짓더니 고개를 갸우뚱하며 손목시계를 보았다. "내가 좋은 거 알려줄게. 지금부터 15분 뒤에 일단 비가 그칠 거야. 지금이 5시 반이니까 5시 45분쯤이야."

"진짜요?"

"근데 그때 나가면 안 돼. 5분 후에 다시 쏟아지니까. 중요한 건 그다음이야. 10분 뒤에 다시 비가 그칠 거야. 그때 서둘러 출발해. 30분쯤은 비가 안 올 테니까. 그 기회를 놓치면 그걸로 끝이야. 그다음에 내리기 시작하면 내일 아침까지 계속될 거야."

너무도 단정적인 말투여서 리쿠마는 당황스러웠다.

"그런 정보, 인터넷 같은 데 올라왔어요?"

"아니, 그건 아니고." 여자가 후우 숨을 내쉬었다. "못 믿겠지? 미안, 그냥 잊어버려."

가자, 하면서 여자가 남자애의 휠체어를 밀기 시작했다.

"잠깐만요." 리쿠마는 그녀 앞으로 돌아갔다. "왜 끈을 안 묶었어요?"

"끈?"

"겐다마 끈……."

아, 하고 그녀는 표정을 풀며 웃었다. "딱히 이유는 없어."

"끈이 필요 없거든." 그렇게 대답한 것은 휠체어의 남자애였다. 그러고는 뒤를 돌아보며 여자에게 말했다.

"그거, 한번 보여주세요."

"이런 데서?"

"괜찮아요. 아무도 안 보는데 어때요?"

여자는 난처한 듯 주위를 둘러보았다. 실제로 서가에 가려서 아무도 이쪽에 주의를 기울이는 사람은 없었다.

"그럼 딱 한 번만." 그녀는 토트백에 손을 넣어 겐다마를 꺼냈다. 막대 끝에 꽂힌 빨간 공을 빼내 리쿠마 앞으로 쓱 내밀었다. "위로 던져봐."

"위로?"

"응, 똑바로 위로."

무슨 영문인지 알 수 없었지만 일단 시키는 대로 해보기로 했다. 리쿠마는 빨간 공을 위로 50센티미터쯤 던졌다가 떨어져 내려오는 것을 잡았다.

"더 높이 던져." 여자가 말했다.

리쿠마는 아까보다 좀 더 힘주어 던졌다. 1미터쯤일까. 떨어지는 것을 다시 받아들었다.

더 높이, 라고 그녀가 말했다. "저 높은 데로 휙 던져."

"아, 네."

리쿠마는 다시 힘껏 던졌다. 하지만 던진 순간, 아차 했다. 지나치게 힘이 들어갔다. 아니나 다를까 공은 기세를 늦추는 일 없이 천장을 때렸다. 급하게 각도를 바꿔 떨어지고 있었다.

공을 받으려고 리쿠마가 자세를 취하기 직전에 뭔가가 눈앞을 가로질러갔다. 다음 순간, 딸깍 하는 높직한 소리가 울렸다.

여자가 내민 팔 끝에 겐다마가 있었다. 빨간 공은 보기 좋게 그 막대 끝에 꽂혔다.

리쿠마는 입이 헤벌어졌다. 그런 상태로 급하게 떨어지는 공을 막대 끝으로 받아낸 것인가. 공이 회전하고 있었기 때문에 공에 뚫린 구멍이 정확히 아래를 향하는 건 그야말로 한순간이다. 하지만 무슨 속임수 같은 건 아니었다.

"거봐." 휠체어의 남자애가 의기양양하게 말했다. "내 말이 맞지?"

"그럼 우린 이만 간다."

여자는 겐다마를 토트백에 챙겨 넣더니 휠체어를 밀면서 걸음을 옮겼다. 안녕 하며 남자애가 손을 흔들어주었다. 하지만 리쿠마는 거기에 응할 여유도 없이 멍하니 선 채 멀어져가는 두 사람을 지켜보았다.

그 뒤로는 책을 읽고 말고 할 상태가 아니었다. 그 여자는 어떤 사람일까. 정말 그게 가능한 일인가. 속임수처럼 보이지는 않았지만 역시 뭔가 트릭이 있었던 걸까.

책에서 얼굴을 들고 무심코 창밖으로 시선을 던졌다가 흠칫 놀랐다. 자리에서 일어나 급히 창가로 뛰어갔다.

비가 그쳤다…….

벽시계로 시간을 확인했다. 5시 48분이었다. 그 여자는 45분쯤에 일단 비가 그치지만 5분 뒤에 다시 내린다고 말했었다.

리쿠마는 한참 시계와 창밖을 번갈아 바라보았다. 그렇게 다시 비가 내리는 것을 목격했다. 시간은 5시 50분이었다.

책을 제자리에 꽂아놓고 돌아갈 준비를 한 뒤 도서관을 나섰다. 엘리베이터로 1층에 내려와 로비에서 바깥을 내다보았다.

빗발이 조금씩 약해져가고 있었다. 그리고 마침내 비가 그친 것은 정확히 오후 6시였다. 그 여자가 말한 그대로였다. 이제는 예언이라고 할 수밖에 없다. 그렇다면 그 말을 믿는 게 좋을 것이다. 리쿠마는 건물 밖으로 나섰다.

금세라도 빗방울이 떨어질까 봐 내심 조마조마하면서 귀로를 서둘렀다. 집에 도착한 것은 오후 6시 20분이었다. 그사이 다행히 비는 내리지 않았다.

방에서 옷을 갈아입는데 스마트폰이 울렸다. 아버지 가쓰시였다.

"응."

"나야."

"알아."

"볼일이 생겨서 좀 늦을 것 같다. 저녁, 적당히 챙겨 먹어."

"알았어."

"냉동실에 새우볶음밥이……."

끝까지 듣지도 않고 전화를 끊었다. 냉동 새우볶음밥? 그런 시시한 건 안 되지. 근처 양식집에 전화해 햄버그 정식을 주문할 거야.

쏴아아 하는 빗소리가 창밖에서 들려왔다. 리쿠마는 스마트폰으로 시간을 확인했다. 오후 6시 30분이었다.

그다음에 내리기 시작하면 그대로 내일 아침까지 계속될 거라던 여자의 목소리가 귓속에 되살아났다.

2

와키사카 다쿠로는 중학교 앞에 도착하자 모바일을 검색모드로 돌려 교문에 새겨진 학교 이름을 화면에 옮겼다.

'S시립 제3중학교, 공립학교, 1990년 4월 1일 개교, 남녀공학입니다.'

이어폰을 통해 여자 목소리가 들려왔다. 합성음이라는 게 믿어지지 않을 만큼 귀여운 애교까지 담긴 음성이다.

"과거 반년간 이 학교의 주요 동향은?" 와키사카는 모바일을 향해 말했다.

'1월 5일, 야간 학급 학생들의 문집이 신문에 실렸습니다. 3월 30일, S시 교육위원회에 의한 인사이동. 3월 31일, 보건교사 증원. 5월 15일, 교환 학습의 일환으로 아프리카 학생 다섯 명을 받아들였습니다. 이상입니다.'

문제가 될 만한 심각한 사건 같은 건 없었던 모양이다.

"다마가와강 경호원 사체 유기 및 살해 사건과의 관련은?"

'피해자 자택에서 860미터 거리. 피해자의 장남이 재학 중. 이상입니다.'

좋아, 라고 중얼거리고 검색모드를 해제했다. 깜빡 잊고 그냥 두면 와키사카가 소리를 낼 때마다 AI가 자동으로 반응하게 된다.

교문을 지나 바짝 마른 운동장 옆을 지나가면서 이런 곳에 발을 들인 게 몇 년 만인가, 하고 잠시 감회에 젖었다. 체육복 차림의 남학생들이 두 명씩 차례대로 달리기를 하고 있었다. 아마 50미터 달리기 기록을 재는 모양이다. 요즘 중학생들은 몇 초쯤 나올까. 나는 아슬아슬하게 7초대에 드는 게 고작이었는데, 하고 20여 년 전 일을 떠올렸다.

모바일을 리모트 워크 모드로 바꿔 카메라로 그들의 모습을 잡았다.

"와키사카예요. 방금 중학교에 도착했습니다."

몇 초 뒤에 반응이 있었다.

'오, 역시 활기차네, 학생들은.' 이어폰을 통해 들려온 것은 실제 인간의 목소리다. 와키사카의 직속 상사 모가미 주임이다. '이런 땡볕에 달리기라니, 자네는 괜찮겠지만 나한테는 거의 자살행위나 다름없어.'

"저도 못 해요."

'뭔 소리야, 요즘 같은 초고령화 시대에 자네는 한창 젊은 축에 속한다는 거 잊지 마. 여차하여 범인이라도 잡으려면 발바닥에 땀

나도록 뛰어줘야지, 안 그러면 곤란해.'

모가미는 냉방이 빵빵한 특별수사본부 모니터 앞에 앉아 있다. 이제부터 와키사카가 만날 예정인 참고인과의 대화를 방청하려는 것이다. 중간에 뭔가 지시를 내릴 확률도 매우 높다. 이 방식 때문에 수사원은 단독 행동이 기본이 되었다. 탐문수사를 할 때, 본청 형사와 관할서 형사가 한 팀으로 움직이던 관례는 이미 몇 년 전에 없어졌다.

본관 건물로 들어가자 바로 앞에 접수창구가 있었다. 와키사카는 직원에게 이름을 밝혔다. 학교에 간다는 건 미리 연락해두었다.

내객실로 안내해주었다. 간이 소파 하나뿐인 밋밋한 공간이었다.

주임님, 하고 모가미에게 말을 건넸다. "학생을 관할서에 데려온 게 그저께라고 했지요?" 창문으로 교정을 내다보며 와키사카는 물었다.

'맞아. 피해자가 입고 있던 양복이며 속옷 등을 확인해달라고 한 모양이야.'

"유품을 보고 부친의 것이라고 금세 알아봤습니까?"

아니, 라고 모가미는 말했다.

'잘 모르겠다고 했대. 너무 더러워져서 모르겠다고. 아버지 옷이라면 그런 것도 같고, 아니라면 아닌 것도 같다고.'

"그렇습니까……."

냉철한 편이구나, 라고 와키사카는 생각했다. 그 옷가지를 와키사카도 봤지만 분명 하나같이 회색으로 변해버려 판별하기 힘든 넝마 조각으로 보일 뿐이었다. 하지만 대부분의 유족들은 선입견을 버리지 못한다. 타인의 사체를 가족이라고 생각해 인수해가는 일까지 있었다.

'머리는 나쁘지 않은 것 같아.'

모가미가 불쑥 말했다. 똑같은 인상을 받은 모양이다.

사흘 전 7월 10일, 다마가와강에 사람이 떠 있다는 신고가 들어왔다. 발견 장소는 도쿄 덴엔초후의 남쪽 지역으로 바로 근처에 도카이도 신칸센이 지난다. 즉각 지역 경찰에 의해 사체가 인양되었다. 남성이고 체격은 평균 키에 보통 몸집, 나이는 40대에서 60대 사이로 보였다. 양복 차림이었지만 신원이 밝혀질 만한 것은 발견되지 않았다. 부패가 진행되어 사후 4일에서 6일이 경과한 것으로 추정되었다.

도쿄도 S시 거주자 중 7월 5일에 실종신고가 들어온 남자가 옷차림이며 나이, 혈액형이 일치했다. 사체는 지문 판별이 가능한 상태였기 때문에 즉시 지문과 모발 조회를 통해 본인이 틀림없는 것으로 확인되었다.

남자의 이름은 쓰키자와 가쓰시라고 했다. 실종신고를 한 것은 유일한 동거 가족으로 중학교 3학년의 아들이었다.

특별수사본부가 구성된 것은 어제 점심때였다. 사고와 사건, 양면으로 수사가 시작되었지만 초기 단계부터 사건성이 높은 것으로 판단되었다. 양쪽 손목에 점착제가 부착되었기 때문이다. 양손이 점착테이프에 묶여 구속되었을 가능성이 높았다. 테이프는 강에 던져지기 전에 풀렸거나 강물에 떠내려 오는 동안에 풀렸을 것이다. 또한 부검 결과, 혈액에서 수면제 성분이 검출되었다.

경시청 수사1과에서는 와키사카의 소속팀이 차출되었다. 상세한 사건 경위에 대해서는 거의 밝혀진 게 없었지만, 팀장과 주임들은 평소보다 더 심각한 표정을 보였다. 그 이유는 쓰키자와 가쓰시의 경력에 있었다. 쓰키자와는 2년 전까지 경시청에 적을 둔 경찰관이었던 것이다.

그 경력이 이번 사건과 관련이 있는지 어떤지는 아직 알 수 없었다. 하지만 뭔가 관련이 있다면 조속히 밝혀내 언론에의 대응책 등을 강구할 필요가 있었다. 경찰 내부의 불상사와 연관된 게 아니냐는 의심을 사는 일만은 절대로 피하지 않으면 안 된다.

노크 소리가 들렸다. 네, 하면서 와키사카는 소파에서 일어섰다.

문이 열리고 작은 몸집의 남자 교사가 얼굴을 내밀었다. "쓰키자와 리쿠마 군을 데려왔습니다."

"네, 들여보내주십시오."

교사의 안내에 따라 학생이 안으로 들어왔다. 남자 교사보다 키가 컸다. 몸집은 가늘지만 까무잡잡하게 햇볕에 그을려 허약한 느낌은 없었다. 짙은 눈썹이 치켜 올라간 다부진 얼굴 생김새였다.

그럼 잘 부탁합니다, 하며 남자 교사는 나갔다.

남학생은 말없이 서 있었다. 약간 고개를 숙인 자세였지만 시선은 와키사카 쪽을 향하고 있었다.

"쓰키자와 리쿠마?"

"그렇습니다."

"수업 중에 미안하다. 아버님 일로 잠시 물어볼 게 있어서 왔어. 나는 경시청의 와키사카 형사야." 경찰 배지를 꺼내보였다. 이 배지

케이스는 카메라 기능이 있어서 상대의 얼굴을 촬영해준다. 그 이미지가 모바일을 통해 특별수사본부로 송신되는 구조다. 이렇게 관계자의 얼굴이 실시간으로 수집된다. 위법은 아니라지만, 와키사카는 아직도 양심에 찔리는 기분을 지울 수 없었다.

지금부터 나누게 될 대화도 모두 실시간으로 특별수사본부에 전송되지만, 이 사실을 상대에게는 밝히지 않는다. 이 또한 위법은 아니라는 모양이다.

와키사카는 명함을 내밀었다. 받아든 중학생은 무표정이었다. 긴장한 것이리라.

"우선 앉을까?"

리쿠마가 네, 라고 대답하며 맞은편 소파에 앉는 것을 지켜본 뒤에 와키사카도 앉았다.

"오늘 아침에 네 스마트폰으로 연락했는데 연결이 안 되더라."

리쿠마는 턱을 위아래로 끄덕였다. "학교에서는 전원을 꺼야 돼서요."

"그 얘기는 나도 들었어. 그래서 혹시나 하고 학교로 전화해봤지. 네가 등교했다는 말을 듣고는 솔직히 좀 놀랐어. 아마 오늘은 학교에 못 올 거라고 생각했거든."

리쿠마는 얼굴을 찌푸리며 볼을 긁적였다. "집에 있어봤자 할 일도 없고……."

그럴지도 모른다고 와키사카는 생각했다. 함께 슬퍼해줄 사람도 없는 것이다. 혼자 방 안에 틀어박혀 있느니 학교에 나오는 게 그나마 마음이 풀릴 것이다.

유품 확인을 위해 리쿠마가 경찰서에 나왔을 때, 피해자의 근무처나 가족 관계 등 대략적인 사항은 관할서 형사가 확인했다. 쓰키자와 가쓰시의 아내, 즉 리쿠마의 모친은 그가 여섯 살 때 세상을 떠났다. 유방암이 온몸으로 전이되었던 모양이에요, 라고 리쿠마가 말했다고 한다. 모양이에요, 라고 애매하게 표현한 건 리쿠마에게는 기억이 없었기 때문이다. 부친에게서 그렇게 설명을 들었을 뿐이라는 얘기였다.

"자주 왕래하는 친척은?"

와키사카의 질문에 리쿠마의 대답이 빨랐다. "없습니다."

"장례식 등은 어떻게 하지? 네가 준비해야 돼?"

"아직 뭐가 뭔지 모르겠어요. 나중에 선생님과 상의해보려고요."

"아버님 직장에서 도와주실지도 모르겠다. 회사에는 연락했어?"

"아뇨, 아직……. 아차, 전화해야 하는데 깜빡했네."

"무슨 말이지?"

"아버지가 집에 안 들어와서 그다음 날에 혹시 회사에 있나 하고 전화해봤어요. 근데 회사에도 결근했다고 하더라고요. 그래서 전화 받은 분에게 사정을 얘기했어요. 그랬더니 그쪽에서도 깜짝 놀랐는지 뭔가 알게 되면 연락해달라고 했거든요. 그 뒤에도 몇 번 전화가 왔었는데 내가 깜빡 잊고 답을 안 해서……."

마침맞게 대화의 흐름이 본론에 가까워졌다. 와키사카는 필기구를 꺼냈다.

"실종신고서를 보니까 아버님이 집에 들어오지 않은 게 7월 4일이던데, 그건 틀림없니?"

"틀림없어요. 그날 저녁에 나한테 전화해서 밤에 좀 늦을 거라고 했어요. 그저께 내 스마트폰 통화내역을 경찰서에서도 보여드렸어요."

"그날은 왜 늦게 들어오신다고 했지?"

"그건 얘기 안 했어요. 볼일이 생겨서, 라고만 하고."

"그런 일이 그전에도 있었어?"

"자주 늦었어요." 여기서도 리쿠마는 즉시 답했다. "직장 동료와 한잔하러 간다, 잠깐 누가 만나자고 해서 간다, 라는 식으로 이유는 그때그때 달랐어요."

"외박하고 집에 안 들어오신 적은?"

"그건……." 리쿠마는 잠시 생각하는 몸짓을 보이더니 어깨를 움츠렸다. "없었던 거 같아요. 제가 기억하는 한, 없습니다."

이제는 중학교 3학년에 키도 큰 편이지만 얼마 전까지만 해도 아직 어린애였을 것이다. 그런 아이를 혼자 두고 무단 외박은 하지 않게 마련이다. 즉 그날 밤, 쓰키자와 가쓰시의 신상에 뭔가 특별한 일이 일어났던 것이다.

"아버님에게 전화는 해봤어?"

"그다음 날 아침에 전화했어요. 일어나서 보니까 아버지가 집에 없어서."

"전화는 연결됐어?"

리쿠마는 고개를 저었다. "아뇨, 안 됐습니다."

"그래서 회사에 전화를 했구나."

"네."

"회사에서 전화 받은 사람의 이름은 기억해?"

"세토 씨라는 분이었어요." 리쿠마는 호주머니에서 스마트폰을 꺼내 몇 번 터치한 뒤에 화면을 와키사카에게 내보였다. "이 사람이에요."

주소록이었다. '세토 씨'라는 이름과 전화번호가 등록되어 있었다. 와키사카는 그대로 메모했다.

"7월 4일 밤에 아버님이 어디에 가셨을지, 짐작되는 건 없어? 단골 술집이라든가."

리쿠마는 고개를 숙이고 생각에 잠겼다. 짐작되는 곳을 나름대로 찾고 있는 것처럼 보였다.

'왜 그래?' 모가미가 물었다. '뭔가 아는 것 같아?'

그 질문에 대답을 할 수는 없었기 때문에 와키사카는 재차 질문을 건넸다.

"생각나는 게 있어? 뭐든 괜찮으니까 얘기해봐."

이윽고 리쿠마가 얼굴을 들었다.

"어디에 갔었는지는 모르지만, 마음에 걸리는 건 있었어요."

"뭐지?"

"실은 얼마 전부터 아버지가 좀 이상했어요. 멍해졌다고 할까, 뭔가 계속 생각하는 것 같았습니다. 평소에는 공부해라, 밥은 먹었냐, 이래저래 잔소리를 했는데 요즘은 아무 말도 없었어요."

"얼마 전부터? 날짜를 특정해볼 수는 없을까? 기억이 애매하다면 대략이라도 좋아."

그러자 리쿠마는 다시 스마트폰을 터치했다. 지난 일을 떠올리는 데 스마트폰의 도움을 받는 사람이 많다.

"아마⋯⋯." 리쿠마가 목소리를 냈다. "6월 27일부터였을 거예요."

"왜 그날이지?"

"그날도 아버지가 전화로 밤에 늦을 테니까 저녁은 혼자 먹으라고 했어요. 동료와 한잔하러 간다고 했습니다. 집에 들어온 게 밤 11시쯤이었는데 술 냄새가 전혀 안 났어요. 아버지한테 그런 말을 했더니 오늘은 별로 안 마셨다고 하시더라고요. 별일이라고 생각했죠. 왜냐면 아버지가 엄청 애주가였거든요."

"그리고 그날부터 아버님이 좀 이상했다는?"

"네, 그냥 제 눈에 그렇게 보인 것뿐인지도 모르지만."

"그날 아버님은 회사에 일하러 나가셨어?"

"나갔어요. 모터쇼였어요."

"모터쇼?"

다시금 리쿠마는 스마트폰을 터치해 화면을 와키사카에게 내보였다. 메시지 화면이었다. 기발한 모양의 자동차 사진과 함께 '임무 덕분에 개장 전 촬영. 올해의 차로 뽑힌 건 하늘을 나는 자동차라고 함'이라는 메시지가 붙어 있었다. 날짜는 6월 27일이다.

"모터쇼 행사장에 간다면서 출근했거든요. 그러더니 오전에 이 메시지를 보내줬어요."

"그렇군. 이 메시지, 내가 잠깐 찍어가도 될까?"

"네."

와키사카는 모바일을 사용해 스마트폰 화면을 촬영했다. 모가미에게도 전해졌을 터였다.

'모터쇼에 간 덕분에 아들한테 사진도 보내줬네.' 즉각 모가미의 중얼거림이 귀에 들어왔다.

"이날 아버님이 일하러 나가신 곳이 모터쇼 행사장이었구나. 고객이 입장하기 전이라서 느긋하게 사진을 찍을 수 있었던 건가."

와키사카의 말에 리쿠마가 고개를 끄덕였다. "네……."

쓰키자와 가쓰시의 근무처는 실종신고서에 적혀 있었다. PASTA라는 보안경비회사로, 이미 수사원이 탐문을 위해 찾아갔을 터였다.

"그 모터쇼에 대해 아버님이 너한테 뭔가 얘기한 건 없었어?"

"다른 얘기는 없었어요. 아까도 말했지만 그날 이후로 아버지와 거의 대화를 못했어요."

"아버지가 좀 이상해졌다고 했는데 구체적으로 달라진 점이 있었어? 평소에 안 하던 일을 했다든가."

"그건 잘 모르겠는데, 어딘가 가긴 했어요."

"어딘가라면?"

"모터쇼 끝나고 이틀간 휴가였는데 그 이틀 내내 외출했던 것 같아요. '같았다'라는 건 아버지가 나가는 걸 내가 직접 본 게 아니라 그런 흔적만 봤기 때문이에요."

"어떤 흔적?"

"가죽구두가 현관에 나와 있었어요. 평소에는 스니커즈만 신거든요. 일하러 갈 때도 기본적으로는 스니커즈였어요."

'정장을 입을 때도 스니커즈였는지 확인해봐.' 모가미가 말했다.

모가미가 물어보려는 게 무엇인지 와키사카도 이해했다.

"정장 때도 스니커즈를 신으셨어?"

24

"아뇨, 그건 아니에요. 그런 때는 가죽구두를 신었죠."

시신은 정장 차림이었다. 신발은 발견되지 않았지만 가죽구두였을 게 틀림없다.

"7월 4일에 아버님은 회사 쉬는 날이었나?"

와키사카의 질문에 "아니었을걸요"라고 대답하고 리쿠마는 문득 뭔가 생각난 듯한 얼굴이 되었다. "아, 그렇지, 휴가를 냈대요. 세토 씨가 그렇게 얘기했어요."

"세토 씨라는 건 그 회사 동료 말이지?"

"네, 휴가 끝난 그다음 날에 무단결근이라서 괜히 더 걱정이 된다고 했어요."

아무래도 쓰키자와 가쓰시는 혼자서 은밀히 드나들던 곳이 있었던 모양이다. 7월 4일에는 휴가를 내면서까지 그곳에 갔다. 그게 이번 사건과 관계가 있을 가능성이 높다.

"아버님이 누군가와 트러블이 있었다거나 하는 얘기는 들은 적 없어?"

"트러블?"

"어떤 것이든 좋아. 돈을 빌려주거나 빌렸다든가 직장에서 다퉜다든가."

리쿠마는 고개를 갸우뚱했다. "그런 얘기는 없었는데?"

"그럼 반대로 사이가 좋았던 사람은 누굴까? 특히 친하게 지내던 친구라든가, 있었어?"

"친구라고 할까, 직장 동료하고 이따금 만났나……."

"보안경비회사 사람?"

"그게 아니고 이전 직장 사람이에요. 경찰 시절의 동료라고 할까
……."

"이름은?"

"오구라 씨라고 했던 것 같은데……. 죄송해요, 확실한 건 아니라
서."

"괜찮아. 그거면 충분해."

쓰키자와 가쓰시가 경시청에 다니던 시절의 얘기라면 얼마든지
알아볼 수 있다.

종소리가 들렸다. 쉬는 시간이 시작된 모양이다. 그 즉시 복도가
와글와글 시끄러워졌다.

"끝으로 한 가지, 사건과는 전혀 관계없어도 괜찮으니까 뭐든 조
금이라도 마음에 걸리는 게 있으면 말해줄래?"

그러자 리쿠마는 미간을 살짝 좁히며 시선을 허우적거렸다. 대답
을 망설이는 거라고 와키사카는 짐작했다. 하지만 이런 때 재촉하
는 건 금물이다. 모가미도 잘 알고 있는지 아무 말도 건네지 않았다.

"정말로 관계가 없어도 괜찮아요?"

"물론이지. 게다가 관계가 있는지 어떤지는 아직 아무도 모르잖
아."

그렇죠, 라고 고개를 끄덕이고 리쿠마는 등을 꼿꼿이 세우며 와
키사카를 보았다.

"아버지는 틀림없이 나한테 비밀로 하는 게 있었어요."

너무도 단호한 말투에 와키사카는 당황스러움을 느꼈다.

"어떤 비밀?"

리쿠마는 다시 머뭇거리는 기색을 보였지만 이번에는 곧바로 입을 열었다.

"확증은 없지만, 좋아하는 사람이 있었던 거 같아요."

와키사카로서는 적잖이 예상 밖의 얘기였다. 좀 더 안 좋은 일이라고 짐작했던 것이다.

"왜 그런 생각이 들었지?"

"그거야 보면 딱 알죠." 리쿠마는 입가의 긴장을 풀며 미소를 지었다. 오늘 처음 내보이는 표정이었다. "아줌마들이 하는 얘기가 있잖아요. 남편이 바람을 피우면 금세 안다고. 나도 그 말이 이해가 되더라고요. 혼자 숨어서 스마트폰을 보는데 진짜 웃음이 터질 만큼 어색해요. 몰래몰래 메시지를 주고받기도 하고, 전화가 오면 급하게 밖으로 나가기도 하고. 숨기려면 좀 제대로 숨길 것이지, 그렇게 생각했을 정도예요. 그보다 사실 나한테 숨길 필요도 없잖아요. 엄마는 벌써 오래전에 돌아가셨고, 아버지한테 좋아하는 여자가 생겼다고 해도 나는 아무렇지도 않은데. 왜 그렇게 신경을 쓰는지 오히려 이상했어요."

"그 일로 아버님과 이야기해본 적은 있어?"

"없었어요." 리쿠마는 고개를 저었다. "어떤 사람을 사귀든 나는 괜찮았거든요. 아버지가 말하고 싶지 않다면 그것도 그럴 수 있다고 생각했어요. 나도 아버지에게 말하고 싶지 않은 게 좀 있었고, 실제로도 말하지 않았으니까요."

어떤 것을 아버지에게 비밀로 했는지 궁금했지만, 그건 묻지 않고 넘어갔다. 처음 만난 형사에게 말해줄 리가 없다.

"그러면 아버님의 스마트폰을 슬쩍 본 적도 없었겠네?"

"당연하죠. 그런 짓을 왜 해요? 그런 거, 저는 엄청 싫어해요. 혹시 앞으로 아버지 스마트폰을 찾더라도 그걸 들여다볼 생각은 없어요. 아무리 돌아가신 분이라도 프라이버시는 침해하고 싶지 않아요."

자신만만하게 단언하는 중학생의 말에 와키사카는 새삼 양심에 찔리는 기분이었다. 스마트폰으로 대표되는 통신기기의 분석은 이제 수사에서 빠뜨릴 수 없는 요소가 되었다. 쓰키자와 가쓰시의 스마트폰을 발견하긴 어렵겠지만, 이미 통신사에 정보열람 청구 수속은 해두었다.

"리쿠마, 이건 경찰로서 하는 부탁인데 아버님 유품을 좀 조사해줄 수 있을까? 사건과 관련된 뭔가가 발견될지도 모르니까. 프라이버시를 침해하고 싶지 않은 마음은 이해하지만, 너도 아버님을 살해한 범인이 잡히기를 바라잖아? 뭘 해야 할지 모르겠다면 우리가 도와줄게."

리쿠마는 당혹스러운 표정이었다. 이런 얘기를 들을 줄은 예상하지 못했는지도 모른다. 하지만 불만스럽게 생각하는 것 같지는 않았다. 아마도 망설이고 있는 것이다.

"그거, 가택수색 같은 거예요?" 리쿠마가 물었다.

아니 아니, 하며 와키사카는 급히 손을 내저었다.

"가택수색은 범인으로 보이는 자의 집이나 사무실 같은 데를 수색해 범행 증거를 찾아낼 때 하는 거야. 우리는 그게 아니라 아버님의 인간관계나 최근의 상태를 파악할 만한 게 필요하거든. 노트북이나 편지, 아마 쓰시지는 않았겠지만 일기 같은 거."

"아버지는 노트북은 없었고, 편지가 있었나……."

"일단 찾아봐줄 수 있지?"

리쿠마는 시선을 아래로 떨구더니 네, 라고 대답했다.

"어차피 짐도 정리해야 하니까 그 참에 찾아볼게요."

"아, 짐을 정리하는 건 좋은데 버리는 건 나중에 해줄래? 어쩌면 중요한 증거가 거기에 섞였을 수도 있어. 물론 음식 등은 버려도 괜찮지만."

"알았어요. 판단하기 어려울 때는 형사님께 연락해도 돼요?"

"물론이지. 아까 내가 준 명함에 휴대전화 번호가 있어."

'와키사카.' 모가미의 목소리가 귀에 들어왔다. '7월 4일 아들의 알리바이를 확인해.'

내심 움찔했지만, 동시에 필요한 절차이기는 하다고 납득했다. 아들이라고 용의선상에서 제외될 이유는 없다. 중학생 아들이 가족을 살해하는 사건이 지금까지 셀 수 없을 만큼 많았다.

"확인차 묻겠는데, 7월 4일 밤에 너 혼자 아버님이 돌아오기를 기다렸어? 누군가 함께 있었던 건 아니고?"

"저 혼자 있었어요."

"집에서?"

"네, 집에 있었죠……." 리쿠마의 눈에 의아해하는 빛이 번졌다.

어쩔 수 없다. 상대가 반기지 않는 질문을 피했다가는 이 직업을 계속할 수 없다.

"스마트폰 위치 정보를 확인해도 될까?" 최대한 가벼운 말투로 와키사카는 물어보았다. "7월 4일 저녁 시간만 확인하면 돼."

무슨 말인지 한순간 이해를 못했는지 리쿠마의 입이 반쯤 벌어졌다. 하지만 곧바로 와키사카가 원하는 게 뭔지 알아챈 모양이다.

"저는 거짓말 안 해요." 낮은 목소리로 중얼거리듯이 말했다.

"그야 그렇지만 증거가 뒷받침되지 않는 말은 사실로 확정할 수 없어, 경찰에서는."

리쿠마는 불쾌한 듯 입가가 삐뚜름해지더니 큰 한숨을 내쉬었다.

"경찰에게 프라이버시 따위, 눈엣가시일 뿐이라고 아버지도 자주 얘기했었죠."

툭 던지듯이 말하고 스마트폰을 터치하기 시작했다.

3

작은 몸집의 담임 선생님은 평소에는 그리 미덥지 않았는데 이번 장례 절차에 대해서는 친절하고 상세하게 가르쳐주었다. 특히 장례식을 반드시 해야 하는 건 아니고 화장만으로 간소화하는 방법도 있다고 말했다. 시청에 상담해보면 될 거라고 알려주었다.

그리고 머지않아 아동상담소에서 연락이 올 것이라는 얘기도 했다. 리쿠마의 처지에 대해서는 이미 전달했다고 한다.

"힘든 일이 있으면 언제든 나한테 말해." 헤어지는 참에 선생님이 말했다.

실은 돈 문제로 힘들다고 말하고 싶었지만, 그건 선생님을 난처하게 만들 뿐이라고 생각해서 아무 말도 하지 않았다.

교실을 나서자 복도에 미야마에 준야가 서 있었다. 리쿠마를 보자 고생했어, 라고 말을 건넸다.

"나 기다린 거야?"

"뭐, 그냥." 통통한 동급생은 대답했다. "네 얘기, 엄마한테 했더니 오늘 저녁 먹으러 오라고 하더라."

"저녁?"

"응, 아마 카레일 거야."

"카레……."

"우리 엄마는 친구가 집에 온다고 하면 카레밖에 생각이 안 나는가 봐. 언제까지고 어린애인 줄 안다니까." 준야가 어깨를 움츠리며 물었다. "어쩔래?"

"글쎄 어떻게 할까."

"억지로 오라는 건 아니지만, 네가 와주면 나야 고맙지. 네가 안 오면 아마 우리 엄마가 걱정할 거야. 아, 너 말고 나를. 친구라고 하더니 실은 그렇게 친한 것도 아니었네 하고."

하하하 하고 리쿠마는 웃음소리를 냈다. 아버지의 사망 소식을 들은 이후로 처음인지도 모른다.

"그렇게까지 말해주는데 안 가는 것도 큰 실례겠지?"

"그치, 그렇게 나오셔야지." 준야가 리쿠마의 어깨를 툭 쳤다.

둘이 나란히 교실 밖으로 나왔다. 바깥은 후덥지근하게 더웠다. 30도는 될 것이다.

미야마에 준야와는 중2 때 같은 반이 되었다. 시업식을 마치고 하교하는 길에 갑작스레 리쿠마를 부르면서 곁으로 뛰어왔다.

모처럼 같은 반이 됐으니까 친하게 지내자, 라고 그는 말했다.

"뭐, 좋아. 근데 왜 하필 나야?"

"굳이 말하자면 인스피레이션이라고 할까. 자기소개를 들어보니 재미있는 소재를 잔뜩 갖고 있을 거 같았어."

"그런 거 없는데?"

"너 스스로 깨닫지 못한 것뿐이야. 아무튼 같이 가자. 자기소개는 걸어가면서 하고." 통통한 동급생은 리쿠마에게 몸을 찰싹 붙이면서 등을 밀었다.

"알았으니까 좀 떨어져. 덥잖아."

이상한 놈이네, 라고 생각했다. 어쩐지 내 페이스가 이상하게 꼬여버린다. 이런 식으로 접근해온 사람은 지금까지 없었다.

미야마에 준야라고 이름을 밝힌 동급생은 걸어가면서 자신에 대해 말했다. 아버지가 자동차 정비공장을 운영한다, 대학생 누나가 있다, 자신이 통통한 것은 다이어트 중인 누나가 남긴 음식이 아까워 모두 먹어치웠기 때문이다, 라는 것 등이다.

그리고 그는 앞으로 소설가가 될 생각이라고 했다.

"근데 전업 작가가 되려는 건 아니야. 요즘 세상에 소설만 써서 먹고사는 건 어렵잖아. 본업과는 별개로 취미 삼아 소설을 썼으면 좋겠다는 거지. 그래서 쓰키자와 네 얘기도 듣고 싶어. 분명 이래저래 참고가 될 거 같아."

"그런 소재 같은 거 없다니까."

"너는 없어도 너희 아버지는 있겠지."

"아버지?"

"자기소개 때 말했잖아, 전직 형사였다고. 미스터리를 쓸 때 참고가 될 거야."

"아……."

그런 거였구나, 하고 납득했다. 실제로 자기소개 때 그런 말이 저도 모르게 튀어나왔다. 달리 얘기할 만한 게 없었기 때문이다.

"미안하지만 그 기대에 부응할 수 없을 것 같다."

"왜?"

"우리 아버지, 형사 시절은 다시 떠올리고 싶지도 않은 눈치거든. 그래서 꼬치꼬치 물어보기도 힘들어."

"그래?"

"그러니까 다른 친구한테 가서 알아봐. 변호사 아들이라든가."

"그런 섭섭한 소리 하지 마라. 우리, 이렇게 친구가 됐잖냐." 준야가 다시 몸을 찰싹 붙였다.

"야야, 좀 떨어지라니까. 너, 남들보다 체온이 높은 거 아냐?"

그런 식의 첫 만남이었지만 이상하게 죽이 잘 맞았다. 서로를 성씨가 아니라 이름으로 부르기까지 그리 많은 시간이 걸리지 않았다. 그때부터 1년 넘게 지났지만 우정에 금이 가는 일 없이 오늘에 이르렀다.

준야의 집은 단독주택이고 같은 부지 안에 정비공장이 있다. 아직 영업시간이라서 공장 쪽에 있다는 아버지에게 먼저 인사를 하기로 했다.

준야의 아버지는 유도 선수처럼 탄탄한 체격의 인물이다. 기름때로 얼룩진 작업복은 겨드랑이 근처가 땀에 젖어 있었다. 냉방을 해도 공장 안은 찌는 듯이 무덥다.

리쿠마는 저녁 식사에 불러준 것에 감사 인사를 했다.

"우리 집은 언제든지 괜찮아." 준야의 아버지가 진지한 표정으로 말했다. "집에 먹을 게 마땅찮을 때는 준야한테 배고프니까 밥 좀 달라고 말해. 뭐, 그리 대단한 건 차려주지도 못할 테지만."

"알겠습니다. 고맙습니다." 리쿠마는 몇 번이고 머리를 숙였다.

"인사는 됐고. 그보다 앞으로 이래저래 힘든 일도 많겠지만……." 거기까지 말하고 아버지는 고개를 저었다. "아니, 힘내라는 얘기, 지금은 말해봤자 어렵겠구나."

"당연하지." 옆에서 준야가 항의했다. "그런 얘기는 안 하기로 했잖아."

"아차, 그랬지. 미안."

아무래도 부자간에 미리 정해둔 게 있는 모양이다.

"네, 힘낼게요." 리쿠마는 말했다. 애써 웃는 얼굴을 지으려고 했다.

아버지는 한쪽 눈을 찡긋하면서 슬쩍 팔을 들더니 편히 놀다 가라면서 자리를 떴다.

"썰렁한 얘기, 미안하다." 준야가 새삼 사과했다.

"신경 쓸 거 없어. 난 고맙기만 한데."

진심이었다.

저녁 먹기 전에 시간이 좀 남아서 준야의 방에서 기다리기로 했다. 세 평쯤 되는 공간에 침대와 책상과 책장이 있었다. 준야가 침대에 자리를 잡길래 리쿠마는 의자를 빌리기로 했다.

책장에는 다양한 서적이 줄줄이 꽂혀 있었다. 소설뿐만 아니라 사전류도 많다. 『자동차의 구조』라는 책도 있었다.

"넌 정비공장을 물려받는 거야?"

준야가 끄응 신음소리를 냈다.

"고민 중이야. 일단 자동차 정비공장이라는 게 좀 그렇잖아. 아무래도 장래성이 없을 거 같아."

"왜? 자동차가 없어질 일은 없잖아."

"자동차는 없어지지 않아도 정비공장이 없어질 가능성은 있어. 우선 요즘 젊은 사람들이 자동차에 별로 관심이 없어. 내 차를 갖겠다는 발상 자체가 없잖아. 자기 차를 사더라도 약간 흠집이 나건 말건 전혀 신경을 안 써. 외관 따위는 어떻게 되든 상관없고 그냥 잘 달리기만 하면 된다는 거야. 요즘 자기 차에 왁스칠하는 사람 봤어? 나는 몇 년째 못 봤다."

"흠집쯤이야 그냥 타고 다닐 수 있지만 고장 나면 어떻게 해? 자기 손으로 수리는 못하잖아."

"근데 요즘 자동차는 성능이 좋아서 웬만해서는 고장도 안 나. 그나마 아직까지는 운전 실력이 형편없는 운전자라든가 음주운전을 하는 미친놈이라든가 무면허로 나온 멍청이들이 사고를 일으켜준 덕분에 아버지 공장이 망하는 일은 없었어. 하지만 앞으로는 그런 것도 없어질 거야. AI에 의한 자동운전이 보급되면 사고가 급감할 테니까."

"이쪽 업계에도 AI가 등장하는 거야?"

"AI가 앞으로 활발하게 등장하는 분야가 될 걸. 사고나 고장이 없어도 차량 점검은 해야 하니까. 물론 자동차 정비공장은 필요하지. 근데 정비공 대신 AI가 조종하는 로봇이 일할 거야. 사람보다 몇 배나 빠르고 경비도 절감돼. 그러면 가격경쟁이 일어나 요금은 자꾸 내려가겠지. 어때, 이래도 장래성이 있겠냐?"

"그건 그러네. 너도 나름대로 고민하고 있구나."

"당연하지." 그렇게 말하고 준야는 아, 미안, 하며 두 손을 맞댔다. "너무 징징거리는 소리를 했나? 넌 지금 그딴 거 생각할 겨를도 없을 텐데……."

"신경 쓰지 마. 나는 평소처럼 대해주는 게 더 좋아." 리쿠마는 의자를 한 바퀴 빙글 돌려본 다음에 대각선 위쪽으로 시선을 던졌다. "그러고 보니 우리 아버지도 AI 때문에 피해를 봤어."

"그래? 어떤 일로?"

"우리 아버지가 형사였다는 건 얘기했지만 구체적으로 무슨 일을 했는지 말한 적은 없지?"

"응, 어쩐지 물어보면 안 될 것 같은 느낌이라서 나도 못 물어봤어."

"주위에 떠벌리지 말라고 아버지가 단단히 주의를 줬거든. 아버지는 형사라고 해도 좀 특수한 업무였어. 너, 미아타리 수사원이라는 거 알아?"

"미아타리……. 어디선가 들어본 것 같긴 한데, 뭐, 거의 모르는 거나 마찬가지야."

그렇겠지, 라고 리쿠마는 고개를 끄덕였다.

"미아타리 수사원은 전국의 지명수배자를 길거리에서 찾아내는 일을 해. 수백 명에 달하는 지명수배자의 얼굴 사진을 기억한 뒤에 길가에서 지나가는 사람들의 얼굴을 그냥 열심히 지켜봐. 그러다 지명수배자가 눈에 띄면 그 자리에서 체포해."

"길가에서라니, 어떤 길가에서?"

"여기저기 많아. 일단 남의 눈을 피해 숨어 사는 사람이 갈 만한 곳이라고 했어. 탑승객이 많은 역이나 터미널 근처라든가. 그리고 경마장이나 파친코점 앞. 지명수배자는 취업이 어려우니까 생활비를 벌기 위해 도박장에 들락거리는 자가 많대."

"그걸 얼굴 사진만으로 찾아낸다고?"

"맞아. 우리 아버지는 이만큼 두툼한 노트를 항상 갖고 다녔어." 리쿠마는 엄지와 검지로 3센티미터쯤의 두께를 만들었다. "거기에 사진이 줄줄이 붙어 있어, 지명수배자들의 사진이. 어떤 죄를 저질 렀는지도 적혀 있고."

"그걸 다 머리로 기억해서 북적거리는 사람들 사이에서 찾아낸 다고? 그게 가능해?"

"아니, 의외로 성과가 상당해. 도쿄의 미아타리 수사원만 해도 연간 수십 명씩 체포하고 있대."

"진짜?"

"아버지가 그렇게 얘기했어. 거짓말은 아닐 거야."

"오, 대단하네." 감탄의 목소리를 올리면서도 준야의 얼굴은 반신 반의였다. 하긴 그럴 만도 하다. 리쿠마조차도 아직껏 믿어지지 않 는 것이다.

"쉬는 날에도 틈만 나면 얼굴 사진을 들여다봤어. 대체 뭐가 재미 있어서 저러나 싶었는데, 지명수배자를 발견해서 체포하는 순간에 느끼는 보람이 진짜 크대. 사람에 따라 소질이 있기도 하고 없기도 한데 우리 아버지는 상당히 소질이 있었나 봐."

"근데 왜 그런 일을 그만두셨어?"

"자진해서 그만둔 게 아니라 그만둘 수밖에 없었지. 2년 전이었나, 미아타리 수사반 인원을 대폭 감축했거든."

"왜?"

"그 일을 대신해줄 게 나타났기 때문이야. 인간보다 훨씬 더 많은 정보를 처리할 수 있고, 비교가 안 될 만큼 수많은 사람들의 얼굴을 단숨에 확인할 수 있다……. 뭔지 알겠지?"

준야는 몇 차례 눈을 깜작거린 뒤, 퍼뜩 생각난 모양이었다. "혹시 AI?"

딩동댕! 하며 리쿠마는 검지를 번쩍 들었다.

"요즘에는 사방에 방범카메라가 있잖아. 경찰이 설치한 것뿐만 아니라 민간에서 설치한 것도 정말 많아. 그 영상이 실은 모두 다 경찰에 보내진다는 거, 알고 있어?"

"엇, 그런 거였어?"

"공공연히 밝히지는 않지만, 실제로는 그렇대. 영상은 실시간으로 경찰의 감시 시스템에 입력되고, 상시 조회가 가능해. 지명수배자가 있으면 한 방에 찾아낼 수 있는 거지. 그렇게 되니까 아무래도 행동반경에 한계가 있고 자신의 눈에 보이는 범위 내에서만 지명수배자를 찾는 미아타리 수사원은 당연히 존재가치가 떨어지겠지."

"듣고 보니 그렇겠다."

"결국 다른 부서로 인사 발령이 났는데, 아무래도 그쪽은 성격에 맞지 않아 경찰을 그만두기로 했던 거야."

"아이쿠." 준야는 침대에 벌렁 누워 다리를 꼬았다. "기술의 진보가 반드시 좋은 것만은 아니구나."

"그래도 아버지가 자주 얘기했어. 미아타리 수사원의 감은 AI가 절대 따라올 수 없다, 언젠가 다시 필요하다고 깨달을 때가 온다고. 아마 인정하기 싫어서 억지를 쓴 것인지도 모르지만."

"분명 그런 특수한 재능을 AI 때문에 활용할 수 없다는 건 아까운 일이다."

"근데 웃기는 건 아버지가 이직한 뒤에 AI를 도와주는 일을 했다는 거야."

"너희 아버지 새 직장이……보안경비회사였던가?"

"응, 거기서 잠입 감시원으로 일했어."

"잠입……?" 준야가 벌떡 일어나 앉으며 물었다.

"잠입 감시원. 솔직히 말하면 남들에게 대놓고 밝히기 힘든 업무였어."

아버지 가쓰시가 근무하던 곳은 실은 평범한 보안경비회사가 아니었다. 스타디움이나 콘서트홀, 이벤트 행사장 등에서 사람들의 행동을 감시하는 게 주된 업무였다. 구체적으로는 불특정 다수의 참석자들을 카메라로 촬영하고 그 영상을 AI로 분석해 수상한 인물을 잡아내는 것이다.

고정된 방범카메라로 얻을 수 있는 영상에는 한계가 있다. 사각死角을 완전 제로로 만들 수도 없고, 수상한 인물을 발견하더라도 반드시 정확한 각도에서 찍힌다는 보증도 없다. 가장 중요한 순간에 사람이나 물건이 카메라 앞을 가로지르는 일도 있었다.

그런 때가 아버지 같은 잠입 감시원들이 나설 차례다. 몸에 여러 개의 소형카메라를 장착하고 일반 참석자들 사이에 섞여 주변 사람들의 모습을 촬영하는 것이다. 물론 경호원 제복은 입지 않는다. 수상한 인물이 있다는 정보가 들어오면 좀 더 근접한 위치에서 촬영하게 된다.

그러면 수상한 인물이란 어떤 자들인가. 첫째로는 문자 그대로 수상한 움직임을 보이는 인물이다. 부자연스럽게 배회하거나 누군가를 쫓아가는 듯한 사람을 발견했을 때는 AI가 경고를 보낸다. 방범 카메라가 설치된 장소를 확인하는 사람도 요주의 인물로 간주된다.

그런 행동을 일절 하지 않더라도 AI가 경고를 발하는 경우가 있다. 데이터베이스에 오른 요주의 인물을 발견했을 때다. 지명수배자가 거기에 해당한다. 얼굴 이미지를 통해 조회하는 얼굴 인식 시스템이 근간이지만, 걸음걸이의 특징으로 개인을 식별하는 '법 보행 분석' 시스템 등도 연동하고 있다. 복수의 데이터가 갖춰졌을 경우, 행사장에 흘러든 수배자를 AI가 놓칠 가능성은 거의 제로라고 해도 무방하다.

하지만 데이터베이스에 오른 사람이 지명수배자뿐만이 아니라는 게 공공연한 사실이라고 한다. 실은 지명수배가 떨어지지 않은 사건 용의자나 교도소 출소자의 데이터도 들어 있는 것이다. 다만 가쓰시에 따르면 그런 정보가 어디서 어떻게 입수되었는지는 모른다. 경찰에서 제공했다는 소문이 있고 아마 그게 틀림없겠지만, 진위 여부는 분명하게 밝혀지지 않았다.

"너희 아버지, 그런 일을 하셨구나." 준야가 침대 위에서 양반다리를 튼 채 말했다. 리쿠마의 이야기 중간쯤부터 흥미진진한 표정으로 자세를 바꾼 것이다.

"당당하게 대놓고 얘기할 만한 일은 아니지. 그래서 지금까지 너한테 아무 말도 안했어. 아버지도 처음에는 나한테 얘기해주지 않았고. 근데 어느 날 얘기할 마음이 났던 모양이야. 하긴 아들에게 숨기지 않고 다 밝히겠다는 멋진 이유에서가 아니라 요즘 세상은 이런 식으로 철저한 감시사회라는 걸 가르쳐주려는 거였어. 한마디로, 금세 들키니까 나쁜 짓은 하지 말라는 얘기야."

"대단한 아버지다. 역시 소재의 보물창고잖아. 꼭 만나뵙고 싶었는데." 그렇게 말하다가 준야는 손바닥으로 자신의 입을 가렸다. "앗, 미안."

"괜찮아." 리쿠마는 말했다. "나도 꼭 너를 소개해주고 싶었어."

준야가 울고 웃는 듯한 표정이 되었다.

준야네 집 식탁은 회의실 책상처럼 큼지막했다. 예전에 직원들이 모두 함께 점심 식사를 하는 데 썼다고 한다. 4인 가족에게는 지나치게 큰 것 같다고 생각했는데 반찬이 그득그득 담긴 대형 접시가 줄줄이 차려진 것을 보고 이 정도가 적당하겠다고 리쿠마는 이해했다. 닭튀김에 돈가스, 나물에 감자샐러드, 그리고 새우만두까지, 매일 저녁 이런 진수성찬인가 하고 놀랐지만, 모두 리쿠마가 좋아하는 음식이라는 것을 깨닫고 가슴이 뭉클해졌다. 준야가 어머니에게 부탁한 것이다. 아니면 어머니가 준야에게 리쿠마가 무엇을 좋아하는지 물어본 건가. 어찌 됐든 눈물이 날 만큼 고마웠다. 아마 카레일 거라는 건 준야가 겸연쩍어서 해본 말이었던 모양이다.

"실컷 먹어. 아직 많으니까." 준야의 어머니가 실눈이 되어 웃으면서 다정하게 말해주었다. 아들과 똑같은 얼굴의 어머니다.

"고맙습니다. 잘 먹겠습니다." 리쿠마는 젓가락을 들었다. 식욕은 별로 없지만 이런 때는 잘 먹는 게 친절한 마음에 답하는 일이라고 알고 있었다.

"준야, 이따 밤에는 어떻게 할 거야?" 준야의 누나가 물었다. 보이시한 여대생이다.

"어떻게 하긴, 뭘?"

"리쿠마 말이야. 여기서 자고 가는 게 좋잖아."

"아, 그거? 나야 좋지."

"그래, 그게 좋겠다." 아버지가 동의했다. "준야는 바닥에서 자. 당신은 이불 꺼내주고."

"알았어."

"앗, 아뇨……." 리쿠마는 급히 끼어들었다. "감사한 말씀이지만 오늘 밤은 집에 가려고요. 꼭 해야 할 일이 있어서."

"뭔데?" 준야가 물었다.

"아까 낮에 학교로 형사가 왔었어. 이것저것 물어본 뒤에 아버지 유품을 조사해달라고 했어. 사건과 관련된 물건이 있을지도 모른다고."

"그렇구나……."

"되도록 빠른 편이 좋을 테니까 오늘 밤은 집에 가서 찾아보려고." 리쿠마는 준야의 부모님과 누나를 향해 말했다. "그래서 오늘 밤은 집에 가서 자겠습니다."

그래, 라고 아버지가 머리를 긁적였다. "그런 거라면 어쩔 수 없네."

"얼마나 마음이 힘들었을까." 어머니가 중얼거렸다. "학교에까지 형사가 찾아오다니."

"아버지 말고 다른 형사를 만나본 건 처음이에요. 역시나 독특한 박력이 있던데요."

"진짜?" 준야가 반색을 하며 되물었다.

"생김새는 그냥 평범한데 눈매가 아주 날카로워. 게다가 하기 힘든 질문도 거침없이 던지더라고. 마지막 질문이 뭐였는지 알아? 내 알리바이 확인이었어. 나를 의심한 거지. 놀랍지 않냐?"

재미있는 얘기라고 꺼내봤는데 준야네 가족은 침울한 얼굴로 입을 꾹 다물고 말았다. 준야까지 고개를 떨구고 있었다.

이런 얘기는 하지 말걸, 하고 리쿠마는 후회했다.

집 앞까지 준야 아버지가 차로 데려다주었다. 내릴 때 준야가 뒷좌석에서 "내일 보자" 하고 손을 흔들었다. 리쿠마는 고개를 끄덕여 응했다. 그리고 차의 꼬리등이 보이지 않을 때까지 배웅했다. 왼손에는 책가방을, 오른손에는 종이가방을 들고 있었다. 종이가방 안에는 크고 작은 다양한 반찬통이 있었다. 준야 어머니가 남은 요리를 챙겨준 것이다.

1년 전에 준야와 친구가 되지 않았다면……. 생각하니 등이 오싹했다.

집에 들어가 불을 켜고 냉장고에 반찬통을 차곡차곡 넣어둔 뒤

에 컵에 수돗물을 받아 마셨다. 역시 생수보다 맛이 없지만 앞으로
는 익숙해지지 않으면 안 된다. 물을 사먹다니, 이제 나한테는 사치
인 것이다.

거실 소파에 자리를 잡고 실내를 둘러보았다.

집 구조는 방 하나에 거실과 주방, 부엌이다. 이곳에 이사 온 날
을 리쿠마는 희미하게 기억하고 있었다. 이사업체 사람을 부르지
않고 아버지 혼자 짐을 날랐다. 그렇게 할 수 있었던 것은 전에 살
던 집에서 쓰던 큰 가구를 대부분 처분했기 때문이다. 아내를 병으
로 잃고, 아버지로서는 홀로 살기를 시작한 것이었다. 그래서 방도
하나면 된다고 생각했는지 모른다. 하지만 여섯 살 아들이 이렇게
자신보다 키가 훌쩍 크는 날이 오리라는 건 예상하지 못했던 모양
이다. 그 바람에 리쿠마가 중학생이 된 뒤로 아버지는 매일 밤 소
파에서 자곤 했다.

앞으로는 계속 나 혼자다…….

집에 와도 기다려주는 사람은 없다. 지금까지도 거의 그렇기는
했지만 일을 쉬는 날에는 아버지가 있었다. 잘하는 건 아니어도 직
접 요리를 해주곤 했다. 이제 그런 날은 오지 않는다.

슬프다기보다 무서웠다. 과연 제대로 살아갈 수 있을지 불안했다.
역시 아버지의 존재가 컸구나 하고 새삼 절감했다. 아버지의 등을
보며 걸어가면 그걸로 좋았다. 그런데 그 등이 돌연 사라져버렸다.

리쿠마는 두 손으로 머리를 부여잡았다. 관둬, 관둬, 관둬, 이런
생각해봤자 아무것도 안 돼, 이제 될 대로 되는 수밖에 없어…….

와키사카 형사의 말이 생각나서 아버지의 소지품이나 조사해보

기로 했다. 우선 벽 쪽에 놓인 싸구려 거실장으로 시선이 갔다. 아버지가 그곳에 회사 업무나 집 관련 서류 등을 넣어두었기 때문이다. 리쿠마는 거의 열어본 적도 없었다. 자신의 물건은 모두 침실의 책상 속에 있다.

거실장 위에 두툼한 노트가 놓여 있었다. 미아타리 수사원으로 일할 때 사용하던, 지명수배자의 얼굴 사진 자료를 한데 정리해둔 노트였다. 저녁 식사 전에 준야와 나눴던 대화 때도 화제에 올랐다.

평소에 이 노트는 거실장 안에 있었다. 미아타리 수사원 일을 관뒀으니 당연한 일이다. 하지만 최근까지도 아버지가 이따금씩 꺼내 들여다본 것을 리쿠마는 알고 있었다. 이유를 물어본 적은 없다. 아마도 예전에 하던 일이 그리운 모양이라고 혼자 짐작만 했다.

그리고 보니 이 노트는 언제부터 여기에 나와 있었을까.

아버지는 어느 쪽인가 하면 상당히 꼼꼼한 편이었다. 물건을 꺼내고 그대로 방치해두는 것을 싫어했다. 리쿠마에게도 자주 주의를 주었다. 즉 이 노트를 꺼낸 건 그리 오래전은 아니다. 곧바로 넣어둔다면서 깜빡 잊고 그대로 놔둔 것이다.

바로 그날이 아니었을까. 7월 4일, 아버지가 집에 들어오지 않은 날이다. 그 전날은 어땠는가. 노트가 여기에 있었던가. 기억을 더듬어봤지만 생각나지 않았다.

리쿠마는 자리에서 일어나 거실장 위의 노트를 손에 들었다. 크기는 세로 20센티미터, 가로 15센티미터 정도다. 두께는 3센티미터 가까이나 된다. 묵직한 감촉에서 아버지가 평생 해온 일의 역사가 느껴졌다.

소파에 돌아와 표지를 넘겨보고 가슴이 철렁했다. 인상이 좋지 않은 얼굴들이 줄줄이 이어졌다. 아버지가 몇 번 보여줬지만 아무리 시간이 지나도 익숙해지지 않는다.

사진 아래쪽에는 사건 개요와 범인에 관한 정보가 적혀 있었다. 프린터로 출력한 것을 축소 복사한 것이다. 가로로 세 명, 세로로 네 명이니까 한 페이지에 열두 명분의 데이터다.

그중에 사진의 대각선 아래쪽에 빨간색 둥근 스티커가 붙은 게 있었다. 아버지 말에 의하면 이미 체포했다는 표시였다. 그런 사진은 정기적으로 떼어낸다고 했다.

그리고 벌써 27년이 지난 지명수배자 데이터도 있었다. 스티커가 없는 걸 보면 아직 체포되지 않은 것이다. 해외로 도주하거나 해서 시효가 일시 정지된 케이스도 있기 때문에 시효가 지났더라도 떼어낼 수 없다고 아버지는 말했었다.

빨간 스티커 옆에 'A'라고 메모해둔 것도 있었다. A의 의미도 아버지에게서 들었다. 'AI'라는 뜻이다. 경찰의 감시 시스템을 통해 발견해서 체포했다는 표시다. 아버지는 경찰을 그만둔 뒤에도 지명수배자의 검거 현황을 점검하고 그 결과를 착실히 이 노트에 반영해온 것이다.

무엇 때문에 그런 일을 했는지는 모른다. 하지만 리쿠마는 아버지의 프라이드가 걸린 일일 거라고 짐작했다. 언제였나, 술에 취한 김에 이런 식으로 얘기했던 게 기억났다.

"미아타리 수사팀이 축소되지만 않았어도 AI 따위의 도움 없이도 우리가 모조리 찾아냈을걸. 성형을 했든 나이를 먹었든 미아타리 수사원의 눈은 못 속여. 아무리 과학이 발달해도 우수한 미아타리 수사원의 감은 AI로 재현할 수 없어. 그건 내가 가장 잘 알아."

억울했겠구나, 라고 리쿠마는 생각했다. 게다가 하필이면 이직한 곳에서 맡게 된 일이 잠입 감시원이라는, AI의 부하 같은 일이었다. 어지간히 굴욕적이었을 게 틀림없다.

노트를 덮고 자리에서 일어섰다. 거실장 문을 열고 제자리에 다시 넣어두려고 했다.

안에는 다양한 파일이 줄줄이 꽂혀 있었다. 꼼꼼한 아버지답게 책등에 '주택 관련', '보험증서'라는 식으로 스티커가 붙어 있었다.

'은행 관련'이라는 파일이 있어서 안을 살펴보니 예금 통장이 있었다. 인감도장은 없지만 어디 있는지는 알고 있다. 이걸로 당분간 생활비는 어떻게든 해결될 거라고 생각하면서도 불안감은 가시지 않았다. 본인이 세상을 떠났다고 해도 그 돈을 가족이 마음대로 인출할 수 있을까.

아무 표시도 없는 파일이 있었다. 무심코 빼내서 펼쳐보았다. 세세한 숫자가 빼곡히 적힌 서류묶음이었다. 서류 상단에 '검사 결과', 그 아래에는 '환자 성명: 나가에 데루나'라고 적혀 있었다. 생년월일도 있어서 계산해보니 올해 일곱 살이었다. 성별은 '여성', 담당 의사 '우하라 젠타로', 담당 진료과는 '뇌신경외과'였다.

서류 말미에는 '가이메이 대학병원'이라는 직인이 찍혀 있었다.

이건 대체 뭘까. 나가에 데루나는 누구인가. 페이지를 넘겨보니 비슷한 서류가 차례대로 이어졌다. 아무래도 몇 년에 걸친 병원 검사 결과인 모양이다.

마지막 페이지를 보려고 했을 때, 종이 한 장이 팔랑 떨어졌다. 주워 보니 손으로 쓴 영수증이었다. 받는 사람은 '쓰키자와 가쓰시 님'이다. 그 아래에 '진료비'라고 적혀 있었다.

4

특별수사본부가 개설되고 3일째 수사회의에서 와키사카는 쓰키자와 리쿠마에게서 듣고 온 내용을 보고했다. 하지만 주위의 반응은 떨떠름했다. 피해자가 7월 4일에 휴가를 냈다는 건 보안경비회사에 탐문을 다녀온 수사원에게서 이미 보고가 들어와 있었다. 그나마 유일하게 괜찮은 반응이 돌아온 것은 아버지에게 비밀리에 사귀던 여성이 있었는지도 모른다는 리쿠마의 말을 들려줬을 때였다.

"그렇다면 그 여자에 대해 좀 더 자세히 알아봐." 팀장 다카쿠라의 지시가 떨어졌다. "통신사에 조회한 정보는 도착했나? 여자가 있었다면 반드시 거기에 이름이 나올 거야."

알겠습니다, 라고 와키사카는 대답했다.

"범행 현장의 특정에 대해서는 어떻게 됐지?"

다카쿠라의 질문에 자리에서 일어선 것은 지역 탐문수사를 지휘

하는 팀장이었다.

"사체 발견 지점부터 다마가와강 상류 주변까지 가나가와 현경의 협조를 받아 목격 정보와 방범카메라 영상을 수집 중입니다. 안타깝게도 현재까지 이렇다 할 정보는 들어오지 않았고 범행과 관계가 있는 것으로 보이는 영상도 찾지 못했습니다. 계속해서 정보 수집에 매진하겠습니다."

이런 대답에 납득할 리가 없어서 다카쿠라를 비롯한 상층부는 씁쓸한 얼굴이었다. 일찌감치 이번 수사의 난항을 예상했기 때문인 게 틀림없다.

부검 결과, 쓰키자와 가쓰시의 사인은 익사로 판명되었다. 즉 아직 살아 있는 상태에서 강에 던져진 것으로 보였지만, 그 장소를 특정하지 못해서는 현장검증조차 할 수 없다.

"D자료팀은?" 다카쿠라가 호명했다. "D자료의 수집과 분석 상황에 대해 보고할 게 있나?"

곧바로 담당자가 자리에서 일어섰다.

"강변을 중심으로 수색한 결과, 담배꽁초와 빈 캔 등 약 120점의 자료를 수집하였고, 현재 DNA 분석팀으로 넘어간 상태입니다. 오늘도 다시 범위를 넓혀 수집할 예정입니다."

"알았어. 이번 사건은 그쪽 팀의 성과가 승부를 가를 수도 있어. 최선을 다해주기를 부탁한다."

"알겠습니다." 담당자는 힘차게 대답하고 착석했다.

수사회의가 끝나자 각 팀별로 세세한 업무 회의에 들어갔다. 와키사카는 피해자의 주변 인물들을 샅샅이 훑어보는 탐문수사팀에

속해 있었다. 관할서를 포함해 스무 명 남짓한 규모다.

전원이 모일 때까지 기다리면서 주위를 둘러보니 연단에서 내려온 다카쿠라가 한 남자와 얘기하는 모습이 눈에 띄었다. 경찰청에서 나온 '이바'라는 인물이다. 옛날 귀족을 연상시키는 곱상한 얼굴에는 우월감 같은 게 떠 있었다. 그 이유는 와키사카도 짐작이 갔다.

"팀장님은 DNA 쪽에 기대를 거는 모양이지요?" 와키사카는 옆에 앉은 모가미의 귓가에 대고 말했다.

"뭐, 어쩔 수 없지." 모가미는 널찍해진 이마 위로 올백의 머리를 쓸어 넘겼다. "현재로서는 단서가 전혀 없잖아. 탐문수사팀 쪽에서 수상쩍은 인물이 나올 수도 있지만, 증거 없이는 아무것도 안 돼. 근데 수집해둔 DNA와 일치할 경우에는 중요한 상황증거가 되거든."

"그래도 자료의 양이 엄청나요. 120점이라고 했던가요?"

"그야 그렇지만 과경지원국의 처리 능력이 보통이 아니라는 얘기야. 데이터베이스 숫자도 우리의 상상을 훌쩍 뛰어넘을 정도인 모양이야. 지금까지 몇 번이나 깜짝깜짝 놀랐잖아. D자료가 120점이면 최저로 잡아도 반절쯤은 산출해줄 거야. 그 속에 피해자와 관련 있을 만한 자가 한 명이라도 있다면 그야말로 최고지."

"그렇긴 하죠."

그런 얘기를 하고 있는데 다카쿠라가 이쪽으로 다가왔다. 그 뒤로 이바도 따라왔다.

"잠깐, 괜찮나?" 다카쿠라가 모가미에게 물었다.

"네, 무슨 일이십니까?"

"회의를 했으니 알겠지만, 앞으로 D자료팀 쪽으로 일이 몰릴 것 같아. 탐문수사팀도 나름대로 힘들겠지만, 작업 균형을 고려해 때로는 그쪽을 지원해야 할 수도 있어. 그렇게 알고 있어."

"알겠습니다. 팀원들에게 얘기하겠습니다."

"나도 한 가지 당부할 게 있어." 이바가 앞으로 나서면서 말했다. "다카쿠라 팀의 실력은 잘 알지만, 최근 살인 사건의 경향을 보면 피해자 주변 탐문수사만으로는 해결되지 않는 케이스가 더 많아. 그런 점에서 DNA는 반드시 범인에게로 안내해주고 있지. 그래서 불필요한 낭비가 없도록 인력을 배치해달라고 다카쿠라 팀장님께 부탁드린 거야."

"명심하겠습니다." 모가미가 머리를 숙였다.

이바는 느긋하게 고개를 끄덕이더니 다카쿠라에게 눈짓을 건넸다.

두 사람이 천천히 멀어져가는 것을 지켜보다가 모가미는 와키사카를 향해 어깨를 으쓱 처들었다. 그 얼굴에 쓴웃음이 떠 있었다. "DNA는 반드시 범인에게로 안내해준다고? 과연 경찰청 엘리트께서는 말씀하시는 것도 다르네. 저 사람 눈에는 탐문수사팀이 불필요한 낭비로 보이는 모양이야."

"네, 상당히 자신만만하시네요. 하긴 요즘 한창 명성을 날리는 과경지원국 과장이라면 콧대가 높을 만도 하죠."

과경지원국, 정식 명칭은 경찰청 과학경찰지원국이다. DNA 수사에 특화된 부서로, 전국 경찰에서 보낸 DNA 정보를 데이터베이스화하고 조회하는 역할을 맡고 있다. 예전에는 형사국 업무였지만 규모가 커지면서 별도 부서로 독립했다.

다만 그 정체는 베일에 가려져 있었다. 정확히 어떤 일을 어떻게 하는지 공식적으로 알려진 바가 없다.

국내에서 DNA형 데이터베이스의 운용이 시작된 것은 2005년부터였다. 등록된 DNA형은 피의자의 구강 등에서 정식 채취한 피의자 DNA형과 범죄 현장에 피의자가 남긴 것으로 보이는 혈액이나 피지 등에서 검출한 유류 DNA형, 두 종류가 있다. 그 숫자는 해마다 증가해서 현재는 전 국민의 50명 중 한 명 꼴로 DNA가 등록되어 있다고 일컬어진다.

하지만 최근 들어 실제로 그 두 종류뿐일까 하고 의심할 만한 사례가 나왔다. 현장에서 채취한 유류 DNA형을 과경지원국에 보내자 체포 이력이 전혀 없었던 인물의 이름이 돌아온 것이다. 체포된 적이 없더라도 수사 협조라는 명목으로 일반인에게서 DNA를 채취하는 일은 있지만, 사건과 관계가 없다고 확인되면 즉시 폐기하도록 정해져 있어서 데이터베이스에 등록되는 일은 없을 터였다.

언제 어떤 식으로 해당 인물의 DNA가 등록되었는가. 이 질문에 과경지원국은 답하지 않고 있었다. 극비사항이라는 것이다.

마땅히 폐기되었어야 할 DNA형까지 실은 비밀리에 데이터베이스화하는 게 아니냐고 뒤에서 수군거리고 있었다. 하지만 그렇다고 쳐도 숫자가 맞지 않았다. 아무리 봐도 불특정 다수의 DNA형을 대량 채취해 등록한다고 볼 수밖에 없었지만, 그 방법을 명확히 지적하기가 어려웠다. 본인에게 무단으로 그런 일을 하는 건 두말할 것도 없이 위법이다.

모든 게 수수께끼로 남아 있다. 그러고 보니 이바의 곱상한 얼굴도 세상을 속이기 위한 카무플라주처럼 여겨졌다.

탐문수사팀의 멤버가 모두 모이자 회의가 시작되었다.

"통신사에서 온 정보를 전원에게 보냈어. 확인해봐."

모가미의 말에 와키사카는 모바일을 체크했다. '쓰키자와 가쓰시, 휴대전화 이용내역'이라는 파일이 들어와 있었다.

발신이력을 보니 줄줄이 번호가 이어졌다. 그 옆에는 이름이 적혔다. 명의인이다. 통신사에서 정보 공개에 협조해준 모양이었다.

쓰키자와 가쓰시의 마지막 통화는 7월 4일 18시 29분, 상대는 '쓰키자와 가쓰시' 본인으로 나와 있었다. 아들 리쿠마의 스마트폰일 것이다. 명의인이 쓰키자와인 것은 리쿠마가 아직 중학생이니 당연한 일이다.

그 이후에는 전화한 기록이 없는 걸 보면 쓰키자와 가쓰시는 그 전에 누군가와 미리 만날 약속을 했을 가능성이 높다. 와키사카가 그렇게 발언하자 다른 수사원들도 동의했다.

"문제는 언제 누구와 그 약속을 잡았느냐는 거네." 모가미가 말했다. "7월 4일에는 그 밖에 다른 발신은 없어, 꼭 휴대전화를 썼다고 한정할 수는 없지만."

우선 발신이력에 남아 있는 인물의 신원을 특정하는 것이 선결 문제라고 얘기가 되었다. 각자 담당한 관계자들에게 물어보는 게 가장 빠른 길이다. 와키사카는 쓰키자와 리쿠마의 얼굴을 머릿속에 떠올렸다. 그 중학생 입장에서는 불쾌할지 모르지만 오늘도 만나러 가는 수밖에 없을 것 같다.

회의가 끝나고 풀려난 참에 모가미가 와키사카를 보며 손짓을 했다.

"발신이력 중에 여자 이름이 있었지?"

"네, 저도 봤어요. '나가에 다키코'였지요?"

그 이름이 여러 건이라는 것은 와키사카도 알고 있었다.

"휴대전화 통신사에 조회하면 주소는 금세 밝혀져. 어떻게 할래, 불쑥 찾아가볼 거야?"

"아뇨, 그건 좀." 와키사카는 고개를 갸우뚱했다. "뭐가 됐든 예비지식을 갖고 찾아가는 게 좋죠. 상대가 어떤 사람인지 전혀 모르면 아무래도……."

"그럼 우선 피해자의 아들에게 가보려고?"

"그럴 생각입니다."

"알았어. 나가에 다키코의 주소는 내가 조사해볼게."

"네, 잘 부탁드립니다."

특별수사본부를 나서기 전에 우선 쓰키자와 리쿠마의 스마트폰으로 연락해보기로 했다. 오늘도 학교에 나왔다면 연결이 안 될 것이다.

그런데 예상과는 달리 연결음이 들려왔다. 잠시 뒤에 쓰키자와 리쿠마입니다, 라는 약간 컬컬한 소년의 목소리가 돌아왔다.

"경시청의 와키사카 형사인데, 생각나?"

"네, 어제 만났으니까요." 진지한 말투로 대답했다.

"그렇다면 다행이네. 지금 잠깐 괜찮을까?"

"괜찮습니다."

"오늘은 학교에 안 갔어?"

"쉬어도 된다고 하셨어요. 화장에 관한 수속도 있고 이래저래 할 일이 있어서. 어차피 1학기 수업은 오늘 끝나기도 하고……. 아, 아버지 시신은 언제 돌아오게 될까요?"

"이제 곧 보내드릴 거야. 내가 다시 확인해볼게. 근데 오늘은 바쁘겠구나. 실은 물어볼 게 있어서 잠깐 만났으면 했는데."

"괜찮아요. 저도 얘기할 게 있거든요."

"어떤 건데?"

"그건……. 전화로는 얘기하기가 좀 그래요."

"알았어. 몇 시쯤이면 될까?"

"저희 집으로 오신다면 몇 시든 괜찮아요. 지금이라도."

"그럼 그렇게 하자. 혹시 모르니까 주소 좀 확인할게."

실종신고서에 적힌 주소를 확인해본 바, 틀림없는 모양이다. 여유 있게 한 시간 뒤에 방문하는 것으로 약속하고 통화를 마쳤다.

쓰키자와 리쿠마가 사는 맨션은 가장 가까운 지하철역에서 도보로 10여 분 거리였다. 지은 지 10년쯤은 된 건물로 보였다.

리쿠마는 티셔츠에 반바지 차림으로 기다리고 있었다. 중학생다운 옷차림이었지만 어제보다 더 어른스럽게 보였다. 한창 나이의 아이들은 하루하루 성장하는 건가.

안내해준 거실은 빈말이라도 넓다고는 할 수 없었다. 정사각형 테이블과 아담한 소파 세트가 절묘하게 배치되었다. 구입할 때 신중하게 치수를 재본 게 틀림없다. 잘 정리되어 있어서 너저분한 인상은 없었다.

소파를 권해줬지만 와키사카는 식탁 의자를 가리키며 말했다. "아, 이쪽으로 할까?" 소파는 3인용이지만 한 개뿐인 것이다. 가능하면 마주 보고 얘기하고 싶었다.

그러세요, 라면서 리쿠마는 식탁 의자에 앉았다. 그러고는 겸연쩍은 듯 머리를 긁적였다.

"죄송해요. 대접할 게 없어서……."

"괜찮아. 이거 사왔거든." 와키사카는 비닐봉투를 테이블에 내려놓았다. 캔 커피며 페트병 우롱차 등이다. 오는 길에 편의점에 들렀던 것이다. "뭐든 좋아하는 걸로 골라봐. 남은 건 선물이야."

"고맙습니다." 리쿠마는 캔 커피에 손을 내밀었다.

"아버님 시신은 내일 인도할 수 있을 것 같아. 더 빠른 게 좋다면 바로 처리해줄게."

"아, 그거 말인데요." 리쿠마는 거북스러운 표정으로 캔 탭을 땄다. "잠시만 더 맡아주실 수 있어요? 오늘 시청에 가서 상담해봤는데 이래저래 서류가 복잡해서……."

"알았어, 적합한 날짜가 정해지면 나한테 연락해."

"그럴게요. 죄송합니다."

"그보다 나한테 얘기할 게 있다고 했지?"

리쿠마는 커피를 한 입 마시고 캔을 내려놓았다.

"형사님 얘기를 먼저 해주시면 좋겠어요. 궁금해서요."

"하긴 그렇겠다."

사실은 상대가 먼저 얘기하도록 한 뒤 그 내용에 따라 질문을 바꿔나가는 게 보통이지만, 이런 경우에는 그런 기법이 불필요하다고 판단했다.

"이것 좀 봐줄래?" 가방에서 종이 한 장을 꺼냈다. 이름이 줄줄이 적혀 있다. 쓰키자와 가쓰시의 휴대전화 발신이력을 프린트해온 것이다. "이 중에 아는 이름이 있으면 알려줄래?"

리쿠마는 얼핏 들여다본 뒤에 한 명의 이름을 가리켰다.

"이 세토 씨라는 분은 회사 사람이에요. 어제 말씀드렸던 그 분."

"그랬지. 그 밖에는?"

그 밖에는, 이라고 중얼거리며 목록을 들여다보던 리쿠마의 시선이 멈췄다. 게다가 엇 하는 소리를 흘렸다.

"왜?"

"이 사람……." 리쿠마가 가리킨 것은 '나가에 다키코'라는 이름이었다. "누구예요?"

"응?"

"이 나가에 다키코라는 사람, 누구죠?"

와키사카는 소년의 얼굴을 지그시 바라보았다.

"왜 그런 걸 묻지? 질문은 내가 했는데?"

"같은 용건이네요." 리쿠마가 말했다. "저도 이 나가에라는 사람에 대해 얘기하려고 했어요."

"……어떤 얘기지?"

"잠깐만요." 리쿠마는 자리에서 일어나 벽 쪽의 거실장으로 갔다. 그 문을 열더니 안에서 파일을 꺼내들고 돌아왔다. "이런 걸 찾았어요."

와키사카는 흰 장갑을 꺼내 손에 꼈다. "내가 잠깐 봐도 될까?"

"네."

와키사카는 파일을 펼쳤다. 그곳에 철해둔 것은 '검사 결과'라는 제목의 서류들이었다. 다양한 수치가 적혀 있었다. 별다른 의학 지식이 없는 와키사카도 들어본 단어가 몇 개나 눈에 들어왔다.

"이건 혈액검사 결과인 것 같네." 그렇게 말한 뒤에 환자 이름을 보고 흠칫했다. '나가에 데루나'라고 적혀 있었기 때문이다. "나가에……."

"그렇죠, 똑같지요?"

"그러네."

"그리고 이런 것도 찾았어요." 리쿠마가 꺼내준 것은 영수증이었다. 발급 대상은 '쓰키자와 가쓰시 님'이라고 되어 있었다. 산부인과 클리닉 도장이 찍혔고, '진료비'라고 손으로 쓴 글씨가 있었다.

"아버님이 산부인과 진료를 받았다고 하기는 어렵겠지?"

"그렇죠. 어쩌면 산부인과가 주 진료과목이지만 감기 정도는 진료해주는 곳인가 했는데……."

"그럴 가능성은 한없이 낮을걸. 아니, 그보다 이 영수증에는 또 한 가지 중요한 정보가 있어."

"날짜 말이죠?"

"역시 알고 있네. 나도 날짜가 마음에 걸려. 8년 전이잖아."

"왜 그런 오래된 것을……. 어쩌다 보니 남아 있었던 건가."

리쿠마는 고개를 갸웃거렸지만, 와키사카는 짐작되는 게 있었다. 하지만 지금 이 자리에서 얘기할 필요는 없을 것이다.

"이거, 내가 잠시 가져가도 될까? 사건과 관계가 있는지는 모르겠지만, 어쨌든 좀 더 조사해보려고."

"그러세요. 제가 갖고 있어봤자 별 볼일도 없고."

"고맙다."

와키사카는 파일과 영수증을 가방에 챙겨 넣었다.

"형사님은 나가에 다키코라는 사람이 누군지 알지요?"

"아니, 모르니까 너한테 물어보러 왔지."

"그럼 알게 되면 연락 좀 해주실 수 있어요?"

와키사카는 잠시 생각해본 뒤에 천천히 입을 열었다.

"미안하지만, 그건 약속하기가 어려워. 아버님이 너한테 말하지 않은 걸 보면 뭔가 사정이 있었던 거겠지? 개인정보의 취급에 특히 주의하라고 위에서도 엄격히 금하고 있어. 질문은 많이 했으면서 막상 네가 궁금해하는 건 알려주지 못해 미안하지만, 이해해주면 고맙겠다."

리쿠마는 납득한 얼굴은 아니었지만, 떨떠름하게나마 고개를 끄덕여주었다.

"아버지도 그런 얘기를 했어요. 경찰이 일반인에게 정보를 흘려서 좋을 게 없다, 서로에게 좋지 않다……. 그래서 공개수배라는 건 웬만해서는 내리지 않는다고도 했어요."

"그렇지. 공개수배는 경찰로서도 리스크가 크니까."

그러자 리쿠마가 아 참, 하고 뭔가 생각난 모양이었다.

"또 한 가지가 있어요. 사건과는 관계가 없을지도 모르지만."

"어떤 건데?"

"아버지가 경찰 시절에 갖고 다니던 노트가 저기 거실장 위에 나와 있었어요. 언제부터 거기 있었는지 확실하지는 않지만, 아마 아버지가 행방불명되기 직전부터였던 거 같아서……."

이건 그냥 흘려들을 수 없는 얘기다.

"그 노트 좀 볼 수 있을까?"

리쿠마가 자리에서 일어섰다. 다시 거실장 문을 열고 두툼한 노트를 들고 돌아왔다. "이거예요."

노트의 두께는 3센티미터 가까이나 되었다. 대단하다, 라고 저도 모르게 중얼거렸다.

펼쳐보니 얼굴 사진이 줄줄이 붙어 있었다. 각각의 사건 개요도 기록해두었다.

쓰키자와 가쓰시가 경시청 형사부 수사공조과에서 근무했다는 건 이미 알고 있다. 미아타리 수사원이었다니까 당시 동료에 대한 탐문수사도 하게 될 터였다.

미아타리 수사원이 어떻게 일하는지, 실은 와키사카도 자세히는 알지 못했다. 배속되는 이들이 워낙 특수한 재능의 소유자라서 자신과는 인연이 없는 곳이라고만 생각했다. 거리에 나가 행인들의 얼굴을 지켜보며 언제 나타날지 모르는 지명수배자를 찾아내다니, 비현실적인 일이라는 느낌밖에 없었다.

하지만 실제로 상당한 성과를 올렸다고 들었다. 우수한 미아타리 수사원은 월 평균 한 명 꼴로 수배자를 찾아낸다고 하니까 허투루 볼 수 없는 탁월한 재능이다.

그렇지만 그런 장인의 기술도 점점 사라져가고 있다. 요새는 길거리마다 곳곳에 방범카메라가 설치되었다. 그 영상 데이터가 실시간으로 경찰의 감시 시스템에 송신된다. 얼굴 인식은 물론이고 법 보행 인식 시스템과 3D 인증 시스템 등을 구사해 AI는 단시간에 대량으로 개개인을 식별해나간다. 지명수배자가 숨을 곳은 점점 줄어들고 있다.

그런 흐름에 따라 미아타리 수사팀은 규모가 축소되어 이제는 전국 경찰서와의 연대가 수사공조과의 주요 업무라는 얘기였다.

와키사카는 쓰키자와 가쓰시의 노트를 찬찬히 넘겨보았다.

"사진이 엄청 많네. 이게 대체 몇 명이야."

"4백 명이 넘을걸요."

"이걸 모두 기억한다고? 실감이 안 난다."

"얼굴 사진을 기억하는 요령이 있다고 했어요."

"요령? 어떤?"

"단순히 얼굴만 기억하는 게 아니라 상상력을 발휘해요. 이 사람은 지금까지 어떤 식으로 살아왔고 현재 어떤 식으로 살고 있는가. 무슨 생각을 하고 무엇을 소중하게 여기고 무엇을 희생하며 살고 있는가. 그런 식으로 열심히 상상하다 보면 사진의 얼굴이 머릿속에서 점점 변해간대요. 인간이란 살다 보면 반드시 얼굴이 변한다. 인생이 배어나온다. 그걸 가미해서 기억해나간다. 그런 작업을 날마다 반복하면 단 한 장의 얼굴 사진만으로도 사진 속 인물이 마치 오래된 친구처럼 가까워진대요. 친한 친구라면 수많은 사람들 속에서 찾아내는 것도 어렵지 않다, 미아타리 수사는 그런 감이지 이론이 아니다, 라고 아버지가 알려줬어요." 리쿠마는 긴 얘기를 줄줄 풀어냈다. 아마 아버지에게서 여러 번 들은 얘기일 것이다.

와키사카는 머리를 휘휘 저었다.

"엄청난 얘기네. 완전 초능력이잖아."

빨간 스티커나 'A'라는 표시에 대해 물어보니 리쿠마가 설명해주었다. 검거된 자에게 표시를 해둔 건 그럴 만하지만, AI에 의한 검거를 따로 표시해뒀다는 게 특이했다.

"아마 아버지는 AI가 미아타리 수사원을 대신할 수는 없다고 생각했을 거예요. 그래서 이렇게 따로 기록해뒀겠죠."

냉정한 분석이라고 와키사카는 생각했다. 리쿠마의 말에는 타당성이 있었다.

"아버지를 존경했구나."

와키사카의 말에 리쿠마는 겸연쩍은 듯 쓴웃음을 지었다.

"존경이라고 할까, 자신의 능력에 강한 자신감과 자부심을 갖고 있는 게 멋있다고 생각했죠. 우리 아버지, 경찰 그만둔 뒤에도 지명수배자를 찾아냈어요."

"엇, 그랬어?"

리쿠마는 노트를 몇 장 넘기더니, 이 사람이라면서 사진 하나를 가리켰다. 빡빡머리에 입가에 수염을 기른 남자의 사진이다. 프로필에 의하면 전국을 돌며 절도를 거듭해온 상습범이었다.

"보안경비원 일을 하던 중에 발견해서 그 즉시 신고하고 체포했대요. 이 범인의 모습은 방범카메라에도 포착되어 그 영상이 감시 시스템에 들어갔을 텐데도 AI는 발견해내지 못했어요. 왜 실패했는지 아세요?"

"모르겠네. 어째서?"

"아버지가 발견했을 때, 이 사람은 사진에서보다 훨씬 빼빼 말라 실제 나이보다 열 살은 더 들어 보였대요. 친한 친구라도 한동안 못 만났다면 알아보지 못했을 거라고 아버지가 얘기하더라고요."

"근데 아버님은 그걸 놓치지 않고 알아보셨어?"

"네." 리쿠마는 크게 고개를 끄덕였다.

"절도 현장에 술을 마신 흔적이 남아 있었대요. 그 정도로 술을 좋아하는 사람이라면 분명 알코올의존증일 테니까 수배 사진보다 훨씬 더 추레한 모습을 머릿속에 그려둔 거예요. 그랬더니 어느 날 갑자기 상상했던 그 모습의 남자가 눈앞에 나타났대요."

"아, 그렇구나. 그런 기술은 역시 AI로는 어렵겠네."

"성형수술을 한 경우도 AI로는 식별이 어렵다고 했어요. 얼마 전에 외국에서 성형수술을 받고 귀국한 사람이 공항 얼굴 인식에 걸리는 바람에 문젯거리가 된 적도 있었대요. 그런 점에서 미아타리 수사원은 성형을 했든 변장을 했든 절대 놓치지 않는다고 기세등등하게 얘기했어요."

"성형을 해도? 어떻게 그럴 수 있지?"

"어떤 성형으로도 눈만은 바꿀 수 없기 때문이에요. 쌍꺼풀수술을 해도 눈두덩에 절개선을 넣어도 눈의 간격은 못 바꾸거든요. 그 것만 잘 보면 구분할 수 있다는 거예요. 코로나 때문에 전 국민이 마스크를 쓰고 다니던 때가 있었죠? 그때도 전혀 문제없었대요. 지명수배자들은 원래부터 마스크를 쓰고 다니는 경우가 많거든요. 수배자의 얼굴 사진을 기억할 때, 마스크 쓴 모습도 머릿속에 그려둔다는 얘기예요."

와키사카는 탄성과 함께 다시금 고개를 저었다.

"와아, 믿기 어렵지만, 얘기를 듣고 보니 그렇겠네."

"AI는 방대한 양의 빅데이터를 갖고 있지만 눈에 보이는 데이터 만으로는 아무것도 모른다, 범인을 찾아내려면 마음이라는 내면의 데이터도 필요하다고 했어요. 그냥 그런가 보다 하고 그때는 별로 진지하게 듣지 않았는데 아버지가 의외로 심오한 얘기를 했다는 생각이 들어요, 요즘에."

리쿠마는 시선을 비스듬히 위쪽으로 향했다. 아버지와의 대화를 되새겨보는 것 같았다. 그러다가 문득 아, 하는 소리를 냈다. "맞다, 그 사진만은 다르다고 했어요."

"그 사진이라니?"

리쿠마가 노트를 들고 뒤쪽 페이지를 펼쳤다. "이거예요."

그가 손끝으로 짚어준 것은 이마가 넓고 눈이 가느다란 한 남자의 얼굴 사진이었다. 나이는 30대 중반쯤일까. 이름 칸에 '니지마시로'라고 적혀 있었다. 강도살인죄로 지명수배가 내려진 자였다. 사건을 일으킨 것은 17년 전, 고급 주택가의 가정집에 침입해 주인 부부와 외동딸을 살해하고 금품을 훔쳐 도주했다.

그 사건인가, 하고 와키사카는 곧바로 생각해냈다. T초 일가족 3인 강도살인 사건, 통칭 T초 사건이다. 오랫동안 미궁에 빠져 있었는데 불과 몇 년 전에 해결되었다. 실제로 사진 밑에 빨간 스티커가 붙었다. 거기에 'A'라는 표시도 있었다.

"이 사진이 어떻다는 거지?"

"아버지가 이상한 얘기를 했어요."

"어떤 얘기?"

"이 얼굴 사진을 보면서 나한테 범인이 어떤 사람 같으냐고 묻더라고요. 그래서 한참 사진을 들여다봤는데 아무 생각도 안 났어요. 그래서 전혀 모르겠다고 했죠."

"그랬더니 아버님이 뭐라고 하셨어?"

"그거면 됐다고 했어요. 아버지도 그렇다, 아무것도 모르겠다, 하는 거예요. 보통 사람의 얼굴에서는 살아온 인생이 느껴져서 사진만으로도 그걸 감지할 수 있는데 이 사람한테서는 인생 자체가 느껴지지 않는대요. 어떤 인물이었는지 도무지 감이 안 잡히니까 세월이 흐르면 어떻게 얼굴이 바뀔지 상상이 안 된다, 이 사진만 받아서는 나는 못 찾아낸다, 아버지가 그렇게 말했어요. 그렇다면 그런 사람을 찾아낸 AI는 역시 대단한 거 아니냐고 했더니 아버지가 잠시 생각해보다가 어떤 의미에서는 그럴지도 모르겠다고 했어요."

"어떤 의미에서는 그럴지도 모른다……. 어쩐지 마음에 걸리는 말씀이네."

"그렇죠? 나도 무슨 말이냐고 물어봤는데 아니, 여기까지만 하자, 라면서 아버지가 얘기를 끊어버렸어요. 뭔가 안 좋은 기억이라도 있는 거 같아서 나도 더 이상 묻지 못했고."

기묘한 에피소드였다. 와키사카는 다시금 '니지마 시로'의 사진을 들여다보았다. 아닌 게 아니라 무슨 생각을 하는지, 어떤 식으로 살아왔는지, 전혀 상상이 안 되는 얼굴이다. 으스스한 느낌까지 들었다. 하지만 왜 그렇게 느껴지는지, 스스로도 알 수 없었다.

"이 노트, 내가 잠시 가져가도 될까?"

와키사카가 말하자 리쿠마는 머뭇거리는 기색을 보였다. "왜요?"

"물론 수사에 참고하려는 거야."

"하지만 지명수배자의 사진을 모아둔 노트일 뿐이에요. 이런 거, 경찰에 많지 않아요?"

"그렇긴 한데 아버님이 손수 만든 노트라는 점에서 특별한 가치가 있어. 뭔가 메시지가 담겨 있을지도 몰라."

"메시지?"

"혹시 내가 가져가면 문제가 될 게 있어?"

"아뇨, 딱히 문제는 없지만……." 리쿠마는 노트를 덮어 표지를 몇 번 쓰다듬더니 얼굴을 들었다. "아버지를 죽인 범인, 꼭 잡을 수 있어요?"

"잡아야지." 와키사카는 즉각 답했다. "찾아내서 반드시 체포한다. 그게 우리 일이야."

"단서는 있어요?"

"지금 수집 중이야. 그래서 이 노트도 빌려줬으면 하는 거야."

리쿠마는 한 차례 심호흡을 한 뒤에 고개를 끄덕였다.

"알았어요, 빌려드릴게요. 근데 그 전에 내 스마트폰으로 전부 찍어둘 거예요. 만일을 위한 대비라고 할까, 백업이 필요하니까요."

"물론 좋지."

"그리고 약속해주실 게 있어요. 절대로 더럽히거나 찢으면 안 돼요. 왜냐면 이거, 아버지의 소중한 유품이잖아요."

그 눈에는 소년답지 않은 위압적인 빛이 감돌았다.

약속할게, 라고 와키사카는 대답했다.

5

1학기 종업식은 여름방학을 어떻게 보람차게 보낼 것인가 하는 담임 선생님의 길고 지루한 설명으로 마무리되었다. 리쿠마는 사물함에 넣어둔 책이며 문구를 가방에 챙겨 넣고 교실을 나왔다. 복도에서 기다리고 있었더니 잠시 뒤에 옆 반 교실 문이 열리고 애들이 줄줄이 나왔다. 그 속에 준야의 모습도 있었다.

"화장은 어떻게 됐어?"

준야의 물음에 리쿠마는 떨떠름한 얼굴로 응했다.

"이래저래 수속이 복잡해. 아무래도 전문 장의사에게 맡기는 게 좋다고 해서 저렴한 곳으로 몇 군데 소개받았어. 그래도 5만 엔은 들더라고."

"어휴, 비싸네. 좀 더 찾아보면 안 될까?"

"인터넷으로 검색해보니까 화장만 하면 좀 덜 드는 것 같은데 그 뒤에 이런저런 게 있어서 결국 비용은 거기서 거기였어."

"그렇구나." 준야가 자기 일처럼 심각한 목소리를 냈다. "집에서 아버지하고 엄마가 걱정하더라. 너희, 저금해둔 게 좀 있는지 모르겠다고. 이런 거 물어보면 실례겠지만."

"실례는 무슨? 뭐, 전혀 제로는 아니지만, 크게 기대할 정도도 아닐 거야. 어쨌든 일단 확인해보려고 오늘 은행에 갈 생각이야. 잔액뿐만 아니라 다달이 얼마나 돈이 입금되고 출금됐는지도 알아봐야지. 아버지가 통장은 거의 쓰지 않아서 아무것도 기입된 게 없더라고."

"좋아, 나도 같이 간다."

드디어 장마가 걷혔는지 한여름 햇살이 쨍쨍한 가운데 학교를 나와 은행이 있는 상점가로 향했다. 편의점에서는 통장 정리가 안 된다는 것쯤은 중학생도 알고 있다.

"어차피 가는 거, 계좌를 개설한 지점으로 가볼 생각이야. 사정을 얘기하고 돈을 인출할 수 있는지도 물어보려고."

그러자 준야가 발을 멈췄다. "그거, 안 하는 게 좋을 텐데?"

"왜?"

"내가 들은 얘기가 있어. 섣불리 계좌 소유주가 사망했다고 말했다가는 돈을 뺄 수 없게 된대. 뺄 수 없을 뿐만 아니라 임대료와 카드, 공공요금의 자동이체도 다 정지된다는 거야."

"헉, 진짜?"

"은행에서 계좌를 동결해버리거든. 은행 측도 상속인이 확실해질 때까지 본인 이외에는 돈을 내줄 수 없는 거야."

역시나 작가 지망생답게 준야는 아는 것도 많다.

"상속인은 나밖에 없어. 이건 확실한 거잖아."

"네 입장에서는 그렇지만, 은행 측에서 보면 그렇지 않아. 너 말고 다른 상속인이 없다는 걸 입증해야 된다고."

"그럼 어쩌지?"

"우선 오늘은 통장 정리만 하자. 돈은 현금카드로 인출하면 돼."

"현금카드라니, 그런 거 없어."

"너희 아버지 지갑 속에⋯⋯." 말을 하다 말고 준야는 손으로 이마를 짚었다. "아, 안 되는구나."

"지갑도 운전면허증도 강물 속에 있겠지. 게다가 현금카드 비밀번호도 몰라."

"알았어. 우리 아버지한테 얘기해볼게. 모아둔 돈이 있는지 걱정이라고 했으니까 아마 좀 도와줄 거야."

리쿠마는 어깨를 툭 떨구고 한숨을 내쉬었다.

"이래저래 미안하다. 나, 너희 집 기생충인가."

"야, 신경 쓰지 마. 친구 사이에 당연하잖아." 준야가 어깨동무를 하며 말했다.

"고맙다. 근데 좀 떨어져줄래? 덥다고. 게다가 땀 때문에 끈적거려서 찝찝해."

"야야, 우정의 증거를 찝찝해하면 안 돼." 퉁퉁한 몸을 더욱더 찰싹 맞대왔다.

둘이 그렇게 장난을 쳐가며 걷다 보니 은행에 도착했다. 안은 에어컨이 빵빵해서 딴 세상 같았다. 안경을 쓴 중년 여직원이 다가와

"도와드릴까요?"라고 물었다. 중학생 둘이서 올 데가 아니다, 라는 투였다.

"이 친구가 아버지 심부름으로 통장 정리를 하러 왔어요." 준야가 막힘없이 술술 얘기하면서 리쿠마를 보았다. "그치?"

네, 라고 리쿠마는 여직원에게 말했다.

"통장 좀 보여줄래요?"

리쿠마는 가방에서 통장을 꺼내 여직원에게 건넸다.

"잠깐만 기다리세요." 그렇게 말하고 여직원은 카운터 창구에서 뭔가 작업을 시작했다. 통장에 기입을 해주는지 글자 찍히는 소리가 들려왔다.

이윽고 여직원이 돌아왔다. "오래 기다리셨습니다. 여기, 다 됐어요."

통장을 받아 펼쳐보니 자잘한 숫자가 빽빽하게 이어졌다.

고맙습니다, 하고 인사한 뒤에 은행을 나왔다.

"의외로 간단히 끝났네. 다행이다." 리쿠마가 말했다.

"순순히 처리해준 걸 보면 아버지 돌아가신 거, 아직 모르는가 봐."

"그러게. 혹시라도 자동이체가 정지됐다면 진짜 난감했을 거야."

"은행원은 장례식을 목격하면 누가 사망했는지 체크해본다잖아. 자기네 계좌가 있는지 없는지 조사해보고 해당되면 즉시 동결하려는 거야. 그걸 나중에야 알고 당황하는 유족이 많대."

"그래? 아차 하면 큰일 날 뻔했다."

준야에게 미리 상의하기를 잘했다. 꼭 가져야 하는 건 박식한 친구다.

배가 고파서 점심을 먹기로 했다. 두 사람에게는 단골 식당이 있었다. 노부부가 운영하는 허름한 곳이지만 저렴하고 양도 많다.

"오늘은 내가 쏜다." 준야가 말했다. 다시금 미안한 일이었지만, 그 호의에 기대기로 했다. 허세를 부릴 여유 따위는 없었다.

돈가스카레 곱빼기를 먹었더니 땀이 뚝뚝 떨어졌다. 준야가 빙수를 먹자고 해서 리쿠마도 동의했다.

시원한 딸기 빙수를 먹으면서 통장을 펼쳐보았다. 제일 먼저 확인한 것은 잔액이다. 눈곱만큼이면 어떡하나 하고 걱정했는데 200만 엔 남짓 남아 있었다. 약간 애매한 금액이지만, 이 정도면 당장 길바닥에 나앉을 일은 없을 것이다.

다음으로 입출금 내역을 차례대로 살펴보았다. 역시 공공요금 등은 자동이체로 해둔 게 많았다. 휴대전화 요금이 나간 것을 보고는 식은땀이 났다. 이게 정지되었다면 스마트폰도 못 쓸 뻔했다.

출금만이 아니라 간간이 입금 내역도 있었다. 물론 월급이다. 월별로 액수가 약간 다른 것은 근무시간이나 수당에 차이가 있기 때문일 것이다. 생각했던 것보다 월급이 적은 것을 알고 리쿠마는 내심 낙담했다. 이런 수입으로 살림을 꾸려왔으니 역시 아버지는 성실한 편이었다고 해야 할 것이다.

어라, 하고 생각했다. 갑작스럽게 100만 엔이나 입금된 게 눈에 띄었기 때문이다. 이체해준 사람은 '히로타 나오키'라고 찍혀 있었다. 이 돈은 어떻게 들어온 걸까.

그런데 그 100만 엔이 이틀 뒤에는 다른 사람의 계좌로 빠져나갔다. 그 이름을 보고 리쿠마는 입에 넣었던 빙수를 뿜을 뻔했다.

'나가에 다키코'라고 적혀 있었기 때문이다.

"왜 그래?" 준야가 물었다.

리쿠마는 통장을 보여주면서 '나가에 데루나'라는 소녀의 혈액검사 결과지를 아버지가 보관해왔던 것이며 와키사카 형사가 보여준 휴대전화 발신이력에 '나가에 다키코'의 번호가 있었던 것 등을 얘기해주었다.

"엄청 이상하네, 이거."

"그치?" 리쿠마는 통장을 다시 넘겨보았다. 이윽고 앗! 하는 소리를 올렸다.

"이번에는 또 뭔데?"

"하나 더 있어. 이번에는 50만 엔이야."

입금해준 사람은 '다나카 료스케'라는 인물이다. 그리고 이틀 뒤, 이번에도 '나가에 다키코'의 계좌로 전액 이체되었다.

"이게 대체 뭐냐." 리쿠마는 팔짱을 끼고 생각에 잠겼다. 빙수가 녹고 있었지만 더는 먹을 마음이 나지 않았다.

"일단 만나보는 게 어떨까?" 준야가 생각지도 못한 말을 했다. "그 나가에 다키코라는 사람."

"어떻게 만나? 어디 사는지도 모르는데."

"이 여자애가 치료를 받은 병원에 가보면 뭔가 알 수도 있어. 병원은 어디였어?"

"그게 어디였더라……." 리쿠마는 스마트폰을 꺼내 사진 파일을 열었다. 혹시나 해서 서류 한 장을 찍어둔 것이다. "가이메이 대학 병원이야. 뇌신경외과라고 적혀 있어."

"여기서 별로 멀지도 않네. 일단 가보자. 혹시 입원해 있을 수도 있어." 준야가 빙수 스푼을 내려놓으며 말했다.

"지금?"

"이제 겨우 점심때야. 리쿠마, 무슨 다른 일정이라도 있어?"

"그런 건 없지만……."

"좋은 일은 서두르라는 말도 있잖아." 준야는 자리에서 벌떡 일어섰다. 그 바람에 무릎이 테이블을 쳐서 빙수 녹은 게 꿀렁 흘렀다.

역으로 나가 지하철을 탔다. 네 정류장만 가면 가이메이 대학에서 가장 가까운 역이 나온다.

"드디어 여름방학인데 입시 공부하라고 집에서 난리다, 난리." 준야가 투덜투덜 말했다.

"입시……. 나는 어떻게 될지 모르겠다."

"뭐? 고등학교 안 가려고?"

"가고는 싶지. 근데 갈 수 있으려나."

"갈 수 있어. 부모님 없어도 고등학교 대학교까지 진학한 사람이 얼마나 많은데? 아이돌 중에도 그런 사람이 있어."

"그 사람들은 어떻게 학교에 다녔을까."

"그 아이돌은 아동양호시설에서 다녔다고 하던데."

"아동양호시설……."

아직 아동상담소에서 온 연락은 없었다. 하지만 중학생을 언제까지고 혼자 살게 놔둘 리는 없으니까 이제 곧 뭔가 얘기가 나올지도 모른다. 아동양호시설이라는 말을 들어도 선뜻 감이 오지 않았다. 어떤 곳인지 생각해본 적도 없었다.

지하철이 병원 근처 역에 도착했다. 리쿠마와 준야는 동시에 벌떡 일어섰다.

 역 앞에는 라면집, 아이스크림 가게, 크레이프 카페 등이 줄줄이 들어서 있었다. 주요 고객은 대학생일 것이다. 실제로 그럼직한 젊은이들이 활보하고 있었다. 모두 다 수재로 보였다.

 조금 더 걸어 올라가자 가이메이 대학병원의 번듯한 건물이 나타났다. 몇 층인지 얼핏 올려다본 것만으로는 알 수 없을 만큼 높은 빌딩이다.

 통유리로 된 현관을 지나 안으로 들어가 일단 안내데스크에 대충 물어보기로 했다.

 "나가에 데루나 씨의 병실에 가려고 하는데요."

 "무슨 과인가요?"

 "뇌신경외과요."

 담당 직원은 단말기를 두드려 모니터를 들여다본 뒤 고개를 갸웃했다.

 "현재 입원 중인 환자 중에 그런 분은 없습니다." 직원이 단호하게 말했다.

 리쿠마는 준야와 얼굴을 마주 보았다. "어떻게 된 거야."

 준야가 직원에게 물었다. "통원 치료 중인 사람의 주소도 여기서 알 수 있어요?"

 여직원은 쓴웃음을 지으며 고개를 저었다. "규정상 그런 문의에는 답해드릴 수 없습니다."

 준야는 목을 움츠리며 안내데스크에서 물러섰다. 역시 그렇지, 라고 얼굴에 써 있었다. 밑져야 본전이라 생각하고 물어본 모양이다.

"눈앞에서 문이 탁 닫힌 기분이다. 이제 어떻게 하지?" 준야가 팔짱을 척 끼면서 말했다.

물어봤자 리쿠마라고 무슨 뾰족한 수가 있을 리 없다.

"오늘은 포기하고 나중에 다시 오자. 아버지 짐을 살펴볼게. 뭔가 나올 수도 있어."

"그래도 기왕 여기까지 왔으니까 조금만 더 생각해보자. 뭔가 방법이 있을 거야."

"하지만 뭘 어떻게……." 리쿠마는 무심코 로비 쪽을 쳐다보다가 흠칫했다. 건너편에 휠체어 한 대가 서 있고 거기에 탄 남자애의 얼굴이 낯익었다.

"왜?" 준야가 옆에서 물었다.

"저 남자애……." 리쿠마는 휠체어에 앉아 있는 아이를 가리켰다. "얼마 전에 도서관에서 만났어."

"도서관에서?"

"응, 역 앞의 시립도서관."

어디선가 한 여자가 다가와 그 휠체어를 밀기 시작했다. 도서관에서 만난, 끈 없는 겐다마를 갖고 있던 그 여자는 아니었다.

그리고 대기실 의자에 앉아 있던 다른 남자애 두 명이 그들과 합류했다. 모두 초등학생처럼 보였지만, 같은 학년은 아니었다. 그중 키가 큰 아이는 걸음걸이가 어색한 게 뭔가 장애를 안고 있는 것으로 보였다.

여자와 아이들이 병원 문을 나섰다. 리쿠마가 그 모습을 가만히 지켜보니 저만치에 서 있던 흰색 대형 왜건이 다가와 승차장에서 기다리던 아이들 앞에서 멈춰 섰다. 운전석에서 건장한 체격의 남자가 내렸다.

리쿠마는 차체의 측면을 보았다. '수리학연구소'라고 찍혀 있었다.

휠체어를 탄 남자애의 뒤를 이어 다른 아이들과 여자가 차에 올랐다. 남자는 휠체어를 접어 뒤쪽 트렁크에 실은 뒤 운전석으로 돌아갔다.

왜건이 다시 출발해 차도로 나가는 것을 리쿠마는 계속 지켜보았다.

"뭘까, 쟤들은." 준야가 고개를 갸웃거리며 말했다.

리쿠마는 스마트폰을 꺼내 '수리학연구소'를 검색했다. 공식 사이트가 금세 떴다. 뭐가 뭔지 모를 어려운 얘기가 잔뜩 적혀 있었다. 잘은 모르겠지만, 지능에 관한 최첨단 과학을 연구하는 곳인 것 같다.

가장 최근의 공지사항은 '(제2보) 익스체드에 관한 보고를 업로드했습니다'라는 것이었다. 시험 삼아 클릭해보니 엄청 난해한 논문이었다. 읽어볼 엄두도 나지 않았지만, 제목 옆에 적힌 저자를 보고 눈이 둥그레졌다. '우하라 젠타로, 가이메이 대학 의학부 뇌신경외과'라고 적혀 있었기 때문이다.

준야에게 그걸 보여주자 당장 콧구멍을 벌름거렸다.

"어쩌면 나가에 데루나도 여기 있는지 모르겠네."

"장소가 어딘지 찾아볼게." 리쿠마는 다시 스마트폰을 터치하기 시작했다. 흥분한 탓에 손끝이 살짝 떨렸다.

수리학연구소는 이 대학병원에서 약 2킬로미터 떨어진 곳에 있었다. 안타깝게도 버스로는 갈 수 없는 곳이다.

"걸어갈 수밖에 없나." 리쿠마는 중얼거렸다. 바깥을 보니 강한 햇빛이 쨍쨍 내리쬐어서 도로에 아지랑이 같은 열기가 어른거렸다.

"열사병에 대비해야겠어." 준야가 잽싸게 가방에서 모자를 꺼냈다.

약 30분 뒤, 리쿠마와 준야는 하얀 건물 앞에 서 있었다.

"드디어 도착했다." 오는 길에 산 생수병을 손에 들고 준야는 얼굴을 일그러뜨리고 있었다. 겨우 2킬로미터 남짓한 거리를 약간 빠른 걸음으로 걸었을 뿐인데 둘 다 땀에 흠뻑 젖어버렸다.

건물 입구에 〈독립행정법인 수리학연구소〉라는 팻말이 걸려 있었다.

"이렇게 힘들게 왔는데 허탕 치면 충격이 클 거 같다." 리쿠마는 말했다.

"야야, 확인해보기도 전에 그런 소리 하지 마." 준야가 걸음을 옮겼다. 망설임 없이 정문 앞에 서서 자동문 버튼을 눌렀다.

"당장 쳐들어가려고?" 리쿠마도 서둘러 뒤따라갔다.

약하게 낮춰둔 조명 아래의 로비는 무기질적인 분위기가 감돌았다. 테이블과 소파뿐인 공간이다. 안쪽에 자동개표기 같은 게이트가 있었다. ID카드 없이는 들어갈 수 없는 곳일 것이다. 그 옆의 접수처에 앉은 직원이 이쪽을 주시하고 있었다.

"실례합니다." 준야가 접수처로 다가갔다. "여기에 나가에 데루나라는 여자애가 있습니까?"

직원은 미소를 지으면서도 짧게 고개를 저었다.

"연구소 규정상 그런 문의에는 답해드릴 수 없습니다."

병원 안내데스크 직원과 완전히 똑같은 대답이었다.

"우리, 수상한 사람들 아니에요. 데루나에게 확인해보시면 알 거예요."

준야에게만 짐을 지울 수는 없다. 리쿠마도 옆으로 달려가 말을 보탰다.

"실은 데루나가 아니라 나가에 다키코 씨를 만나러 왔습니다."

"나가에 다키코 씨?" 직원은 손 앞의 노트북을 터치해보더니 고개를 들었다. "실례지만, 학생 이름을 알려줄 수 있을까요?"

여기 있다, 라고 리쿠마는 확신했다. 나가에 모녀가 이곳에 있는 것이다.

"쓰키자와라고 합니다. 쓰키자와 리쿠마예요."

직원은 잠시 생각해보는 표정을 보인 뒤, 소파 쪽을 가리켰다. "저쪽에서 잠시만 기다려주세요."

리쿠마는 준야와 나란히 소파에 앉았다. 직원이 어딘가에 전화를 하고 있었다.

"아무래도 우리 예상이 딱 맞았나 봐." 준야가 귓가에 대고 속닥거렸다. "나가에 씨라는 사람이 틀림없이 여기 있는 거야."

"문제는 그쪽에서 나를 만나주느냐는 거겠지. 쓰키자와라는 이름을 듣고 눈치채지 못할 리는 없어."

전화를 마친 직원이 이쪽으로 다가왔다.

"지금 관계자가 내려올 테니까 여기서 조금만 더 기다려요."

"관계자라니……."

리쿠마의 물음에 직원은 미소를 지으며 말했다. "잠시 뒤에 내려오시면 알 거야."

"누가 내려오는 거지? 나가에 씨는 안 온다는 뜻인가." 직원의 뒷모습을 보면서 리쿠마는 중얼거렸다. 그러게, 라고 준야도 고개를 갸우뚱했다.

이윽고 게이트 너머에서 누군가 나타났다. 자그마한 여성이었다. 아까 아이들을 인솔했던 여자와는 다른 사람인 것 같았다. 접수처 직원과 뭔가 얘기를 하고 있었다.

리쿠마와 준야는 동시에 자리에서 일어났다.

등을 보이고 있던 자그마한 여성이 몸을 돌려 이쪽으로 다가왔다. 그 얼굴을 보고 리쿠마는 엇 하는 소리를 흘렸다. 끝이 치켜 올라간 눈이 인상적인 그 여자는 도서관에서 만났던 사람, 끈 없는 겐다마를 능숙하게 다루던 그 사람이 틀림없었다.

그쪽도 금세 알아봤는지 리쿠마의 얼굴을 빤히 쳐다보았다. 그대로 두 사람 앞으로 다가와 물었다. "누가 쓰키자와 리쿠마야?"

"저예요." 리쿠마는 대답했다.

"그래?" 여자가 고개를 끄덕이며 팔짱을 척 꼈다. "일단 물어보겠는데, 이 재회는 우연인 거지? 아니면 나에 대해 알아보고 일부러 찾아왔어?"

"반은 우연입니다."

"반이라니?"

"가이메이 대학병원에서 지난번 도서관에서 만난 휠체어 탄 남자애를 봤거든요. 그 남자애가 다른 아이들과 함께 탄 차가 이 수리학연구소 차였어요. 그래서 우리가 찾는 사람도 여기 있을 거 같아서 와본 거예요."

"너희가 찾는 사람이 나가에 데루나?"

"네."

"근데 사실은 나가에 다키코 씨를 만나려는 거고?"

네, 라고 리쿠마는 다시 고개를 끄덕였다.

자그마한 몸집의 여자는 짧은 한숨을 내쉬었다. "일단 앉아서 얘기할까?"

그녀가 소파에 자리를 잡았기 때문에 리쿠마와 준야도 옆에 앉았다.

"혹시나 해서 다시 한 번 확인할게." 여자가 리쿠마 쪽으로 얼굴을 향했다. "네가 쓰키자와 가쓰시 씨의 아들이니?"

"네. 우리 아버지를 아세요?"

"좀 알지. 사건에 대한 얘기는 어제 들었어. 깜짝 놀랐어. 큰 충격을 받았고."

"어디서 들었어요?"

"형사, 와키사카라는 형사에게서."

아, 하고 리쿠마는 고개를 끄덕였다. "그 형사님 알아요. 어제 오전에 나한테도 왔었어요."

그 뒤에 와키사카가 이곳에 다녀간 모양이다.

"와키사카 형사는 나가에 씨 모녀하고만 얘기하고 싶은 눈치였는데, 다키코 씨의 부탁으로 나도 동석하게 됐어. 근데 넌 왜 나가에 다키코 씨를 만나려는 거지?"

그건, 이라고 리쿠마가 대답하려 하자 준야가 옆에서 "아, 잠깐" 이라고 제지하고 나섰다. 그러더니 여자를 보면서 물었다. "누구시 죠? 나가에 다키코 씨 본인이 아니지요?"

"응, 아니야."

"그렇다면 나가에 씨부터 만나게 해주세요. 리쿠마는 나가에 씨와 얘기하려는 거니까요." 그렇게 말하고 준야는 리쿠마에게로 시선을 보냈다. "그치?"

이 친구를 데려오기를 잘했다고 리쿠마는 새삼 실감했다. 알지도 못하는 사람에게 하마터면 아버지에 대한 얘기를 줄줄 털어놓을 뻔했다.

맞아요, 라고 리쿠마는 여자에게 말했다. "나가에 씨라는 분을 만나게 해주세요."

그녀는 고양이 같은 눈으로 리쿠마와 준야를 번갈아 바라본 뒤 입가를 풀면서 미소를 지었다.

"너희는 나쁜 애들 같지 않으니까 솔직히 얘기해줄게. 너희 예상대로 나가에 씨 모녀는 이곳에 있어. 근데 지금 마음이 몹시 불안정한 상태야. 쓰키자와 가쓰시 씨와 내내 연락이 안 돼서 걱정하던 참에 갑작스럽게 형사가 찾아와 쓰키자와 씨가 살해되었다고 한거야. 혼란스러운 것도 당연하지. 그래서 내가 대신 용건을 물어보러 왔어. 어때, 좀 이해가 됐어?"

"얘기를 들어보니 나가에 다키코 씨라는 분과 아버지가 굉장히 친밀한 관계였던 것 같은데……." 그리고 리쿠마는 용기를 내서 물어보았다. "두 분이 연인 사이였어요?"

여자의 눈에 문득 부드러운 빛이 번졌다.

"역시 몰랐구나. 아마 쓰키자와 씨가 말을 안 했을 거라고 다키코 씨도 얘기하던데……. 맞아, 네 말대로 두 분은 연인 사이야. 하지만 엄밀히 말하면 그 이상이야."

"그 이상이라면……."

"아, 이쪽은 믿을 수 있는 친구인가?" 여자가 준야를 가리키며 물었다. "비밀을 지켜줄 정도로?"

리쿠마는 준야를 돌아보았다. 그는 나를 의심하는 거냐는 듯이 가슴을 툭 내밀었다.

"내 친구예요. 믿을 수 있습니다." 리쿠마는 딱 잘라 말했다.

"알았어. 곧 다 밝혀질 일이니까 너한테 얘기해도 괜찮다고 다키코 씨도 허락했어. 너도 짐작했겠지만 나가에 데루나는 다키코 씨의 딸이야. 그리고……." 그녀는 둘째 손가락을 세웠다. "아버지는 쓰키자와 가쓰시 씨. 즉 데루나는 네 여동생이야."

6

창밖은 아직 환하지만 벌써 오후 5시가 되어간다. 리쿠마는 준야
와 함께 회의실 같은 곳에 와 있었다.

그 여자는 우하라 마도카라고 이름을 밝혔다. 이 연구소의 직원
이라고 했다. 어떤 일을 하는지는 모르지만, 나가에 모녀와 관계가
깊은 것 같았다. 우하라 젠타로라는 교수님과 같은 성씨인 걸 보면
가족이나 친척인지도 모른다.

그녀가 들려준 이야기는 충격적이었다. 아버지에게 사귀는 사람
이 있다는 건 어렴풋이 눈치챘기 때문에 나가에 다키코가 그 사람
이라는 얘기를 들었을 때도 그리 뜻밖이라고는 생각하지 않았다.
하지만 두 사람 사이에 아이까지 있다는 건 전혀 짐작도 못했다.

충격을 받은 것 같으니 오늘은 그냥 돌아가는 게 좋겠다고 우하
라 마도카는 말했다.

"언젠가는 만나야겠지만, 냉정을 되찾은 다음에 만나는 게 좋아. 오늘 갑작스럽게 마주하는 건 너도 어색할 거야."

그녀의 충고가 맞는지도 모른다. 리쿠마는 감정이 뒤죽박죽 흐트러진 것을 자각했다. 뭔가 판단을 내려야 할 때, 냉정한 답을 내릴 자신이 없었다.

하지만 이런 때일수록 더 믿고 의지할 수 있는 내 편이 있다. 리쿠마는 준야에게 의견을 청했다.

"네 마음이 내키는 대로 해. 하지만 나라면 오늘 만날 거야." 준야는 단호하게 말했다. "이런 일은 뒤로 미뤄봤자 괜히 머리만 복잡해져. 상대에 대해 이래저래 상상하면 자꾸 나쁜 쪽으로 흘러가게 마련이야. 그러느니 얼른 만나서 속 시원히 정리하는 게 좋아."

준야다운 의견이라고 생각했다. 합리적인 것이다.

"만나게 해주세요." 리쿠마는 우하라 마도카에게 말했다.

"통장을 확인했는데 아버지가 나가에 다키코 씨에게 큰돈을 보낸 기록이 있었어요. 그게 어떤 돈인지 저한테는 알 권리가 있다고 생각합니다."

그 말을 들은 우하라 마도카는 잠시 눈을 감고 생각해보더니 이윽고 자리에서 일어나 말했다. "나랑 같이 올라가자."

그렇게 리쿠마와 준야를 회의실 같은 공간으로 안내해주었다. 그리고 다키코 씨와 상의해보고 오겠다는 말을 남기고 우하라 마도카는 자리를 떴다.

"리쿠마, 저 사람을 만난 적이 있어?" 준야가 물었다.

"내가 휠체어 탄 아이를 도서관에서 봤다고 얘기했었지? 그때 그 아이와 함께 있었던 사람이야."

"아, 그렇구나. 정말 아름답고 카리스마가 있는 사람 같아."

"카리스마는 모르겠지만 저 사람, 대단한 능력을 갖고 있어."

"어떤 능력?"

"우선 겐다마. 공에 끈이 없었어. 그 공을 위로 휙 던졌는데 단번에 막대 끝으로 정확히 받아냈어."

"그게 뭐야?" 준야가 코웃음을 쳤다. "끈 없는 겐다마 달인이라면 유튜브에 동영상이 널려 있어."

"아니라니까. 나도 인터넷으로 찾아봐서 알지. 그런 동영상에서는 공이 회전하지도 않았고 높이도 기껏해야 수십 센티였어. 근데 저 사람은 천장까지 높이 던진 것을 막대 끝으로 받아냈어. 그리고 그 공을 던진 건 바로 나야. 아무 생각 없이 위로 힘껏 던졌거든. 당연히 공이 엄청 회전했지. 게다가 천장을 때리고 떨어졌어. 근데 그냥 막대 끝을 위로 향하고 그 공이 떨어지는 걸 기다리기만 했어. 거기에 공의 구멍이 딱 맞춰진 거야. 그게 보통 사람이면 가능하겠어?"

"에이, 설마." 준야는 아직도 의심이 가시지 않는 얼굴이었다. "어쩌다 딱 꽂혔겠지."

"아니, 그런 느낌은 아니었어. 왜냐면 그런 능력이 있다고 말을 꺼낸 건 저 사람이 아니라 휠체어에 탄 남자애였거든. 즉 그전에도 그런 묘기를 자주 봤다는 뜻이겠지."

준야는 끄응 신음소리를 냈다. "세상에 그런 일이?"

"뭐야, 내가 거짓말을 한다는 거야?"

"아니, 그런 건 아니고."

"그거 말고도 신기한 일이 또 있었어."

리쿠마는 엘리베이터 문이 닫히려는 참에 데굴데굴 굴러온 젠다마 공이 정확히 문틈에 끼워져 멈췄다는 얘기를 했다. 그 공을 굴린 건 저 사람이다.

준야는 고개를 갸우뚱했다.

"그건 할 수 있을 것도 같은데? 타이밍만 잘 맞추면……."

"그 타이밍을 맞추기가 어려운 거지. 넌 아직 안 봤으니까 그렇게 말하지만, 내 생각에는 아무래도 신의 능력이야. 아참, 비 오는 시간도 완벽하게 예언했어. 몇 분 뒤에 일단 그치고 몇 분 뒤에 쏟아지고 몇 분 뒤에 다시 그친다는 식으로 아주 정확하게 알려줬거든. 그 덕분에 나는 우산이 없는데도 비를 안 맞았어."

"인터넷 일기예보를 보고 얘기한 거겠지." 준야는 어디까지나 미심쩍다는 반응이었다.

"어떤 사이트에 분 단위로 일기예보가 나오지?"

역시나 반론이 생각나지 않는지 준야는 심각한 표정으로 엄지와 검지 사이에 턱을 끼웠다.

"그게 사실이라면 분명 단순한 카리스마 미녀는 아니네. 그럼 대체 어떤 사람이지?"

글쎄, 하고 리쿠마는 고개를 갸우뚱할 수밖에 없었다.

똑똑 노크하는 소리가 들렸다. 네, 라고 대답했다.

L자형 손잡이가 돌아가면서 문이 열렸다. 우하라 마도카가 얼굴을 내밀었다.

"나가에 다키코 씨가 오셨어."

리쿠마는 의자에서 일어나 직립부동의 자세로 문 쪽을 보았다. 준야도 옆에 나란히 섰다.

마도카의 뒤를 따라 마른 몸집의 여자와 자그마한 여자애가 머뭇머뭇 들어섰다. 나가에 다키코는 마흔 살 정도로 보였다. 화장기 없는 수수한 생김새였다. 약간 몸을 숙인 채 벽 쪽으로 서더니 드디어 리쿠마와 준야 쪽을 바라보았다. 하지만 곧바로 다시 시선을 떨구었다.

여자애는 이쪽을 빤히 보고 있었다. 큼직한 눈과 살짝 위로 들린 코가 인상적이었다. 어딘지 모르게 가쓰시의 면영이 느껴져서 리쿠마는 신기한 기분이었다. 어머니는 다르지만 저 아이와 나는 같은 피를 물려받았다…….

문을 닫고 마도카가 나가에 모녀와 리쿠마 일행 사이에 섰다.

"여기는 나가에 다키코 씨와 데루냐야." 리쿠마에게 소개한 뒤에 모녀 쪽을 돌아보았다. "이쪽이 쓰키자와 리쿠마, 그리고 옆에 있는 친구는 미야마에 준야."

리쿠마는 숨을 가다듬고 인사를 건넸다. "쓰키자와 리쿠마입니다."

다키코가 깊숙이 머리를 숙였다.

"아버님에게 정말 큰 신세를 졌어. 이번 일, 너무 슬프고 안타깝고, 뭐라고 말해야 좋을지 모르겠다." 가녀린 목소리였다.

리쿠마는 복잡한 감정이 가슴속에 번지는 것을 느꼈다. 지금까지 한 번도 만난 적이 없는 사람이다. 하지만 아버지 가쓰시는 몇 년

89

째 이들과 특별한 시간을 보내왔다.

리쿠마 자신은 알지 못했던 아버지의 세계에서 사는 사람들인 것이다.

마도카가 리쿠마를 보았다.

"네가 말한 용건은 다키코 씨에게 전달했어. 돈에 관한 의문이라면 확실하게 해두는 게 좋겠지. 다키코 씨도 같은 의견이야. 그래서 만나기로 하신 거야. 아무튼 우선 자리에 앉자. ……다키코 씨, 이쪽으로 앉으세요. 데루나도 여기로 와."

나가에 모녀가 나란히 의자에 앉는 것을 지켜본 뒤에 리쿠마와 준야도 자리에 앉았다.

"다키코 씨, 리쿠마에게 설명해주세요."

마도카의 말에 다키코는 고개를 끄덕이고 한 차례 침을 삼키는 몸짓을 보이더니 조심스럽게 리쿠마 쪽을 보았다.

"쓰키자와 가쓰시 씨를 처음 만난 건 도쿄 시내의 세미나에서였어. 말기 암 환자의 간병을 주제로 한 세미나였는데 열흘에 한 번꼴로 열리던 행사야. 나는 스태프 중 한 명으로 세미나 운영에 참여했어. 그 당시 내가 호스피스 병원에서 일하고 있었거든. 그 세미나에 가쓰시 씨도 참여했고. 부인이 유방암 말기여서 하루하루 간병으로 고민이 많았던 것 같아."

내가 대여섯 살 때쯤인가, 라고 리쿠마는 생각했다. 아버지가 그런 행사에 참여했다는 건 물론 전혀 몰랐다.

"얼마 있다가 부인이 세상을 떠났고, 가쓰시 씨는 부고를 전하러 세미나에 오셨어. 그리고 그걸 계기로 이따금 둘이서 따로 만나게 됐어.”

'가쓰시 씨'라는 호칭을 듣고 리쿠마는 위화감을 느끼지 않을 수 없었다.

너무 빠른 거 아니야, 라고 마음속으로 쏘아붙였다. 엄마 돌아가시자마자 다른 여자를 사귀다니. 대개는 한동안 애도 기간을 갖는 거 아니냐고…….

“아이가 생긴 것을 알았을 때는 당황스러웠어. 낳아도 될지 말지 무척 망설였고. 하지만 가쓰시 씨는 낳았으면 좋겠다고 했고, 그래서 나도 결심했던 거야.” 다키코가 옆에 앉은 딸에게로 시선을 던지며 말했다.

데루나는 무표정하게 고개를 숙이고 있었다. 이 상황을 이해하는지 어떤지 알 수 없었다. 아니, 일곱 살이라면 이해하지 못할 리가 없다.

리쿠마, 하고 마도카가 말을 건넸다. “내가 다키코 씨에게 질문을 해도 될까?”

“아, 네.”

마도카가 다키코에게로 고개를 돌렸다.

“두 사람 사이에 결혼 얘기는 없었어요?”

다키코가 다시 침을 삼키는 듯한 모습을 보였다.

“결혼에 대해 상의한 적은 있었지. 나는 가쓰시 씨의 뜻에 따르겠다고 했어. 사실 난 결혼을 하든 안 하든 상관없었어. 태어나는 아이는 자녀로 인지認知해주겠다고 했고, 가쓰시 씨가 행여 아들이 마음에 상처를 입을까 걱정한다는 것도 잘 알고 있었으니까.”

드디어 내 얘기가 나오는구나, 라고 리쿠마는 생각했다. 지금까지는 완전히 모르는 사람에 대한 얘기처럼 실감이 나지 않았다.

"그럼 결혼하지 않은 건 쓰키자와 가쓰시 씨의 생각이었군요?"

"당분간 미루자고 했어. 아들이 웬만큼 크면 정식으로 얘기하고, 그래서 동의해준다면 그때 호적에 올리자면서."

마도카는 고개를 끄덕이고 리쿠마를 보았다. "그렇게 된 거래."

아무래도 그녀는 리쿠마 대신 질문해준 모양이었다. 분명 리쿠마도 묻고 싶었던 얘기였다.

"웬만큼 크면, 이라니 대체 언제까지?" 리쿠마는 혼잣말처럼 중얼거렸다. "나도 이제 많이 컸는데."

"이제 곧 얘기할 생각이었어." 다키코가 대답했다. "고등학교 입시도 있고, 지금은 다른 일로 신경 쓰게 할 수 없으니 그것만 끝나면 얘기하자고 했으니까."

내년 봄이라고 했단다. 아들에게 사정을 털어놓고 다키코와 결혼하겠다고 말할 생각이었을까. 만일 그랬다면 나는 어떻게 대답했을까. 갑작스럽게 새엄마와 여동생이 생기는 것이다. 과연 순순히 받아들일 수 있었을까.

"아버지와는 자주 만났습니까?"

다키코는 고개를 갸우뚱했다.

"자주 만났다고 해야 하나. 2주일에 한 번 정도였어."

"여기서요?"

"우선 밖에서 만난 다음에 둘이 여기로 오는 경우가 많았어."

"아, 그거 말인데요." 리쿠마는 마도카를 보며 말했다. "아까부터

92

궁금했는데 여기는 어떤 곳이에요? 병원의 일부인가요?"

"병원은 아니고, 관련시설이라고나 할까." 마도카는 다키코에게로 시선을 옮겼다. "그다음은 내가 대신 설명해도 되죠?"

"응, 부탁할게." 다키코가 머리를 숙였다.

마도카가 다시 리쿠마와 준야 쪽으로 얼굴을 돌렸다.

"수리학연구소라는 무기질적인 명칭이 붙었지만, 이곳에서 하는 일은 인간의 본질에 대한 연구야. 특히 지능이란 무엇인가에 대해 다방면으로 접근이 이루어지고 있어. 그중 하나가 익스체드에 관한 연구야."

"아, 그 단어……."

"알고 있어?"

"연구소 공식사이트에서 봤어요. 논문을 발표한 분은 우하라 젠타로라는 가이메이 대학 뇌의학부 뇌신경외과 교수님이었어요."

"그 우하라 젠타로 교수가 우리 아버지야. 나도 조수로 연구를 거들고 있어. 뭐, 그건 상관없고, 너희들 '기프티드'라는 단어는 알고 있어?"

리쿠마는 고개를 갸우뚱했지만, 옆에서 준야가 알아요, 라고 말했다.

"선천적으로 높은 지능을 타고난 아이를 말하는 거죠? 초등학생인데 고등 수학을 풀거나 여러 나라의 언어를 말할 줄 알거나."

맞아, 하고 마도카가 고개를 끄덕였다.

"신이 선물해주신, 이라는 뜻으로 기프티드야. 유럽이나 미국에서는 특별교육을 시키기도 한다는데, 아직은 해명되지 않은 부분이 많아. 우리 연구소에서도 그런 특수한 재능을 가진 아이들의 지능에 대해 연구하고, 특히 의학적 견지에서 해명하려고 하고 있어. 연구 대상은 단순한 기프티드가 아니라 선천적으로 뇌에 질환을 안고 있는 아이들이야. 장애가 뇌기능에 영향을 끼치는 게 아니냐, 라는 가설을 바탕으로 한 연구야."

"서번트 증후군 같은 건가요?" 준야가 질문했다.

"너, 아주 박식하구나. 맞아, 서번트 증후군도 그 일종이라고 할 수 있어. 최근 들어 뇌신경질환을 가진 아이들 중에 그런 특수한 능력을 가진 경우가 많다는 게 차츰 밝혀지고 있어. 그런 아이들을 우리 연구소에서는 익스체드라고 부르고 있어. 장애와 맞바꿔 능력을 얻었다는 데서 '바꾸다'라는 뜻의 '익스체인지드'를 줄인 말이야."

리쿠마는 가이메이 대학병원에서 본 아이들이 생각났다.

"혹시 그 휠체어 탄 남자애도 익스체드?"

"맞아. 그 아이는 아까 준야가 예로 든 것처럼 고등 수학을 이해하는 능력이 있어. 고차 방정식 문제를 순식간에 풀기도 해. 그 대신 몸의 균형을 잡는 기능에 이상이 있어서 제대로 걷지를 못해. 외출할 때는 넘어질 위험이 있어서 휠체어를 타는 거야."

"그럼 혹시……." 리쿠마는 데루나에게로 시선을 돌렸다.

"데루나는 뛰어난 기억 능력을 가졌어." 마도카가 말했다. "한 번 본 것은 절대 잊지 않아. 글씨나 그림을 완벽하게 기억해내는 거야. 그 대신 목소리를 내지 못해."

리쿠마는 흠칫해서 데루나의 얼굴을 보았다. 그러다 눈이 마주치는 바람에 급히 시선을 돌렸다.

"목소리뿐만 아니라 태어나면서부터 팔다리를 잘 쓰지 못했어. 자칫하면 넘어지고." 이번에는 다키코가 얘기하기 시작했다. "여기저기 병원을 찾아다녔지만 어디에서도 원인을 알 수 없었어. 포기하려던 참에 3년 전에 가이메이 대학병원에서 우하라 젠타로 교수님께 진찰을 받았고 뇌신경에 선천성 질환이 있다는 걸 알게 됐지. 내버려두면 점점 더 악화될 우려가 있으니 수술을 받는 게 좋다고 하셨어. 그 수술 덕분에 이제 팔다리는 무난하게 쓸 수 있어. 하지만 목소리는 아직도 내지 못해. 게다가 병이 완전히 나은 게 아니고 앞으로도 장기적인 관찰이 필요해. 그러던 중에 우하라 교수님이 데루나의 지능테스트를 해보셨고, 우리는 그때 익스체드에 관한 얘기를 들었어."

"경과를 관찰하던 중에 아버지는 데루나가 익스체드일 가능성을 알아보신 거야." 마도카가 옆에서 덧붙였다. "테스트 결과, 예상대로 특수한 기억 능력이 있다는 게 밝혀졌어. 그래서 우리 연구소에서 쓰키자와 씨와 나가에 씨에게 정식으로 협조를 요청했어. 데루나는 기본적으로 이곳에서 생활하면서 식사며 신변에 관한 건 모두 연구소 쪽에서 돌봐주는 대신 연구 피험자가 되어 달라고."

"실험용이 되는 거예요?"

준야의 물음에 마도카는 웃음이 터진 표정이었다.

"동물실험 같은 걸 상상했다면 엄청난 오해라고 해야겠지. 몸에 상처를 입히는 일 따위는 일절 없어. 아이들 각자의 능력에 따른 테스트를 하고, 어떤 식으로 뇌가 활성화하는지 분석하는 거야. 하루에 한 번, 두 시간쯤 걸리나?"

"데루나 얘기로는 그렇게 힘들지는 않은가 봐." 다키코가 말을 덧붙였다. "오히려 재미있다고 했어."

그 말을 듣고 리쿠마는 의문이 생겼다.

"대화는 어떻게 해요? 필담으로?"

"목소리가 없어도 데루나가 무슨 말을 하려는지 거의 다 알아." 다키코가 태연히 말했다. "오랫동안 함께 지냈으니까."

"아버지는 어땠어요, 알아들었어요?"

리쿠마의 질문에 나가에 모녀의 얼굴 표정이 바뀌었다. 긴장한 것처럼 보였다. 다키코는 작게 숨을 내쉬더니 "어땠어?"라고 데루나에게 물었다. "아빠가 데루나가 하고 싶은 말을 알아줬어?"

데루나는 꾸벅 고개를 끄덕였다. 그리고 큼직한 눈으로 리쿠마를 바라보았다. 그 눈빛에 꺼림칙한 기색 따위는 없었다. 이 아이에게는 그야말로 당연한 일이었는지도 모른다. 어쨌든 아버지 쓰키자와 가쓰시는 이 아이에게 '아빠'라고 불리는 존재였던 것이다.

"리쿠마." 옆에서 준야가 말을 건넸다. "통장 얘기도 해야지."

그렇다. 중요한 것을 잊고 있었다.

"오늘 은행에서 아버지 통장 거래내역을 정리했어요. 그래서 알게 됐는데, 나가에 다키코 씨에게 돈을 이체한 기록이 있었습니다. 그게 그러니까……." 리쿠마는 가방에서 통장을 꺼냈다. "2년 전 2월 9일에 100만 엔. 그리고 같은 해 11월에 50만 엔이네요. 이건 어떤 돈이었어요?"

다키코는 테이블 위에서 양손을 끼고 크게 숨을 토해내면서 고개를 끄덕였다.

"딸과 둘이 살면서 되도록 가쓰시 씨의 도움은 받지 않으려고 해 왔어. 가쓰시 씨에게는 아들을 부양해야 하는 역할이 있고, 나도 직장에 다녀서 그리 힘든 건 없었으니까. 하지만 데루나의 수술에는 워낙 큰돈이 들어서 좀 감당하기가 어려웠어. 그래서 여러 번에 나눠서 갚아나갔는데 갑작스럽게 가쓰시 씨가 그 돈을 보내줬어. 무슨 돈이냐고 물어봤더니 나한테는 경마에서 땄다고 했는데……."

"경마에서?"

"경찰 시절에 경마장에 종종 드나들었는데 요즘에도 기분 전환 삼아 이따금 구입했다, 근데 그 마권이 크게 당첨이 됐다고 했어."

"아뇨, 경마가 아니었어요. 누군가 다른 사람이 입금해준 돈이었습니다."

"다른 사람이?"

리쿠마는 통장을 들여다보며 말했다.

"100만 엔은 히로타 나오키, 그리고 50만 엔은 다나카 료스케라는 사람이에요. 양쪽 다 입금된 이틀 뒤에 나가에 다키코 씨의 계좌로 전액 이체됐습니다."

"히로타 나오키, 다나카……." 다키코가 이름을 확인하듯이 중얼거렸다.

"다나카 료스케. 혹시 아는 사람이에요?"

다키코는 고개를 저었다. "난 처음 듣는 이름이야."

"네……." 리쿠마는 다시 통장으로 시선을 돌렸다.

그러면 어떻게 된 것인가. 이 두 사람은 누구이고 왜 아버지에게 큰돈을 입금해줬을까.

"데루나, 왜 그래?"

갑작스러운 마도카의 목소리에 리쿠마는 고개를 들었다. 데루나가 양손을 흔들며 엄마에게 뭔가 전하려 하고 있었다. 리쿠마가 들고 있는 통장을 가리키기도 했다.

"왜 그러지?" 옆에서 준야가 걱정스러운 듯 속닥거렸다.

"그래, 그 형사의 노트에? 정말?" 다키코가 데루나에게 되묻고 있었다. 소녀는 엄마의 눈을 빤히 올려다보면서 몇 번이나 크게 고개를 끄덕였다.

"다키코 씨, 데루나가 뭐라는 거예요?" 마도카가 물었다.

"방금 리쿠마가 말한 두 사람, 어제 형사가 와서 보여준 노트에 적혀 있던 이름이라는 거야."

"그 얼굴 사진 노트에?"

마도카의 물음에 응, 하고 다키코는 대답했다.

"얼굴 사진이라면 혹시 그 노트는……." 리쿠마는 눈을 둥그렇게 떴다. "아버지가 미아타리 수사원 시절에 썼던 그 지명수배자 파일 노트 말이에요?"

"맞아, 그 노트." 다키코가 고개를 끄덕였다.

"어제 형사가 왔을 때 보여줬어. 뭔가 짐작되는 게 없느냐고 물어보길래 한참 동안 살펴봤거든. 데루나도 옆에서 같이 봤고. 근데 데루나가 그 노트의 뒤에서 세 번째와 네 번째 페이지에 두 사람 이름이 있는 걸 봤대. 이름 표기는 한자였지만 옆에 후리가나*가 달려

---

* 한자 옆에 읽는 법을 달아준 문자를 말한다.

있어서 알아본 모양이야."

"옆에서 잠깐 본 것뿐인데 어떻게 그걸……."

"아까 내가 한 말, 못 들었어?" 마도카가 진지한 눈빛으로 말했다. "데루나는 익스체드야. 특수한 기억 능력이 있어."

리쿠마는 숨을 헉 삼키고 준야와 얼굴을 마주 본 뒤에 즉시 스마트폰을 꺼냈다. 그 노트의 내용은 모두 스마트폰으로 찍어두었다.

사진 이미지를 불러내 확인해보니 데루나가 말한 그대로였다. 뒤에서 세 번째 페이지에 '히로타 나오키'의 사진, 그리고 네 번째 페이지 중간쯤에 '다나카 료스케'의 사진이 있었다. 양쪽 다 한자 이름 옆에 후리가나가 달려 있었지만, 그야말로 깨알 같은 글씨였다. 이런 것까지 한순간에 기억하다니, 얘기로만 들었다면 결코 믿지 못했을 것이다.

히로타 나오키는 5년 전 오사카에서 뺑소니 사건을 일으킨 자였다. 생년월일로 계산해보면 현재 33세다. 다나카 료스케는 사기죄로 지명수배되었다. 이쪽은 50세다. 둘 다 빨간 스티커는 붙어 있지 않았다.

스마트폰을 손에 든 채 리쿠마는 중얼거렸다. "어떻게 된 거야……."

"내 의견을 말할게." 마도카가 손을 들고 말했다. "지금 즉시 와키사카 형사에게 연락하는 게 좋겠어."

리쿠마도 반대할 이유는 없었다. 다키코도 그게 좋겠다고 말했다.

"누가 전화할까. 아, 내가 해도 되겠지?" 마도카가 스마트폰을 들었다.

"부탁드립니다." 리쿠마는 말했다. 다키코와 목소리가 겹쳤다.

마도카가 전화를 걸었다. 곧바로 연결되었는지 사정을 얘기하기 시작했다. 간결하고 알기 쉬운 설명이었다.

"와키사카 형사가 지금 즉시 출발하겠대." 통화를 마치자 마도카는 말했다. "그래도 30분은 걸릴 거야. 너희, 어떻게 하지? 귀가가 늦어질 텐데."

리쿠마는 준야와 서로를 마주 보았다. 통통한 친구는 응, 하고 힘차게 고개를 끄덕였다. 그걸 확인하고 마도카에게 말했다. "우리도 기다릴게요."

"우린 이만 돌아가도 될까?" 다키코가 조심스럽게 물었다. "데루나가 좀 피곤한 거 같아."

"그게 좋겠어요." 마도카의 대답은 빠르다. 그다음에 리쿠마에게 괜찮겠냐고 동의를 구했다.

네, 라고 대답했다.

다키코와 데루나가 자리에서 일어나 문으로 향했다. 그대로 나가는가 했는데 데루나가 리쿠마를 돌아보며 빠이빠이 하듯이 살짝 손을 흔들었다. 그 천진한 얼굴에는 어떤 사념도 없었다. 리쿠마는 멍하니 두 사람이 나가는 것을 지켜보았다.

"나도 잠깐 나갔다 올게." 마도카가 말했다. "복도에 음료 자판기가 있어. 필요하면 이용해도 돼. 화장실은 나가서 왼쪽이고. 그 밖에 질문은?"

"없습니다."

"그럼 잠시 휴식하자." 그렇게 마도카도 자리를 떴다.

준야와 둘만 남겨지자 왈칵 피로가 몰려왔다. 리쿠마는 테이블에 팔을 대고 엎드렸다. "아, 뭐가 뭔지 모르겠어."

"뜻밖의 전개였지?" 말과는 다르게 준야는 태연한 어조였다.

"예상도 못했던 일들이 줄줄이 튀어나와서 지금 머릿속이 뒤죽박죽이야. 느닷없이 여동생이라니, 이럴 수가 있어? 난 완전 처음 듣는 얘기야. 아버지, 대체 나한테 왜 그래……."

"그래도 진짜 귀엽더라. 내 여동생이었으면 좋겠다. 익스체드라고 했던가, 엄청난 천재라는 것도 흥미롭고."

"흥미롭긴 뭐가? 남의 일이라고 가볍게 말하지 마."

갑자기 준야가 조용해졌다. 웬일인가 싶어서 옆을 돌아보니 불끈한 얼굴을 하고 있었다.

"나는 단 한 번도 남의 일이라고 생각한 적 없어. 단순한 호기심만으로 여기까지 따라왔겠냐?"

날카로운 반격에 대꾸할 말이 없었다. 미안해, 라고 순순히 사과했다.

"예상했던 것보다 나쁜 얘기는 아니라서 나는 마음이 놓였어." 준야가 말했다. "돈을 보낸 이유가 내내 마음에 걸렸거든. 엄청난 빚이 있어서 그걸 갚아줬다느니 하는 얘기면 어떡하나 걱정했어. 그러면 리쿠마가 대신 빚을 갚아야 할 의무가 있고, 그걸 피할 방법은 상속포기밖에 없어. 그러면 통장에 남아 있는 돈도 모두 포기해야 돼."

리쿠마는 흠칫 놀랐다. 생각지도 못한 얘기다. 하지만 그럴 가능성도 있었던 것이다.

"준야, 은행 업무며 상속에 대해서도 빠삭한 거야?"

"우리가 사업하는 집안이라서 항상 그런 얘기가 나오거든."

그것만은 아닐 것이다. 근본적으로 박학다식한 것이다.

"근데 그거, 어떻게 된 걸까?" 리쿠마는 진지하게 얘기를 꺼냈다.

"그거라니?"

"아버지한테 입금해준 사람들이 지명수배자라는 거."

"아, 그거⋯⋯." 준야는 거북스러운 표정으로 뺨을 긁적였다. "글쎄 무슨 일인지 모르겠네."

"그런 범죄자들이 왜 아버지에게 돈을 보냈을까."

글쎄, 라고 준야는 다시 고개를 갸웃거렸다. 그 몸짓은 명백히 연기였다.

"준야, 실은 따로 생각한 게 있지?"

"아니, 생각했다기보다 얼핏 떠오른 건 있는데, 아직 자신이 없어서 섣불리 입 밖에 내지 않는 게 좋을 것 같기도 하고⋯⋯."

"왜 어물어물하는 거야, 사람 답답하게? 할 말 있으면 얼른 해봐."

"별로 말하고 싶지는 않은데⋯⋯. 그게 그러니까, 내가 말해도 화 안 낼 거지?"

"화 안 내. 말해."

준야는 고개를 끄덕이더니 자세를 바로잡았다.

"그 두 명의 지명수배자, 너희 아버지가 길거리에서 우연히 찾아낸 거 아닐까? 예전에 경찰에서 일하던 습관대로 딱 발견한 거야. 그래서 말을 걸었겠지. 범인은 화들짝 놀랐을 거고. 하지만 아버지가 경찰을 그만둔 것을 알고 거래를 하자고 했을 거야. 그냥 눈감고 넘어가주면 돈을 주겠다고."

"그게 그 100만 엔과 50만 엔?"

"아니, 이건 어디까지나 상상이야, 나 혼자 해본 상상. 실제로는 전혀 다를 수도 있어."

리쿠마는 오른쪽 주먹을 부르쥐고 테이블을 탕 내리쳤다.

준야가 겁이 난 얼굴로 몸을 움찔했다. "화내지 않는다고 약속했잖아."

"화난 거 아냐. 적어도 준야한테 화난 건 아니야. 실은 나도 그런 쪽으로 생각했어. 역시 그렇겠지? 그것밖에 없겠지? 우리 아버지, 대체 뭐냐, 지명수배자를 검거하는 게 직업이었으면서 경찰을 그만두니까 돈을 받고 풀어줘? 미아타리 수사원의 프라이드는 대체 어디로 사라진 거야. 진짜 쓰레기잖아."

"아니, 아직 사실로 밝혀진 것도 아니잖아. 혹시 그렇다고 쳐도 난 그렇게 심하게 비난할 일은 아니라고 생각해. 아니, 상대는 지명수배자잖아. 그런 놈들의 돈이라면 일단 빼앗고 보는 게 좋잖아. 게다가 아버지는 도박이나 사치를 하는 데 쓴 것도 아니야. 어쩔 수 없는 사정이 있었어. 내 아이의 목숨을 지키기 위해서라면 부모는 물불을 가리지 않는 거야."

"내 아이……"

분노가 급속히 시들해지는 게 느껴졌다. 아버지에게 나 말고도 지켜주어야 할 아이가 있었다고 생각하니 수많은 추억들이 한순간에 빛바래가는 느낌이었다.

잠시 둘 다 입을 꾹 다물고 있었다. 앞으로 또 어떤 일이 터질지, 불안감만 가슴속에 퍼져갔다.

"목마르지?" 준야가 불쑥 물었다. "자판기가 있다고 했어. 마실 거나 사러 가자."

"그래." 힘없이 자리에서 일어섰다.

복도로 나서자 자판기가 눈에 띄었다. 하지만 음료가 다양한 편은 아니었다. 생수와 디카페인 녹차뿐이다. 어쩔 수 없이 보리차를 골랐다.

"와아, 이거 대단하다." 옆의 벽을 올려다보며 준야가 말했다.

그곳에는 큼직한 풍경 사진이 걸려 있었다. 가로가 1미터가 넘고 세로도 80센티미터 가까이나 되는 액자였다. 어딘가의 거리를 촬영한 사진인 듯한데 국내는 아닌 것 같았다.

"아름다운 사진이네." 리쿠마가 말하자 준야가 눈을 부릅뜨고 말했다.

"뭔 소리야? 잘 봐, 이건 사진이 아니라 그림이야."

"뭐?" 놀라서 바짝 다가가 들여다보았다. 아닌 게 아니라 그림이었다. "헉, 대단하다. 이거 뭐냐……."

"유성 펜으로 그렸고, 184가지 색깔을 썼어." 뒤에서 목소리가 들려왔다. 돌아보니 마도카가 다가오는 참이었다. "그건 영국인 아버지를 둔 열 살 소녀가 그렸어. 몇 달 전에 아이가 부모님과 함께 런던에 갔었거든. 그때 호텔 창문으로 내다본 풍경을 그린 게 이 그림이야. 귀국해서 몇 주에 걸쳐 완성했대."

"그 아이도 익스체드였어요?" 리쿠마가 물었다.

맞아, 하고 마도카는 고개를 끄덕였다.

"특히 인상적인 풍경을 봤을 때는 그게 완전히 뇌에 새겨지는 거야. 그리고 그걸 그림으로 재현해내는 능력을 가졌어. 그 능력이 신께서 주신 것이라면 그 아이가 신께 바친 것은 말을 이해하는 능력이야. 데루나와는 달리 목소리는 낼 수 있는데 말을 못해. 글자도 못 읽고."

리쿠마는 새삼 그림을 살펴보았다. 단지 기억에만 의지해서, 게다가 유성 펜으로만 그려냈다는 게 믿기지 않았다. 정밀한 것뿐만 아니라 색채까지 풍부한 것이다.

"이 연구소에는 다양한 아이들이 있어. 특수한 능력을 선물 받은 게 그 아이들에게 행복한 일인지 어떤지는 나도 잘 모르겠다. 하지만 그들이 잘못된 길로 나아가는 것만은 어떻게든 막아야 하고, 그게 우리의 임무라고 생각해." 마도카는 그림에서 리쿠마와 준야에게로 시선을 옮겼다. "데루나 마음의 상처도 치유해줘야겠지."

"마음의 상처……."

"아버지가 살해됐어. 상처받지 않았을 리가 없지."

"하지만 아까 봤을 때, 별로 슬퍼하는 것처럼 보이지는 않던데요."

"익스체드는 감정 표현이 서툰 케이스가 많아. 데루나도 그래. 하지만 몹시 슬퍼하고 있어. 다키코 씨에 의하면 어제부터 한숨도 못 자고 있대. 그게 그 아이가 슬픔을 표현하는 방식이야."

가슴이 덜컥했다. 내내 울고 있다는 말을 들은 것보다 더 충격적이었다.

"데루나가 다시 마음 편히 잘 수 있도록 나는 최선을 다할 거야."

단호하게 말하고 마도카는 뒤를 이었다. "이제 곧 와키사카 형사가 도착해. 회의실로 돌아가자."

이윽고 회의실에 나타난 와키사카는 양복 상의를 벗고 와이셔츠 소매를 둘둘 걷어 올린 모습이었다. 넥타이도 매지 않았다. 상당히 급하게 달려온 모양이었다.

그는 아버지의 파일 노트를 가져왔다. 리쿠마가 건네준 통장과 비교해보더니 몇 번이나 끄응 신음소리를 냈다.

"아까 연락 받았을 때는 반신반의였는데 분명 그 말이 맞네. 두 명 다 노트에 있는 자들이야. 그리고 여기 오기 전에 확인해봤는데 둘 다 아직 검거하지 못했어. 그런 자들이 쓰키자와 가쓰시 씨의 통장에 큰돈을 입금했다니, 이건 뭔가 흑막이 있다고 보는 게 맞을 것 같네." 와키사카는 혼잣말처럼 중얼거렸다.

"지명수배자가 자신의 본명으로 은행계좌를 개설할 수 있나요?" 마도카가 고개를 갸웃거리며 물었다.

"그건 아닐걸요." 와키사카의 대답은 빠르다. "통장이 있었다면 분명 타인 명의의 계좌일 것이고, 돈을 이체할 때만 입금자로 자기 본명을 기입했겠죠."

"왜 그렇게 했을까요?"

"어쩌면 쓰키자와 씨의 지시에 따른 것일 수도 있어요, 본명으로 입금하라는. 이유는 모르겠지만."

"실은 지명수배자가 아닌 전혀 다른 사람이, 입금할 때만 그 이름을 도용했을 수도 있잖아요?"

허를 찔렸는지 와키사카가 숨을 삼키는 기척이 있었다.

"그것도 전혀 틀린 예상은 아니지만, 그거야말로 왜 그렇게 하죠?"

"그럴 가능성도 전혀 없는 건 아니라는 말을 하고 싶었을 뿐이에요." 마도카가 리쿠마를 흘끔 쳐다보며 말했다.

와키사카는 턱을 쓰다듬으며 생각에 잠긴 표정이었다.

"그건 그렇죠. 다양한 가능성을 생각해볼 필요는 있어요. 귀한 의견, 고맙습니다. ……리쿠마, 이 통장의 기입 내용을 복사해도 될까? 물론 외부에 흘리는 일은 절대 없다고 약속할게."

"네, 괜찮아요."

"고맙다. 아, 여기 복사기는 있습니까?" 와키사카가 마도카에게 물었다.

"물론 있죠. 괜찮으시면 내가 복사해드릴게요."

"그래도 될까요? 부탁드립니다." 와키사카는 머리를 숙이면서 통장을 마도카에게 건넸다.

마도카가 회의실을 나가자 와키사카는 리쿠마 쪽을 향했다.

"그나저나 용케도 여기를 알아냈네. 어떻게 콕 찍었는지 나한테도 좀 가르쳐줘."

"어쩌다 보니 그렇게 됐어요. 우연에 우연이 겹쳐서."

리쿠마는 이곳까지 오게 된 경위를 설명했다. 그러기 위해서는 도서관에서 마도카와 휠체어를 탄 남자애를 만났던 데서부터 얘기하지 않으면 안 되었다. 하지만 겐다마에 관한 건 생략했다.

얘기를 다 들은 와키사카는 감탄한 듯 고개를 내둘렀다.

"그랬구나. 너희들, 행동력 한번 대단하구나."

"와키사카 씨는 어제 이 연구소에 다녀가셨다던데요."

"그랬지. 너 만난 뒤에 왔었어. 나가에 씨와 데루나는 쓰키자와 씨가 사망한 것을 아직 모르고 있었어. 안타깝게도 그런 충격적인 소식을 내가 전하게 됐다." 와키사카는 나가에 다키코에게 시선을 던지면서 말을 이어갔다. 데루나는 방에서 쉬기로 해서 다키코 혼자만 다시 와 있었다. "그래서……당연히 너도 물어봤지? 나가에 씨와 아버님의 관계."

"네, 들었어요, 두 분 사이에 아이가 있다는 것도."

그렇군, 이라면서 와키사카는 코밑을 쓱쓱 비볐다.

"솔직히 다음에 너를 만나기가 좀 난감하던 참이었어. 어제도 말했지만 개인정보를 섣불리 발설할 수도 없잖아. 그렇다고 전혀 모르는 척하기도 힘들 거고."

"이제 괜찮습니다."

와키사카는 말없이 고개를 끄덕였다.

마도카가 돌아왔다. 통장은 리쿠마에게 돌려주고 손에 든 A4 복사지는 와키사카에게 건넸다. 꽤 두툼했다.

"고마워요. 복사기가 있어서 다행이군요."

"범인 체포에 단서가 됐으면 좋겠어요." 마도카가 말했다.

"저도 그러기를 바랍니다." 복사지를 가방에 넣고 와키사카는 자리에서 일어섰다. "나는 이만 실례하도록 하죠. 협조해주셔서 고맙습니다."

"인사는 됐고, 한 가지만 알려주세요." 마도카가 말했다. "쓰키자와 가쓰시 씨의 시신이 발견된 시각과 장소예요. 최대한 정확한 정보를 알려주시면 좋겠는데."

"시각과 장소? 7월 10일 오전이고 장소는 다마가와강인데요."

"정확한 정보, 라고 말씀드렸죠. 수사원이라면 갖고 있잖아요. 그걸 그대로 알려주세요."

"무엇 때문에?"

"나도 나름대로 사건을 추리해보려고요. 그야 수사는 경찰에 맡기겠지만, 아마추어라도 뭔가 도움이 될지도 모르잖아요? 실제로 오늘도 중요한 정보를 제공해드렸죠."

"정확한 시각과 위치를 알아서 어떤 추리를 하지요?"

"와키사카 씨가 그것까지 신경 쓰실 필요는 없어요. 그리고 시신이 발견된 시각이나 장소는 수사상의 비밀도 아니죠? 시신을 유기한 범인도 시신이 언제 어디서 발견될지는 예상하지 못했을 테니까 재판에서 유죄 증거가 되는 비밀의 폭로와도 관계가 없어요. 그렇죠?"

마도카가 빠른 말투로 얘기한 것을 리쿠마는 모두 다 이해하지는 못했다. 비밀의 폭로라는 건 뭘까. 하지만 와키사카가 당황했다는 것만은 알 수 있었다. 즉 선뜻 반론을 하지 못한 것이다.

"그런 걸 알아봤자 별 도움도 안 될 텐데." 아까와 똑같은 말을 했다. 게다가 경어를 사용할 여유마저 잃었다.

"됐으니까 알려주세요. 내가 통장 복사도 해드렸잖아요."

와키사카는 얼굴이 일그러진 채 떨떠름한 기색으로 스마트폰을 꺼냈다. 그것을 터치해 이거면 되겠습니까, 하며 마도카에게 내밀었다. 화면에는 디지털 맵이 표시되어 있었다. "신고가 들어온 것은

7월 10일 오전 8시 38분이에요."

마도카는 자신의 스마트폰으로 잽싸게 그 화면을 촬영했다. "고마워요."

"이제 만족하셨어요?" 와키사카는 쓴웃음과 함께 한숨을 내쉬었다.

그러자 마도카는 진지한 눈빛을 형사에게 던졌다.

"우리가 만족하는 건 쓰키자와 가쓰시 씨를 살해한 범인이 체포될 때예요."

그 말에 와키사카도 얼굴이 바짝 긴장했다.

"잘 알고 있습니다. 전력을 다하겠습니다."

그럼 이만, 이라고 모두에게 인사를 건네고 와키사카는 자리를 떴다.

리쿠마는 준야를 보았다. "우리도 이제 그만 갈까?"

"나는 상관없는데, 넌 괜찮겠어?" 준야는 다키코의 일을 신경 쓰는 것 같았다.

"응, 오늘은 여기까지만 하자." 리쿠마는 자리에서 일어나 다키코를 보았다. "저희도 일단 돌아갈게요."

다키코는 말없이 고개를 끄덕였다.

문으로 향하려는데 "아, 잠깐만" 하고 마도카가 불러 세웠다.

"너희, 내일 다른 일정 있어?"

리쿠마는 돌아보았다. "딱히 별일은 없는데요."

"그럼 나하고 같이 움직여줄 수 있어? 좀 바쁘게 뛰어다녀야 할 것 같은데."

"뭘 하는데요?"

"와키사카 형사와 얘기하는 거 들었지? 내 나름대로 추리를 해볼 거야. 우선 쓰키자와 가쓰시 씨가 어디서 살해되었는지, 그것부터 밝혀내야지."

"어떻게요?"

"나하고 같이 움직이다 보면 알게 돼. 마음 내키면 내일 이쪽으로 나와." 마도카가 스마트폰 화면을 내보였다.

그곳에는 방금 전 와키사카에게서 받아낸 지도가 표시되어 있었다.

7

와키사카가 수사본부에 돌아가자 모가미가 노트북 앞에서 머리를 부여잡고 있었다. 화면에는 이름과 주소가 길게 이어졌다.

"이건 무슨 목록이에요?" 와키사카는 뒤에서 말을 건넸다.

모가미가 우울한 표정으로 돌아보았다. "뭐겠어?"

"모르니까 물어보는 건데요."

"과경지원국에서 온 회답이야. D자료팀이 보내온 약 120건의 DNA를 분석한 결과, 88명의 것으로 판명되었대. 담배꽁초의 경우에는 같은 사람이 여러 개를 버리기도 하니까 중복된 게 있었겠지. 어쨌든 그 88명 중 49명의 DNA가 데이터베이스에 등록된 것과 일치한 모양이야."

"88명 중 49명?"

"그래, 여기 봐. 역시 반절이 넘어. 내가 말했던 그대로야."

와키사카는 새삼 화면을 들여다보았다.

"각각의 범죄 이력은 어떻게 나왔어요?"

"반쯤은 전과가 있지만, 대부분 경범죄나 교통위반이야. 절도범이 두 명 있는데 둘 다 소매치기야. 사기죄도 한 명 있지만. 이쪽은 무전취식. 딱 한 명만 상해죄 전과가 있어. 다들 이번 사건의 피해자와는 관련성이 없어 보이지만, 그래도 알리바이는 일일이 확인해야 돼."

소매치기에 무전취식. 분명 다마가와강 주변을 어슬렁거리는 노숙자들일 거라고 와키사카는 짐작했다.

"전과 없는 DNA는 어떻게 신원을 알아냈을까요?"

"나야 모르지. 매번 그렇듯이 데이터베이스의 상세한 내용에 대해서는 공표하지 않음, 이라는 첨언이 있었어."

"아무리 봐도 수상한데요." 와키사카는 얼굴을 찌푸렸다. "틀림없이 모종의 방법으로 범죄와 아무 관련도 없는 사람들의 DNA 정보를 마구잡이로 수집했겠죠."

"나도 같은 생각이야. 하지만 대체 어떻게 수집하지? 벌써 꽤 오래전 일이지만, 범죄 방지를 위해 전 국민의 DNA 정보를 등록하자는 법안을 국회에서 심의한 적이 있어. 결과는 반대의견이 대다수여서 폐기됐어. 그 이후로 그런 얘기는 쏙 들어갔지. DNA는 마지막 개인정보라고 일컬어진 지 오래야. 최근에는 수사 협조라는 명목만으로 관계자에게서 DNA를 채취하는 것도 힘들어졌어."

"그거야 알죠. 전에는 채취를 거부하면 오히려 의심을 살까 봐 순순히 따르는 사람이 대부분이었는데, 요즘은 웬만해서는 응해주지 않으니까요. 일단 경찰에서 DNA를 채취해가면 그 정보가 언제까지고 남는다는 소문이 인터넷을 중심으로 퍼진 탓이겠죠. 하지만 형사인 나도 단순한 소문이라고 무시할 수가 없던데요."

"그러니 더더욱 불특정 다수의 DNA를 수집하는 건 불가능하다는 얘기야. 생각해봐, 휙 던져버린 담배꽁초나 마시고 난 커피 캔을 누군가 주워간다면 당연히 꺼림칙하지 않겠어? 자칫하면 신고하겠다고 나설 거야. 하지만 아직까지 그런 일로 신고가 들어온 적은 없어."

와키사카는 혀를 찼다. "과경지원국 놈들은 그런 걸 대체 어떻게 수집하는 건지."

새삼 이바의 곱상한 얼굴이 머릿속에 떠올랐다. 그 가면을 어떻게든 벗겨낼 방법은 없는 걸까.

"그런 걸 지금 고민해봤자 뭘 어쩌겠어? 자네가 할 일은 여기 목록에 적힌 인간들과 피해자 사이에 관련이 있는지 없는지 탐문해보는 거야. 내일 수사회의 전에 이 목록을 탐문수사팀 전원에게 발송할 거야. 내일도 발바닥에 땀나게 뛰어야 한다고."

모가미의 말을 듣고 암울한 기분이 들었다. 수면제로 사람을 잠들게 하고 강에 던져서 익사시킨 범인이 강변에서 담배를 피우거나 껌을 씹었을까. 하지만 목록이 넘어온 이상, 확인 절차는 반드시 거쳐야 한다.

와키사카는 의자를 당겨 모가미 옆에 바짝 다가앉았다. 주위를 둘러보니 피곤에 찌든 얼굴의 수사원들이 여기저기서 컴퓨터를 마주하고 있었다. 오늘의 업무내용을 보고서로 정리하는 중이겠지만,

뭔가 성과가 있는 듯한 기척은 느껴지지 않았다.

"피해자의 행적은 아직 밝혀지지 않았지요?" 와키사카는 작은 소리로 물었다. "각종 방범카메라와 연동되는 감시 시스템이라면 진즉에 발견됐어야 할 텐데 말이에요."

"감시 시스템의 장점은 그 이름 그대로 감시야. 즉 실시간 분석일 뿐 과거 영상에서 검출하는 데는 시간이 걸려. 당연하잖아, 실시간이라는 건 지금 이 순간만 처리하면 되지만 과거는 그 분량이 엄청나지. 하지만 피해자의 얼굴 인식이나 법 보행 등의 데이터는 전부 수집한 모양이야. 7월 4일부터 5일까지 도쿄 전역의 방범카메라 영상을 AI가 샅샅이 분석하기 시작했다니까 이제 곧 밝혀지겠지."

"정신이 아득해지는 얘기지만, 그게 언제쯤이 될까요?"

"아니, 그런 걸 왜 나한테 묻냐고요. 그보다……." 모가미가 냉철한 표정이 되어 오른손을 내밀었다. "그 통장 복사본이나 내놔. 필요한 부분만이라도."

와키사카는 가방을 열고 쓰키자와 가쓰시의 통장 복사본을 꺼냈다. 수리학연구소에서 쓰키자와 리쿠마, 우하라 마도카와 나눈 대화를 항상 하던 대로 모가미도 전송을 통해 들었던 것이다. 덕분에 일일이 보고할 필요 없이 곧장 본론으로 들어갈 수 있었다.

"지명수배자가 큰돈을 입금해줬고, 그 이틀 뒤에는 그걸 딸아이의 치료비로 송금했다는 거지? 그렇다면 생각할 수 있는 건 한 가지밖에 없네."

"미아타리 수사원 시절의 안력眼力을 살려 지명수배자를 길거리에서 발견했다, 하지만 이제 더 이상 형사가 아닌 쓰키자와 씨는 지명수배자에게 접근해 신고하지 않는다는 조건으로 돈을 요구했다…… . 그거죠?"

"아니면 상대 쪽에서 거래를 제안했을 수도 있어. 단번에 100만 엔, 50만 엔의 큰돈을 보내준 걸 보면 나름대로 모아둔 게 있었던 자들이겠지. 어떤 사건을 저지른 놈들이야?"

와키사카는 수첩을 꺼냈다.

"히로타 나오키는 뺑소니예요. 5년 전에 오사카 부경에서 수배가 떨어졌습니다. 직업은 회사원. 컴퓨터 관련 회사예요. 현재 33세. 그리고 다나카 료스케는 사기죄예요. 현재 50세. 자산가를 속여 3억 엔 이상의 돈을 받아 챙기고 도주했습니다." 모바일의 AI에게 물었더니 즉각 알려준 내용이다.

"입금은 둘 다 한 번뿐이야?"

"통장에 적힌 대로라면 그렇습니다."

"즉 여러 번 돈을 요구한 건 아니라는 얘기네."

"요구하고 싶어도 그럴 수 없었는지도 모르죠. 상대는 당연히 행방을 감추고 연락을 끊었을 테니까."

"요구가 단 한 번뿐이었다면 그게 살인의 동기로 이어질 것 같지는 않은데?"

"일반적으로는 그렇겠죠."

"어쨌든 이 두 명의 지명수배자, 조사는 해봐야겠지? 어차피 타인 명의의 계좌를 썼겠지만 이용내역에서 뭔가 드러날 수도 있어. 임대료 등의 자동이체에도 사용했다면 거주지도 파악할 수 있고. 누군가 불러서 알아보라고 해야겠네." 혼잣말처럼 중얼거린 뒤, 모가미는 곁에 둔 수첩을 펼쳐 메모하기 시작했다. 그 표정은 담담했다. 이 작업이 사건 해결로 이어질 가능성은 높지 않다고 생각하는 것이다.

메모를 끝냈는지 모가미가 얼굴을 들었다.

"자아, 그 두 명의 지명수배자가 이번 사건과 관계가 있는지 없는지는 일단 제쳐두고, 쓰키자와 가쓰시 씨가 전직 경찰로서 그리 바람직하지 못한 행동을 취했다는 건 사실인 것 같아. 어때, 사건과 뭔가 관련이 있을까?"

"자신 있게 말할 수는 없지만, 그럴 가능성이 높아요. 아들에 의하면 쓰키자와 씨는 행방불명되기 직전에 그 노트를 들여다본 모양입니다. 다시 다른 지명수배자를 찾아내 돈을 요구할 준비를 했는지도 모르죠."

"그리고 또 다른 지명수배자와 접촉해 거래를 제안했다가 앙갚음을 당했다는?"

"그럴 가능성은 없을까요?"

아니, 라고 모가미는 고개를 저었다.

"가능성이 없기는커녕 아주 유력한 설이야. 그렇게 되면 용의자가 단숨에 좁혀질 테고."

와키사카는 다시 가방을 열고 쓰키자와의 노트를 꺼내 모가미의 책상 위에 펼쳤다.

"이 노트 안의 사진들 중에서 아직 검거가 안 된 놈이겠죠?"

"그렇지. 예단은 금물이지만, 다음 수사회의 때 팀장에게 얘기해야겠어. 인원을 이쪽으로 배치해줄 거야."

"한 가지, 말씀드려도 될까요?"

"뭔데?"

"쓰키자와 씨가 지명수배자를 찾아냈다면 그건 언제 어디서였을까요?"

와키사카의 질문에 모가미는 두 팔을 펼쳤다.

"그걸 낸들 아나? 뭐, 어딘가 있는 길거리였겠지. 지나가는 사람들 속에서 지명수배자를 찾아내는 게 미아타리 수사원이잖아."

"그건 그렇지만, 쓰키자와 씨는 이미 사직했잖아요. 이제 지명수배자를 찾기 위해 아무리 길거리에 서 있어봤자 누군가 보수를 주는 것도 아니죠. 하지만 그는 경시청을 그만둔 뒤에도 그 비슷한 곳에서 근무했어요."

"오호, 그렇군." 모가미는 알겠다는 듯한 얼굴이 되었다. "보안경비원이랬지?"

"단순한 보안경비원이 아니에요. 잠입 감시원입니다. 몸에 소형 카메라를 장착하고 주위 사람들을 모조리 촬영하는 업무였어요."

"카메라로 찍는 것만이 아니라 자신의 눈으로 직접 이 노트 속 얼굴을 찾고 있었다는 건가?"

"아들 리쿠마가 그러더라고요. 경찰 그만두고 보안경비원 일을 할 때도 지명수배자를 찾아내 검거한 적이 있다고."

모가미의 눈초리가 날카로워졌다.

"이번에도 잠입 감시원으로 근무하던 중에 발견했던 거네."

"만일 그렇다면 그 수배자의 모습이 방범카메라나 쓰키자와 씨가 촬영한 영상에 찍혔을 가능성이 있겠죠."

"하지만 쓰키자와 씨는 매일 같이 일하러 나갔잖아. 영상 분량이 엄청날 텐데?"

"맞는 말씀이에요. 하지만 제 추리가 맞는다면 범위를 바짝 좁힐 수 있어요."

"어떤 추리?"

"쓰키자와 씨가 잠입 감시원 업무 중에 지명수배자를 발견했다고 쳐요. 경찰에 신고하지 않고 그자에게 돈을 요구할 작정이라면 그다음에 어떻게 하겠습니까."

"어떻게든 신원을 알아내려고 했겠지."

"어떻게요?"

"그야 미행이지." 그렇게 말하고 모가미가 고개를 위아래로 끄덕였다. "아, 그거네, 감시원 업무 장소에서 벗어나지 않고서는 미행을 할 수 없어."

"그래서 어떻게 했을까요. 분명 뭔 이유를 대고 근무지를 벗어났겠죠. 적어도 일정 시간 동안은 자리를 비울 필요가 있었어요."

"즉 근무 중에 조퇴한 적이 있는지 확인해보면 되겠네."

"이 추리, 잘못 짚은 걸까요?"

"잘못 짚기는? 절대 틀림없다고 자네 얼굴에 써 있는데? 당장 알아보라고 지시할게."

"아직 7시니까 제가 다녀오겠습니다. 보안경비회사니까 스물네 시간 가동할 거예요." 와키사카는 대답을 듣기도 전에 자리에서 일어나 성큼성큼 걸음을 옮겼다.

쓰키자와 가쓰시가 근무하던 보안경비회사는 본사가 주오쿠 니

혼바시 카야바초에 있다. 탐문수사를 다녀온 수사원의 정보에 의하면, 경찰과의 창구 역할을 맡은 사람은 '세토'라는 인물이라고 했다. 리쿠마에게서도 들었던 이름이다. 연락해보니 세토는 아직 회사에서 일하는 중이고 오후 10시 이후에나 시간이 난다고 했다.

와키사카는 경찰서 근처 정식집에 들러 우선 저녁부터 먹기로 했다. 관할서 형사가 일러준 식당이다. 특별수사본부에서 도시락을 준비해주지만, 밥 먹을 때만큼은 일터에서 벗어나고 싶었다.

식당은 목조 민가를 개조한 레트로한 분위기였다. 천장 가까이의 선반에 텔레비전이 있었다. 노인 대상 예능 프로그램이 흘러나왔지만, 드문드문 앉은 손님들 아무도 거기에 눈길을 주지 않았다.

와키사카는 4인용 테이블에 앉아 벽에 걸린 메뉴판을 살펴보고 고등어된장조림 정식을 주문했다. 맥주도 마시고 싶었지만 아직 할 일이 남은 처지인지라 참기로 했다.

수첩을 펼쳐놓고, 서비스로 나온 차를 홀짝홀짝 마시면서 수리학 연구소에서의 대화를 되짚어보았다. 어제와 오늘 연달아 찾아간 덕분에 몇 가지 중요한 사실을 확인할 수 있었다.

나가에 다키코가 쓰키자와 가쓰시의 연인이고 데루나는 두 사람 사이의 아이라는 건 처음에 리쿠마의 얘기를 들었을 때부터 짐작했던 일이다. 생판 타인의 혈액검사 결과지를 소중하게 보관해두는 일은 없기 때문이다. 그 서류를 자세히 보니 환자는 일곱 살의 여자애였다. 게다가 쓰키자와 가쓰시는 8년 전에 산부인과에 진료비를 냈고 그 영수증도 보관했다. 아마 여자애의 어머니가 임신했을 때였고 그걸 기념으로 보관해둔 거라고 짐작했다. 즉 쓰키자와에게 그 임신은 기쁜 일이었던 것이다.

다만 그 추리를 리쿠마에게는 말하지 않았다. 아직은 짐작해보는 단계인 데다 공연히 소년의 마음을 어지럽힐 뿐이라고 생각했기 때문이다. 하지만 수리학연구소에서 나가에 다키코의 얘기를 들어보니 역시 그 추리가 딱 맞았다.

사건에 대해 나가에는 짐작되는 게 전혀 없다고 말했다. 쓰키자와는 2주일쯤 만나지 못했고, 마지막으로 전화한 게 7월 3일이었는데 그 이후로 연락이 뚝 끊겨버렸다, 사건 소식도 듣지 못했다, 라는 진술은 부자연스럽지 않았다. 요즘에는 뉴스에 관심이 없는 사람들이 많다.

그리고 오늘이다. 지명수배자 파일 노트와 은행 통장의 관련은 정말 뜻밖이었고 큰 수확이었다. 그 두 명의 중학생은 대단한 탐정이다.

그나저나 그 여자는 어떤 사람인가…….

와키사카는 우하라 마도카의 단정한 얼굴을 머릿속에 떠올렸다.

수리학연구소 직원이라고 했다. 나가에 데루나를 돌봐주고 있는 모양이었다. 나가에 모녀는 그녀를 매우 신뢰하는지 탐문수사 자리에 동석하기를 청했다. 그녀는 중간에 끼어드는 일 없이 나가에 모녀에게 질문하는 와키사카의 얼굴을 지그시 바라보았다. 그 눈에 묘한 힘이 있어서 시선을 받은 부분이 달아오르는 듯한 느낌이 들 정도였다.

어제 돌아오는 참에 우하라 마도카는 와키사카를 1층 출입구까지 배웅해줬지만, 중간에 문득 뒤를 돌아보더니 그의 발을 가리키며 말했다.

"그 구두, 새 걸로 바꾸시는 게 좋겠어요."

"구두요?" 갑작스럽게 무슨 말인가 하고 의아했다.

"밑창이 많이 닳았어요. 게다가 오른쪽 왼쪽이 달라요. 그 상태로 계속 신고 다니면 요통의 원인이 될 거예요."

"맞아요, 전에 구두 수선할 때도 그런 얘기를 하던데."

"그럼 서둘러 새 걸로 바꾸셔야죠."

"그래야겠네요. 어쨌든 대단하신데요, 걸음걸이만 보고 알아내다니."

그러자 우하라 마도카는 입가를 풀고 웃으면서 고개를 저었다. "본 게 아니라 들렸어요."

"들렸다니, 뭐가요?"

"발소리."

엇! 하고 와키사카는 자신의 발을 내려다보았다. "발소리만으로 그런 걸 알아요?"

하지만 그녀는 대답 대신 공손히 머리를 숙였다. "수고하셨습니다. 조심해서 돌아가세요."

게다가 오늘은 헤어지기 전에 묘한 요구까지 해왔다. 쓰키자와 가쓰시의 시신이 발견된 장소와 시간을 정확히 알려달라는 것이다. 그걸 알아서 뭘 어떻게 추리하겠다는 건가.

이상한 사람이라고 생각하면서도 다시 만나고 싶은 마음이 들었다. 신비한 매력을 가진 여성이다.

고등어된장조림 정식이 나왔다. 관할서 형사가 추천하더니 역시 맛있어 보였다. 와키사카는 나무젓가락을 들었다. 우선은 먹는 데 집중하자.

식사를 즐기며 무심코 텔레비전으로 시선을 던지자 뉴스 방송이 시작되었다. 남자 아나운서가 소식을 전하고 있었다.

"이번 달 7일, 오타구의 가전제품 할인매장 창고에 불법 침입한 혐의로 도쿄에 거주하는 열아홉 살 전문대생 X모 씨가 체포되었습니다. 학비가 부족해 인터넷 불법 아르바이트에 뛰어들게 되었는데, 절도에 가담하는 일인 줄은 몰랐다고 진술했습니다. 경찰의 발표에 의하면 현장에 흘린 니트 모자에 부착된 DNA를 통해 범인을 특정할 수 있었다고 합니다."

흠칫해서 젓가락을 멈췄다. 화면을 뚫어져라 지켜봤지만 그 뉴스는 거기까지였다.

DNA를 통해 밝혀냈다고? 어떻게?

니트 모자에서 DNA를 검출했다는 건 이해가 된다. 모발이나 피지 등이 부착되었을 것이다. 하지만 거기서 분석한 DNA형이 데이터베이스에 있었다는 얘기인가? 열아홉 살 대학생의 DNA형이 어째서 데이터베이스에 등록되어 있었을까. 물론 체포된 전력이 있다면 그때 등록되었겠지만, 방금 뉴스를 들어본 바로는 과거에 범죄를 저지른 적은 없어 보였다.

최근에 이런 사례가 부쩍 증가했다. 현장에 유류품만 있으면 눈 깜짝할 사이에 범인을 체포해버리는 듯한 느낌까지 든다. 아니, 실제로도 그렇다. 과경지원국의 막강한 DNA 수사망을 지켜보면 정체모를 오싹함이 밀려온다.

생각에 잠긴 채 젓가락을 놀리는 사이에 요리가 점점 줄어들었다. 고등어된장조림 접시는 그새 텅 비었다. 어떤 맛이었는지 기억도 안 나서 적잖이 손해 본 기분이었다.

식당을 나와 지하철을 탔다. 가야바초에서 내려 밖으로 나왔을 때는 오후 10시를 막 지난 시각이었다.

회사는 역 바로 옆에 있었다. 일방통행의 도로를 마주한 번듯한 건물이다. 창문 몇 개에 아직 불이 켜져 있었지만 정문 현관은 컴컴했다.

세토에게 전화했더니 야간 출입구를 알려주었다. 건물 왼편 끝에 있다고 한다.

알려준 쪽으로 가보니 작은 입구가 있었다. 수위실 앞에 안경을 쓴 마른 남자가 서 있었다.

"세토 씨십니까?"

"그렇습니다. 아, 성함이……."

와키사카입니다, 라고 밝히고 경찰 배지를 제시했다. "갑작스럽게 죄송합니다."

"아뇨, 아닙니다. 저기, 이걸." 세토는 끈이 달린 입관증을 내밀었다.

안내해준 곳은 휴게실 같은 공간이었다. 간이 테이블과 의자가 있고 벽 쪽에는 자동판매기가 설치되었다. 이런 늦은 시간에도 사람들이 근무하고 있었다.

"다들 밤늦게까지 수고가 많으시네요."

와키사카의 말에 세토는 아뇨, 아뇨 하면서 손을 저었다.

"단순히 근무시간이 달라서 그렇죠. 저 같은 경우에는 오늘 밤에 야구장을 모니터해야 하기 때문에 밤 시간 당번이 됐어요."

"모니터라는 게 뭡니까?"

"여기 모니터실에서 방범카메라나 잠감의 카메라 영상을 체크하면서 지시를 내리는 거예요. 같은 장소에만 계속 머물면 촬영할 수 있는 영상이 제한적이니까요. 그리고 수상한 자가 발견됐을 경우에는 즉시 전달해서 보다 많은 정보를 얻을 수 있도록 합니다."

"실례지만, 잠감이라는 건?"

"아, 미안해요. 잠입 감시원을 줄여서 부르는 말이에요. 아, 잠입 감시원이라는 건⋯⋯."

"그건 알고 있습니다. 몸에 장착한 카메라로 주변을 샅샅이 촬영한다고 들었어요. 지금 말씀하시는 걸 들어보니 한 차례 행사를 하면 촬영한 영상 데이터가 엄청나게 많겠는데요."

"네, 그게 우리 회사가 하는 일이니까요." 세토는 자부심이 담긴 말투로 설명을 이어갔다. "보안경비회사의 범주에 들어가 있지만, 우리 회사는 단지 방범만 하는 건 아니에요. 엄청난 분량의 영상은 이른바 빅데이터가 되거든요. 그걸 분석해서 마케팅으로 연결해가는 게 또 다른 중요한 역할입니다. 이를테면 이벤트 행사장에서 인파의 흐름 등을 분석해 어떤 행사에 어떤 사람들이 어떤 식으로 모였는지, 행사장의 배치는 적절했는지, 유도 경로의 설정은 적절했는지, 그런 방범 이외의 내용까지 검증해서 클라이언트에게 제공합니다. 한 명의 고객에게 포커스를 맞춰 어떤 식으로 돌아보는지, 어디서 돈을 쓰고 어떤 구역은 그냥 지나쳤는지 등을 파악하는 것도 가능하거든요. 필요하다면 언제 화장실에 갔는지까지 알려줍니다." 마치 영업사원처럼 술술 말해주었다.

"그런 분석은 얼굴 인식 시스템을 사용하는 건가요?"

"얼굴 인식 시스템도 사용하죠." 세토는 고개를 끄덕였다. "그래서 잠입 감시원들에게는 어쨌든 최대한 많은 사람을 촬영해달라고 지시합니다. 카메라의 각도라든가 떨림 같은 건 신경 쓰지 말고 아무튼 샅샅이 찍어달라고 해요. 그다음은 AI가 어떻게든 처리해주니까요."

"쓰키자와 씨도 그 잠입 감시원이었다고 하던데요."

그 즉시 세토의 표정이 침울해졌다.

"그렇습니다. 우리 팀 멤버였는데 설마 그런 참혹한 일이……. 실은 어제 찾아온 형사한테도 얘기했지만, 나는 쓰키자와 씨와 사적으로는 거의 교류가 없었어요. 그래서 사건에 대해 짐작되는 게 있느냐고 물어봐도 대답해드릴 만한 게 없습니다. 업무상으로도 단순히 잠입 감시원과 모니터 담당 사이였을 뿐이라서……."

아무래도 탐문을 나왔던 형사가 상당히 끈질기게 캐물은 모양이다. 세토가 발신이력에 이름이 남아 있었기 때문이다. 쓰키자와는 7월 4일에 회사를 쉬었는데 그걸 세토에게 전하는 통화였다고 한다.

"오늘은 쓰키자와 씨와의 사적인 관계를 물어보려는 게 아니니까 마음 편히 대답하셔도 돼요." 와키사카는 표정을 누그러뜨리며 말했다. "제가 알아보려는 건 쓰키자와 씨의 근무 상황입니다."

"그건 무슨 말씀이신지……."

"잠입 감시원은 행사가 있을 때는 처음부터 끝까지 계속 자리를 지키게 됩니까?"

"기본적으로는 그렇죠. 이따금 장시간에 걸친 행사가 있는데 그런 때는 교대하게 해줍니다."

"중간에 자리를 뜨는 일은 없어요?"

"화장실에 가려고 잠깐 담당 구역을 벗어나기도 해요. 한여름에 외부 행사라면 열사병에 대비해 적당히 휴식을 취하기도 하고요."

"화장실이나 휴식이 아니더라도 갑작스럽게 업무를 중단해야 할 사정이 생겼을 때는 어떻게 하지요? 이를테면 몸이 안 좋다든가 집에서 급한 연락을 받았다든가 할 때는."

아, 하고 세토가 입을 열었다.

"그런 때는 어쩔 수 없으니까 빼줍니다. 이른바 조퇴가 되죠."

"최근에 쓰키자와 씨가 조퇴한 적은 없었습니까?"

"쓰키자와 씨가?" 세토는 미간을 당기고 주먹으로 턱을 짚었다. "그러고 보니 얼마 전에 그런 일이 있었어요. 갑자기 속이 안 좋아서 미안하지만 일찍 퇴근했으면 한다고 했었는데……."

"그게 언제였지요?"

"언제였나. 찾아보면 알 수 있을 겁니다."

"수고스럽겠지만, 확인 좀 해주시겠습니까?"

"알겠습니다. 잠시 기다리셔야 할 텐데, 괜찮아요?"

"제가 같이 가도 될까요? 방해는 하지 않겠습니다."

세토는 거절하기도 번거롭다는 표정으로 고개를 끄덕였다.

"그러세요. 밤늦은 시간이라서 이제 직원도 별로 없을 거고."

"고맙습니다." 와키사카는 머리를 숙였다.

엘리베이터를 타고 다른 층으로 이동했다. 모니터실이라는 표지판이 걸린 사무실은 통유리로 둘러싸였고 여러 대의 모니터가 줄지어 설치된 곳이었다.

세토는 자기 자리로 가더니 의자에 앉아 키보드를 두드렸다. 눈앞의 모니터에 일정표가 떴다. 쓰키자와 가쓰시의 근무 상황표인 것 같은데 와키사카는 표를 읽는 방법을 얼른 알 수 없었다.

"아, 그래, 생각났어요." 표를 보면서 세토가 말했다. "그날이에요, 모터쇼 마지막 날."

"모터쇼라고요? 틀림없습니까?"

"틀림없어요. 쓰키자와 씨가 오후 5시 20분에 조퇴했습니다. 속이 영 좋지 않다고 나한테 연락했어요. 그래서 그만 퇴근해도 좋다고 했습니다."

"날짜는 6월 27일이네요?"

세토는 모니터를 흘끗 보며 확인하더니 그렇습니다, 라고 대답했다.

제대로 짚었다. 와키사카는 손가락을 따악 튕기고 싶은 기분이었다. 역시나 부자간이다. 쓰키자와 리쿠마의 직감이 적중한 것이다. 역시 그날, 뭔가 일이 있었다. 쓰키자와 가쓰시는 누군가를 발견했던 것이다.

"세토 씨, 또 한 가지 부탁이 있습니다."

"무슨 일인데요?" 세토의 얼굴에 경계하는 빛이 떠올랐다.

"그날 영상을 잠시 빌려갔으면 합니다. 모터쇼에서 촬영한 영상을 전부."

"전부?" 세토의 뺨이 바짝 긴장했다. "그건 내가 결정할 일이 아니라서……."

"어차피 이 회사도 경찰청과 제휴하고 있지요? 그러지 않고서는 지명수배자나 교도소 출소자의 상세 정보 같은 건 입수하기 어렵겠죠. 그 보답 차원에서 경찰청에 실시간으로 영상을 제공하고 있을 텐데요?"

"아니, 그건 그러니까……." 세토의 관자놀이에 땀이 맺혔다.

"영장이 필요하다면 나중에 가져올게요. 부탁드립니다, 영상을 빌려주십쇼." 와키사카는 깊숙이 머리를 숙였다.

이것 참, 난감하네, 하는 소리가 머리 위에서 들려왔다.

8

귀에 익숙지 않은 전자음에 잠이 깼다. 리쿠마는 자신이 어디에 있는지 얼른 알아차리지 못했다. 커튼을 통해 강한 햇빛이 들어왔지만 그 커튼을 본 기억이 없었다.

책이 줄줄이 꽂힌 책장이 눈에 들어와서 그제야 준야의 방이라는 걸 알았다. 어젯밤에 재워준 것이다. 물론 저녁밥도 대접해주었다. 카레라이스였다.

전자음이 멎으면서 잘 잤냐, 하는 소리가 들렸다. 침대 아래를 보니 준야가 이불 속에 누운 채 자명종 시계를 바닥에 내려놓는 참이었다.

"응."

"푹 잤어?"

"엄청 잘 잤어. 미안하다, 내가 침대를 뺏어서."

"그런 건 신경 쓰지 마. 가끔은 바닥에서 자는 것도 좋거든. 나도 푹 잤어."

"그보다 어젯밤에 너무 늦게 잤다."

잘 준비를 하고 누운 채 둘이서 길고 긴 얘기를 나눴던 것이다. 1학기의 추억이며 선생님 험담, 마음에 둔 여학생에 대한 것 등, 평소의 그저 그런 얘기들이었다. 사건에 대한 얘기는 꺼내지 않았다. 얘기해봤자 하나도 진전될 게 없다고 둘 다 알고 있었기 때문이다.

"지금 몇 시?"

리쿠마가 물었다.

"일곱 시 반이야. 이제 두 시간밖에 안 남았어. 일어나자."

준야가 부스스 몸을 일으키는 것을 보고 리쿠마도 침대에서 내려왔다.

준야네 큼직한 식탁에는 벌써 아침 식사가 차려져 있었다. 연어 구이와 무말랭이 무침, 조개 된장국이라는 순수 가정식 메뉴를 보고 리쿠마는 감격했다. 아버지가 살아 있었을 때 아침식사는 토스트와 달걀프라이뿐이었다.

준야네 어머니가 많이 먹으라고 권하는 바람에 밥을 두 그릇이나 먹어버렸다.

"오늘도 엄청 덥겠다. 둘 다 열사병 걸리지 않게 조심해. 준야, 냉장고 페트병에 물 담아뒀으니까 리쿠마하고 두 병씩 가져가."

"두 병은 필요 없어. 한 병이면 돼."

"한 병은 금세 떨어져. 가져가라면 가져가."

"칫, 알았어."

오늘 둘이서 사이클링을 한다고 어제 어머니에게도 미리 얘기해 둔 것이다.

물론 단순한 사이클링이 아니다. 우하라 마도카의 초대에 응해서 아버지의 시신이 발견된 장소에 가는 것이다. 리쿠마와 준야가 사는 동네에서 10킬로미터 남짓한 거리였지만, 마도카는 자전거를 타고 오라고 했다. 그 이유에 대해서는 기동성이 필요하기 때문이라고 설명해주었다.

뭐가 뭔지 알 수 없었지만 리쿠마는 일단 마도카의 지시에 따르기로 했다. 그래서 어제 준야네 집에 오기 전에 잠깐 집에 들러 다음날의 준비물도 챙기고 보관대에 세워둔 자전거도 가져왔다.

아침 식사를 마치자 오전 8시였다. 준야네 어머니의 배웅을 받으며 두 사람은 출발했다. 마도카와는 오전 10시에 현장에서 만나기로 약속했다.

"리쿠마, 내가 앞장설 테니까 뒤따라와." 준야가 말했다. 준야의 자전거 핸들에는 스마트폰 거치대가 있어서 현재 위치를 확인해가며 달리려는 것이다. 리쿠마는 물론 이의가 없었다.

자전거를 타는 건 오랜만이었다. 그래도 페달의 움직임이 부드러웠다. 브레이크가 이상한 소리를 내는 일도 없었다. 간밤에 준야네 아버지가 꼼꼼히 정비해준 덕분이다.

바람을 가르며 달리자 여름의 쨍쨍한 햇빛도 상쾌하게 느껴졌다. 온갖 일들이 아무려나 상관없고, 아버지의 죽음조차 먼 옛날 일처럼 느껴졌다. 마약의 환각 상태를 트립이라고 한다던데 이런 느낌인 건가, 하고 리쿠마는 생각했다. 그러고 보니 트립에는 여행이라는 뜻도 있다. 사이클링은 여행의 일종이다. 그러니까 이건 역시 트립이다……

다마가와강이 보이기 시작했을 때 준야가 속도를 늦췄다. "잠깐 쉴까?" 큰소리로 물었다. 오케이, 하고 리쿠마도 소리쳤다.

강을 건너는 다리 앞에 화단이 있어서 마침맞게 그늘이 만들어졌다. 그 그늘 아래 앉을 수 있는 블록이 있었다. 백팩에서 페트병을 꺼내 수분을 보충했다.

"마도카 씨가 뭘 하려는 걸까?" 다마가와강을 바라보며 준야가 말했다.

"글쎄." 고개를 갸웃거린 뒤에 리쿠마는 친구의 옆얼굴을 보았다. "방금 마도카 씨라고 했어?"

"그래, 마도카 씨, 맞잖아."

"이름은 맞지만, 어른을 그렇게 이름으로 부르지는 않잖아."

"뭐가 어때서? 그렇게 부르면 안 된다는 법이라도 있어? 우하라 씨라고 하면 어쩐지 딱딱한 느낌이잖아. 난 그 사람을 이름으로 부르고 싶어, 왠지." 준야가 빙그레 웃으며 시선을 저 멀리로 던졌다.

"준야, 혹시 그 사람 좋아해?"

그러자 준야는 발끈한 얼굴로 돌아보았다. 분명 아니라고 화를 낼 거라고 예상했다. 그런데 통통한 친구의 입에서 나온 말은 "왜, 좋아하면 안 돼?"라는 것이었다.

"그렇게 아름다운 사람인데 좋아하는 게 당연하지. 누구라도 좋아할걸? 혹시 너도 좋아해?"

"좋아하기는 무슨? 나이 차가 너무 많잖아."

"나이 따위는 상관없어. 게다가 연상이라고 해봤자 겨우 열 살쯤이야. 그 정도 차이의 커플은 흔하거든. 흥, 좋아하지 않는다고? 너, 진짜 괴짜다."

"괴짜는 네가 괴짜지."

"어쨌든 안심했어. 넌 라이벌이 아니라는 얘기니까. 다행이다, 다행이야."

여전히 괴상한 녀석이라고 리쿠마는 새삼 생각했다. 하지만 준야의 그런 별난 성격이 자신에게 큰 힘이 된다는 것도 잘 알고 있었다.

잠시 쉬었더니 다시 힘이 솟구쳤다. 자전거를 타고 출발했다. 다리 앞에서 왼편으로 꺾어들면 강을 따라 차량 통행금지 도로가 길게 뻗어 있다. 외줄기 길이라서 이번에는 리쿠마가 앞서 달리기로 했다.

다마가와를 오른편으로 바라보며 경쾌하게 페달을 밟았다. 하천 부지에서 공놀이를 하는 아이들의 모습이 눈에 들어왔다. 모두가 여름방학을 한껏 즐기는 것처럼 보였다.

나도 주위에 그런 모습으로 보였으면 좋겠다, 라고 리쿠마는 생각했다. 동정 같은 건 받고 싶지 않았다. 불쌍한 아이로 보이고 싶지 않았다.

앞으로, 이를테면 여름방학이 끝날 무렵에는 전혀 다른 하루하루가 기다릴지도 모른다. 머지않아 아동상담소에서 연락이 오고 아동양호시설에 맡겨지게 될 것이다. 그러면 아마 전학도 해야 할지 모른다. 준야와도 지금처럼은 만날 수 없을 것이다.

그렇게 되더라도 결코 불쌍한 아이로는 보이지 않도록 하자고 생각했다. 웃는 얼굴로 학교를 떠나는 것이다. 준야와도 웃으며 헤어지자…….

축구장이며 테니스코트를 오른쪽으로 바라보며 계속 페달을 밟았다. 어느새 아스팔트가 아니라 흙길이 나왔다. 조깅이나 산책을 하는 사람도 많았다.

도중에 하천부지가 좁아지면서 자전거 주행이 금지된 길이 있었다. 그래서 한참 동안 차도 옆을 달린 뒤에 다시 강가 길로 합류했다. 다리 아래를 빠져나오자 단숨에 시야가 확 트였다. 강변부지 건너편으로 가와사키시의 빌딩들이 보였다.

"리쿠마, 스톱."

뒤에서 목소리가 들려와서 리쿠마는 브레이크를 잡았다. 준야가 옆으로 나란히 다가왔다.

"이 근처인 거 같은데." 준야는 자전거에서 내려 핸들의 스마트폰을 떼어냈다.

리쿠마는 주위를 둘러보았다. 축구나 야구를 할 만한 공간도 없고 인적도 없다. 날씨가 좋을 때라면 산책하는 사람이 더러 있겠지만, 이런 무더위에는 그럴 엄두가 나지 않을 것이다.

강가에 서 있는 여자의 모습이 눈에 들어왔다. 핑크색 야구모자를 쓰고 얇은 파카를 걸친 뒷모습에 신비한 아우라가 감돌았다. 얼굴이 안 보이는데도 왠지 우하라 마도카가 틀림없다고 확신했다.

"우하라 씨야." 리쿠마는 혼잣말처럼 중얼거렸다.

"어디, 어디?"

"저기."

오호 하는 소리를 내더니 준야가 냅다 뛰었다. 리쿠마도 자전거에서 내려 뒤따라갔다.

준야가 인사를 건넸는지 여자가 돌아보았다. 스포츠 선글라스를 썼지만 역시 우하라 마도카가 틀림없었다.

"안녕? 약속시간, 정확히 지켰구나." 마도카가 말했다.

"그쵸? 우리, 엄청 열심히 달려왔걸랑요." 준야가 노력을 강조했다.

안녕하세요, 하고 리쿠마는 인사했다. "뭘 보고 있었어요?"

마도카는 고개를 갸우뚱했다.

"뭘 봤느냐고 물으면 대답하기가 어려워. 한마디로 말하면, 여러 가지야. 지형이며 강물의 흐름, 수위, 풍향, 그 밖의 다양한 것들."

"놀러 나온 사람 수라든가?" 준야가 물었다.

"그건 관계없고." 마도카는 강 쪽으로 얼굴을 돌리며 말했다. "7월 10일에 쓰키자와 가쓰시 씨의 사체가 이 근방에서 발견됐어. 하지만 여기서 강에 던져져 익사한 건 아니야. 만일 이곳에서 살해됐다면 사체는 훨씬 더 하류 쪽에서 발견됐을 거야."

"쓸려갔을 거라서?"

준야의 말에 그녀는 고개를 끄덕였다. "맞아."

"익사라고 했으니까 강에 던져진 시점에는 아직 살아 있었을 가능성이 높아. 그러면 폐에 공기가 있어서 잠시 동안은 떠 있어. 하지만 이윽고 물에 가라앉고 몸 전체의 비중이 물보다 무거워져서 강바닥에 가라앉게 돼. 그대로 한동안 거의 이동하지 않아. 변화가 일어나는 건 부패가 시작되었을 때야. 지금 이 계절이라면 바로 다음날에 시작됐을 수도 있어. 부패하면 가스가 발생하지. 서서히 가스가 체내에 차게 되면 부력이 생겨서 바닥에서 떠오르는 거야. 그렇게 떠오르면 당연히 강물에 휩쓸려가게 되고." 마도카가 리쿠마를 보며 물었다. "아버지가 행방불명된 게 7월 4일 밤이었지?"

"네."

"사체가 발견된 건 7월 10일 오전이야. 살해된 게 4일 밤이라면 약 닷새 동안에 이 자리까지 흘러왔다는 얘기야. 아버지의 키와 몸무게는 어떻게 되지?"

"키는 170센티미터 정도, 몸무게는 65킬로그램이었어요."

"사체가 수면에 떠 있었다면 좀 더 일찍 발견됐을 거야. 10일까지 눈에 띄지 않은 건 물 속에서 이동했기 때문이야. 부패가 진행되면서 흘러가다가 마침내 수면에 떠오른 게 7월 10일이었다는 얘기야."

"대단해요." 준야가 말했다. "어떻게 그런 것까지 알죠?"

"내가 알아낸 게 아냐. 일어난 현상을 정리했을 뿐이지. 이제 그 사실을 바탕으로 어느 지점에서 쓰키자와 씨를 강에 던졌는지 알아내야지."

"어떻게요?"

"그러려고 다양한 것들을 관찰한 거야. 자, 갈까?" 마도카가 걸음을 옮겼다.

"어디로요?" 뒤를 쫓아가면서 준야가 물었다.

"따라오면 알아."

"저기, 마도카 씨라고 해도 돼요?"

"야, 준야." 리쿠마가 제지했다. "실례잖아, 아까부터."

마도카가 발을 멈추고 두 사람을 돌아보았다.

"어떻게 부르든 상관없어. 허물없는 말투도 좋고. 근데 한 가지 조건이 있어. 절대로 나의 개인적인 것에 대해서는 묻지 마. 알겠니?"

그 말투가 유난히 진지해서 리쿠마는 흠칫했다. 같은 느낌을 받았는지 준야도 공손한 말투로 답했다. "명심하겠습니다."

마도카의 자전거도 곁에 세워져 있었다. 핑크색 프레임의 스타일리시한 스포츠 사이클이다. 그녀가 올라탈 때, 반바지 아래 허벅지가 눈에 들어와서 리쿠마는 괜스레 허둥거렸다.

마도카가 앞서서 힘차게 달리자 준야, 리쿠마의 순서로 뒤를 따랐다. 이곳에 올 때의 여정을 역주하는 코스였다. 아까는 오른편으로 바라본 경치가 이번에는 왼편에서 흘러갔다.

몇 분 달려간 참에 마도카가 멈췄다. 자전거에서 내리는 것을 보고 리쿠마와 준야도 내렸다.

강은 저만치 멀어져서 보이지 않았다. 마도카는 자전거를 세우고 야구장과 축구장 사이의 좁은 길로 들어갔다. 리쿠마와 준야도 뒤를 따랐다.

경기장을 지나자 수북하게 우거진 풀숲 너머로 강물이 보였다. 마도카는 그 풀을 밟아가며 조금 더 안쪽으로 들어갔다. 이윽고 강가에 서자 선글라스를 벗고 주위를 찬찬히 둘러보는지 고개가 좌우로 움직였다.

"여기가 현장이에요?" 리쿠마가 물었다.

아니, 라고 마도카는 대답했다.

"사체가 이곳을 통과한 건 아마 발견되기 전날 밤일 거야."

"어째서요?"

"강물의 유속은 수면과 바닥 중에 수면 쪽이 더 빨라. 정확히는 수면보다 약간 아래쪽이 가장 빠르지. 그러니까 아직 수면에 떠오르지 않은 사체가 상당히 빠른 속도로 쏠려갔을 거야."

"그걸 어떻게 알아요?"

준야가 물었지만 마도카는 말없이 눈꺼풀을 감았다. 한참 동안 그대로 미동조차 하지 않았다.

"마도카 씨." 준야가 불렀다. "뭐해요?"

하지만 대답 대신 조용히 하라는 듯이 오른손을 살짝 올렸다. 한참 지나서야 그 손을 내리고 눈을 떴다. 선글라스도 다시 썼다.

"뭘 한 거예요?" 준야가 다시 물었다.

"소리를 들었어."

"무슨 소리를?"

"다양한 소리. 바람소리, 물소리."

"그런 소리로 뭘 어떻게 하는데요?"

"그거야 뻔하잖아. 자, 가자." 마도카가 빠른 걸음으로 나아갔다.

"바람소리, 물소리……." 중얼중얼하면서 준야가 리쿠마를 보았다. "그런 소리, 너도 들었어?"

리쿠마는 말없이 고개를 저으며 마도카의 등 뒤를 따라갔다.

다시 몇 분쯤 자전거를 타고 달린 뒤에 마도카가 멈췄다. 바로 옆에 수로가 있는 곳이었다.

"여기서는 강물의 흐름이 복잡해져." 강가에 서서 마도카는 말했다. "하지만 4일에서 10일 사이에 큰비가 내린 적은 없으니까 수위는 안정적이었어. 키 170센티미터, 몸무게 65킬로그램……. 좋아, 별 문제 없어." 자신의 말에 납득한 듯 고개를 끄덕였다.

"여기도 현장은 아니지요?" 리쿠마는 확인했다.

"응, 아니야." 다시 마도카가 발길을 돌렸다.

그렇게 몇 번 되풀이하면서 마도카는 상류를 향해 나아갔다. 리쿠마와 준야는 어쨌든 그 뒤를 따라가는 수밖에 없었다.

도중에 경찰이 수색하고 있는 광경을 보았다. 아까 지나갈 때는 미처 알지 못했지만 수색 인원이 삼십 명이 넘었다. 긴 막대 등으로 풀숲을 헤쳐 보는 것 같았다.

마도카가 자전거를 세우고 경찰들 쪽을 내려다보았다.

"경찰은 뭘 찾고 있을까요?" 준야가 물었다.

"유류품을 찾는 중이야." 마도카가 한숨을 내쉬며 말했다. "안타깝게도 거기가 아닌데. 좀 더 상류 쪽이야."

"그럼 마도카 씨가 알려주면 되잖아요."

"어떻게 설명하지? 아무튼 내 말을 믿으라고 할까?"

"나라면 믿을 텐데……."

"너라면 그렇겠지. 거꾸로 말하면, 넌 경찰은 되기 어렵겠다."

발길을 돌려 마도카는 다시 자전거에 올랐다.

이윽고 세 사람은 후타코타마가와 근처에 도착했다. 뒤편으로 아파트 단지가 들어선 곳이다.

강을 찬찬히 둘러보더니 마도카는 크게 고개를 끄덕였다. "응, 드디어 찾았네."

"여기가 범행 장소라고요?" 준야가 물었다.

"맞아." 그렇게 대답하면서 마도카는 양팔을 크게 벌렸다.

"여기서 앞뒤로 100여 미터야. 이 사이에 쓰키자와 씨가 살해된 장소가 있어."

와아, 하고 준야가 몸을 뒤로 젖혔다.

"그걸 어떻게 알아요? 마도카 씨는 대체 뭐 하는 사람이에요?"

마도카가 두 팔을 허리에 짚고 준야를 노려보았다.

"어떻게 아느냐고? 나니까 알아. 그 밖에 달리 설명할 방법이 없어. 그래도 만족스럽지 않다면 이렇게 대답해둘까? 나는 마녀야. 어때, 그거면 되겠니?"

빠른 말투로 몰아붙이는 바람에 준야는 멀뚱히 선 채 눈만 데굴거렸다. 알았어요, 라고 이윽고 풀 죽은 소리로 대답했다.

마도카는 팔짱을 끼고 다시 강 쪽을 향했다. "자, 이제 어떻게 할까……."

"앞뒤로 100여 미터라면 합해서 200미터예요." 리쿠마가 말했다. "너무 넓은데요."

"범인의 심리를 상상해봐. 아무리 수면제로 깊이 잠들었어도 성인 남성을 강물에 던진다는 게 간단한 일은 아냐. 우선 주위에 장애물이 없어야겠지. 하지만 누군가 목격할 만한 곳이어서도 안 돼."

마도카의 말을 듣고 리쿠마는 주위를 둘러본 끝에 한 곳에서 그 시선이 멈췄다.

"알겠네, 저기예요!" 손끝으로 가리킨 곳은 거대한 교각이다. 그 아래쪽이라면 남의 시선을 피할 수 있다.

"그래, 나도 같은 의견." 마도카가 빙긋이 웃으면서 말했다.

자전거에서 내려 셋이서 교각 밑으로 걸어갔다. 풀숲이지만 발을 딛는 데는 문제가 없어서 강에 접근하는 건 그리 어렵지 않았다.

"여기야." 마도카가 말했다. "수면제에 취해 잠이 든 쓰키자와 씨를 여기로 끌고 와서 강에 던졌어. 아마 틀림없을 거야."

"이런 곳에서……."

그늘진 강가를 바라보며 리쿠마의 마음도 어두워졌다. 아버지가 이런 곳에서 강에 던져져 익사했다니 도저히 믿을 수가 없었다. 전직 형사였던 만큼 완력에는 항상 자신이 있었는데…….

어느새 눈앞에 있던 마도카와 준야의 모습이 사라지고 없었다. 흠칫해서 돌아보니 둘이 쪼그리고 앉아 풀이 난 땅바닥을 살펴보고 있었다.

"뭐해요?" 곁으로 다가가 리쿠마는 물었다.

"뭔가 끌고 간 자국이 있는지 찾고 있어."

"설마 아버지를 질질 끌고 왔을까요?"

"그럴 수도 있고, 또 다른 방법을 썼을 수도 있어. 어쨌든 쓰키자와 씨가 이런 곳에 스스로 걸어왔다고 보기는 어려워. 그리고 익사라고 해도 꼭 살아 있는 상태에서 강에 던졌다고 단정할 수는 없어. 어딘가 다른 장소, 이를테면 욕실 등에서 익사시킨 뒤에 여기로 싣고 왔다면 이미 사체였을 가능성도 있어."

처참한 상상이었다. 그런 광경은 떠올리고 싶지도 않았다.

"불쾌했다면 미안해. 하지만 진실을 알기 위해서는 다양한 가능성을 고려해볼 수밖에 없어. 혹시 내키지 않는다면 리쿠마는 이제 돌아가도 좋아."

"괜찮아요. 나도 찾아볼게요." 리쿠마는 무릎을 딛고 시선을 집중해 땅바닥을 살펴보았다.

하지만 정말로 이곳이 현장일까. 다마가와는 길고 폭도 넓다. 이렇게 핀 포인트로 콕 집어내다니 이런 건 무의미한 게 아닐까. 우리끼리 이렇게 뛰어봤자 수사에 도움이 될 것 같지도 않다. 역시 수사는 경찰에 맡겨야 하는가…….

"리쿠마!" 부르는 소리에 퍼뜩 정신을 차렸다. 마도카의 예리한 시선이 날아왔다.

"왜요?"

"왜라니. 아까부터 건성건성 하고 있잖아."

"아뇨, 그건 아닌데……."

마도카가 성큼성큼 다가왔다.

"솔직히 말해봐. 이런 거 해봤자 소용없다고 생각하지? 너, 벌써 포기했어?"

찌푸린 얼굴로 입술을 깨물었다. 준야가 난처해하는 게 눈에 들어왔다.

"우리 같은 아마추어가 단서를 찾아낸다는 건 무리예요. 경찰이 저렇게 대대적으로 수색해도 못 찾는데……."

"그쪽은 엉뚱한 곳을 수색하는 거라고 내가 아까 말했잖아."

"그 말은 들었지만……."

"알았어, 나를 못 믿는 거네. 그렇다면 별수 없지. 이제 네 생각대로 하는 수밖에. 너희 둘 다 돌아가도 돼. 오히려 방해만 되니까 얼른 가버려."

"난 남을 건데요?" 준야가 입을 툭 내밀었다. "마도카 씨가 있는한, 나도 있을 거예요."

"물론 나는 여기서 계속 살펴볼 거야, 약속을 했으니까."

"약속이라니, 누구하고?"

"데루나. 아빠를 죽인 놈을 반드시 잡아주겠다고 약속했어."

그 말을 들은 순간 리쿠마는 가슴에 묵중한 충격을 느꼈다.

마도카는 이런 일에 나서봤자 아무 이득도 없다. 단지 수리학연구소의 아이들을 지켜주려는 것뿐이다.

준야도 마찬가지다. 고교 입시를 위해 노력해야 할 여름방학을이런 데서 보내서 좋을 게 없다. 그런데도 이렇게까지 함께해주는건 리쿠마를 소중한 친구라고 생각하기 때문이다.

마도카와 준야는 다시 네 발로 기다시피 땅바닥을 훑고 있었다. 그 모습을 보고 리쿠마는 자신이 부끄러워졌다.

마도카 씨, 하고 말을 건넸다.

"죄송합니다. 나도 잘 할게요. 미리부터 포기하지 않으려고요. 그러니까 나도 여기 있게 해주세요." 배꼽 앞에 두 손을 맞대고 머리를 숙였다.

어휴, 하고 마도카가 혀를 찼다.

"이번에는 너무 진지하잖아. 준야처럼 좀 수더분할 수 없어?"

"엇, 저를 칭찬해주신 거예요? 고맙습니다." 옆에서 준야가 뿌듯한 얼굴로 두 손을 맞댔다.

"저도 수더분하게 하겠습니다."

"그 말투, 딱딱하다고."

"아……. 앞으로 편안하게 할게요."

"그래, 그 정도가 좋아. 탐정에 상하 관계는 필요 없어." 말을 마치고 마도카는 다시 땅바닥을 주시하며 이동했다.

탐정……. 발밑의 풀을 헤치며 리쿠마는 그 말의 느낌을 되새겼다. 아버지의 죽음에 대한 진실을 파헤치기 위해 나서다니, 마치 미스터리 소설 같다.

그로부터 한 시간쯤, 셋이서 그 일대를 살펴봤지만 그럴싸한 흔적은 눈에 띄지 않았다. 가쓰시가 행방불명된 게 7월 4일이니까 벌써 2주일이 지났다. 설령 범인이 가쓰시를 끌고 왔다고 해도 그런 자국이 지금까지 남아 있을 가능성은 낮다.

"안 되겠다, 여기는 이쯤에서 끝내자." 마도카도 포기한 듯 말했다. 리쿠마와 준야는 진즉부터 땀범벅이 됐고 그녀도 살갗이 땀으로 번들거렸다. 그래도 파카를 벗지 않는 건 자외선 차단을 위해서인 모양이다.

"아쉽네요." 준야가 미련이 남은 얼굴로 말했다. "여기가 현장이라는 증거를 꼭 찾고 싶었는데."

"그런 게 없어도 현장은 틀림없이 여기야." 마도카가 땅바닥을 가리켰다. "물론 끌고 간 흔적이 있더라도 그게 증거가 되지는 않아."

"그렇겠네요." 준야가 어깨를 툭 떨궜다.

마도카가 산책길 쪽으로 돌아가자 준야도 뒤따랐다. 리쿠마는 못내 아쉬워서 한 번 더 교각 밑을 돌아봤다. 해의 위치가 바뀐 탓에 그늘진 부분이 부쩍 줄었다.

시선을 돌리려던 찰나였다. 땅바닥에서 뭔가가 반짝 빛났다.

뭐지?

마음에 걸려서 가까이 가보았다. 풀이 좀 적은 곳이었는데, 아까 살펴봤을 때는 아무것도 없었다.

다시 찬찬히 둘러봤지만 역시 아무것도 없었다.

고개를 갸웃거리며 몸을 돌리려는 순간, 또 다시 반짝 빛나는 게 눈에 들어왔다.

리쿠마는 시선을 집중해 꼼꼼하게 바닥을 살펴보았다. 이윽고 빛의 정체를 알았다. 가슴속에서 심장이 꿈틀 뛰었다. 천천히 허리를 숙이고 그것에 손을 내밀었다.

하지만 집어들기 직전에 그 손을 거둬들였다. 아버지에게서 들은 적이 있다. 이런 때는 섣부르게 맨손으로 만져서는 안 된다.

"리쿠마!" 준야의 목소리가 날아왔다. "뭐해?"

리쿠마는 오른팔을 휘저어 신호를 보냈다. 준야는 마도카와 얼굴을 마주 보더니 이쪽으로 뛰어왔다.

"왜 그래?" 마도카가 물었다.

이거요, 하면서 리쿠마는 땅바닥을 가리켰다.

헉 소리를 흘린 것은 준야였다.

반짝 빛을 낸 것은 돋보기였다. 지름은 약 5센티미터, 가장자리는 은색이고 손잡이는 흰색이다. 렌즈는 깨지지 않았다. 유리에 땅이 투명하게 비쳐서 아까는 못 보고 놓쳤던 것이다.

"아버지 돋보기야." 리쿠마는 말했다. "틀림없어."

"쓰키자와 씨는 항상 돋보기를 갖고 다니셨어?"

"평소에는 그렇지 않지만, 경찰 시절에는 항상 갖고 다녔어요."
리쿠마는 마도카를 똑바로 바라보며 말했다. "그 파일 노트를 볼
때마다 썼으니까요. 돋보기로 사진을 확대해서 얼굴을 기억하려고
했어요."

마도카는 납득한 듯 몇 번이고 고개를 끄덕인 뒤, 호주머니에 손
을 넣었다. 꺼낸 것은 핑크색 손수건이었다. "결국 리쿠마가 마지막
까지 포기하지 않았어."

리쿠마는 말없이 손수건을 받아 돋보기에 씌운 뒤에 신중하게
집어올렸다.

9

다마가와강에서의 일을 보고했더니 모가미는 옆 책상에 걸터앉은 채 오만상과 쓴웃음이 뒤섞인 표정을 지었다.

"대체 뭐야, 경찰 체면이 말이 아니잖아. 아마추어가 어림짐작으로 피해자의 유류품을 발견했다니, 어떻게 이런 일이 다 있어?"

와키사카는 근처에 사람이 없는 것을 확인하고 어깨를 으쓱했다.

"감식팀 친구들이 몹시 민망한 눈치였어요. 겨우 닷새 만에 거기까지 휩쓸려간다는 건 아무도 예측할 수 없다고 하던데요."

모가미는 코웃음을 쳤다. "그건 변명이지."

"그래도 D자료팀까지 포함해 다들 심기일전해서 열심히 수색 중이에요. 누가 찾았건 현장을 찾아낸 덕분이죠."

"당연하지. 덕분에 목격자 탐문이며 방범카메라 확인도 범위가 대폭 줄었어." 모가미는 주위를 슬쩍 둘러본 뒤에 목소리를 낮췄다.

"아까 팀장님이 수사1과장에게 전화를 하는데 당당한 목소리가 여기까지 들리더라고."

"이걸로 수사가 크게 진전된다면 더할 나위 없을 텐데요."

"누가 아니래." 모가미는 종이컵 커피를 손에 들었다.

오늘 점심때 와키사카가 샌드위치를 입에 몰아넣으며 노트북을 마주하고 보고서를 쓰고 있는 참에 스마트폰이 착신을 알렸다. 우하라 마도카에게서 온 것이었다. 어제도 그녀의 연락을 받고 수리학연구소에 갔는데 오늘은 또 무슨 일인가 하고 의아해하면서 전화를 받았다.

우하라 마도카의 말을 듣고는 화들짝 놀랐다. 그 중학생 두 명과 함께 다마가와강에 갔다가 피해자의 소지품을 발견했다는 것이다. 작은 돋보기로, 리쿠마에 의하면 아버지가 미아타리 수사원 시절에 쓰던 물건이 틀림없다고 했다. 선뜻 믿기 어려운 얘기였지만 그들이 거짓말을 할 이유도 없어서 서둘러 감식팀과 함께 출동했다.

장소는 후타코타마가와의 교각 아래였다. 발견한 돋보기를 받아다가 그 자리에서 감식팀이 살펴보고 손잡이에 찍힌 지문 이미지를 본부에 보냈다. 곧바로 쓰키자와 가쓰시의 것과 일치한다는 확인 결과가 들어왔다. 하류 쪽에서 수색 중이던 자들에게 즉시 소집령이 떨어졌다.

이상한 건 그 돋보기를 어떻게 발견했느냐는 것이었다. 그 질문에 대해 우하라 마도카는 다음과 같이 대답했다.

"쓰키자와 가쓰시 씨가 살해된 장소가 어딘지 찾아보려고 리쿠마와 준야와 함께 사이클링도 할 겸 나왔어요. 범인은 분명 남의 시선을 피했을 테니까 다리 밑이 유력하다는 얘기가 나와서 이 근처를 대충 돌아보던 차에 우연히 리쿠마가 발견한 거예요."

"다마가와강에 다리가 한두 개도 아니잖아요. 어떻게 꼭 이 다리 밑을?"

와키사카의 질문에 우하라 마도카는 차가운 얼굴로 말했다.

"딱히 이유는 없어요. 그냥 감이었죠."

도저히 납득할 만한 대답은 아니었지만, 그렇게 주장하는 데는 어쩔 도리가 없었다.

두 중학생에게 물어봐도 똑같은 대답이 돌아왔다. 마도카 씨를 따라 이곳을 살펴보기로 했다, 그녀가 왜 이곳을 선택했는지는 모른다, 라는 것이었다.

신기한 여자다, 하고 와키사카는 우하라 마도카의 얼굴을 다시 머릿속에 떠올렸다. 어제 시신이 발견된 정확한 시간과 장소를 알려달라고 했을 때부터 이런 일을 예상했던 건가. 아니, 설마 그럴 리가…….

와키사카가 멍하니 그런 일을 되짚어보고 있으려니 갑자기 모가미가 자신의 스마트폰을 꺼냈다. 어디선가 연락이 온 모양이다.

"응, 나야. ……그래? 그럼 3번 회의실로 안내해. ……나도 바로 갈게. 영상은 준비됐지? ……알았어." 그 말만 하고는 전화를 끊더니 종이컵에 남은 커피를 홀짝 마셨다.

"누가 왔습니까?"

"본청의 오구라 경위야." 모가미가 종이컵을 찌부러뜨리며 말했다. "방금 도착했대. 자네도 같이 갈 거야?"

"물론이죠. 그 영상, 제가 입수한 거잖아요."

"그렇다면 그 건에 대해서는 자네가 설명해."

"네, 알겠습니다."

두 사람은 동시에 자리에서 일어났다.

오구라 경위는 쓰키자와 가쓰시가 수사공조과 소속이던 시절에 함께 일했던 동료다. 리쿠마도 부친이 친하게 지냈던 사람으로 '오구라 씨'를 꼽았다.

보안경비회사의 세토에게 부탁해 모터쇼 영상 데이터를 입수한 게 어젯밤이었다. 그걸 오늘 아침 수사회의 때 보고했더니 전문가에게 보여주라는 팀장 다카쿠라의 지시가 떨어졌다. 전문가라는 건 바로 미아타리 수사원이다. 혹시라도 그 영상 속에 쓰키자와 가쓰시가 발견한 지명수배자가 있다면 짚어주지 않겠느냐는 것이다.

생전의 쓰키자와 가쓰시를 잘 아는 인물이라서 그러잖아도 만나볼 필요가 있었다. 일석이조라면서 모가미가 오구라에게 연락을 취해본 바, 그쪽에서 특별수사본부로 오겠다는 대답이 돌아왔다. 실은 오구라도 이번 사건에 관심을 갖고 자신에게 연락이 오기를 기다린 눈치였다고 한다.

3번 회의실로 가보니 여성 경관이 컴퓨터에 모니터를 연결하고 있었다. 즉시 영상을 볼 수 있도록 미리 준비해준 것이다.

그 여성 경관과 자리를 바꾸듯이 한 중년 남자가 들어왔다. 와이셔츠 소매를 둘둘 걷어 올리고 상의를 한 팔에 들었다. 이마가 슬슬 벗어지는 중이지만 햇볕에 그을린 얼굴은 건강한 느낌이었다.

남자가 이쪽을 보며 물었다. "실례지만, 모가미 경위님은……"

"접니다." 모가미가 명함을 내밀었다. "오구라 경위님이시지요? 이렇게 나와주셔서 고맙습니다."

두 사람의 명함 교환이 끝나자 와키사카도 명함을 내밀며 자기 소개를 했다.

회의 책상을 사이에 두고 와키사카와 모가미는 오구라와 마주 앉았다.

"이번 사건 소식은 언제 들었어요?" 모가미가 질문을 시작했다.

"시신의 신원이 판명된 직후에 들었어요. 자료팀의 지인이 알려 줬습니다. 믿을 수가 없더라고요. 경찰을 그만두고 평온한 나날을 보내는 줄만 알았거든요."

"그건 이번 사건에 관해 짐작 가는 게 없다는 말씀이군요."

"전혀 짐작도 못하겠어요. 게다가 최근의 쓰키자와 씨에 대해 얼마나 아느냐고 묻는다면 대답할 말이 없다고 할까……." 오구라는 입술을 깨물었다.

"쓰키자와 씨와는 오래 알고 지내셨던가요?"

"그가 수사공조과를 떠나기 전에 4년 동안 같이 근무했어요."

"미아타리 수사를 하러 다닌 거군요."

"그렇습니다. 같은 팀이었어요."

"개인적으로도 친했어요?"

오구라는 고개를 몇 번이나 끄덕였다.

"함께 일하다 보면 저절로 친해져요. 길거리에 오가는 사람들을 계속 쳐다본다는 게 생각보다 정신적으로 몹시 피곤한 일이거든 요. 우리끼리 그런 애환을 공유하게 되니까 자연히 강한 연대감이 생기죠." 설득력이 느껴지는 말이었다.

"가장 최근에 만난 건 언제였습니까?"

"그런 질문이 나올 것 같아서 일정표를 확인해보고 왔습니다. 올 1월에 만났어요. 신년회를 하자고 예전 동료 네 명이 모였습니다."

오구라는 수첩을 꺼내 자신과 쓰키자와 외에 두 명의 이름을 알려주었다. 그 두 사람도 지금은 다른 부서로 이동했다고 한다.

"그때 쓰키자와 씨에게 뭔가 달라진 점은 없었습니까?"

"딱히 눈에 띄는 건 없었어요. 늘 보던 모습이었던 것 같은데."

"마음에 걸리는 말이라든가, 그런 것도 없었고요?"

"없었어요. 예전 동료들끼리 모이면 대개는 비슷한 얘기를 하니까요."

"어떤 얘기였어요? 괜찮으시면 좀 들려주시죠."

모가미의 질문에 오구라는 자학적인 웃음을 지었다.

"한마디로 넋두리에요. 아니면 험담이라고 해야 하나?"

"험담?"

"AI 험담." 오구라가 슬쩍 혀를 내밀었다. "경시청의 방범경비 시스템, 간단히 말해 감시 시스템의 영향으로 수많은 미아타리 수사원이 일자리를 잃었거든요. 그게 우리한테는 너무 어이없는 일이어서 아직도 만나기만 하면 불만을 토로하죠. 경시청은 그 시스템 덕분에 지명수배자 체포율이 향상되었다고 기세등등하지만, 미아타리 수사원을 해고하는 바람에 놓쳐버린 수배자도 적지 않아요. 그런데 그런 현실을 인정하지 않더라고요. 이건 뭔가 잘못돼도 단단히 잘못됐어요. AI 험담이라고 말했지만, 기계에 인격이 있는 것도 아니니까 실제로는 AI를 과대평가하는 윗사람들에 대한 험담이죠." 말투는 온화하지만 눈에는 분노의 빛이 어른거렸다.

"쓰키자와 씨도 평소에 그 비슷한 얘기를 하셨다더군요." 와키사카가 옆에서 말했다. "아들에게서 들었습니다. AI가 미아타리 수사원의 역할을 대신할 수는 없다고 했다던데."

"그럴 겁니다. 아 참, 쓰키자와가 경찰을 그만둔 뒤에 지명수배자를 찾아낸 얘기는요?"

"네, 그 얘기도 들었어요. 잠입 감시원으로 근무하던 중에 찾아냈다고 하더군요."

"잠입 감시원으로 근무 중이었다는 건 최소한 보안경비회사의 독자적 AI 감시 시스템은 작동하고 있었다는 얘기예요. 근데 그 지명수배자를 발견하지 못해서 결국 쓰키자와 씨가 찾아낸 거잖아요. AI의 눈이라는 게 그냥 구멍에 불과하다는 증거죠." 분한 마음을 토로하는 듯한 말이었다.

"오구라 씨는 지금도 수사공조과에서 일하신다던데, 주로 어떤 업무를?"

"전국 관할 경찰서와의 연대가 주요 업무예요. 얼굴 확인에 차출되는 일도 있습니다."

"얼굴 확인이라는 건……."

"경찰청 감시 시스템이 지명수배자를 발견하면 그 지역을 관할하는 경찰본부에 연락이 가고, 그러면 그쪽 수사원이 체포를 위해 출동하게 되죠. 그때 최종 확인을 위해 미아타리 수사원을 호출합니다. 그게 얼굴 확인이에요. AI가 사람을 잘못 볼 우려가 있다고 경찰청 담당자들도 다 아는 거예요."

"그럼 오구라 씨는 현역 미아타리 수사원이시네." 모가미의 말에는 경의가 담겨져 있었다.

기분이 나쁘지는 않았는지 오구라는 실눈을 뜨고 웃었다. "뭐, 한마디로 멸종 위기종이죠."

모가미가 와키사카를 돌아보며 지시했다. "그 영상에 대해 오구라 경위님께 설명해드려."

네, 라고 대답하고 와키사카는 오구라를 마주 보았다.

"살해되던 날에 쓰키자와 씨가 회사를 조퇴했더라고요. 그날의 영상이 있는데, 확인해주실 수 있을까요? 왜냐면 그때 쓰키자와 씨가 아무래도 지명수배자를 발견했던 거 같아요. 곧바로 미행해서 신원을 확인해보려고 조퇴를 한 게 아닌가 하고 있습니다."

오, 하고 오구라의 눈이 빛났다. "아주 흥미로운 얘기네. 그렇게 생각하게 된 근거는?"

"죄송하지만, 자세한 것까지는 밝히기가……."

거기까지 말한 참에 오구라가 만류하듯이 오른손을 내밀었다.

"수사상 비밀이군요. 그러면 그걸로, 괜찮아요."

"죄송합니다." 다시 머리를 숙였다. 쓰키자와가 과거에 두 명의 지명수배자에게서 돈을 받았다는 것은 상대가 경찰 동료였더라도 아직은 얘기해줄 수 없다.

"영상을 확인해보시겠어요?"

"네, 꼭 제 눈으로 확인하고 싶군요." 오구라는 고개를 끄덕이며 말했다.

와키사카가 키보드를 누르자 디스플레이에 동영상이 떴다. 참신한 디자인의 자동차, 화려한 의상을 입은 레이싱 모델, 오고 가는 남녀노소…….

"아, 이건……." 오구라가 상체를 앞으로 내밀었다. "모터쇼 같은데?"

"네, 지난달에 열린 모터쇼 행사예요. 쓰키자와 가쓰시 씨가 잠입 감시원으로 카메라를 달고 행사장에 온 사람들을 촬영했습니다."

와키사카는 키보드를 두드렸다. 화면이 바뀌면서 폴로셔츠의 남자가 비친 참에 일단 동영상을 정지시켰다.

"쓰키자와 씨네……." 오구라가 멍하니 중얼거렸다.

"회사에 조퇴 신청을 한 직후의 영상입니다. 근처의 방범카메라에 잡혔어요. 여기서부터는 여러 대의 방범카메라에 잡힌 쓰키자와 씨의 모습을 행사장을 떠날 때까지 연결해서 편집한 영상입니다. 만일 쓰키자와 씨가 지명수배자를 미행했다면 그 인물이 전방에 있을 겁니다. 그걸 오구라 씨가 찾아주셨으면 합니다."

"알겠습니다. 해보죠."

와키사카는 다시 동영상을 재생했다. 쓰키자와는 천천히 이동하고 있었다. 그 앞쪽에는 수많은 사람들이 있었다. 얼굴을 확인할 수 있게 앞에서 촬영한 영상만 선별했다. 그래도 쓰키자와가 누구를 미행하는지 그저 보기만 해서는 알 수 없었다. 형사가 미행 상대를 응시하면서 따라가지는 않기 때문이다.

마지막은 행사장 출입구에 설치된 방범카메라의 영상이다. 쓰키자와가 그곳을 나가는 부분에서 와키사카는 동영상을 정지했다.

"어떻습니까?"

오구라는 생각에 잠긴 얼굴을 한 뒤, 검지를 번쩍 들었다. "한 번 더 보여줄 수 있어요?"

"물론입니다." 와키사카는 동영상을 처음으로 돌려 재생했다.

두 번째 재생이 끝난 뒤에도 오구라의 얼굴 표정은 변함이 없었다. 나지막하게 끄응 신음하며 고개를 갸우뚱하고 있다.

"어때요?" 모가미가 물었다.

"안타깝지만……." 오구라가 이윽고 입을 열었다. "지금 이 영상 속에 내 기억을 자극하는 얼굴은 없었어요. 즉 지명수배자는 없었다는 뜻입니다. 어디까지나 내가 기억하는 범위 안에서라는 단서가 붙긴 하지만." 조심스러운 말투였지만 그 말에서는 자신감이 느껴졌다.

와키사카는 낙담했다. 추리가 빗나간 것인가.

"미아타리 수사원은 지명수배자의 얼굴 사진을 매일 같이 들여다본다는 얘기를 들었습니다. 오구라 씨는 여전히 그런 작업을 하십니까?"

와키사카의 질문이 어떤 의미인지 알았는지 오구라는 입가에 차가운 미소를 떠올렸다.

"멸종 위기종이니까 이제 그런 작업은 안 하지 않느냐, 그러니 지명수배자의 기억도 가물가물해진 게 아니냐, 라는 질문이시죠?"

"기분이 상하셨다면 사과드립니다."

"아니, 사과할 필요는 없고. 형사는 일단 의심하고 보는 게 일이니까요. 그 질문에 대답하자면, 예전과 똑같이 지금도 틈만 나면 지명수배자의 얼굴을 뚫어지게 들여다봅니다. 얼굴 사진 노트도 항상 갖고 다니고. 아까도 말했지만, 아직 얼굴 확인 업무가 있으니까요." 오구라는 곁에 둔 가방에서 노트를 꺼내 책상에 올려놓았다. "이거예요."

두께 3센티미터쯤의 노트였다. 오래도록 손때 묻은 물건이라는 건 한눈에도 알 수 있었다.

"잠깐 봐도 될까요?" 모가미가 물었다.

"그러세요." 오구라가 자기 손으로 건네주었다.

와키사카는 모가미 옆에서 넘겨보았다. 쓰키자와의 노트와는 정리 방식이 약간 달랐지만, 얼굴 사진이 차례차례 붙어 있다는 건 동일했다.

"쓰키자와 씨의 노트는 본 적이 있습니까?" 와키사카가 물었다.

"꽤 오래전에 보긴 했죠. 근데 그 노트는 왜요?"

"잠깐 실례합니다." 와키사카는 양해를 구하고 일단 자리를 떴다. 특별수사본부의 증거품 상자 속에서 쓰키자와의 노트를 꺼내 회의실로 돌아왔다.

"이걸 좀 봐주십쇼." 와키사카는 노트를 오구라에게 건넸다. "뭐든 이상한 점이 있다면 알려주셨으면 합니다."

오구라는 흥미롭다는 표정으로 노트를 펼쳤다. 곧바로 알겠다는 듯이 고개를 끄덕였다.

"이건 본 적이 있어요. 쓰키자와의 노트가 틀림없네요. 얼굴의 특징을 적어뒀는데 그 표현이 독특했거든요. 오이 얼굴이라든가 피망 얼굴이라든가."

오구라는 중간에 한 차례 고개를 갸웃거리고 그대로 페이지를 넘겨나갔다. 마지막까지 살펴본 뒤에 노트를 내려놓았다.

"어떻습니까?" 와키사카가 물었다.

"정보는 경찰을 사직한 시점에서 멈춘 것 같군요. 내 노트와 비교해보면 알겠지만, 최근의 지명수배자 사진은 붙여둔 게 없어요."

"그 밖의 다른 특이한 점은?"

"딱 하나 마음에 걸리는 사진이 있어요." 오구라는 중간 페이지를 펼치고 한 장의 사진을 가리켰다. "이거예요."

그 손끝을 보고 와키사카는 가슴이 뜨끔했다. 바로 그 '니지마 시로'의 사진이었다. 쓰키자와 가쓰시가 아들 리쿠마에게 '인생이 느껴지지 않는 얼굴'이라고 말했던 인물이다.

"이 사진이 왜 이상하지요?"

"이상하다기보다 기억에 없어요. 이런 사진은 전에 본 적이 없습니다."

"그래요?"

오구라는 자신의 노트를 들고 페이지를 펼쳐 쓰키자와의 노트 옆에 나란히 놓았다.

"둘 다 똑같이 사건 발생 순서대로 붙여뒀어요. 근데 여기 보세요, 내 노트에는 이런 사진은 없지요?"

오구라가 말한 대로였다. 그의 노트에 '니지마 시로'의 사진은 없었다.

"어째서 이 사진만……." 모가미가 혼잣말처럼 중얼거렸다.

"애초에 이 사건은." 오구라는 얼굴 사진 아래 기재된 'T초 일가족 3인 강도살인 사건'이라는 글자를 가리켰다. "내 기억으로 이 사건은 사건 발생 당시부터 단서가 거의 없어서 용의자를 지목하지 못했어요. 그러니 지명수배도 내려졌을 리가 없죠."

맞는 말이라고 동의한 것은 모가미였다.

"그쪽 관할서에 동기가 있어서 나도 전에 그런 얘기를 들었어. 특별수사본부까지 개설했는데 결국 범인을 못 잡고 해산했다고 했어. 꽤 오랫동안 미제 사건으로 남아 있었어. 지속 수사를 맡은 전담팀은 있었을 거야. 하지만 나중에 범인이 밝혀졌다고 했으니까 지명수배가 내려졌다는 얘기는 들은 적이 없어."

"근데 왜 여기에 이 얼굴 사진을 붙여뒀을까요?" 와키사카는 쓰키자와의 노트를 가리키며 말했다. "게다가 옆에 'A'라는 표시가 있어요. 이건 AI 감시 시스템으로 발견했다는 뜻이라고 하던데요."

"그럴 리가 없어요." 오구라가 고개를 가로저었다. "지명수배도 안 됐는데 어떤 얼굴을 발견했다는 겁니까?"

"나도 오구라 씨와 같은 생각이야. 그 범인이 검거된 게 불과 몇 년 전이야. 게다가 익명의 정보 제공 덕분에 해결됐다고 들었어. 지명수배로 잡혔다는 얘기는 없었어."

와키사카는 입을 꾹 다물었다. 두 명의 베테랑 형사가 하는 말이니 틀림없을 것이다.

"기묘한 일이군요." 오구라가 다시 니지마 시로의 사진을 가리켰다. "지명수배자도 아닌 사람의 사진을 왜 이 노트에 붙여뒀는지……."

"아니, 잠깐만." 모가미가 손끝으로 관자놀이를 짚었다. "그 범인, 결국 검거는 못했던 거 같은데?"

"예?" 와키사카는 놀라서 옆의 모가미를 돌아보았다.

"이봐, 그 사건 좀 검색해봐."

와키사카는 급히 모바일을 꺼냈다. 검색모드로 마이크를 향해 "T초 일가족 3인 강도살인 사건"이라고 말했다.

즉시 화면에 상세한 내용이 표시되었다. 그에 따르면…….

사건이 일어난 것은 17년 전 3월이었다. 범인은 고토구 T초의 단독주택에서 부부와 외동딸 일가족을 살해하고 금품을 강탈해갔다. 이 사건은 오랫동안 미궁에 빠져 있었지만, 5년 전 경시청에 익명의 제보가 들어왔다.

그 제보에 따르면 '이케부쿠로에 거주하는 바텐더 니지마 시로가 T초 일가족 3인 강도살인 사건의 범인이다'라는 것이다. 분명 그 주소에 해당 인물이 살고 있었고, 신원 등을 상세히 조사해보니 T초 사건에 관여했을 가능성이 높은 것으로 판명되었다. 그런데 니지마가 감시를 알아챘는지 어느 날 도주해버려서 행방이 묘연해졌다. 하지만 경찰청 방범경비 시스템에 의해 치바의 한 선착장에서 페리에 승선한 것이 밝혀져서 수사원들이 급히 출동해 같은 배에 탈 수 있었다. 신병을 구속하려고 하자 니지마는 선내를 도망다니던 끝에 바다에 뛰어들었다…….

맞다 하면서 모가미가 손가락을 튕겼다.

"바다에 뛰어들었어. 즉각 수색을 시작했지만 니지마를 발견하지 못했고 결국 사망으로 처리됐지?"

"네, 그렇게 나와 있네요." 와키사카는 화면을 보면서 말했다. "니지마의 자택 거실에서 살해된 피해자 중 하나인 부인 소유의 귀중품이 나왔고, 거기서 검출된 DNA가 사건 현장에서 채취된 유류 DNA형과 일치했습니다. 이를 결정적인 증거로 삼아 1년 후 검찰에 송치했습니다만, 피의자 사망으로 당연 불기소였어요. 그게 사건의 전말입니다. 검찰 송치까지 1년이나 걸린 것은 사망으로 간주하는 재판소의 실종선고에 시간이 필요했기 때문이겠죠."

"그렇군. 몇 가지 의문이 풀린 셈이네요." 오구라가 팔짱을 꼈다. "수사진이 그자의 사진을 입수한 것은 익명의 제보가 들어온 다음이었겠지요. 그리고 감시 시스템에 의해 발견되었다는 건 도주한 뒤의 일이었을 거예요."

"문제는 그 사진을 쓰키자와 씨가 어디에서 입수했고 왜 자신의 노트에 붙여뒀는가 하는 점이에요." 모가미가 말했다. "니지마 시로가 도주하자 미아타리 수사원에게도 협조를 요청했다고 생각하면 앞뒤가 맞는 얘기이기는 한데⋯⋯."

"아니, 그런 요청은 없었습니다." 오구라가 딱 잘라 부정했다.

세 사람은 말없이 니지마 시로의 사진을 내려다보았다.

"이 사진에 대해 쓰키자와 씨는 아들에게 이런 얘기를 했다고 합니다." 와키사카가 말했다. "이 얼굴 사진에서는 어떤 인생도 느껴지지 않는다, 어떤 인물인지 전혀 감이 잡히지 않기 때문에 세월이 흐르면 어떻게 얼굴이 바뀔지 상상이 안 된다, 이 사진만 받아서는 나는 찾아낼 수 없다, 라고요."

"쓰키자와 씨가 그런 얘기를? 왜 그랬을까⋯⋯."

"아, 잠시 실례." 오구라가 그렇게 말하더니 안주머니에 손을 넣었다. 꺼낸 것을 보고 와키사카는 숨을 헉 삼켰다. 돋보기였기 때문

162

이다.

오구라는 쓰키자와의 노트를 끌어당겨 돋보기로 니지마 시로의 사진을 들여다보기 시작했다. 그야말로 진지한 표정이어서 말을 건네기가 망설여질 정도였다.

이윽고 그는 얼굴을 들고 조용히 고개를 끄덕였다.

어떻습니까, 라고 와키사카가 물었다.

"쓰키자와가 왜 그런 말을 했는지 알겠군요." 오구라는 돋보기를 안주머니에 챙겨 넣으며 말했다. "정말로 이 얼굴에는 색깔이 거의 없어요."

"색깔?"

"말하자면, 첫인상 같은 거죠. 근데 정보가 너무 적어요. 이런 사진은 별로 본 적이 없습니다. 다만 쓰키자와가 그렇게까지 단정한 이유는 모르겠네요. 이 정도로 표정이 없는 사진이라면 드물게나마 있긴 하니까요. 그보다 마음에 걸리는 게 있어요."

"뭐지요?"

"니지마 시로가 사망한 게 몇 살 때였습니까?"

와키사카는 화면을 들여다보았다. "50세라고 나와 있어요."

"그렇군요. 하지만 내가 본 바로는 이 사진의 인물은 절대 그 나이가 아니에요. 기껏해야 마흔, 아니, 좀 더 젊을 가능성도 있어요."

"그건 무슨 말씀이신지……."

"이 사진이 찍힌 것은 익명의 제보가 들어온 다음이 아닙니다. 그보다 훨씬 이전이라는 얘기예요."

10

안에 들어서자마자 마도카는 오호홍 하고 콧소리를 냈다.

"완전 깔끔하잖아? 남자 둘이서만 사는 집이라고 해서 좀 지저분할 줄 알았는데." 스포츠 선글라스를 벗고 실내를 둘러보았다.

"아버지가 의외로 꼼꼼했거든요." 리쿠마는 리모컨을 집어 에어컨을 켜고 방 한가운데 서서 양팔을 가볍게 펼쳤다. "둘 다 적당히 편한 데 앉으세요."

"그럼 난 여기." 준야가 소파에 털썩 누워버렸다. "아, 피곤해. 파김치가 됐어."

마도카는 그대로 서 있었다. 백팩을 내려놓고 생각에 잠긴 얼굴로 리쿠마를 보았다.

"왜요?"

"부탁이 있어."

"뭔데요?"

"샤워 좀 해도 돼? 내내 자전거 타고 다녀서 온몸이 땀범벅이야."

"그야 괜찮지만……."

"또 한 가지, 티셔츠도 빌려줄래?"

"티셔츠라니, 제 꺼요?"

"이런 일이 있을 거 같아서 수건이며 속옷은 챙겼는데 티셔츠는 안 가져왔네. 땀에 젖은 셔츠를 다시 주워 입고 싶지는 않아. 네 티셔츠라면 아마 넉넉하게 입을 수 있겠지?"

"알았어요. 잠깐만요."

리쿠마는 옆의 자기 방으로 갔다. 옷장을 열고 서랍 안을 살펴보았다. 빨아둔 티셔츠가 돌돌 말려 쑤셔 박혀 있다. 위에 있는 다섯 장을 대충 꺼내 들고 거실로 돌아왔다.

"원하는 걸로 고르세요." 그리고 거실 테이블에 차례차례 내려놓았다.

마도카는 한 장 한 장 펼쳐보더니 이걸로 할까 하면서 빨간 바탕에 흰 글씨로 '鬪(싸울 투)'라는 한자가 선명한 것을 골랐다. 어디 가게에서 경품으로 받아왔지만 리쿠마는 전혀 입어볼 생각이 없었다. 설마 그걸 고를 줄은 몰랐다.

"그거, 진짜 괜찮아요?"

"괜찮아. 멋있잖아. 아무튼 욕실 좀 쓸게. 저쪽, 맞지?" 마도카는 백팩과 티셔츠를 들고 욕실로 향했다.

리쿠마는 남은 티셔츠를 다시 서랍에 넣었다. 거실로 돌아오자 준야가 전화를 하고 있었다.

"나야. ……리쿠마네 집. ……리쿠마 아버지 유품 정리 도와주려고. ……유품이라니까, 유품. ……저녁 먹기 전까지는 갈게. ……괜찮아, 그냥저냥 때울 거야. ……알았어, 전해줄게." 전화를 끊고 리쿠마를 올려다보았다. "리쿠마, 오늘 저녁에도 우리 집에 갈 거지?"

"어떻게 할까. 아직 모르겠다."

"엄마가 저녁 먹으러 오라는데."

"그래, 고마워." 리쿠마는 바닥에 털썩 앉아서 두 다리를 쭉 폈다. "아, 진짜 피곤하다."

"그렇게 계속 달릴 줄은 몰랐어. 근데 마도카 씨는 별로 지치지도 않은 거 같아. 저 사람, 완전 끝내준다. 게다가 샤워라니, 난 꼼짝도 하기 싫은데."

"그래도 덕분에 살해 현장을 알아냈어."

"응, 진짜 굉장했다."

마도카가 전화로 와키사카에게 연락하자 경찰이 즉각 우르르 달려왔다. 감식팀이 그 자리에서 돋보기를 검사했고, 곧바로 아버지 물건으로 판명이 난 모양이었다.

어떻게 이곳을 살해 현장이라고 짐작했는지 와키사카는 끈질기게 캐물었다. 리쿠마는 준야와 함께 마도카 씨의 지시에 따랐을 뿐이라고 대답했다. 그곳까지 가게 된 경위에 대해서는 입을 다물었다. 쓸데없는 말은 하지 말라고 마도카가 미리 못을 박았기 때문이다.

와키사카는 납득하지 못한 기색이었다.

다른 경찰들은 강가 풀숲을 살펴보고 있었다. 그들은 수집한 것을 모조리 전문 용기에 담았다. 뭘 하려는 건지 의아했는데 마도카

166

가 옆에서 알려주었다. "D자료를 수집하는 거야."

그녀의 말에 따르면 'D자료'라는 건 담배꽁초나 껌, 빈 캔, 페트병 등이라고 한다.

"그런 물건에는 인간의 DNA가 남아 있거든. 수집한 것들 중에 경찰이 보유한 데이터베이스와 일치하는 게 나온다면 그 인물이 그 장소에 왔었다는 얘기가 되겠지? 요즘은 범죄 현장에서 DNA를 수집하는 게 경찰 수사의 원칙이 됐어."

"하지만 경찰 데이터베이스에 등록된 DNA는 범죄 이력이 있는 사람들뿐이잖아요?" 척척박사 준야가 그렇게 물었다.

그러자 마도카는 복잡한 표정을 지으며 고개를 갸우뚱했다.

"그렇지. 하지만 실제로는 어떤지 모르겠다. 범죄와 전혀 무관한 사람들의 DNA까지 수집해서 등록한다는 소문이 돌고 있어."

"엇, 그래요?"

"어디까지나 소문이야."

두 사람의 대화를 듣고 리쿠마는 불안해졌다. 우리 DNA도 모르는 사이에 등록되어 있을까. 풀숲을 기다시피 찾고 다니는 경찰의 모습을 보며 으스스한 느낌이 들었다.

그러고는 셋이서 자전거를 타고 주변을 돌아보았다. 가쓰시가 왜 이런 곳까지 오게 됐는지 알아내기 위해서였다. 마도카는 리쿠마에게 조금이라도 아버지와 관계가 있을 만한 게 눈에 띄면 얘기해 달라고 말했다.

하지만 아무리 돌아봐도 가쓰시와 연결될 만한 것은 발견되지 않았다. 지극히 평범한 주택가가 이어졌을 뿐이다.

번화한 큰길로 나와 햄버거 가게에 갔다. 준야가 배가 고프다고
했기 때문이다.

햄버거를 먹고 나자 마도카가 말했다. "지금 리쿠마네 집에 가봐
야겠다."

가쓰시의 유품을 살펴보면 뭔가 나올지 모른다는 것이다. 그래서
다시 자전거를 타고 조금 전에 집에 도착한 참이다.

욕실에서 소리가 들렸다. 샤워가 끝난 모양이다. 자꾸만 맨몸을
상상하려고 해서 리쿠마는 꾹꾹 참았다.

잠시 뒤, 목에 수건을 두른 마도카가 나타났다. 풍덩한 빨간 티셔
츠에 '鬪(투)'라는 흰 글씨. 촌스러워서 리쿠마는 입어볼 생각도 없
었는데 그녀가 입으니 의외로 세련미가 돋보였다.

"고마워, 덕분에 상쾌해졌어." 마도카는 식탁 의자에 자리를 잡더
니 백팩에서 스포츠 드링크를 꺼냈다. "혹시나 해서 묻는 건데, 주
소록 같은 거 있어?"

"주소록⋯⋯."

"아는 사람들의 주소와 전화번호를 적어둔 노트 말이야."

그제야 예전에 썼던 주소록이 생각났지만, 리쿠마는 고개를 갸웃
거렸다.

"요새는 그런 거 없었는데요."

"하긴 그렇겠지." 마도카가 다리를 꼬았다. 반바지 아래로 드러난
맨다리가 눈부셔서 리쿠마는 시선을 다른 데로 돌렸다.

"그럼 편지나 엽서는? 연하장도 좋아. 그런 건 다 내버렸어?"

"아, 그건 있을 거예요."

리쿠마는 자리에서 일어나 거실장 문을 열었다. 아버지가 정리해 둔 다양한 파일이 들어 있다. 은행 통장을 발견한 것도 이 거실장 이었다. 생각해보니 거기서부터 많은 일들이 시작되었다. 아버지에 게 연인과 딸이 있다는 것도 밝혀졌다.

파일 외에 네모난 상자 몇 개가 포개져 있었다. 매직으로 '서간 류'라고 써둔 상자가 있어서 그걸 꺼내왔다.

상자를 바닥에 내려놓고 뚜껑을 열었다. 편지봉투와 엽서가 차곡 차곡 정리되어 있었다. 연하장을 모아둔 묶음도 눈에 띄었다.

"보낸 사람의 주소를 확인해보자." 마도카가 말했다. "살해 현장 근처의 주소를 찾는 거야."

"근처라면, 어느 정도나?"

"그건 스스로 생각해봐. 중3이잖아."

"그래도 거리가 멀다 가깝다는 건 사람마다 기준이 제각각이잖 아요. 준야, 그렇지?" 리쿠마는 준야에게 동의를 청했다. 통통한 친 구도 그렇지, 라고 고개를 끄덕였다.

"그럼 너희 기준을 말해봐. 가까운 거리는 도보로 몇 분?"

리쿠마는 준야와 얼굴을 마주 보았다. 5분? 나도 동감, 이라는 대화가 오고갔다.

"좋아, 5분으로. 부동산업계에서 도보 1분은 80미터야. 5분이면 400미터네. 살해 현장에서 반경 400미터 이내로 정하자."

리쿠마는 스마트폰에 살해 현장 주변 지도를 띄워놓고, 상자에서 봉투를 꺼내 하나하나 보낸 사람의 주소를 확인했다. 도쿄가 아닌 것은 지도와 대조해볼 것도 없이 제외했다.

준야가 옆에 붙어 앉아 작업을 거들기 시작했다. 땀 냄새가 풀풀 났지만 떨어지라고 할 수는 없었다. 자신도 마찬가지일 것이다.

마도카는 거실장 서랍 안을 살펴보고 있었다. 들켜서 난처할 만한 물건은 없었지만 리쿠마는 어쩐지 불안한 기분이었다.

"이건 누구 꺼?" 마도카가 서랍에서 꺼낸 것은 스마트폰이었다.

"아버지가 예전에 쓰던 거예요."

"새 걸로 구입한 게 언제였지?"

"정확히는 모르지만, 아마 한 2년 전쯤?"

"2년……."

마도카는 서랍에서 충전기를 찾아냈다. 콘센트에 꽂아 예전에 쓰던 스마트폰을 충전하기 시작했다.

"뭐 하려고요?"

"아직 모르겠어. 뭐가 들어 있는지 확인한 뒤에 생각해봐야지."

마도카는 다시 식탁 의자로 돌아갔다.

그 뒤로 한참 동안 리쿠마와 준야는 우편물 분류에 집중했다. 연하장도 하나하나 체크했다. 하지만 보낸 사람의 주소가 살해 현장 반경 400미터 이내인 것은 한 통도 없었다.

"아쉽네, 허탕인가."

준야가 어깨를 떨궜지만 그렇지 않아, 라고 마도카가 부정했다.

"소거법이라는 거, 알아? 정답이 아닌 것을 하나씩 지워나가면 마지막에는 정답만 남는 거야. 리쿠마, 아버지가 형사로 일하셨지? 그 시절에 쓰던 수첩 같은 건 없어?"

"그게 그 지명수배자 노트예요. 그거 말고 또 있었나……. 생각나는 게 없네요."

"일단 찾아보자. 그런 게 있다면 아버지가 어디에 보관해뒀을지 생각해봐."

"그런 건 역시 그 거실장에 있을 텐데……" 그렇게 말한 직후에 퍼뜩 생각났다. "아참, 가방이 있었어요."

"가방?"

"미아타리 수사원으로 일할 때 쓰던 가방이 몇 개 있어요. 지명수배자 노트가 두툼한 데다 그거 말고도 갖고 다닐 물건이 많아서 가방이 필요했거든요."

"오, 좋다. 어디 있어?"

리쿠마는 자리에서 일어나 소파 뒤쪽으로 갔다. 미닫이문이 달린 붙박이장을 열었다. 내부를 가로지른 행거에는 아버지의 양복과 코트가 줄줄이 걸려 있다. 그 위쪽과 아래쪽으로 선반이 있고 위쪽 선반에 가방류를 올려두었다. 바디 파우치와 숄더백, 그리고 서류가방이다.

"주로 사용한 건 이거예요." 파우치를 꺼내왔다.

"생각보다 캐주얼한 가방을 쓰셨구나." 마도카가 말했다. "형사 같지 않아."

"미아타리 수사원은 계속 길거리에 서 있어야 하니까 되도록 눈에 띄지 않는 가방이 좋아요. 양복이 아니라 평범한 옷차림이라서 서류가방은 어울리지 않거든요. 무엇보다 지명수배자를 발견하면 그 자리에서 체포해야 하기 때문에 양손이 자유로워야 해요."

"그렇구나. 가방 안에 혹시 뭔가 들어 있는지 볼까?"

리쿠마는 파우치를 열었다. 텅 빈 것은 아니지만, 별다른 건 없었다. 쓰다 만 휴대용 화장지, 포스트잇, 볼펜, 카페인 알약 같은 것이다. 카페인은 근무 중 졸음 방지용이다.

"숄더백과 서류가방도 살펴보자. 그리고 준야는 안에 걸린 옷들 주머니를 확인해봐. 무심코 넣어둔 게 아직 남아 있을지도 몰라. 바지주머니, 상의 안주머니도 빠뜨리지 말고."

준야가 붙박이장 앞에 서서 옷걸이에 걸린 양복의 주머니를 앞에서부터 차례차례 확인하기 시작했다.

리쿠마는 숄더백과 서류가방 안을 점검했다. 숄더백에서 나온 것은 명함첩이었다. 아버지가 경시청에 다닐 때의 명함들이다. 이건 안 쓴 지 오래되었을 것이다.

서류가방 안에는 복사한 종이 몇 장이 있었다. 읽어보니 경찰 승진시험에 관한 것이었다. 날짜가 벌써 몇 년 전이다.

아버지가 이런 공부도 했었구나…….

경찰 승진에 관심이 있었다는 게 의외였다. 하지만 언제였나, 경찰 내에서의 지위에 대해 리쿠마에게 얘기했던 게 생각났다.

"경찰관이라고 항상 자신이 옳다고 생각하는 대로 움직이는 건 아니야. 아니, 오히려 자신의 뜻을 펼치지 못하는 경우가 훨씬 더 많지. 그러면 뭘 하는가. 그저 위에서 명령하는 대로 움직일 뿐이야. 다른 의견을 내놓으면 대개는 지적을 받으니까. 때로는 상사에게 미움을 사기도 하고. 어떻게든 자신의 의사를 관철하고 싶다면 윗자리에 올라가는 수밖에 없어."

경찰에서 뭔가 뜻이 맞지 않는 일이 있었나, 라고 리쿠마는 생각했다. 그러고 보니 아버지가 경찰을 그만둔 게 그런 말을 한 직후였다는 생각이 들었다.

어때, 라고 마도카가 물었다. "찾았어?"

리쿠마는 고개를 저었다. "아뇨, 별다른 건 없어요."

"나도 마찬가지야." 준야가 시들한 목소리를 냈다. "바지주머니에 손수건이 있는 정도? 거의 모든 바지마다 한 장씩 들어 있어."

"그건 아버지의 습관이야. 손수건을 빨아서 서랍이 아니라 바지 주머니에 다시 넣어뒀어. 그러니까 쓰던 손수건은 아냐."

"그거 좋은 아이디어네. 손수건을 깜빡 잊어버릴 일이 없잖아." 준야는 양복 상의 안주머니를 살펴보고 있었지만 문득 어, 하는 소리를 냈다. "뭔가 있어." 그러고는 안주머니 깊숙이 손을 넣었다.

준야가 꺼내온 것은 의외의 물건이었다. 납작하고 동그란 코인 같은 것이다. 지름은 4~5센티미터, 가장자리에 빨간색과 흰색 문양이 있었다. 그리고 한복판에 '$5'라고 적혔다. 어디선가 본 것 같은데, 라고 생각했다.

"칩이야." 마도카가 말했다. "카지노에서 쓰는 칩."

그 말을 듣고 리쿠마도 생각났다. 외국 영화에서 본 적이 있다. 포커 게임 등을 할 때 현금 대신 거는 것이다.

"아버지가 카지노에 다니셨어?" 준야가 물었다.

"그런 얘기는 못 들었는데? 아니, 그보다 카지노는 불법이잖아."

"그럼 이건 뭐야, 장난감 칩인가?"

"잠깐 보여줘." 마도카가 핑크색 손수건을 펼쳤다. 돋보기를 발견했을 때와 마찬가지로 지문이 찍히지 않게 조심하려는 것이다.

칩을 찬찬히 살펴본 뒤에 마도카는 생각에 잠긴 얼굴이 되었다.

"꽤 정교하게 만들었어. 이건 모조품이 아냐. 시판하는 장난감도 아니고."

"진품이라고요? 하지만 국내에는 카지노가 없어요."

"합법적인 카지노는 없지." 마도카는 칩과 옷장을 번갈아보며 말했다. "저 양복, 아버지가 언제 입으셨지?"

리쿠마는 붙박이장으로 다가가 양복을 살펴보았다. 바지주머니에 손수건이 없었다.

잠깐만요, 라고 말하고 거실을 나왔다. 욕실 옆에 세탁기가 있고 그 옆에 벗은 옷을 던져두는 바구니가 있다. 요즘 빨래를 못해서 가득 차 있었다.

그 바구니를 뒤집어 옷들을 바닥에 쏟았다. 손으로 헤집으며 원하는 것을 찾아냈다. 그걸 들고 거실로 돌아왔다.

"그 양복은 최근에 입었어요. 이게 빨래 바구니에 있었거든요." 리쿠마는 회색 손수건을 흔들며 말했다. "그 양복바지 주머니에 있던 거예요. 집에 돌아와 아버지가 빨래 바구니에 넣어뒀어요."

"그렇다면 최근에 이 칩을 사용하는 곳에 갔었다는 얘기네." 마도카가 칩을 테이블에 올려놓으며 말했다.

"하지만 합법적인 카지노는 없잖아." 준야가 말했다. "불법 카지노에 가셨어? 이거, 자칫하면 잡혀갈 텐데."

리쿠마는 입을 꾹 다물었다. 아버지가 불법 카지노에 드나들다니, 상상도 못할 일이다.

"칩이 있다고 반드시 도박을 했다고는 할 수 없어." 마도카는 칩을 손수건에 감싸 리쿠마에게 내밀었다. "일단 잘 보관해둬. 지문 찍히지 않게 조심하고."

"그럴게요."

"이제 충전은 다 됐겠지?" 마도카가 충전 중이던 예전 스마트폰을 콘센트에서 빼왔다. 전원을 켜더니 리쿠마에게 화면을 내보이며 물었다. "비밀번호, 알고 있어?"

"모르죠. 근데 0914로 해보세요."

"그게 뭔데?"

"내 생일."

"오, 좋아." 마도카는 스마트폰을 터치했다. 그 번호를 눌러본 모양인데 이내 떨떠름한 표정으로 어깨를 움츠렸다. "안 되네."

"그럼 나도 모르겠어요."

마도카가 생각에 잠긴 표정으로 다시 손끝을 화면에 댔다. 리쿠마는 옆에서 들여다보았다. 그녀가 입력한 숫자는 0518이었다. 어이없을 만큼 스르륵 잠김이 해제되었다.

"어떻게 알았어요? 그 숫자, 뭐예요?"

"5월 18일, 데루나의 생일이야."

"아……." 리쿠마는 입을 꾹 다물었다. 저절로 입가가 축 처지는 것을 막을 수 없었다.

마도카가 옆에서 슬쩍 돌아보았다. 그 시선은 싸늘했다. "기분 상했어? 서운해서?"

"솔직히 기분이 좋진 않아요."

"그 기분, 이해 못하는 건 아니지만 이런 때일수록 냉정하게 판단해야 돼. 아들 생일을 비밀번호로 설정하면 남들이 그야말로 간단히 알아내겠지. 하지만 데루나의 존재는 극히 일부 사람밖에 알지 못하니까 그럴 걱정이 없어. 단지 그것뿐이야."

"나도 같은 생각이야." 준야가 리쿠마의 어깨를 토닥거렸다. "그보다 얼른 뭐가 있는지 확인해보자."

마도카가 스마트폰을 터치했다. 그 얼굴이 점점 흐려져 갔다. 만족할 만한 결과를 얻지 못한 모양이다.

"메일은 전부 삭제했어. 메시지도 그렇고. 하긴 처분할 예정이었다면 당연하지. 주소록도 텅 비었어. 전문가에게 맡기면 데이터 복원은 가능하겠지만."

"와키사카 형사에게 맡겨볼까요?" 리쿠마는 말했다.

"네가 원한다면 말리진 않겠지만, 나는 별로 추천하고 싶진 않아."

"왜요?"

"뭐가 나올지 모르니까. 아버지의 프라이버시가 다 드러나게 돼. 주고받은 메일이며 메시지, 인터넷에서 무엇을 검색했는지, 그런 것들이 전부 경찰에 알려지는 거야. 괜찮겠어?"

마도카의 말에 리쿠마는 그 즉시 마음이 흔들렸다. 나라면 어떨까. 죽은 뒤에라도 개인정보를 경찰이라는 낯선 자들의 눈에 고스란히 드러내고 싶지는 않다.

"좀 생각해봐야겠네요."

"그게 좋을 거야." 마도카는 작업을 재개했지만, 그 손끝이 문득 멈췄다.

"왜요?"

"영상 데이터도 다 지웠는데, 딱 한 개 남겨뒀어. 게다가 동영상이야."

리쿠마는 마도카가 손에 든 스마트폰 화면을 들여다보았다. 준야도 옆으로 다가왔다.

어느 쇼핑몰에서 찍은 동영상이었다. 한 남자가 카메라 앞을 지나간 참에 화면이 바뀌고 엘리베이터 내부가 비쳤다. 조금 전의 그 남자가 타고 있었다. 카메라 각도가 딱 맞아서 얼굴이 분명하게 확인되었다. 남자가 내린 참에 다시 화면이 바뀌었다. 이번에는 슈퍼마켓에서 나오는 모습이다. 옷차림으로 봐서 동일 인물이었다. 동영상은 거기까지였다.

"방범카메라 영상인 거 같은데?" 준야가 말했다.

"맞아. 게다가 상당히 옛날 거야." 마도카가 동영상을 다시 처음부터 재생하다가 중간에 정지했다. 쇼핑몰 안에 사람들이 오고 가는 장면이다. "여기 봐, 이 남자가 폴더형 휴대전화를 쓰고 있지? 이쪽에서 기념 촬영을 하는 여자들도 같은 종류의 휴대전화야. 패션을 봐도 15년 전, 혹은 그보다 더 예전이야."

"왜 이런 동영상을 보관해뒀을까요?" 리쿠마가 의문을 제시했다.

"다른 영상 데이터는 삭제했는데 이것만 남겨뒀어. 쓰키자와 씨에게 특별한 동영상이었다고 생각해도 틀림없겠지. 내 생각에는 백업해둔 거 같아. 아마 새 스마트폰에도 이 동영상이 있었을 거야."

리쿠마는 화면을 지그시 바라보았다. 기묘한 감각이 밀려들었다. 그곳에 찍힌 남자 얼굴이 낯익은 느낌이 들었던 것이다.

"잠깐만요." 리쿠마는 스마트폰을 건네받아 동영상을 이어서 재생했다. 엘리베이터 안의 영상으로 바뀐 참에 정지했다.

　남자 얼굴을 보고 흠칫했다. 어디서 본 얼굴인지 생각났기 때문이다.

　이 얼굴 사진에서는 어떤 인생도 느껴지지 않는다……. 아버지가 그렇게 말했던 사진 속의 남자를 꼭 닮은 것이다.

11

모가미의 말에 와키사카는 저도 모르게 미간을 좁혔다.

"보고를 안 해도 된다니, 무슨 말씀이십니까?"

모가미가 한숨을 내쉬었다.

"내 얘기를 똑똑히 들어야지. 보고를 안 해도 된다는 게 아니라 보고를 하지 말라는 거야. 오늘 수사회의에서 니지마 시로의 사진에 대해 한 마디도 언급해서는 안 돼. 알았어?"

와키사카는 저쪽 건너편 자리에서 자료를 들여다보는 다카쿠라를 흘끗 훔쳐본 뒤에 다시 모가미에게로 시선을 돌렸다.

"그거, 팀장님 지시예요?"

"맞아, 팀장님 지시. 모터쇼 영상을 수사공조과 오구라 경위에게 확인해봤지만 안타깝게도 지명수배자는 발견하지 못했다……. 보고는 거기까지만 하라는 지시야."

"왜요? 왜 그래야 하는데요?"

"그런 건 자네가 고민할 필요 없어. 그냥 하라는 대로 하면 돼."

와키사카는 등을 돌리고 다카쿠라의 자리를 향해 성큼성큼 걸어갔다. 모가미가 뒤에서 "이봐, 이봐" 하고 불렀지만 걸음을 멈추지 않았다.

팀장님, 이라고 말을 건넸다. 다카쿠라가 얼굴을 들었다.

"어떻게 된 겁니까, 니지마 시로의 사진에 대해 수사회의에서 보고하지 말라니."

팀장의 눈이 와키사카의 얼굴이 아니라 뒤쪽으로 향했다. 모가미가 다가오는 건 발소리로 알았다.

"이 친구에게 이유는 설명해줬어?" 다카쿠라가 모가미에게 물었다.

"이유는 말하지 않았어요. 그 사진에 대해 보고하지 말라고 했을 뿐입니다."

다카쿠라가 한숨을 내쉬더니 그제야 와키사카를 올려다보았다.

"아직 사건과의 관련성이 명확하지 않기 때문이야. 나도 그 노트를 봤는데 거기 붙은 얼굴 사진이 한두 장이 아니잖아. 그중 한 장에 매달릴 이유는 없어."

"그 사진은 다른 사진과는 달라요. 수사공조과의 오구라 경위가 본 적이 없다고 말한 사진입니다. 피해자가 그 사진에 대해 의미심장한 얘기를 했다는 아들의 증언도 있어요. 피해자가 그 사건에 대해 따로 생각하는 점이 있었다고 보는 게 타당하지 않습니까?"

와키사카의 열변을 듣고도 다카쿠라의 싸늘한 표정은 달라지지 않았다.

"자네는 어떤지 모르지만, 경찰 일을 오래 하다 보면 마음에 걸리는 안건 한두 개쯤은 있게 마련이야. 하지만 그게 피해자가 살해된 요인과 관련이 있다고 어떻게 단언할 수 있어?"

"단언할 수는 없지만 조사해볼 가치는 있습니다."

"지금 그보다 더 시급하게 조사해봐야 할 것은 없나? 시간이 남아돈다면 자네 일거리는 얼마든지 찾아줄 수 있어."

"아니, 그런 게 아니라……."

"됐어, 납득했다면 업무로 돌아가. 수사회의 때까지 시간이 별로 없어." 다카쿠라는 파리라도 쫓아내듯이 손을 휘휘 저으며 시선을 다시 서류로 돌렸다.

전혀 납득하지 못했지만 더 이상 매달려봤자 소용없다는 생각에 와키사카는 팀장에게 목례를 건네고 물러섰다.

"잠깐 나 좀 보자." 모가미가 어깨를 잡았다.

말없이 앞장서 걸음을 옮기길래 와키사카도 조용히 따라갔다. 복도로 나가자 모가미는 옆의 계단을 올라갔다. 이윽고 계단참에 서서 걸음을 멈추고 돌아보았다.

"대체 생각이 있어? 느닷없이 팀장에게 따지고 드는 놈이 어딨어? 게다가 언성까지 높이다니. 주위에 우리 팀 이외의 형사들도 있잖아. 자네가 떠들어댄 말이 수사원 사이에 퍼지기라도 하면 어쩔 거야? 내가 왜 중간에서 조정 역할을 하는지 알기나 해? 생각을 하고 움직여야지!"

"아니, 너무 이상하잖아요. 사건과의 관련성이 명확하지 않다니,

그렇게 치면 뭐든 처음에는 다 애매하죠. 아무리 사소한 거라도 관련 없다고 미리 단정해서는 안 된다고 평소에 누누이 말하던 사람이 누군데…….”

모가미는 어깨를 들먹거리며 긴 한숨을 토해냈다.

“그야 평소에는 당연히 그런 자세로 임해야지. 근데 이번 사건은 달라. 이미 4년 전에 종결 처리됐고, 피의자 사망으로 불기소된 미묘한 사건이잖아. 게다가 우리 팀이 맡은 사건도 아니야. 어느 팀에서 담당했는지 자네, 알고 있어?”

“어느 팀이냐니, 지속 수사를 담당한 팀이겠죠. 아닙니까?”

“그래, 특명수사과 미제 사건 전담팀에서 맡았고 경찰청 쪽도 얽혀 있어. 그런 사연 많은 사건을 자네 같은 말단 형사가 마구잡이로 들쑤셔봤자 좋을 게 뭐가 있겠냐고.”

와키사카는 턱을 당기고 슬쩍 올려다보았다. “금기 사건이라는 겁니까?”

“그런 거 아냐. 팀장도 나름대로 생각이 있어서 내린 지시라는 얘기야. 착수해야 할 때를 노려서 다시 지시할 거라고. 그때까지 좀 얌전히 기다려봐.”

“끝끝내 지시가 없으면 어떻게 하죠?”

“착수할 필요가 없다고 팀장이 판단했다는 뜻이니까 거기에 따를 수밖에 없어. 아무튼 지금은 그 사진 건은 자네의 여기에 넣어 둬.” 와키사카의 가슴팍을 손끝으로 쿡 찌르며 말하더니 몸을 돌려 계단을 내려갔다.

잠시 뒤에 열린 수사회의에서 와키사카는 다카쿠라의 지시대로,

모터쇼 영상을 수사공조과의 전문 수사관에게 보여줬지만 성과는 없었다는 내용만 보고했다. 시원찮은 결과라서 당연히 주위의 반응은 시큰둥했다. 그래도 다카쿠라의 의례적인 지시는 내려왔다.

"저 영상에서 피해자 앞을 걸어가는 행사 참석자들의 신원을 파악할 수 있는지, SSBC 쪽과 상의해봐."

SSBC는 수사지원 분석센터의 약칭으로, 경시청의 독자적인 얼굴 인식 시스템을 보유하고 있다. 최근에는 정밀도가 더욱 높아져 운전면허증과의 조회도 가능하다고 한다.

민간인의 정보 제공으로 살해 현장을 특정할 수 있었다는 것은 감식팀에서 보고했다. 민간인이란 물론 우하라 마도카와 두 명의 중학생이다. 발견된 돋보기에서는 피해자 쓰키자와 가쓰시 이외의 지문은 검출되지 않았다.

연단에서 누군가 손을 들었다. 과학경찰지원국의 이바였다.

"살해 현장을 특정했다면 D자료의 수집이 한층 더 중요해지겠군요. 그건 확실히 대응하고 있습니까?"

"확실하게 대응 중입니다." 다카쿠라가 답했다. "총동원령을 내렸으니까요."

"그렇다면 됐군요." 이바가 만족스러운 듯 고개를 끄덕였다.

탐문수사과에서는 현장 주변의 방범카메라 영상을 수집하고 있다고 보고했다. 하나도 빠짐없이 얼굴 인식 시스템과 법 보행 분석 시스템에 입력할 예정이라고 한다.

수사회의가 끝나자 항상 하던 대로 팀별 회의에 들어갔다. 탐문수사팀의 총무 역할인 모가미가 각자에게 일을 분담했다. 쓰키자와 가쓰시의 인간관계를 샅샅이 훑어보고 살해 현장 주변에 관련자가 있는지 찾아본다는 게 주요 내용이었다.

각자 업무를 할당받은 수사원들이 일제히 자리를 뜬 뒤, 모가미는 와키사카를 찾았다.

"자네는 D자료 목록을 훑어봐. 이미 모바일로 전송했을 테니까."

"D자료 목록이요?" 와키사카는 상사의 얼굴을 마주 보았다. "잠깐만요, 현재 그 목록에 올라온 건 사체 발견 장소 주변의 D자료로 찾아낸 자들이잖아요."

"맞아. 아까 수사회의에서도 얘기가 나왔지만, 살해 현장 주변에서 수집한 D자료는 이제야 분석에 들어갔어."

"그렇다면 그 분석 결과가 나온 뒤에 움직여도 되잖아요. 관계도 없는 장소에서 발견된 D자료를 파봤자 별 의미도 없고."

"어떻게 미리부터 관계가 없다고 단정해? 살해에 적합한 장소를 찾아 범인이 다마가와 강변을 여기저기 돌아다녔을 가능성도 적지는 않아."

"그건 그럴지도 모르지만……."

모가미는 주위를 쓰윽 둘러보더니 얼굴을 바짝 댔다.

"신원이 밝혀진 자들을 찾아가 언제 다마가와에 갔었느냐고 간단히 확인만 하면 돼. 시간도 별로 안 걸려. 그러고 나서 남은 시간은 자네가 원하는 쪽으로 쓰라는 얘기야." 목소리를 낮춰 속닥속닥 말했다.

"원하는 쪽으로?" 와키사카는 눈을 깜작거렸다. "그 건에 대해 제가 원하는 대로 수사해보라는 겁니까? 근데 아까는 팀장님 지시가 나올 때까지 기다리라고……."

"겉으로 티는 내지 말라는 뜻이었어. 말할 것도 없지만, 다른 수사원에게 절대 새어나가면 안 돼. 그것만 지켜주면 웬만한 건 눈감아줄게. 단 자기책임이야. 문제가 생겼을 때, 비호해줄 거라는 기대는 하지 마."

와키사카는 그제야 알아들었다. 아무래도 단독 수사를 허락해주려는 모양이다.

알겠습니다, 라고 대답하고 냉큼 자리를 뜨려고 했다. 그러자 모가미가 잠깐 하고 다시 불러 세웠다. 자신의 스마트폰을 보면서 수첩에 뭔가 쓱쓱 적더니 그 페이지를 떼어내 와키사카에게 내밀었다. "내가 주는 선물이야."

메모를 보니 '후쿠나가'라는 이름과 전화번호가 적혀 있었다.

"누구예요?"

"어제 오구라 경위와 T초 사건 얘기를 할 때, 관할서에 내 동기가 있다고 했지? 바로 그 동기야. 지금 생활안전과에서 근무하고 있어."

"주임님……."

"특명수사팀 쪽에는 절대 접근하면 안 돼. 근데 관할서에서 정보를 알아내는 정도는 괜찮아. 후쿠나가에게는 내가 미리 연락해뒀어. 우리 쪽 젊은 형사가 까다로운 질문을 하러 찾아갈 테니 비공식으로 상대 좀 해달라고 슬쩍 부탁했다고."

와키사카는 상사의 얼굴을 마주 본 뒤, 깊숙이 머리를 숙였다. "고맙습니다."

"자네의 단독 플레이에는 이미 익숙해졌어. 덕분에 나름대로 성과도 올렸지. 근데 말이야, 와키사카." 모가미는 다시금 목소리를 낮추고 뒤를 이었다. "진짜 조심해야 돼. 어쩌면 자네, 엄청난 판도라의 상자를 여는 것일 수도 있어. 아까도 말했지만 아무도 자네를 비호해줄 수 없어."

진지함이 담긴 말이었다. 와키사카는 침을 꿀꺽 삼키고 조용히 고개를 끄덕였다.

12

그릇에 달걀을 풀고 있을 때, 소파에서 자던 준야가 깨어났다.

"벌써 시간이 이렇게 됐어? 진짜 세상모르고 잤네." 자신의 스마트폰을 들여다보며 큰소리를 내고 있었다. 이제 곧 오전 11시니까 놀랄 만도 하다.

"잘도 자더라." 리쿠마는 달걀말이 프라이팬을 가스 불에 올리며 말했다. "하긴 거의 밤을 새다시피 했으니까."

"이상해. 오랜만에 옛날 게임을 하면 왜 그렇게 푹 빠져들지?" 준야가 고개를 갸웃거리며 말했다.

"오랜만이니까 그렇지. 계속하면 금세 또 싫증날 걸?"

"그런 건가." 준야는 선 채로 양팔을 펴고 끄으응 신음소리와 함께 기지개를 켰다.

어제 마도카가 돌아간 뒤, 리쿠마는 준야네 집에는 가지 않기로 했다. 카지노 칩이며 예전 스마트폰에 남겨진 동영상 등 아버지의 죽음과 관계가 있을 만한 것들이 줄줄이 발견되었지만, 아직도 뭔가 더 있을지 모른다고 생각하니 집을 비우기가 망설여졌다.

그러자 준야가 자기도 여기서 자겠다고 했다. 전화로 엄마에게 얘기했더니 바로 허락해주셨다고 한다. 준야네 어머니는 중3 남자애를 혼자 두게 하는 것보다는 아들과 둘이 있게 하는 게 그나마 낫다고 판단한 모양이었다.

저녁은 편의점 도시락으로 해결했다. 친구와 함께 먹으니 그것도 충분히 근사한 디너타임이었다.

식사가 끝나는 대로 아버지의 유품을 살펴보려고 했는데 준야가 붙박이장에서 뜬금없이 옛날에 쓰던 게임기를 꺼내왔다. 초등학생 때 아버지가 사준 것이다. 둘이서 반갑다, 그립다, 하던 끝에 한번 해보자고 얘기가 흘러갔다. TV에 연결해 게임을 시작하자 의외로 재미있어서 금세 빠져들었다. 게임 소프트를 차례차례 바꿔가면서 연달아 여러 종류의 게임을 했다. 문득 깨닫고 보니 밤 2시였다. 그제야 급하게 잠자리에 들었고, 리쿠마가 눈을 떴을 때는 오전 10시가 지난 시간이었다.

"무슨 요리야? 아, 어제 편의점에서 달걀 샀었지. 근데 이 달걀말이 너무 얇은 거 아니냐?" 준야가 리쿠마 뒤에 다가와 물었다.

"이건 달걀말이가 아니라 지단이야. 작가가 될 사람이 그것도 모르냐?"

리쿠마는 얇은 지단 여러 장을 도마 위에 겹쳐 놓고 가늘게 채를 썰었다.

"너, 이런 것도 할 줄 알아?"

"별거 아냐. 편의점 도시락만 먹으면 재미없잖아. 날도 덥고, 냉국수나 해먹을까 하고."

세일 때 몇 묶음 사둔 국수가 주방 서랍에 있는 게 생각났던 것이다.

"냉국수? 오, 좋았어. 나도 뭔가 도와줄까?"

"그럼 저기 큰 냄비에 물 좀 끓여. 물의 양을 많이 잡아야 돼."

"네네, 알겠습니다."

10여 분 뒤, 둘이 마주 앉아 후루룩후루룩 국수를 먹었다. 얼음이 없어 시원하지 않은 게 아쉬웠지만, 한 다발에 100그램 하는 국수를 여섯 다발이나 먹어치웠다.

다 먹고 보리차를 마시는데 리쿠마의 스마트폰이 울렸다. 마도카의 전화였다. 어제 돌아가는 길에 내일 일정이 정해지는 대로 연락하겠다고 했었다.

전화를 받자 마도카가 불쑥 물었다. "오후 2시까지 수리학연구소로 올 수 있어?"

"2시요? 네, 괜찮을 거 같아요."

"어제 그 카지노 칩, 꼭 가져와."

"알았어요."

"자, 그럼." 그대로 전화가 뚝 끊겼다.

스마트폰을 내려놓고 리쿠마는 준야에게 통화 내용을 일러주었다.

준야는 팔짱을 척 꼈다. "마도카 씨가 오늘은 무슨 일을 벌일 생각일까?"

글쎄, 하며 리쿠마는 고개를 갸우뚱할 수밖에 없었다. 그 수수께 끼 같은 사람이 하는 일은 예측하기가 어렵다. 어제도 결국 빨간 바탕에 흰색 '鬪(투)'가 찍힌 티셔츠를 그대로 입고 갔다.

옷을 갈아입으러 잠깐 집에 다녀오겠다는 준야를 배웅한 뒤, 리 쿠마는 설거지를 했다. 2인분의 그릇을 씻는 건 오랜만이었다.

설거지를 끝내고 소파에 털썩 앉았다. 낮은 테이블에 아버지의 예전 스마트폰이 나와 있었다. 잠금 해제 비밀번호는 0518, 데루나 의 생일이다.

그 숫자에 대한 마도카의 얘기는 타당했다. 보안을 고려한다면 아들의 생일은 피하는 게 당연하다. 하지만 다 알면서도 그 숫자 말고 다른 건 없었냐고 투덜거리고 싶어졌다.

파일에 보관된 동영상을 다시 재생해보았다.

몇 번을 봐도 그 지명수배자 파일 노트에 붙어 있던 '니지마 시 로'가 틀림없었다. 이 동영상은 대체 뭘까. 마도카가 지적했던 대로 상당히 오래전에 촬영된 영상이다. 다른 데이터는 모두 삭제했는 데 이 영상만 남겨둔 걸 보면 역시 중요했기 때문일 것이다.

아무리 머리를 굴려봐도 답이 나올 것 같지 않았다. 리쿠마는 스 마트폰을 내려놓고 자리에서 일어섰다. 옷을 벗고 욕실로 향했다. 어젯밤에 늦게까지 게임을 하느라 샤워도 못한 채 그대로 자버렸 던 것이다.

오후 1시가 되자 준야네 집에 갔다. 어머니가 "열심히 하고 와" 하면서 배웅해주었다. 준야의 말에 따르면, 도서관에서 입시 공부 를 한다고 둘러댔다고 한다.

"너, 진짜 공부해야 하는데." 역으로 향하면서 리쿠마는 말했다. "나야 어떻게 될지 모르지만, 넌 고등학교에 가야 하잖아."

"무슨 소리야, 너도 가야지. 내가 알아봤는데 아동양호시설에서도 고등학교에 보내준대. 그뿐만이 아니야. 원하면 대학에도 갈 수 있어."

"대학……."

실감이 나지 않았다. 5년 후 자신이 어떤 모습일지 상상도 되지 않았다.

수리학연구소에는 오후 2시 전에 도착했다. 접수처에 이름을 대자 담당 직원이 게이트 문을 열어주면서 A홀에서 기다리라고 알려주었다.

건네준 안내도를 참고해 A홀에 가보니 아이들이 저마다 다른 놀이를 하고 있었다. 도서관에서 만난 남자애도 있었다. 즉 이곳에 있는 아이들 모두가 익스체드인 것이다.

"와, 대단하다."

준야가 그림을 그리는 한 소녀 옆으로 다가갔다. 마치 사진처럼 보이는 초세밀화는 지난번에도 본 적이 있다. 마도카가 말했던 영국인과의 혼혈 소녀일 것이다. 준야가 뒤쪽에서 들여다보며 뭔가 감상을 얘기한 모양인데 소녀는 전혀 반응이 없었다. 언어를 이해하지 못한다고 했던 마도카의 말이 생각났다.

데루나의 모습도 보였다. 바닥에 앉아 펜을 들고 큼직한 종이를 마주하고 있었다. 가느다란 글씨가 빼곡한 종이였다. 뒤쪽으로 살며시 다가가 들여다보고는 움찔했다. 종이에 인쇄된 것은 숫자들이었다. 무작위로 늘어놓은 것으로 보일 뿐이어서 전혀 뭔지 알 수 없었다.

"왜 물어보지 않아?" 귓가에서 누군가 속닥거리는 소리에 흠칫해 돌아보았다. 면바지 차림의 마도카가 허리에 손을 짚고 서 있었다.

"마도카 씨……."

"궁금하지? 그럼 그 숫자는 뭐냐고 물어보면 되잖아."

"그렇긴 한데……."

데루나, 하고 마도카가 말을 건넸다. 아이가 손을 멈추고 돌아보 았다.

"그게 뭔지 궁금한가 봐. 알려줄래?"

그러자 데루나는 리쿠마 쪽으로 몸을 돌리더니 가늘고 긴 막대를 두 손으로 잡는 시늉을 했다. 다음에는 그 막대를 둥글게 말아 동그라미로 만드는 것을 보여주고 그 지름의 길이와 처음의 막대 길이를 비교했다. 그 동작을 보고 리쿠마는 눈치챘다.

"알겠다, 원주율?"

정답이었는지 데루나가 신이 난 듯 손뼉을 쳤다.

"근데……." 리쿠마는 숫자의 맨 앞을 가리켰다. "3.14에서 시작한 게 아니네요?"

"맞아." 마도카가 말했다. "여기에 적힌 건 원주율의 한 부분이야."

"원주율의 한 부분? 왜 그런 걸……."

"이건 우리 스태프와 데루나가 고안해낸 게임이야. 방금 말했던 대로 여기에는 원주율 한 부분의 숫자가 적혀 있지만 몇 군데 틀린 곳이 있어. 의도적으로 다른 숫자로 바꿨어. 그게 어디인지 데루나가 제한시간 안에 찾아내는 게임이야. 3.14부터 시작해서는 변화를 주는 데 한계가 있어서."

"그럼 데루나는 원주율을 완벽하게 외우고 있다는?"

"엄밀히 말하면 원주율의 수만 자릿수를 눈으로 보고 전부 이미지로 기억한 거야. 게임을 할 때는 머릿속에 있는 그 이미지와 비교하면서 차이점을 찾아내는 거 같아."

"그런 게……."

"응, 그런 게 가능한 게 익스체드야." 그리고 마도카는 아이를 돌아보며 웃음을 건넸다. "그렇지, 데루나?"

데루나도 흐뭇한 듯 고개를 끄덕이더니 리쿠마를 보면서 웃었다.

하지만 리쿠마는 마주 웃어줄 수 없었다. 너무도 상상을 뛰어넘는 능력에 오싹 소름이 돋았기 때문이다. 이 초능력자가 여동생이라는 사실을 선뜻 받아들이기가 어려웠다.

거부감을 눈치챘는지 데루나의 얼굴에서 웃음이 사라졌다. 고개를 숙이고 다시 숫자로 가득한 종이를 들여다보았다.

"갈까?" 마도카가 리쿠마의 팔꿈치를 툭 쳤다. "준야도 가자."

준야가 종종걸음으로 다가왔다.

"저 애, 진짜 대단해요. 거울에 비친 풍경을 정말로 비쳐진 것처럼 그렸어요. 어떻게 그럴 수 있죠? 머릿속이 대체 어떻게 생긴 거야." 흥분한 어조로 말했다.

"그걸 이 연구소에서 알아보고 있다니까."

"맞아, 그랬죠. 그래서 어디까지 알아냈어요?"

"아직 거의 밝혀진 게 없어." 마도카가 걸음을 옮기며 어깨를 으쓱하고 두 손바닥을 위로 올리는 포즈를 취했다. "연구는 겨우 걸음마 단계야. 그래서 저 아이들의 머릿속은 아직 블랙박스지. 다만 평범한 아이들보다 훨씬 더 마음이 섬세해서 망가지기 쉽다는 건 알고 있어." 문득 걸음을 멈추고 리쿠마를 보았다. "너, 아까 실수했어. 마주 보고 웃는 것쯤은 해줄 수 있었잖아."

미안합니다, 라고 리쿠마는 고개를 떨궜다. 마도카가 다시 걸음을 옮겼다. 준야는 무슨 일인지 몰라 어리둥절한 얼굴이었다.

건물을 나서자 마도카는 주차장으로 향했다. 차량은 핑크색 소형 쿠페였다.

"오늘은 이 차를 타고?" 준야가 물었다.

"여기저기 갈 데가 많아. 어제처럼 땀 흘리기 싫어서. 아, 그렇지." 마도카는 멈춰 서더니 백팩에서 빨간 티셔츠를 꺼냈다. 세탁을 했는지 깔끔하게 개켜 있었다. "이거 돌려줄게. 고마웠어."

"안 돌려줘도 돼요."

"왜, 넌 안 입을 거야?"

"안 입으면 내가 가져갈게." 옆에서 준야가 손을 쑥 내밀었다.

"안 입는다고는 안 했어." 리쿠마는 얼른 티셔츠를 받았다.

마도카가 운전석에 앉았다. 리쿠마와 준야는 반대쪽으로 돌아갔다. 준야가 앞문을 열고 조수석을 앞으로 당기더니 엄지로 뒤쪽을 가리켰다. "너도 타."

아무래도 리쿠마에게 뒷좌석을 양보할 모양이다. 자기가 조수석에 타고 싶었기 때문이겠지만, 순순히 따르기로 했다.

"와아, 최신 사양의 자율주행 시스템이야." 준야는 조수석에 앉자

마자 탄성을 내질렀다. "바보라도 운전할 수 있다고 아빠가 얘기했었는데."

"흥, 바보라서 미안하다." 마도카가 파워스위치를 누르며 말했다.

"아뇨, 아뇨, 그런 뜻은 아니고요."

"걱정할 거 없어. AI를 거스르진 않을 테니까."

차가 조용히 출발했다. 뒷좌석에서 바라보니 마도카는 핸들에 가볍게 오른손을 얹고 있을 뿐이었다. 그녀가 말한 대로 운전은 AI가 하는 모양이다.

"근데 지금 어디 가요?" 준야가 드디어 본질적인 질문을 했다.

"어떤 사람을 만나러."

"어떤 사람을?"

"너희는 모르는 사람. 예전에 나하고 같이 다니던 분이야. 이제 나이도 있는데 또 다시 불러내는 건 죄송하지만, 이렇게 된 이상 어쩔 수 없지. 게다가 나이는 많아도 너희보다 훨씬 더 미더운 분이야."

"누군지 점점 더 궁금해지잖아요." 준야가 마도카를 보며 입을 툭 내밀었다.

"궁금하게 만들려는 건 아냐. 지금 설명하는 것보다 직접 만나보는 게 더 빠를 거 같아서 그래."

앞쪽으로 수도고속도로 진입로가 보였다. 자동차는 그곳을 통과해 본선에 합류했다.

"가속이 굉장한데요." 준야가 탄성을 올렸다. "이거, 전부 전기잖아요, 내연기관 없이. 그런데도 이 정도로 가속을 내다니 진짜 대단해요. 마도카 씨, 목적지까지의 우선사항은 어떻게 설정했어요? 에너지 효율?"

"도착 시간."

"역시 그렇구나. 그야 AI가 에너지 효율을 무시하면 한껏 속도를 높이겠죠. 정체 구간을 피해 최단거리를 계산하고 내달릴 테니까."

준야의 말대로 차는 적확하게 차선 변경과 가속 감속을 거듭하며 한산하다고는 할 수 없는 고속도로를 경쾌하게 빠져나갔다. 눈 깜짝할 사이에 출구였다.

차는 오피스 거리를 지나 서민적 정취가 배어나는 동네로 들어섰다. 거기서 좀 더 안쪽 길로 빠진 참에 갑자기 느릿느릿 서행 운전을 시작했다.

"왜 이러지? AI 녀석, 길을 잃은 건가?" 리쿠마가 말했다.

"그게 아니라 주차장을 찾는 거야." 준야가 대답했다. "목적지에서 가장 가까운 데다 빈자리까지 있는 주차장."

이윽고 유료 주차장이 눈앞에 나타났다. 차는 부드럽게 빈 공간에 차체를 밀어 넣었다. 리쿠마가 뒤에서 본 바로는 마도카는 거의 핸들 조작을 하지 않았다. 차가 완전히 정지한 뒤에 파워스위치를 끈 것뿐이었다.

"자, 가자."

마도카의 신호에 따라 준야도 조수석 문을 열었다.

주택이며 작은 점포가 이어진 골목길을 마도카는 척척 찾아 들어갔다. 그 발걸음에서 망설임은 느껴지지 않았다.

이윽고 한 가게 앞에서 멈춰 섰다. 〈이로하 닭꼬치〉라는 간판이 걸린 걸 보니 꼬치구이 전문점인 모양이다. 2층짜리 전통가옥의 1층을 점포로 쓰고 있었다. 나무 격자의 미닫이문은 닫혀 있고, '준비 중'이라고 손으로 쓴 팻말이 걸려 있었다.

하지만 마도카는 그 미닫이문을 거침없이 밀었다. 잠기지 않았는지 별 저항 없이 열렸다.

가게 안은 L자형의 카운터석뿐이었다. 스툴은 열 개쯤 될까. 카운터 너머의 흰 셰프복을 입은 남자가 작업 중인 것 같았다. 키는 그리 크지 않지만 체격이 늠름했다. 남자는 '준비 중' 팻말을 뚫고 들어온 침입자를 나무라려다가 그 험상궂은 표정이 순식간에 사라지고 대신 놀란 기색이 떠올랐다.

마도카 씨, 하고 남자가 중얼거렸다. 일하던 손을 멈추고 카운터에서 나왔다.

"인터넷에 올라온 댓글에 의하면 쓰쿠네* 꼬치가 맛있다던데요." 마도카가 말했다. "그리고 닭 목살과 꼬리살도 인기가 있어서 조금만 늦어도 다 팔리고 없다면서요?"

"여기는 어떻게 알았어요?"

"그거야 잠깐만 검색해보면 알죠."

마도카가 문 옆에 서 있는 리쿠마와 준야에게 들어오라고 손짓을 했다.

"완전히 숙녀가 되었네요." 남자가 말했다.

"내면은 별로 달라진 게 없어요."

---

* 닭고기나 생선 등을 갈아 달걀, 감자 등을 섞어 둥글게 빚어낸 것.

"그렇다면 더 무서운데요, 또 무슨 엄청난 짓을 저지를지."

"그래도 민폐 끼치는 건 좀 줄었을걸요. 그 능력을 마구잡이로 쓰는 일도 없고."

"거참, 다행이군요." 남자는 미소를 띤 채 리쿠마 쪽으로도 시선을 던졌다. "어린 호위무사를 달고 다니시네?"

"그렇죠. 둘의 나이를 합해도 전임자의 반도 안 돼요." 마도카는 장난스럽게 말하며 리쿠마와 준야를 돌아보았다. "소개할게. 7년 전에 내 보디가드로 일해주신 다케오 씨야. 무섭게 생기셨지만 마음씨는 착한 분이니까 안심해."

"보디가드?" 리쿠마는 준야와 얼굴을 마주 보았다.

마도카가 다케오에게 리쿠마와 준야의 이름을 알려주었다.

"안타깝게도 이 두 사람은 호위무사가 아니라 탐정 친구들이에요."

"탐정?" 다케오가 의아한 듯 고개를 갸우뚱했다.

"실은 여기 리쿠마의 아버님이 살해되셨어요. 우리는 그 범인을 찾고 있죠."

다케오는 어이쿠 하는 얼굴이었다. "여전히 그런 위험한 일을 ......"

"예전처럼 막무가내로 날뛰지는 않으니까 걱정 마세요. 오늘은 다케오 씨의 지혜를 빌려볼까 하고 찾아왔어요. 근데 어쩌면 도움을 청할지도."

"나 같은 노병에게?"

"속으로는 그렇게 생각 안 하시잖아요. 아무튼 얘기만이라도 들어보세요."

"거절해도 소용없겠군요. 우선 앉읍시다."

카운터 모퉁이를 끼고 마도카와 다케오가 자리를 잡았다. 리쿠마와 준야는 마도카 옆으로 나란히 앉았다.

마도카가 지금까지의 경위를 간단히 설명했다. 다케오는 메모를 해가면서 얘기를 듣고 있었다. 리쿠마가 놀란 것은 살해 현장을 발견한 상황에 대해 마도카가 "다마가와강의 흐름을 관찰해 어딘지 알아냈어요"라고 간단히 말했는데도 다케오가 어떤 의문도 드러내지 않은 점이었다. 오히려 그런 건 당연하다는 듯한 표정을 하고 있었다.

"그래서 다케오 씨의 지혜를 구하려고요." 마도카가 리쿠마를 돌아보며 손바닥을 내밀었다. "그 칩, 갖고 왔지?"

리쿠마는 백팩에서 핑크색 손수건을 꺼냈다. 마도카가 건네받아 다케오 앞에 펼쳤다. "이거예요. 리쿠마 아버지의 옷에서 찾아냈어요."

"오호." 다케오는 손수건째 칩을 들고 찬찬히 들여다보았다. "정교하게 만들었군요. 시중에서 파는 평범한 물건은 아니에요. 오리지널 제작이죠."

"불법 카지노에서 쓰는 건가요?"

아마도, 라고 말하고 다케오는 칩을 내려놓았다.

"환전 시스템이 없는 합법적인 카지노라면 반드시 점포명을 넣을 테니까."

"어떤 불법 카지노인지 알아낼 방법이 있을까요?"

"그쪽 업계 사람이라면 알겠죠. 그자들끼리는 연결고리가 있거든
요."

"다케오 씨는 그쪽으로 인맥이?"

"저 말입니까……."

다케오는 생각에 잠긴 표정이었다. 그것만 보고도 마도카는 눈치
를 챘는지 "뭐야, 역시 인맥이 있네?"라고 말하며 다케오의 굵직한
팔을 툭 쳤다. "그럴 줄 알았어요. 전직 경찰에 민완 보디가드, 이
세상의 흑막은 대부분 지켜보셨겠죠."

리쿠마는 깜짝 놀라서 다케오의 얼굴을 보았다. 그렇게 대단한
인물이었던가.

"그야 경호 대상자 중에는 수상쩍은 곳에 드나든 분도 있었지요.
우리가 그런 업소 안에까지 들어갈 일은 없지만 경호를 위해 때로
는 드나들기도 해요. 그게 몇 번 거듭되면 업소 관계자들과도 친해
지죠. 나야 게임은 안 하니까 이해관계도 없고. 서로 가장 두려워하
는 게 적발되는 거예요. 경찰 시절의 인맥을 이용해 압수수색 정보
를 미리 좀 알려달라고 청하는 일도 많았어요."

"실제로는 어땠어요? 압수수색 정보를 제공해준 적이 있나요?"

"그건 상상에 맡기겠습니다."

"오, 역시 수완가라니까." 마도카가 다시 그의 팔을 툭 쳤다. "만
만치 않아요."

"그건 옛날 얘기죠. 그 업소들, 지금은 다 없어졌을걸요. 그보다
이 칩에 관해 경찰에 얘기는 했어요?"

"아뇨, 아직."

"왜죠?"

"우리 나름대로 진상을 밝혀보려고요. 중요한 증거품을 경찰에 빼앗기고 싶지 않아요."

다케오는 얼굴을 찌푸리며 고개를 저었다. "아마추어가 진상을 밝힌다는 건 무리예요."

"그거야 모르죠. 어떻게 미리 단정할 수 있어요?"

"단정하는 건 아니지만……."

"좀 도와주세요. 당시 지인 중에 지금도 연락되는 사람이 한두 명은 있잖아요."

"글쎄 어떨지 모르겠네. 연락이 되더라도 반가워할지 어떨지도 모르겠고."

"일단 해봐요. 부탁드릴게요."

다케오는 난처한 듯 미간을 좁혔다. 마치 용돈을 달라고 조르는 딸아이를 바라보는 아빠 같은 얼굴이었다.

13

그 집은 낡은 2층짜리 빌라의 2층에 있었다.

초인종을 누르자 잠시 뒤에 "누구세요?"라는 굵직한 목소리가 들려왔다. 상대는 도어스코프로 밖을 내다보고 있을 터였다. 와키사카는 표정을 부드럽게 풀고 상의 안쪽에서 경찰수첩을 꺼내 보여주며 나지막하게 말했다. "이런 사람입니다."

곧바로 문이 열렸지만 도어체인은 걸린 채였다. 문틈으로 남자의 각진 얼굴이 보였다. 과경지원국에서 제공해준 이미지와 일치했다. 데이터에 의하면 44세인데 실물은 조금 더 나이 들어 보였다.

"스즈키 가즈오 씨지요?"

"그런데요?" 스즈키의 눈이 허우적거렸다. 문패가 없는데도 자신의 이름을 안다는 것에 불안감을 느꼈는지도 모른다.

"물어볼 게 있어서요. 잠깐 문 좀 열어주시죠, 현관에서 얘기할 테니까. 여기서 떠들면 이웃집에 다 들릴 수 있어요."

스즈키는 망설이는 표정이었지만 이내 고개를 끄덕이더니 일단 문을 닫았다. 다시 열었을 때는 체인이 풀려 있었다. 실례합니다, 라고 말하고 와키사카는 안으로 들어섰다.

바로 왼편이 좁은 주방이고 그 안쪽이 방이었다.

와키사카의 콧구멍을 자극하는 게 있었다. 담배 냄새다. 방금 전까지 피웠던 것이다. 식탁 위에 스마트폰과 재떨이가 나란히 놓여 있었다.

"무슨 일입니까?" 스즈키가 선 채로 물었다.

"별일은 아니고요. 최근에 다마가와 강변에 갔었지요? 마루코바시 청소년 야구장 근처예요."

"다마가와?" 스즈키는 뜻밖이라는 눈빛을 보인 뒤에 아 하고 입을 헤벌렸다.

"가긴 갔는데, 그게 왜요?"

"언제 갔었는지, 기억나십니까?"

"언제냐면……. 며칠 전이었어요."

"정확한 날짜를 얘기해주시면 좋겠는데."

스즈키는 곤혹스러운 얼굴이었다. 눈썹 근처를 긁적이며 그게 언제였나, 하고 혼자 중얼거리더니 식탁 위의 스마트폰을 가져왔다.

와키사카는 재빨리 방 안쪽을 살펴보았다. 이불이 그대로 깔려 있고 옆에는 컵라면 등의 빈 용기가 보였다.

"아, 그날이네." 스즈키가 스마트폰을 보며 말했다. "이번 달 7일에 다마가와에 갔었어요."

"틀림없습니까?"

"맞아요, 그날 외출할 일이 있었거든요. 돌아오는 길에 잠깐 들렀어요."

"외출은 어떤 일로?"

스즈키가 노골적으로 불쾌감을 드러냈다. "그런 것까지 대답해야 돼요?"

"대답하지 못할 특별한 사정이라도 있습니까?"

스즈키는 입가를 일그러뜨리며 후우 한숨을 토해냈다. "면접을 봤어요."

"면접?"

"오타구에 있는 기계공장이에요. 이래 봬도 선반 기능공이거든요. 근데 채용은 안 됐어요." 스즈키는 그 공장 이름을 말했다. "거기 다녀오는 길에 그냥 다마가와 강변을 걸었어요. 산책이라기보다 멍하니 앞으로의 일을 생각해봤다고 할까."

"지금 구직 활동 중이라는 얘기군요."

"그렇습니다." 스즈키가 부루퉁하게 말했다. "지지난달에 다니던 공장이 망해버렸어요. 퇴직금도 제대로 못 받아서 요즘 월세 내기도 벅차요. 얼른 다음 일자리를 찾아야 하는데 좀처럼 구해지지 않아서……. 나이는 상관없다고 해놓고 좀 더 젊은 사람이 좋다느니 컴퓨터를 다룰 줄 알아야 한다느니, 이래저래 트집을 잡더라고요."

"힘드시겠네. 근데……." 백수남의 하소연을 흘려들으며 와키사카는 상의 호주머니에서 사진을 꺼냈다. 쓰키자와의 얼굴 사진이다. "다마가와에 갔을 때, 혹시 이런 사람 못 봤어요?"

스즈키는 눈을 가늘게 하고 사진을 들여다본 뒤에 중얼거렸다. "모르겠는데요. 이런 사람, 못 봤어요."

그렇습니까, 하고 와키사카는 사진을 챙겨 넣었다. 애초에 형식적인 질문이었다. 이 사람이 사건과 관계가 있다고는 털끝만큼도 생각하지 않았다.

"고맙습니다. 수사에 협조해주셔서 감사합니다." 머리를 숙인 뒤 나오려고 했다.

"아, 잠깐만요." 스즈키가 불러 세웠다.

와키사카는 현관문 손잡이를 잡은 채 돌아보았다. "왜요?"

"내가 다마가와에 갔던 건 어떻게 알았어요?"

또 그 질문인가. 이게 벌써 몇 번째인지.

"목격 증언이 있었어요. 그 근처에서 스즈키 씨를 봤다는 사람이 있어서."

"나를?" 스즈키는 의아한 듯 미간에 주름을 잡았다. "어디 사는 누구죠?"

와키사카는 억지웃음을 지었다. "그건 대답해드릴 수 없습니다."

"누구지? 전혀 짐작도 안 가네. 형사님, 알려주시죠, 궁금하잖아요. 최소한 힌트만이라도."

"힌트요? 그 사람이 이렇게 말했어요. 스즈키 가즈오 씨가 다마가와강을 내려다보며 담배를 피웠다, 그리고 꽁초를 근처 풀숲에 휙 던졌다……. 그러니 휴대용 재떨이쯤은 갖고 다니시는 게 좋아요."

꽁초를 던졌던 것은 생각났는지 스즈키는 겸연쩍은 듯 슬그머니 얼굴을 돌렸다.

실례합니다, 라고 말하고 밖으로 나왔다. 그대로 계단을 향해 걸음을 옮겼다. 다행히 스즈키가 뒤쫓아 오는 일은 없었다.

빌라에서 충분히 벗어났을 때 와키사카는 발을 멈추고 모바일을 꺼냈다. 화면에 줄줄이 이어진 목록 중에서 '스즈키 가즈오'를 선택해 '대처 끝'에 체크 표시를 했다. 수사에는 거의 아무 도움도 안 되는 작업이지만, 누군가는 꼭 해야 하는 일이라고 생각하는 수밖에 없다.

모가미의 지시대로 D자료를 통해 신원이 밝혀진 사람들을 찾아다니고 있었다. 스즈키가 일곱 명째다. 예상대로 쓰키자와 가쓰시와 관련이 있을 만한 사람은 한 명도 없었다. 모두 다마가와 강변에 갔던 것을 인정했지만 진술에 부자연스러운 점은 전혀 없었다. 골프 연습을 한 뒤에 강을 바라보며 잠시 쉬었다, 아들의 축구 시합을 보러 갔었다, 매일 하는 조깅을 했다, 산책을 했다…… 그런 얘기뿐이었다.

모가미가 말한 대로 그리 힘든 업무는 아니었다. 다만 한 가지 우울한 점이 있었다. 거의 대부분이 똑같은 질문을 했다. 자신이 다마가와에 갔던 걸 어떻게 알았느냐고 말이다.

강변에 버려진 맥주 캔을 수집해 DNA형을 분석해보니 당신 것으로 밝혀졌습니다, 라는 말은 결코 할 수 없었다. 지금까지 만난 일곱 명 모두, 전과도 체포 이력도 없었다. 자칫하면 어떻게 내 DNA형을 경찰에서 확보하고 있느냐, 라는 훨씬 더 복잡한 질문을 유발할 뿐이다.

당신을 봤다는 목격 정보가 있었다, 정보원은 밝힐 수 없다, 어떤 수사인지 밝히지 않는 게 규칙이다……. 지금까지는 계속 그걸로 밀어붙였다. 하지만 언제까지고 통할 리 없다. 갑작스럽게 형사의 방문을 받은 사람들이 SNS상에서 정보 교환이라도 한다면 뭔가 이상하다고 의심하는 사람도 나올 것이다. 이윽고 자신들의 공통점을 깨닫는다. 같은 장소에서 꽁초를 버렸다, 껌을 버렸다, 코 푼 화장지를 버렸다, 빈 캔을 버렸다……. 거기까지 가면 그들이 답을 찾아내는 건 시간문제다. 어쩌면 진실 규명을 요구하는 작은 데모라도 일어날지 모른다.

그렇다면 그것도 재미있겠다고 와키사카는 생각했다. 자신도 진실을 알고 싶었기 때문이다. 하지만 아마 이런 일이 분명하게 밝혀질 날은 당분간 오지 않을 것이다. 그때까지 사람들의 분노와 불만은 말단에서 일하는 경찰관에게로 쏟아진다. 그걸 생각하면 벌써부터 마음이 무거워졌다.

다시 걸음을 옮겼다. 해가 저물고 있었다. 오늘은 이쯤에서 정리해야겠다고 생각했을 때 전화가 걸려오고 있었다. 걸음을 옮기며 스마트폰의 화면을 확인하고는 발을 멈췄다. '후쿠나가 경위'라고 표시되어 있었기 때문이다. 서둘러 전화를 받았다.

"네, 와키사카입니다."

"후쿠나가예요. 전화했던 모양인데 받지 못해서 미안해요."

"아뇨, 저야말로 갑작스럽게 전화해서 죄송합니다."

낮에 모가미가 알려준 번호로 연락했지만 연결되지 않고 음성 메시지로 넘어갔다. 그래서 이름을 밝히고 이번 사건에 대해 알아보려고 모가미로부터 전화번호를 받았고 다시 연락드리겠다는 전언을 남겼던 것이다.

"모가미 씨와는 통화했어요." 후쿠나가가 말했다. "그래서 무슨 용건인지는 대략 알아요. 어떻게 할까요, 일단 만나야겠지요?"

"네, 부탁드립니다. 장소와 시간을 알려주시면 제가 찾아뵙겠습니다."

"그러면 지금은 어때요? 내일부터는 바빠질 거 같아서."

"괜찮습니다. 장소는 어디가 좋을까요, 제가 그쪽으로 갈까요?"

"아니, 우리 관할서로 오는 건 좀 그래요. 모가미 씨한테서 들었는데 이거, 비공식이죠? 내 위치 정보가 윗선에 알려지면 난감해져요."

맞는 말이었다. 모바일은 이래저래 편리하지만 경찰관의 감시역할도 하는 것이다.

"그러네요. 그럼 어디서?"

"도쿄역 근처로 합시다. 서로 중간 지점이니까."

후쿠나가가 정해준 곳은 역 근처의 호텔 라운지였다. 전화를 끊은 뒤, 와키사카는 간선도로 쪽으로 걸음을 서둘렀다. 택시를 잡기 위해서였다.

무사히 빈 차를 발견해 호텔로 향했다. 차 안에서 모가미에게 전화를 걸어 후쿠나가와 연락이 되었다고 보고했다.

"내가 대충 사정은 설명했어. 후쿠나가도 그 사건에 관해서는 마음에 걸리는 게 있다더라고. 자기가 아는 범위에서는 다 대답해주겠다고 했어."

"고맙습니다. 주임님도 원격으로 대화를 들어보시겠어요?"

"그건 사양할게. 자네가 이어폰마이크를 달고 있으면 후쿠나가도 속마음을 털어놓기가 힘들잖아. 아무튼 이 선물, 기대해봐."

알겠습니다, 라고 말하고 전화를 끊었다.

호텔에 도착해 라운지에서 기다리고 있었더니 정확히 약속시각에 회색 양복 차림의 남자가 입구에 나타났다. 와키사카의 가슴팍을 보고는 천천히 이쪽으로 걸어왔다. 오늘 와키사카는 빨간색 넥타이를 맸다. 그걸로 알아보기로 미리 얘기했었다.

와키사카는 자리에서 일어나 그를 맞이했다.

"후쿠나가 씨지요? 이렇게 시간 내주셔서 고맙습니다."

"아이, 그런 인사는 생략해도 되는데." 후쿠나가가 쓴웃음을 지으며 의자에 앉았다. 그가 앉는 것을 지켜본 뒤에 와키사카도 앉았다.

점원이 다가왔다. 후쿠나가가 커피를 주문해서 와키사카도 같은 걸로 하기로 했다.

"모가미 씨와는 오랜만에 통화했어. 바쁜 거 같더라고." 와키사카의 나이를 확인했기 때문인지, 전화할 때와는 달리 편한 말투였다.

"저희와 윗선 사이에서 파이프 역할을 하시니까요."

허허허 하고 후쿠나가가 몸을 흔들며 웃었다.

"상사의 눈치를 봐가면서 때로는 부하들이 마음껏 뛰게 해주는 것도 필요하지. 주임이라는 게 오락가락 바쁘기만 하고 실속은 없는 역할이야. 게다가 이번에 특히 조정이 어려운 안건을 다루게 된 것 같더라고."

"그렇게 곤란한 안건인가요?"

"그건 어떻게 받아들이느냐에 따라 달라지겠지. 이미 해결된 일이라고 해버리면 그걸로 끝이니까."

커피가 나왔다. 블랙으로 마시는 후쿠나가의 얼굴에 웃음기는 남아 있지 않았다.

"17년 전, T초 사건은 일단 미제 사건이 될 뻔했다던데요." 와키사카는 본론으로 들어갔다.

후쿠나가는 씁쓸한 표정으로 고개를 끄덕였다.

"변명으로 들리겠지만, 단서가 너무 적었어. 당시에는 방범카메라가 지금처럼 많지도 않았고, 사건이 일어난 게 한밤중이라서 목격자도 찾지 못했어. 유일한 물증이라고는 살해된 부인의 손톱에서 채취한 혈액뿐이었으니까. 범인의 몸을 할퀼 때 손톱에 남은 것으로 보였어. 지금이라면 과경지원국에서 그 혈액이 어디 사는 누구의 것인지 즉각 알아냈겠지만, 그때만 해도 경찰청의 DNA 데이터베이스 작업은 시작한 지 몇 년 안 된 참이라서 등록된 DNA 수가 한정적이었어."

살해된 부인의 손톱에 혈액이 있었다는 건 경시청 자료를 통해 와키사카도 알고 있었다. 그 혈액을 분석한 DNA 정보는 유류 DNA형으로 등록되었을 터였다.

그런데, 라고 후쿠나가가 말을 이어갔다.

"가장 큰 실수는 이걸 단순 강도살인으로 미리 단정해버린 거였어. 집 안을 뒤진 흔적도 있고 해서 다들 뜨내기 범행이라고 생각해버렸어. 사건 발생 직후에 피해자에 대해 좀 더 깊이 조사해봤다면 상황이 달라졌을 수도 있는데."

"그건 무슨 말씀이신지."

"피해자 일가족 중 하나인 남편이 일반 기업의 임원이었는데 실은 또 하나, 다른 얼굴을 갖고 있었어." 후쿠나가가 한껏 목소리를 낮췄다. "정킷이야."

"정킷?"

"들어본 적 없나?"

"아, 카지노와 관련된······."

"맞아, 카지노 중개업자야. 하지만 길거리에서 손님을 불러들이는 호객꾼 같은 건 아니고. 정킷이 하는 일은 자신의 인맥 중에서 고객을 선정해 불법 카지노 업소로 유인하는 거야. 대부분 고급 클럽의 점장이 하게 되지만, 그런 클럽에 드나드는 손님이 정킷으로 활동하는 경우도 있어. 클럽에서 얼굴을 익힌 단골 친구들을 꼬드겨 불법 카지노에 데려가는 거지. 정킷이 하는 일은 딱 거기까지야. 그다음은 불법 카지노 운영자가 온갖 방법으로 신규 고객의 돈을 빨아들여. 그리고 그 돈의 몇 퍼센트는 정킷의 지갑으로 들어가고."

"즉 야마모리 다쓰히코는 반사회적 조직과 한패였을 가능성이 있군요." 와키사카는 말했다. 야마모리 다쓰히코는 T초 사건 당시 숨진 남편의 이름이다.

"그런데 그런 사실을 알아낸 게 사건 나고 3년이나 지난 뒤였어. 우연히 적발된 불법 카지노의 고객 리스트에 야마모리 다쓰히코의 이름이 있더라고. 그래서 그 사건과 연결해 재수사에 나섰는데 결국 단서를 못 찾았어."

"하지만 사건 나고 10년이 지난 뒤에 익명의 정보 제공이 있었다면서요?"

"문제는 그거야." 후쿠나가가 검지를 번쩍 세웠다. "갑자기 본청에서 우리 관할서로 연락이 왔어. T초 사건에 관한 새로운 정보가 들어왔으니 수사팀을 재결성하라는 거야. 근데 수사를 주도하는 건 본청 특명수사과의 미제 사건 전담팀이고, 우리한테는 허드렛일만 시키더라고. 새로운 정보가 뭔지, 그것조차 안 알려주더라니까. 하긴 본청 형사들도 자세한 사정까지는 모르는 눈치였어. 아무튼 니지마 시로라는 자에 대해 조사하라는 지시만 받았다는 거야. 실은 새로운 정보라는 게 익명의 제보라는 소문이 형사들 사이에서 오가긴 했는데 그것도 정식으로 알려진 건 아니야."

"그래서 니지마 시로를 조사해봤더니 혐의점이 있었습니까?"

"피해자와의 접점은 몇 가지 찾아냈어. 사건 당시에 니지마가 긴자의 클럽에서 고용 매니저로 일했는데 그 클럽에 야마모리 다쓰히코가 자주 갔었어. 그리고 니지마도 도박을 좋아해서 불법 카지노에 들락거렸다는 소문이 있었어. 나도 본청 팀의 잠복 감시에 몇 번 동행했었는데, 그자가 바텐더로 근무하는 신주쿠의 바에 날마다 수상쩍은 자들이 와 있었어."

"결정타가 된 것은요?"

하지만 이 질문에 후쿠나가는 고개를 휘휘 저었다.

"아니, 결정타를 잡기도 전에 놓쳐버렸어. 그 얼마 전에 본청 형사 한 명이 니지마를 만나 수사 협조라는 명목으로 DNA 채취를 요구했어. 근데 니지마가 그걸 거부한 거야. 그래서 일단 별건으로 체포해서 DNA를 채취하자고 얘기하던 중이었는데 그 틈에 니지마가 튀어버렸다니까. 이렇게 말하면 어떨지 모르지만 그건 완전히 본청의 실수였어."

맞는 말이라고 와키사카도 수긍했다. DNA 채취를 요구한 수사원은 거부당할 것을 예상하지 못했던 것인가.

"경찰청이 자랑하여 마지않는 방범경비 시스템이 니지마의 소재지를 알아낸 게 그다음 날이야. 치바에서 페리호에 승선했다는 정보가 들어왔어. 긴급 출동한 수사원들이 아슬아슬하게 출항 직전의 배에 올라탔지. 근데 너무 신중하게 움직였어. 다음 기항지에 도착할 때까지 시간이 넉넉하다, 그러니 니지마를 발견하더라도 바로 접근하지 말고 계속 상황을 지켜보자고 한 거야. 물론 그 판단이 틀린 건 아니야. 체포 영장도 없는데 신병을 확보할 수는 없으니까. 그런데 여기서 두 번째 실수를 했어. 니지마한테 들켜버렸거든. 승선한 수사원 중 한 명이 DNA 채취를 요구했던 형사여서 얼굴을 알아본 거지."

"그래서 니지마가 또 도주를?"

후쿠나가는 커피 잔을 손에 들고 고개를 가로저었다.

"인간이란 패닉에 빠지면 진짜 엉뚱한 행동을 하더라고. 형사들도 설마 바다에 뛰어들 거라고는 꿈에도 생각을 못했을 거야."

"결국 눈앞에서 놓쳐버렸군요."

"즉각 해상보안청에서 출동했는데 사체를 찾지 못했어."

수사 책임자들의 분노와 초조감으로 일그러진 얼굴이 눈에 선하게 떠오르는 것 같았다.

"그 이후에 수사는 어떻게 됐습니까?"

"임대인의 허가를 얻어 니지마의 집을 수색했어. 거기서 찾아낸

게 반지와 목걸이야. 양쪽에서 다 야마모리 부인의 DNA가 검출되었어. 그리고 욕실에 있던 칫솔이며 면도기에서 채취한 DNA가 부인의 손톱에서 발견된 혈액의 DNA와 일치했어."

이 부분은 경시청 공식자료에도 나온 얘기다.

"그렇다면 물증은 갖춰진 셈이네요."

"덤으로 얻은 성과도 있었어. 코카인을 사용한 흔적이 있더라고."

"코카인을?"

"그 뒤의 수사에서 니지마가 코카인 밀매에도 관여했다는 증거가 나왔어. 바다에 뛰어든 것은 그게 들통날까 봐 두려웠기 때문이 아니냐는 얘기도 있었어. 하지만 니지마 본인이 죽어버렸으니 더 이상 알아낼 도리가 없었지. 결국 강도살인만으로 검찰에 송치했어. 그다음에는 알다시피 피의자 사망으로 불기소 처리됐고." 후쿠나가는 남은 커피를 훌쩍 마시고 잔을 내려놓으며 긴 한숨을 내쉬었다. "여기까지가 T초 사건의 전말이야."

"모가미 주임님이 그 사건에 대해 후쿠나가 씨도 뭔가 마음에 걸리시는 게 있는 것 같다고 하던데요."

"그야 그렇지. 익명의 제보자가 대체 누구인지, 왜 사건 후 10년이 지나서야 익명으로 제보를 했는지, 한마디로 수수께끼가 너무 많은 사건이었으니까. 근데 그 점에 대해 본청 사람들은 마지막까지 아무 얘기도 안 해주더라고. 제보자의 신원은 자기들도 모른다는 얘기만 반복했는데, 그게 어디까지 사실인지도 모르겠고……. 아무튼 처음부터 관할서는 아예 무시해버리더라니까." 후쿠나가는 와키사카를 마주 보고 입가에 쓴웃음을 지으며 말했다. "아차, 본청 형사 앞에서 할 말이 아닌가? 그냥 못 들은 걸로 해."

"후쿠나가 씨에게서 들었다는 건 절대 발설하지 않겠습니다. 그 보다 한 가지, 궁금한 게 있어요."

"뭐지?"

"니지마의 신변 조사가 시작되었을 때, 수사원들에게 얼굴 사진을 나눠줬습니까?"

"물론 나눠줬지. 어떤 얼굴인지 모르면 수사를 못하잖아."

"그건 어떤 사진이었어요?"

"어떤 사진? 그야 당시 운전면허증에서 복사한 사진이었겠지."

와키사카는 스마트폰을 꺼내 쓰키자와 가쓰시의 노트에 붙어 있던 니지마 시로의 사진을 띄웠다.

"이런 사진이었습니까?"

후쿠나가는 화면을 들여다보더니 곧바로 고개를 저었다.

"아니, 달라. 이 사진이 아니었어. 좀 더 나이 들고 비쩍 말랐어."

"이 사진은 본 적 있습니까? 이것도 니지마 시로일 텐데요."

"분명 닮긴 했네. 하지만 이 사진은 본 적 없어. 뭐지, 이건?"

"저희도 아직 모르겠어요. 얼마 전에 변사체로 발견된 전직 미아타리 수사원이 소지하고 있던 사진이거든요."

"미아타리 수사원……." 그렇게 중얼거린 뒤, 뭔가 생각난 듯이 후쿠나가의 시선이 허우적거렸다.

"왜요?"

"그 말을 듣고 보니 생각난 게 있어. 아까 니지마가 근무하던 바의 잠복 감시에 나도 몇 번 동행했었다고 했지? 그때 딱 한 번, 수사공조과에서도 지원을 나왔어. 본청 사람이 데려온 모양인데, 우리는 무슨 목적으로 왔는지 처음에는 몰랐어. 니지마의 모습을 확인하고는 곧바로 돌아갔으니까. 그 수사원이 왔던 것은 내가 알기로는 그때 딱 한 번뿐이었어."

와키사카는 다시 스마트폰을 터치해 화면을 후쿠나가에게 내보였다.

"혹시 이 사람이었습니까?"

화면을 보자마자 후쿠나가가 헉하고 숨을 들이쉬는 기척이 보였다.

"이 사람이야. 틀림없어." 억누른 목소리로 단호하게 말했다.

역시 그렇구나, 라고 생각하며 와키사카는 새삼 화면을 들여다보았다. 화면에 뜬 사진은 쓰키자와 가쓰시의 얼굴이었다.

14

마도카가 말했던 대로 쓰쿠네가 그중 최고로 맛있었다. 다케오가 여섯 개나 구워줬지만 리쿠마와 준야가 세 개씩, 눈 깜짝할 사이에 먹어치웠다. 쓰쿠네뿐만이 아니다. 연골이며 껍질도 기막히게 맛있었다.

"잘도 먹네. 역시 중학생답다." 마도카가 놀랍다는 얼굴로 말했다. 그녀는 조금 떨어진 자리에서 진저에일을 마시고 있었다.

"너무 맛있어서 멈출 수가 없어요. 이건 안 먹으면 손해예요." 준야가 닭날개를 덥석 베어 먹으면서 말했다. 입가에 양념이 덕지덕지 묻었다.

카운터 너머에서 다케오가 껄껄 웃었다.

"맛있게 먹어주니 나도 요리할 맛이 나네. 어때, 조금 더 구워줄까?"

"아뇨, 이제 충분합니다." 리쿠마는 손을 번쩍 들고 옆에 앉은 준야에게 동의를 청했다. "그렇지?" 준야도 응, 하고 고개를 끄덕였다.

"그럼 난 이만 외출 준비를 해야겠군." 다케오가 하얀 셰프복을 벗으면서 안으로 사라졌다.

리쿠마는 물을 마시고 카운터 위를 보았다. 빈 접시가 첩첩 쌓였고 통에는 먹고 난 꼬치가 20개쯤 꽂혀 있었다. 겨우 두 명이서 많이도 먹었다.

마도카의 설득에 굴복해 다케오가 예전 지인 몇 명에게 연락을 취한 게 두 시간 전쯤이다. 무사히 연락이 된 사람은 두 명뿐이고, 게다가 그중 한 명은 진즉에 손을 씻고 현재 고향에 내려가 어부로 일하고 있다는 얘기였다.

하지만 다른 한 사람은 다케오에 의하면 지금도 불법 카지노에 관여하는 듯한 말투였다고 한다. 상의할 일이 있으니 만나자고 슬쩍 떠봤더니 가게 문 열기 전이라면 괜찮다고 했다는 것이다. 그 인물은 롯폰기에서 풀 바*를 경영하고 있고 개점 시각은 오후 6시였다.

그렇다면 오늘 당장 가자고 마도카가 말했다.

"좋은 일은 서두르라잖아요. 다케오 씨, 그 사람 이름과 가게 위치를 알려주세요."

다케오는 잠시 생각해보더니 자신도 같이 가겠다고 말했다.

"상대는 산전수전 다 겪은 노회한 자예요. 마도카 씨 혼자 갔다가

---

* 여섯 개의 포켓이 있는 당구대를 설치해 풀게임이 가능한 바.

는 무시당하기 십상이죠."

"우리도 있는데요?"

준야의 말에 다케오는 진지한 얼굴로 소년을 내려다보았다. "너희까지 가면 더 무시당할걸."

"그래도 다케오 씨는 가게를 비울 수 없잖아요." 마도카가 말했다.

"오늘은 임시휴업으로 하죠. 이대로는 가게를 열어도 마도카 씨가 마음에 걸려 장사고 뭐고 안 되겠어요. 나도 같이 가야 마음이 놓이지."

마도카는 아휴 하고 몸을 뒤로 젖혔다. 난감해하는 몸짓이었지만 불쾌해보이지는 않았다.

"다케오 씨는 이제 내 보디가드가 아니에요. 나를 지켜줄 필요는 없어요."

"그런 문제가 아니죠. 내가 같이 가는 게 아니라면 그 사람 이름은 알려줄 수 없어요."

"절대로?"

"네, 절대로."

그러자 마도카는 동작을 멈춘 뒤, 한숨을 내쉬며 빙긋이 웃었다.

"고마워요. 솔직히 같이 가주시면 너무 고맙죠."

"노병이지만 조금은 도움이 되겠지요."

그리고 다케오는 리쿠마와 준야에게 배는 안 고프냐고 물었다.

"오늘 저녁에 장사하려고 준비해둔 게 많아. 버리기도 아깝고, 너희가 먹어준다면 지금 구워볼까 하는데."

"정말요? 음식 값은요?" 준야가 냉큼 덤벼들 듯이 말했다.

"물론 음식 값은 안 내도 돼."

"와아, 먹을래요, 먹을래요." 준야가 폴짝폴짝 뛰었다.

그리하여 생각지도 못하게 닭꼬치를 실컷 먹게 된 것이다.

다케오가 어떤 사람인지 마도카는 자세하게는 알려주지 않았다. 왜 7년 전에 그녀에게 보디가드가 필요했는지도 설명해주지 않았다. 그런 얘기는 하면 안 되는지도 모른다는 생각에 리쿠마는 굳이 캐묻지 않았다. 준야도 몹시 궁금했을 텐데 질문하지 않은 것은 리쿠마와 똑같이 생각했기 때문일 것이다.

안쪽에서 다케오가 나타났다. "오래 기다리셨습니다."

진한 갈색 양복 차림에 넥타이도 맸다. 어깨 폭이 넓고 가슴이 두툼한 게 그대로 드러났다. 전혀 꼬치구이 가게 주인으로는 보이지 않았다.

"멋짐 폭발이요, 역시 그 차림이." 마도카도 같은 의견인 모양이다.

"오랜만에 입어봤어요. 한심하게도 벨트 구멍이 하나 늘었군요."

"하나 정도는 괜찮아요."

다케오가 카운터에서 나왔다.

"마도카 씨, 제안이 있어요. 제안이라기보다 부탁이라고 해야 하나?"

"뭔데요?"

"지금 가는 곳은 개점 전이라고 해도 풀 바, 즉 술집이에요. 미성년자를 데려가는 건 문제의 소지가 있습니다."

옆에서 듣고 있던 리쿠마는 가슴이 뜨끔했다. 미성년자라는 건 자신들을 가리키는 게 틀림없다.

"여기 두 사람은 데려가지 말자는?" 마도카가 확인했다.

가능하면, 이라고 다케오가 답했다.

"그건 안 되죠." 준야가 입을 툭 내밀며 항의했다. "여기서 그냥 돌아갈 수는 없어요."

다케오는 허리에 손을 짚고 준야를 내려다보았다.

"마도카 씨와 둘이 가서 뭐든 정보를 얻어내면 반드시 너희와도 공유할게. 그걸로, 어때?"

"아뇨, 저는 갑니다." 리쿠마는 말했다. "당사자인데 제가 안 가는 건 이상하죠."

"나도 동감이에요." 마도카가 지원사격을 해주었다. "쓰키자와 가쓰시 씨에 대해 가장 잘 아는 사람은 리쿠마니까요."

다케오는 턱에 손끝을 대고 잠시 생각한 뒤, 다시 리쿠마와 준야를 보았다.

"그럼 이렇게 하자. 리쿠마는 같이 간다. 그 대신 준야는 이쯤에서 포기해."

"헉, 왜 나만?" 준야가 불만의 목소리를 올렸다.

"리쿠마는 키가 큰 편이라 열여덟 살쯤으로 우겨볼 수도 있어. 술만 안 마시면 바에 앉아 있어도 나무라지는 않겠지. 근데 준야는 좀 어려워."

"키, 별로 차이 나지도 않는데요?" 준야는 여전히 불만스러운 눈치였다.

"거울을 좀 봐. 자칫하면 초등학생으로 착각할걸."

"이잉."

"지금 가는 곳은 아이들이 드나들 데가 아니야. 우리의 목적을 감안하면 되도록 눈에 띄지 않는 게 현명해."

다케오의 말이 타당하다는 건 리쿠마도 충분히 이해했다.

"준야." 리쿠마는 친구의 어깨에 손을 얹었다. "오늘은 네가 좀 참아줘."

통통한 친구는 상처 입은 표정이었다. "너까지 그럴 거야?"

"리쿠마도 어쩔 수 없어서 하는 얘기잖아." 마도카가 가차 없이 말했다. "그런 것도 모르겠니? 친구라면 리쿠마의 마음을 이해해줘야지. 게다가 놀러가는 것도 아니고 재미있는 곳에 가는 것도 아니야. 아무 성과도 없이 오히려 헛걸음이 될 가능성이 더 높아. 그러니까 준야는 일찍 집에 가서 다음 출동 명령이 떨어질 때까지 대기해. 알겠지?"

마도카의 말은 거스를 수 없었는지 준야는 살짝 한숨을 내쉬고 부루퉁한 얼굴로 고개를 위아래로 끄덕였다.

지하철로 가겠다는 준야를 가게 앞에서 배웅한 뒤, 일행은 유료주차장으로 향했다.

핑크색 쿠페의 조수석에 이번에는 다케오가 앉았다.

"묘한 느낌인데요, 운전석에 내가 아니라 마도카 씨가 앉아 있는 게."

"네, 항상 내 자리는 뒷좌석이었죠." 마도카는 파워스위치를 누르고 차를 출발시켰다.

다케오가 이제부터 만나게 될 인물에 대해 설명해주었다. 이름은

222

이시구로, 음식점 여러 곳을 운영하는 사업가다. 뒷골목 사회에도 인맥을 쌓아서 비즈니스에 활용해왔다. 다케오가 그를 알게 된 것은 한 탤런트의 보디가드로 일하던 시절로, 그 탤런트가 드나들던 불법 카지노의 운영자가 이시구로였다.

"그 탤런트는 누구였어요?" 리쿠마가 물었다.

조수석에서 다케오가 잘게 몸을 흔들며 웃었다. "그건 말할 수 없지."

"궁금한데……."

"안 돼." 마도카가 말했다. "다케오 씨는 프로야. 의뢰인에 대해서는 입이 찢어져도 발설하지 않아."

"와아, 멋있어요."

"멋있을 것도 없어. 당연한 일이지." 다케오는 정면을 향한 채 말했다.

그 모습을 보고, 마도카에게 왜 보디가드가 필요했는지 물어봐도 결코 답해주지 않겠구나, 라고 리쿠마는 생각했다.

이윽고 롯폰기에 도착했다. 이번에도 역시 AI가 유료 공용주차장을 찾아 후진으로 들어갔다.

"이쪽일 겁니다." 차에서 내리자 다케오가 스마트폰을 확인하면서 걸음을 옮겼다.

그렇게 도착한 곳에는 낡은 빌딩이 서 있었다. 술집 간판이 줄줄이 걸렸다. 다케오는 지하로 통하는 계단을 내려갔다.

지하에는 가게가 한 군데뿐이다. 문에 '준비 중'이라는 팻말이 걸렸지만 다케오는 개의치 않고 문을 열었다.

가게 안은 낮은 조명으로 어슴푸레했다. 한복판에 당구대가 있고 그곳만 환하게 밝혀졌다. 빨간 셔츠에 하얀 슬랙스 차림의 남자가 혼자 당구를 치고 있었다.

"죄송합니다, 영업은 6시부터입니다." 바로 옆에서 청소를 하던 젊은 남자 스태프가 말했다.

"이시구로 씨는?" 다케오가 물었다.

당구를 치던 남자가 돌아보았다.

"설마, 정말로 나타나실 줄은 몰랐네." 남자는 큐를 당구대에 내려놓고 천천히 다가왔다. "오랜만이야, 다케오 씨."

이 남자가 이시구로인 모양이다. 백발을 올백으로 넘겼다. 눈매는 날카롭고 뺨이 움푹 파였다. 그 눈을 마도카와 리쿠마에게로 향하면서 한쪽 입꼬리를 올렸다.

"다케오 씨가 여성과 동행이라니 뜻밖이군. 게다가 엄청 미인이잖아. 뒤쪽에 이상한 녀석만 따라붙지 않았다면 부러워서 어쩔 줄 모를 뻔했어."

"사정이 좀 있어. 잠깐 얘기 좀 할까?"

흐음 하고 손끝으로 뺨을 긁적이더니 이시구로는 남자 스태프에게 말했다. "잠깐 나가서 쉬고 와. 오픈하기 전에 돌아오면 돼."

네, 라고 대답하고 남자 스태프는 가게를 나갔다.

이시구로가 다시 이쪽으로 몸을 돌렸다.

"경기 좋은 시절이었다면 재회를 축하하며 샴페인이라도 땄을 텐데, 요즘 우리가 영 시원찮아. 마실 게 필요하시다면 유료로 할 수밖에 없네."

"그건 됐어. 얘기 끝나는 대로 나갈 테니까."

"그렇군. 볼일이라는 건 뭐지?"

다케오가 리쿠마를 돌아보며 말했다. "그것 좀 볼까?"

리쿠마는 주머니에서 핑크색 손수건을 꺼내 이시구로 앞에 펼쳤다.

이시구로의 눈빛이 한층 더 날카로워졌다. 뼈가 도드라진 손으로 칩을 집더니 찬찬히 들여다보았다.

"어디서 쓰는 칩인지 알려줘." 다케오가 말했다. "당신이라면 알잖아."

이시구로는 칩을 다시 손수건 위에 내려놓았다. "왜 그런 걸 알려고 하지?"

"이 아이의 부친이 갖고 있던 거야." 다케오가 리쿠마를 가리키며 말했다. "며칠 전 다마가와에서 발견됐어, 변사체로."

이시구로의 오른 뺨이 한순간 움찔하더니 어휴 하고 한숨을 내쉬며 당구대로 다가갔다.

"그런 골치 아픈 얘기라면 더 이상 안 듣는 게 좋겠어. 미안하지만, 그만 돌아가."

"당신에게 피해 끼칠 일은 없어. 약속하지."

이시구로가 어깨를 들썩이며 웃었다.

"그런 약속을 믿으라고? 나한테 무슨 득이 될 게 있어? 없지? 내가 당신을 만나겠다고 한 것은 돈이 될 만한 사업거리라도 물고 오는 줄 알았기 때문이야. 그런 정신 사나운 얘기는 못 들은 걸로 치자. 이봐, 알아들었으면 얼른 돌아가."

이시구로는 큐를 겨누고 흰색 당구공을 쳤다. 흰색 공은 빨간 공을 포켓에 넣은 뒤, 천천히 다른 공으로 접근해갔다.

"돈 필요해요?" 옆에서 마도카가 불쑥 물었다.

다음 공을 노리던 이시구로가 허리를 세우고 큐를 손에 든 채 그녀에게로 다가갔다. 그 얼굴에는 혹박한 미소가 떠 있었다.

"당연히 필요하지. 돈은 아무리 많아도 부족하거든."

"원하는 액수를 말해 봐요."

"원하는 액수라……." 이시구로는 핥듯이 마도카의 얼굴을 쳐다보았다. "돈도 나쁘지 않지만, 좀 더 근사한 게 생각났어."

"뭐죠?"

"당신이야. 하룻밤 나하고 같이 지내자. 오케이해주면 그 칩에 대해서도 해줄 말이 있을 것 같은데."

"같이 지내자니……."

"성인이니까 알잖아? 뭐, 걱정 마, 힘으로 몰아붙이진 않으니까. 내 진심을 담아 설득할 뿐이야, 하룻밤 찬찬히. 내가 그 작전으로 실패한 적이 없어. 단 한 번도." 이시구로는 질척거리는 말투로 주절거리며 마도카에게 얼굴을 바짝 들이댔다. 옆에서 지켜보던 리쿠마는 등이 오싹해졌다.

"나쁘지 않네요." 마도카가 던진 말은 리쿠마가 전혀 예상하지 못한 것이었다. "그럼 그걸 걸고 승부를 겨루는 건 어때요?"

"승부를 겨루다니, 뭘로?"

"물론 그거죠." 마도카는 이시구로가 들고 있는 큐를 가리켰다.

이시구로의 가느다란 눈이 둥그레졌다. "나하고 당구로 겨뤄보자고?"

"나인볼 3세트, 먼저 딴 쪽이 이겨요. 당신이 이기면 오늘 밤 같이 있어드리죠. 하지만 만일 내가 이기면 저 칩이 어떤 카지노의 것인지 알려주세요."

리쿠마는 깜짝 놀랐다. 대체 무슨 생각으로 마도카는 저런 말을 하는가.

이시구로가 마도카의 얼굴에 시선을 고정한 채 느물느물 웃으며 뒷걸음질을 쳤다.

"재미있군. 좋아, 까짓 거, 해보자. 미리 말해두겠는데, 뒤에 가서 무르기 없어."

"그쪽도 취소는 안 돼요."

리쿠마는 심장이 두근거렸다. 하지만 다케오를 보니 왜 그런지 표정이 별로 달라지지 않았다.

다케오 씨, 하고 급히 귓가에 대고 말했다. "말리지 않아도 돼요?"

"아니, 이건 마도카 씨에게 맡겨봐." 다케오의 목소리에서 동요는 감지되지 않았다.

마도카는 시간을 들여 큐를 골랐다. 그리고 찬찬히 당구대와 공을 관찰하기 시작했다. 시간이 길어지자 답답했는지 이시구로가 짜증 섞인 목소리를 냈다. "언제까지 들여다봐? 이제 그만 됐잖아."

"오케이, 시작할까요. 선공 후공은 어떻게 정하죠?"

"뭐든 좋아. 가위바위보로 하든 제비뽑기로 하든."

"그렇다면 바이킹으로."

이시구로는 허를 찔린 표정이었지만, 곧바로 옅은 웃음으로 바뀌었다.

"본격적으로 해보자는 건가? 좋지."

두 사람은 당구대를 향해 나란히 서서 각자 손에 든 공을 대에 올렸다.

리쿠마는 다시 다케오의 귀에 입을 바짝 댔다. "바이킹이 뭐예요?"

"보면 알아." 다케오의 대답은 무뚝뚝했다.

리쿠마, 하고 마도카가 말했다. "시작 사인 좀 보내줘."

"시작 사인?"

"뭐든 좋아. 원 투 쓰리도 좋고, 하나 둘 셋도 좋고."

"그럼 할게요, 원 투……."

쓰리, 라고 말한 직후에 두 사람이 동시에 공을 쳤다. 리쿠마의 시선에서 앞쪽이 마도카의 공이었다.

두 사람의 공은 거의 같은 속도로 굴러가 반대편 틀을 맞혔다. 튕겨져서 곧장 두 사람 쪽으로 돌아왔다.

먼저 멈춘 것은 이시구로의 공이었다. 마도카의 공은 그보다 10센티미터쯤 더 굴러와서 멈췄다. 틀까지 2센티미터 정도밖에 되지 않았다.

이시구로가 휘파람을 날렸다. "오, 제법 치는데? 우연인지도 모르지만."

아무래도 이긴 건 마도카인 모양이다.

"내가 선공으로 할게요."

"뭐, 그러시든지. 어디 실력 좀 보자고."

마도카는 마름모꼴 시트를 사용해 아홉 개의 공을 올렸다. 리쿠마도 나인홀의 기본적인 규칙은 알고 있었다. 9번 공을 넣는 쪽이 그 세트의 승자다.

마도카가 흰색 공을 당구대에 올렸다. 한가운데가 아니라 비스듬히 노릴 모양이다.

큐를 겨누더니 힘껏 밀어 쳤다. 큐에 맞은 공은 기세 좋게 선두에 배치된 1번 공을 때렸다. 그 충격이 전해져 다른 공이 주위로 흩어졌다. 공 하나가 포켓에 굴러 들어갔다. 이걸로 마도카는 연속으로 플레이를 할 수 있다.

"여자치고 제법 힘찬 쇼트 샷이야." 이시구로가 말했다. 그 얼굴에 조금 전까지의 얕잡아보는 듯한 웃음은 없었다.

그렇구나, 라고 리쿠마는 납득했다. 마도카는 당구에 자신이 있었다. 그리고 그걸 알고 있었기 때문에 다케오도 당황하지 않은 것이다.

마도카가 1번 공을 무난하게 포켓에 넣는 것을 보고 리쿠마는 확신했다.

이어서 2번 공도 넣고, 3번 공을 노리는 위치로 이동했다. 이 또한 맞히기 쉬운 위치에 흰색 공이 멈춰 있었다. 아마 우연히 그렇게 된 게 아닐 것이다. 단순히 적구的球를 맞히는 것만이 아니라 다음에 수구手球를 어디로 이동시킬지 계산하면서 치고 있는 것이다.

그때 일이 생각났다. 도서관으로 가는 엘리베이터에서 마도카 일행을 처음 만났을 때였다. 겐다마의 공을 굴려 문틈에 정확히 끼웠다. 그것 역시 우연도 요행도 아니었다. 마도카에게는 그런 재주를 부리는 능력이 있는 것이다.

리쿠마는 이시구로를 쳐다보고 내심 움찔했다. 그의 눈이 기묘하게 번뜩였기 때문이다.

마도카는 당구대 위에 남은 대부분의 공을 넣는 데 성공하고, 마지막으로 9번 공을 포켓에 넣었다. 흰 수구만 남았다. 마지막까지 상대에게 공격권을 내주지 않은 것이다.

"우선 원 세트죠?" 마도카가 검지를 세웠다. "다음 판, 시작하죠."

하지만 이시구로는 큐를 당구대에 내려놓고 다케오를 노려보며 다가갔다.

"당신, 나이 먹더니 모사꾼이 됐어?"

"무슨 말이야?"

"시치미 떼지 마. 이렇게 될 줄 뻔히 알고 프로를 데리고 왔잖아?" 이시구로는 마도카를 돌아보며 말했다. "내가 얼굴을 모를 정도니 큰 대회 경험은 없는 모양이지만, 이 아가씨는 절대 아마추어가 아니야. 어디 해외에서 배우고 왔나?"

글쎄요, 라고 고개를 갸우뚱하며 마도카는 큐를 당구대에 내려놓았다.

"당구에 자신이 있는 건 맞죠. 그래서 승부를 제안했어요. 하지만 오해하지 마세요. 나는 누구의 부탁으로 여기 온 게 아니에요. 오히려 내가 다케오 씨에게 부탁해서 왔죠. 당신에게 볼일이 있는 건 다케오 씨가 아니라 나예요."

이시구로가 마도카 앞에 섰다. "너, 누구야?"

"누구든 상관없지 않나요? 그보다 승부는 어떻게 하실 거예요?"

"게임 끝이야. 그만 돌아가."

"기권인가요? 그렇다면 내가 이겼네요. 취소는 안 된다고 말한 건 그쪽이에요. 칩, 어느 카지노의 것인지 알려주시죠."

"거절한다면 어쩔 건데?"

"영업시간 내에 다시 와서 승부를 봐야겠네요. 다른 손님들이 지켜보는 데서 딴말은 못할 테니까."

이시구로는 눈을 치켜뜨고 마도카를 노려보았다. 하지만 그녀가 주춤하는 기색은 없었다. 남자의 시선을 정면으로 맞받아내고 있었다.

흥 하고 이시구로가 코웃음을 치며 뺨을 뒤틀듯이 웃었다.

"기세가 보통이 아니군. 알았어, 그 콧대를 봐서 알려주지. 하지만 그 전에 물어볼 게 있어. 누가 그 칩을 갖고 있었는지 말해봐. 어떤 자야?"

"그걸 알아서 뭐 하시려고?"

"어느 쪽과 관련된 얘기인지 알아야지. 카지노 이용객의 개인정보는 함부로 알려줄 수 없어. 설령 살해되었더라도, 아니, 살해되었다면 더더욱 그렇지."

이시구로의 말에도 일리가 있었다. 마도카도 같은 생각이었는지 리쿠마를 돌아보며 물었다. "말해도 돼?"

네, 라고 리쿠마는 대답했다.

"이름은 쓰키자와 가쓰시." 마도카가 이시구로에게 말했다.

"쓰키자와 가쓰시…… 잠깐 기다려."

이시구로는 카운터 건너편으로 돌아가 몸을 웅크렸다. 노트북을 켰는지 액정화면의 빛이 얼굴에 비쳤다.

이윽고 이시구로가 돌아왔다.

"고객 중에 쓰키자와라는 자는 없어. 카지노에 출입하지 않은 거야."

"어떻게 알죠?"

"간단해. 고객 리스트에 이름이 없어."

"리스트? 그런 게 있어요?"

다케오 씨, 라고 이시구로가 말했다. "당신이 설명해줘."

마도카가 다케오 쪽으로 얼굴을 돌렸다. "어떤 거예요?"

"불법 카지노는 아무나 받아주는 데가 아니에요." 다케오가 설명하기 시작했다. "신원이 확실하다는 게 절대 조건이지요. 믿을 만한 사람이 소개했다 하더라도 첫 이용 때는 본인 확인이 가능한 증명서 제출을 요구합니다. 만일 경찰의 스파이 등이 몰래 섞여들면 큰일이니까요. 나도 운전면허증을 제시했어요. 당연히 그런 정보는 운영자 측에서 관리합니다. 그리고 그걸 동업자 간에 공유하는 거예요."

"즉 쓰키자와라는 자가 한 번이라도 불법 카지노를 이용했다면 반드시 고객 리스트에 있어야 해." 자신들이 사용한 큐를 정리하면서 이시구로가 말했다. "그러니 리스트에 없다는 건 고객이 아니라는 얘기지. 칩은 다른 데서 입수했을 거야."

"다른 데라니, 어디요?"

마도카가 물었지만, 이시구로는 "낸들 아나?" 하며 어깨를 움츠렸을 뿐이다.

"가장 중요한 걸 아직 못 들었어요. 어떤 카지노의 칩이죠?"

"이제 그건 상관없잖아. 쓰키자와라는 자는 카지노에 갔던 게 아니라니까."

"그래도 알아야겠어요. 얘기해봐요."

이시구로는 한숨을 내쉬며 마도카를 마주 보았다.

"아카사카에 있었던 카지노야. 연예인이나 프로야구 선수 같은 거물급들이 출입하던 데야. 요즘 불법 카지노에는 바카라뿐이지만, 거기는 옛날 취향을 그대로 살려서 룰렛이며 슬롯머신도 있었거든."

"왜 과거형이죠?"

"그야 과거 일이니까 그렇지. 10년 전쯤에 이전했어."

"지금은 어디에 있죠?"

"나도 몰라. 알더라도 여기서 떠벌릴 수는 없어."

"장소는 모르는데 고객 정보는 공유했다고요? 그건 이상하죠."

"전혀 이상할 거 없어. 불법 카지노는 끊임없이 장소를 옮겨다녀. 어디로 옮겼는지는 관계자와 회원에게만 보내주고. 그러니 더더욱 고객 정보가 중요하지. 동업자에게 장소는 비밀로 해도 고객 정보 교환은 절대 빠뜨리지 않아."

이시구로는 유창한 말투였다. 옆에서 들어본 바로는 거짓말 같지 않았다. 하지만 이럴 때 으레 써먹는 대사를 줄줄 읊은 것일 수도 있다.

입구 문이 열리고 남성 스태프가 돌아왔다. 이시구로가 손목시계를 들여다보았다.

"이제 영업 시작해야 돼. 더 할 얘기 없으면 그만 돌아가."

마도카가 한숨을 내쉬며 몸을 돌렸다. "별수 없네요. 그만 가죠."

리쿠마는 고개를 끄덕였다. 더 이상 손쓸 방도가 없다는 건 중학생이라도 알 수 있었다.

하지만 그 순간 다케오가 이시구로에게 한 걸음 쓱 다가갔다. "정 킷은 어디 있지?"

"뭐라고?"

"카지노가 이전한 장소는 몰라도 그쪽 중개업자가 어디 있는지 는 알잖아. 말해봐, 당신 이름은 절대 밝히지 않을 테니까."

"그걸 알아도 별수 없다니까. 그자를 만나봤자 댁들처럼 정체 모 를 인물에게 카지노 얘기를 해줄 리가 없어."

"그건 우리가 알아서 할 거예요." 마도카가 말했다. "카지노에 데 려가주는 사람을 정킷이라고 하잖아요? 그 사람, 어디 있어요?"

이시구로는 짜증난 듯 고개를 홱 돌렸다가 다시 마도카를 쳐다 보았다.

"긴자의 〈블루스타〉라는 바에 가봐. 누가 정킷인지는 알려줄 수 없어. 댁들을 카지노로 유인할 마음이 있다면 그쪽에서 접근해올 거야."

"〈블루스타〉란 말이죠? 고마워요."

"다음에는 아가씨 혼자 찾아와. 그때까지 나도 실력을 연마해둘 테니까." 이시구로는 당구대를 가리키며 말했다.

"생각해볼게요." 한마디 던지고 마도카는 발길을 돌려 출입문으 로 향했다.

건물 밖으로 나오자 다케오가 마도카에게 말했다. "아주 잘했어 요."

"그럭저럭 잘 풀렸죠?"

"깜짝 놀랐어요. 마도카 씨, 당구가 취미였어요?"

"그런 거 아냐. 물리학 훈련의 일환으로 한동안 집중적으로 연습해본 것뿐이야."

"물리학? 그리고 훈련은 또 뭐예요?"

마도카가 이쪽을 쓱 노려보았다. "다마가와에서 약속한 거, 잊었어? 개인적인 질문은 안 된다고 했을 텐데?"

"미안합니다……."

마도카가 스마트폰을 꺼냈다. "〈블루스타〉……. 아, 여기 있네."

SNS에 댓글이 올라온 게 있었다. 〈블루스타〉는 노포 다이닝바로, 고급 클럽에서 술을 마신 손님들이 호스티스를 데리고 오는 경우가 많다고 적혀 있었다.

"어떻게 할까요?" 다케오가 마도카에게 물었다. "실은 이시구로의 말도 맞아요. 우리가 갑작스럽게 찾아가봤자 카지노에 대한 얘기는 안 해줄 겁니다."

"그래도 일단 정탐해볼 필요는 있어요. 뭐, 아직 시간이 있으니까 작전회의나 하죠. 아, 그 전에 쇼핑부터 해야겠네." 마도카가 리쿠마를 보며 말했다.

"쇼핑이라니, 뭘 사는데요?"

"그야 이것저것." 마도카가 의미심장한 웃음을 지었다.

15

가게 안을 둘러본 뒤에 맥주를 쭉 들이켠 다음 모가미는 만족스러운 듯 잔을 내려놓았다.

"여기 아주 좋은데? 옛 정취가 묻어나는 식당이야. 최근에는 이런 식당이 부쩍 줄었어."

"그렇죠? 주임님 마음에 드실 줄 알았어요."

"그거, 무슨 뜻이야? 내가 시대에 뒤떨어진 꼰대라는 건가."

"그런 말은 안 했는데요."

"뭐, 됐어. 시대의 첨단을 달리는 사람은 아니라는 거, 내가 가장 잘 알아." 모가미는 나물 반찬에 젓가락을 내밀었다.

관할서 형사가 알려준 정식집에 와 있었다. 조금 전에 와키사카가 특별수사본부에 들어갔더니 모가미가 다가와 "밥, 아직 안 먹었으면 나하고 나갈까?"라고 하길래 이 식당으로 안내해온 것이다.

맥주를 마시자고 한 것도 모가미였다.

"그래서, 어떻게 생각하세요?" 가까이에 사람이 없는 것을 확인한 뒤, 와키사카는 작은 소리로 물었다.

모가미는 젓가락을 내려놓고 잔을 손에 들었다.

"T초 사건과 쓰키자와 가쓰시 씨가 관련이 있다는 건 흘려들을 수 없는 중요한 일이지."

"니지마 시로를 감시할 때 미아타리 수사원을 데려온 것은 얼굴 사진이 있었기 때문에 사진 속 인물과 동일 인물인지 아닌지 확인하려고 했다고 보는 게 맞겠지요?"

"그 얼굴 사진이 쓰키자와 씨의 노트에 있었던 사진이란 말이야?"

"잘못 짚은 걸까요?"

"하지만 쓰키자와 씨가 아들에게 이 사진으로는 찾아낼 수 없다고 했다면서."

"그래도 오구라 경위님 말이 그 정도로 표정이 희박한 얼굴 사진이 드물진 않다고 하잖아요. 쓰키자와 씨가 아들 리쿠마에게 했던 말에는 뭔가 다른 의미가 있었을 거예요."

"다른 의미라니, 어떤?"

"그건 모르겠지만, 분명 말 그대로의 의미는 아닌 거 같아요."

그렇게 얘기하면서도 와키사카는 답답했다. 뭔가 보일 듯하면서 보이지 않는 느낌이다.

"니지마 시로를 잠복 감시할 때 쓰키자와 씨를 호출한 사람은 누구였어?"

"후쿠나가 씨가 그건 잘 기억나지 않는다네요. 평소에는 거의 현장에 나오지 않는, 아마 상부의 누군가였을 거라고 했습니다."

"상부라……. 누구야, 대체."

"그건 조사해보면 알 수 있겠죠."

모가미가 미간에 주름을 잡았다.

"이봐, 그걸 알아서 뭘 어쩌려고? 아까 아침에 내가 한 얘기, 까먹었어? 특명수사과 쪽에는 절대 접근하면 안 된다니까."

"그럼 별수 없죠, 다른 쪽으로 알아봐야지."

"다른 쪽이라니?"

"후쿠나가 씨에 의하면 T초 사건을 취재한 기자가 있었답니다. 상당히 깊이 파고들어서 후쿠나가 씨도 미처 파악하지 못한 일들까지 알고 있었대요. 그 기자의 연락처를 받아왔습니다."

"어디 신문 기자야?"

"아뇨, 프리랜서라고 하던데요."

"뭐, 그런 거라면 괜찮겠네."

다행이다, 라고 말하고 와키사카는 음식에 젓가락을 내밀었다.

모가미가 맥주를 한 모금 마시고 얼굴을 슬쩍 가까이 댔다.

"실은 자네가 들어오기 조금 전에 오구라 경위한테서 연락이 왔어. 사건과는 관계가 없을지도 모르지만, 마음에 걸리는 게 하나 있다면서."

"어떤 거요?"

모가미는 안주머니에서 스마트폰을 꺼냈다.

"오구라 경위가 수사공조과라서 본청 이외 부서들의 사정에도 빠삭하거든. T초 사건이 종결되기 직전에 다른 부경과 현경에서도 잇따라 미제 사건의 범인이 체포됐대. 우선 오사카에서 일어난 여성 폭행살인 사건의 범인이야. 사건 발생 3년 후에야 교토에서 염색 직공으로 일하던 남자를 오사카 부경본부의 지속 수사팀이 체포했어. 중요한 건 그다음이야. 체포에 성공한 계기가 한 통의 밀고장이었어."

"밀고장?"

"사건이 일어난 날에 범인으로 보이는 남자를 목격했다는 내용이었고, 남자의 신원에 대해서도 적혀 있었다는 거야. 오사카 부경이 조사해보니 분명 그자가 그 시기에 사건 현장 근처에 살고 있었어. 아마 엉터리 제보일 거라 생각하면서도 수사원은 그 직공에게 DNA 채취를 요청했어. 그 무렵 근처에서 일어난 다른 절도사건을 수사하는 척하면서. 그런데 분석 결과, 3년 전 피해자의 체내에서 발견된 것과 일치했다는 거야."

"밀고장을 보낸 사람은 누구였어요?"

모가미는 고개를 가로저었다. "누군지 밝혀지지 않았어. 즉 익명이야."

"그렇다면 T초 사건과……."

완전히 똑같다고 와키사카가 말하려는데 모가미가 제지하듯이 오른손을 내밀었다.

"좀 더 들어봐. 그로부터 몇 달 뒤, 이번에는 나고야에서 일어난 강도살인 사건의 범인을 체포했어. 잡힌 곳은 멀리 떨어진 니가타현 나가오카시였어. 이것도 익명의 제보가 계기가 된 거야. 그리고 결정타는 DNA 감정이었고. 사건 현장에 남겨진 유류 DNA가 체포된 남자의 것과 일치했으니까. 사건 발생 2년 뒤의 일이었어. 그리고 마지막으로 또 한 건, 이번에는 후쿠오카야. 여아 유괴살해 사건의 범인을 구마모토 시내에서 체포했어. 범인이 현역 교사였더라고. 이쪽은 사건 발생 후 4년이나 지났을 때야."

"그 사건, 저도 기억나요. 큰 뉴스가 됐잖아요. 근데 그것도 익명의 제보였어요?"

"그건 모르겠어. 후쿠오카 현경의 장기간에 걸친 정보 수집이 주효해서 용의자를 특정할 수 있었다고 발표했을 뿐이야. 정보원은 밝힐 수 없다는 거지. 이것도 재판에서 결정적 증거가 된 것은 DNA였어."

와키사카는 잔을 들고 반쯤 남은 맥주를 마셨다. 그러자 곧장 모가미가 병을 들어 따라주었다.

"그 사건들, 두 가지 공통점이 있군요." 와키사카는 말했다. "첫째는 수수께끼의 정보 제공자, 또 하나는 모두 DNA 감정으로 해결되었다는 것. 이건 T초 사건과도 정확히 들어맞아요."

"맞아. 하지만 그런 사례가 드문 건 아니야. DNA가 결정타가 되는 건 요즘에는 당연한 일이라서 단순한 우연인지도 모른다고 오구라 경위도 얘기했어. 약간 마음에 걸려서 참고삼아 연락했다는 거야."

"우연일까요?"

모가미는 말없이 고개를 갸우뚱하더니 젓가락으로 생선구이를 떼어 입에 넣었다.

"그 오구라라는 인물, 의외로 영악한 친구야."

"무슨 말씀입니까?"

"생각해봐, 미제 사건이 잇따라 해결된 게 우연이 아니라면 어떻게 될까. 우연이 아니라 필연이라면? 사건 해결의 계기는 모두 익명의 정보 제공이야."

선배 형사가 무슨 말을 하려는 것인지 와키사카도 알 수 있었다.

"정보원이 동일하다는 건가요? 각 현경과 경시청에 정보를 흘린 인물이 똑같은 사람이다?"

"만일 그렇다면 우연이 아니었다고 할 수 있겠지."

"하지만 어떻게 그럴 수 있죠? 한 사건이라면 또 모르지만, 복수의 미제 사건에 관한 중요 정보를 특정 인물이 다 쥐고 있었다니."

"신이 아닌 한, 그럴 수는 없지. 하지만 그게 인물이 아니라면?"

"인물이 아니라니……."

"조직. 뭔가 이유가 있어서 형사사건에 관한 엄청난 정보를 쥐게 된 집단."

"그, 그건……." 와키사카는 침을 꿀꺽 삼키고 말을 이었다. "경찰청?"

"그렇게 생각하는 게 타당하지 않겠어? 그리고 또 한 가지, 그 사건들이 모두 DNA 감정으로 해결됐다는 거야. 즉 그 사건들 다 유류 DNA형이 채취되어 있었다는 뜻이지. 게다가 단순한 유류 DNA형이 아니야. 범인의 것으로 단정할 수 있는 DNA였어. 그렇기 때문에 그거 한 방으로 단번에 체포도 가능했고 유죄 판결도 나왔지."

와키사카의 머릿속에 퍼뜩 떠오르는 게 있었다.

"경찰청은 미제 사건의 유류 DNA형을 통해 개개인을 특정했고,

그 정보를 각 수사기관에 은근슬쩍 흘려줬다는 건가요?"

기상천외한 발상이었지만 모가미는 부정하지 않았다. 오히려 냉정한 말투로 응했다. "그렇게 생각하면 앞뒤가 딱 맞잖아."

"하지만 어떻게요?"

"어떻게? 요즘 자네가 계속 의문을 품고 있는 일과 연결되잖아. 오늘도 낮에 D자료로 특정해낸 대상자들을 탐문하고 다녔지?"

그 말을 듣고 흠칫했다. 여태까지 깨닫지 못했다는 게 스스로도 이상할 정도였다.

"DNA형 데이터베이스는 그 무렵에 벌써 일반인의 것까지 채워 넣어졌고, 그 과정에서 미제 사건의 유류 DNA형과 일치하는 자가 발견되었다, 라는 거네요?"

모가미가 슬쩍 고개를 끄덕였다.

"내 생각에는 각각의 수사 책임자는 이미 다 알았을 거야. 하지만 그걸 대의명분으로 내세울 수는 없으니까 수사진에게는 익명의 정보 제공이라고 둘러댔던 거야."

"아, 그런 거였군요……."

"즉 T초 사건을 다시 들춰내는 건 그런 짬짜미 조작을 건드리는 일이야. 어때, 그럴 각오가 되어 있어?"

와키사카는 나지막하게 신음했다. 섣불리 답할 수 없는 질문이었다.

"아마 오구라 경위는 몇 년 전부터 다 알았을걸? 하지만 어설피 건드렸다가는 본인만 다칠 수 있으니까 여태까지 보고도 못 본 척했겠지. 그런데 수사1과의 젊은 형사 하나가 그 불구덩이에 뛰어

들어줄 것 같으니까 슬쩍 정보를 흘려줬다……. 나는 그렇게 보고
있어."

"그래서 아까 영악한 친구라고 하셨군요."

"과경지원국의 데이터베이스에 뭔가 흑막이 있다고 생각하는 건
자네만이 아니야. 전국의 경찰관이 다 의심하고 있어. 다들 누군가
판도라의 상자를 열어주기만을 지그시 기다렸던 거야."

자신도 그중 한 사람이라는 듯한 얼굴로 모가미는 병에 남은 맥
주를 잔에 따랐다.

16

　게임을 하던 손을 멈추고 시간을 보니 벌써 오후 8시였다. 테이블 위에는 햄버거와 핫도그, 감자튀김의 포장지와 빈 컵만 남았다.

　쇼핑을 하고 올 테니 두 분은 가볍게 저녁 식사를 하라는 마도카의 말에 이 햄버거 가게에 들어왔다. 그리고 벌써 한 시간 반이 지났다.

　테이블 맞은편에서는 다케오가 자신의 스마트폰을 들여다보고 있었다. 처음 앉았을 때와 자세가 전혀 변함이 없다.

　"뭐 보시는 거예요?" 리쿠마는 물었다.

　"별거 아냐. 닭 모이에 관한 기사." 다케오가 스마트폰 화면을 이쪽으로 내보였다. 닭들의 사진과 가는 글씨가 빼곡했다. "시판 중인 닭 사료에 유전자 조작 원료를 쓰는 게 있다는 기사야. 우리 가게에 닭고기를 납품하는 양계장들은 어떤 사료를 쓰는지 한번 체크해봐야겠어."

그야말로 진지한 눈빛으로 얘기하는 것을 보고 다케오가 닭꼬치 가게를 한다는 게 새삼 생각났다.

"가게 일에 열심이시네요."

"손님들에게 돈을 받는데 당연히 열심히 해야지." 다케오는 스마트폰을 호주머니에 챙겨 넣으며 말했다.

"다케오 씨는 어떻게 꼬치구이 가게를 하게 됐어요?"

"별다른 이유는 없어. 그냥 맛있는 걸 대접하고 싶었지. 그것뿐이야."

"다른 맛있는 것도 많잖아요. 라면이라든가."

"라면과는 인연이 없어서."

"인연?"

"본가가 양계장을 해. 내가 닭을 보면서 자랐어."

"정말요? 그럼 닭고기는 본가에서 구입하시겠네요?"

다케오는 고개를 저었다. "그런 거래는 안 해."

"왜요?"

"서로 간에 너무 편하면 아무래도 허점이 생기게 마련이야. 결국 싸다고 질 낮은 닭고기를 사고팔고 하게 되겠지."

리쿠마는 다케오의 얼굴을 빤히 바라보았다. "역시 프로시네요."

"아까도 말했지만, 당연한 일이야."

"꼬치구이 가게 전에는 보디가드로 일하셨지요? 근데 마도카 씨는 왜 경호가 필요했어요?"

다케오가 쓰윽 노려보는 눈빛을 보였다. "그걸 얘기할 거 같아?"

"역시 안 하시겠죠. 프로인데."

다케오는 문득 입을 다물고 주위를 둘러보았다. 혹시라도 주위에 수상한 인물이 없는지 확인하는 것 같았다.

"한 가지만 알려주세요." 리쿠마는 말했다. "마도카 씨는 초능력자예요?"

다케오의 날카로운 시선이 리쿠마에게로 돌아왔다.

"나를 보디가드로 채용할 때, 마도카 씨가 제일 먼저 했던 말이 있어. 자신에 관한 질문은 금지한다는 거. 너도 똑같은 약속을 했을 텐데?"

"그래도 다케오 씨에게 물어보는 건 괜찮을 거 같은데요."

"물어봐도 대답할 게 없어. 나도 거의 아는 게 없어서." 다케오의 눈이 리쿠마의 등 뒤로 향했다. "쇼핑이 끝난 모양이군."

리쿠마가 돌아보니 양손에 크고 작은 쇼핑백 여러 개를 들고 마도카가 다가오는 참이었다. 기다리게 해서 미안하다고 말하면서 리쿠마 옆에 앉았다.

"꽤 오래 걸렸네요?"

"그래도 서두른 거야. 두 사람 거를 준비했거든."

"두 사람?"

"설명은 나중에 하자. 아, 식사는 끝난 것 같군요. 그럼 갈까요?" 마도카는 다시 자리에서 일어섰다.

"어디 가는데요?"

"다음 가게. 예약은 이미 해뒀어. 이거 들고 따라와."

마도카는 쇼핑백 여러 개를 리쿠마에게 내밀었다.

다음 가게라는 건 노래방이었다. 게다가 고급스러운 곳이어서 바닥에 온통 카펫이 깔렸다. 공간도 넓어서 세 명이 쓰기에는 아까울 정도였다.

마도카는 음료수 외에 샌드위치를 주문했다. 그게 저녁 식사인 모양이다.

"여기서 뭘 하려고요? 설마 셋이서 노래방 대회를?"

"시간이 남으면 해도 되지만, 우선 할 일이 있어."

"할 일이라니……."

문이 열리고 점원이 음료수와 샌드위치를 건네주고 돌아갔다.

"좋아, 그럼 시작해볼까. 리쿠마, 이쪽으로 앉아." 마도카는 테이블 앞 자리를 가리켰다.

리쿠마가 그쪽에 가서 앉자 마도카는 쇼핑백 하나를 들고 모퉁이를 끼고 옆자리에 앉았다. 그러더니 리쿠마의 얼굴을 지그시 바라보며 만족스러운 듯 고개를 끄덕였다.

"다행이네, 아직 수염은 거의 없어. 이 정도면 면도까지 할 필요는 없겠다."

"면도?"

그 질문에 마도카는 답하지 않고 쇼핑백에서 이것저것 꺼내 테이블에 늘어놓았다. 그걸 보고 리쿠마는 눈이 휘둥그레졌다. 모두 다 화장품이었다.

마도카가 화장솜에 스킨을 적시는 것을 보고 리쿠마는 초조했다.

"뭐예요? 설마 화장을……."

"설마가 아니라 진짜야. 잠깐 가만히 있어봐." 마도카가 다짜고짜 화장솜을 리쿠마의 얼굴에 톡톡톡 두드렸다. 스킨의 차가운 감촉에 저절로 흠칫 뒤로 물러서자 움직이면 안 돼, 라고 나무랐다.

"잠깐만요. 내가 왜 화장을 해야 돼요?"

"뻔하잖아. 〈블루스타〉에 쳐들어가는 데 티셔츠 입은 중학생을 데려갈 수는 없어. 그러니까 여자로 변신해줘야겠어."

"여자로?"

"게다가 성인 여자."

"하지만 다케오 씨가 나는 키가 커서 열여덟 살쯤으로 보인다고 ……."

마도카가 코앞에서 쓰윽 노려보았다.

"긴자의 바가 롯폰기 풀 바하고 같은 줄 알아? 미성년 남자애가 쫄래쫄래 들어갈 수 있는 데가 아냐. 아니면 그냥 집에 갈래? 그러면 굳이 변장할 필요도 없어."

"아니, 그건……."

"어쩔 거야? 어느 쪽이든 좋아. 나는 어쨌든 호스티스로 변장할 거니까. 자, 빨리 결정해."

"나도 호스티스예요?"

"맞아. 나하고 고급 클럽의 선후배 사이야. 어때, 해볼 마음이 생겼어?"

리쿠마는 크게 당황해서 머릿속이 혼란스러웠다. 설마 이런 지시가 떨어질 줄은 예상도 못했다. 하지만 도망치고 싶으면서도 동시에 낯선 세계를 경험해보고 싶기도 했다. 여기까지 와서 물러설 수는 없다는 오기도 있었다.

"내가 호스티스를……."

"할 수 있어. 내가 근사하게 만들어줄게." 마도카는 자신만만하게 말했다.

그 자신감이 어디에서 온 것인지 리쿠마는 전혀 알 수 없었지만, 여기서 도망치면 두고두고 후회할 듯한 마음이 들었다.

"알았어요, 할게요."

"음, 그렇게 나오셔야지." 마도카는 얼굴이 환해져서 다시 화장솜으로 리쿠마의 얼굴을 두드렸다.

"근데 옷은 어떻게 해요? 티셔츠로는 안 될 텐데."

"괜찮아, 사왔어. 사이즈도 딱 맞을걸." 마도카는 손을 멈추고 리쿠마의 얼굴을 보았다. "화장한 뒤에는 옷에 묻을지도 모르겠다. 우선 옷부터 입혀볼까."

그녀는 자리에서 일어나 또 하나 큼직한 쇼핑백에서 옷가지를 꺼냈다. 그걸 보고 리쿠마는 현기증이 날 것 같았다. 검은 드레스에 하이힐, 게다가 속옷까지 있었다.

"내가 그런 걸 입어요?"

"예쁜 걸로 골라왔으니까 걱정 마. 리쿠마는 목울대는 별로 눈에 띄지 않지만 일단 터틀넥으로 정했어. 얼른 갈아입자. 아, 나는 신경 쓸 거 없어. 최대한 시선을 돌려줄 테니까."

당장 이 자리에서 갈아입으라는 것이다.

느릿느릿 몸을 일으키고 우선 속옷을 집어 들었다. 초록색에 프릴이 달려 있었다.

"팬티까지는 안 보이잖아요."

"만일의 상황을 위해서야. 스커트를 걷어 올리는 미친놈은 없겠지만, 워낙 짧아서 속옷이 보일 수도 있어. 그럴 때 트렁크스가 보이면 이상하잖아."

아무래도 이 자리를 모면할 방도는 없을 것 같다. 마음을 굳게 먹고 일단 입어보기로 했다.

"돌아앉아주세요."

네네, 하면서 마도카가 빙글 등을 돌렸다. 다케오는 나와는 상관없소, 라는 듯이 스마트폰만 보고 있었다.

바지와 트렁크스를 벗고 속옷에 발을 넣어 위로 끌어올렸다. 사이즈가 잘 맞아서 그런지 의외로 쾌적했다. 그대로 티셔츠도 벗고 원피스 타입의 드레스를 머리 위로 입었다. 마도카의 말대로 스커트 길이가 너무 짧다. 터틀넥도 민소매라서 노출이 많은 편이었다.

입었어요, 라는 말에 마도카가 돌아서더니 눈을 반짝였다.

"거봐, 역시 예쁘네. 아주 잘 어울려."

"나야 모르죠."

"잠깐만."

마도카가 스마트폰 카메라로 리쿠마의 모습을 찍어서 보여주었다. 화면 속의 자신을 보고 얼굴에서 불이 날 것 같았다. 저절로 오싹 소름이 돋는 여장 남자로만 보였다.

리쿠마가 그렇게 말하자 전혀 아닌데? 하고 마도카가 부정했다.

"이제부터 진짜 미녀로 만들어줄게. 나한테 맡겨. 근데 그 전에 ……." 그녀가 쇼핑백에서 꺼낸 것은 누브라였다. 게다가 유난히 큼직하다.

250

"그, 그걸로 뭘 하려고요?"

"당연히 가슴에 붙여야지. 돌아서봐."

리쿠마를 뒤로 돌려 앉히더니 누브라를 겨드랑이 밑으로 밀어 넣었다.

"흐익, 간지러워."

"좀 참아. 모처럼 여자가 됐는데 가슴이 빵빵한 게 좋잖아."

장착하고 보니 남아돌던 드레스의 가슴께가 탄탄해졌다. 옷 위로 더듬어보자 폭신폭신한 게 실제 가슴 같았다.

"나쁘지 않다는 표정인데?" 마도카가 살짝 곁눈질하며 말했다.

"실제로 여자들은 이런 걸 하고 다녀요?"

"글쎄요, 미리 말해두겠는데 난 노코멘트." 마도카는 아까 앉았던 자리로 옮겨갔다. "그럼 다시 메이크업을 해볼까."

그로부터 한 시간 가까이 리쿠마는 마도카가 만져주는 대로 얼굴을 맡겨야 했다. 파운데이션을 바른 뒤, 여러 가지 화장품으로 다양한 테크닉을 구사하는 것 같았다. 어떻게 바뀌어가는지 리쿠마는 알지 못했다. 다만 내내 무관심하던 다케오가 중간쯤부터 흥미진진한 기색으로 쳐다보기 시작한 게 신경이 쓰였다.

"좋았어, 이 정도면 되겠다." 마도카가 리쿠마의 얼굴을 바라보며 팔짱을 척 꼈다.

"나도 보여주세요."

"그 전에 가장 중요한 게 남았어."

마도카는 쇼핑백에 있던 마지막 상자를 열었다. 안에 든 것은 가발이었다. 밤색 머리칼에 화려한 컬이 들어갔다. 그걸 리쿠마의 머리에 씌우고 손으로 모양을 다듬어갔다.

"아, 움직이지 마. 그래, 이 정도면 꽤 괜찮네."

마도카는 스마트폰으로 정면에서 촬영한 뒤 어때? 하면서 화면을 이쪽으로 보여주었다.

리쿠마는 입이 떡 벌어졌다. 그곳에 찍힌 모습이 자신이라고는 도저히 생각할 수 없었다. 그야말로 여자였다. 게다가 어른이다. 스무 살 정도로는 보일 것이다. 꼭 닮은 얼굴의 여자 탤런트가 있었다. 게다가 그 탤런트는 미녀로 유명하다.

"놀랐지?"

네, 라고 순순히 인정했다. "마법 같아요."

마도카는 다케오를 돌아보며 어때요, 라고 의견을 물었다.

"완벽해요." 다케오는 그야말로 성실한 얼굴로 말했다. "어디서 어떻게 봐도 긴자의 신입 호스티스로 보입니다."

"다케오 씨가 그렇게 말해준다면 안심이에요. 좋아, 그럼 마지막 마무리."

"아직도 있어요?" 리쿠마는 이제 그만 지겹다는 목소리를 냈다.

"매니큐어와 페티큐어를 하지 않은 호스티스는 없어. 자, 손 내밀어봐."

다시 수십 분, 이번에는 리쿠마의 손톱과 발톱이 마도카의 캔버스가 되었다. 손톱은 짧아서 네일 칩을 붙였다. 모두 다 형광 핑크색이다.

"자아, 끝났어. 신입 호스티스 완성." 그렇게 말하더니 마도카는 그제야 샌드위치를 집어들었다. 메이크업을 하는 동안 그녀는 음식에 거의 손도 대지 않았던 것이다.

"아, 지쳤다." 리쿠마는 소파에 털썩 드러누우려고 했다.

"뭐야, 이제 겨우 변장만 끝났어. 수업은 지금부터야."

"수업?"

"그 하이힐 신고 걸어봐."

마도카의 지시에 따라 하이힐을 손에 들었다. 지금까지 살아오면서 가까이서 한 번도 본 적 없는 물건이다. 너무 가늘어서 발이 들어갈까 싶었지만 신어보니 딱 맞았다.

갑자기 키가 커지면서 시야가 평소와는 달랐다. 불안정한 느낌에 저절로 발밑을 내려다봤지만 그 즉시 "똑바로 앞을 봐야지. 어깨가 구부정하지 않게 주의해"라는 마도카의 지적이 날아왔다. "등을 꼿꼿이 세워. 가슴은 좀 더 내밀고. 턱은 당겨야지. 보폭은 조금만 더 줄여. 군인이 아니니까 팔은 그렇게 흔들지 않아도 돼."

"한꺼번에 여러 가지를 지적하니까 아예 움직이지도 못하겠어요." 저절로 우는 소리가 새어나왔다.

그래도 몇 번 연습하다 보니 하이힐에도 익숙해져갔다. 의외로 쾌적하다는 걸 깨달았다.

"좋아, 걸음걸이는 그 정도면 됐어. 이제 드디어 말투와 몸짓이야. 평소보다 약간 높은 소리로 '안녕하세요'라고 말해봐."

"안녕하세요?"

"좀 더 높은 소리는 낼 수 없어?"

"안녕하세요!"

"소리를 지르면 안 되지. 약간 가늘게."

"……안녕하세요."

"응, 많이 좋아졌어. 그 목소리로 '안녕하세요'라고 인사하고 자리에 앉아봐."

그런 식으로 목소리를 내는 방법이며 몸짓 등에 대해 한참 동안 특별훈련이 이어졌다. 중간에 리쿠마는 두 번 화장실에 갔지만, 두 번째에는 지나가던 점원에게 "여자 화장실은 저쪽이에요"라는 말을 들었다.

모든 훈련이 끝나고 마도카에게서 합격이라는 말이 나온 것은 밤 11시를 넘은 시각이었다. 이 노래방에 세 시간 넘게 있었던 것이다.

"드디어 합격이에요? 피곤해 죽겠어요." 리쿠마는 소파 등받이에 털썩 기댔다.

"다리를 모으고 앉아야지. 팬티가 다 보여."

마도카의 지적에 급히 두 다리를 맞붙였다. 의식하지 않으면 금세 잊어버린다.

"나도 준비하고 올게." 그녀는 쇼핑백 하나를 들고 방을 나갔다.

리쿠마는 깊은 한숨을 내쉬었다.

"너무 힘들어요. 마도카 씨는 마구 몰아붙인다니까요. 어떻게 저런 사람의 보디가드를 하셨어요?"

다케오가 흐흐 하고 기묘한 웃음을 지었다. "이 정도에 놀라서는 보디가드 일은 못하지."

"그렇다면 더 엄청난 일을? 진짜 대단하시네요. 그러고 보니 지난번에 마도카 씨가 그랬어요, 나에 대해 궁금하다면 그냥 마녀로 생각하라고."

"마녀?" 다케오의 얼굴이 바짝 긴장하는 것처럼 보였다.

"그건 무슨 말이에요?"

글쎄, 라고 다케오는 짧게 고개를 갸우뚱할 뿐이었다.

잠시 뒤에 마도카가 돌아왔다. 그 모습을 보고 화들짝 놀랐다. 흰색 블라우스에 검은 타이트 미니스커트를 받쳐 입었지만, 인상이 크게 달라졌다. 머리스타일이 바뀐 것은 그녀도 가발을 썼기 때문이다. 화장도 진해졌다.

"완전 딴사람이에요." 리쿠마가 저도 모르게 말했다.

"나쁘지 않지?" 마도카는 그 자리에서 한 바퀴 빙 돌았다. "중요한 걸 깜빡했어. 나는 마도카라고 해도 괜찮지만, 리쿠마는 새 이름을 지어야 해. 어떤 게 좋을까."

"리쿠마니까 리쿠코?"

"투박한 느낌에 발음도 어려워. 탈락! 다케오 씨, 마땅한 이름 없을까요?"

갑작스럽게 지목을 당한 다케오는 당혹스러운 얼굴이었지만, 이내 말했다. "리마, 라는 이름은 어떻습니까."

"리마!" 마도카가 손가락을 따악 튕겼다. "아주 좋아요. 결정! 알았지? 넌 지금부터 리마야." 그녀는 다시 스마트폰으로 리쿠마를 찍어서 화면을 보여주었다.

화면 속 사람은 리쿠마가 알지 못하는 여자였다. 다리를 얌전히 모으고 새침한 얼굴로 앉아 있었다.

리마……. 마치 꿈을 꾸는 듯한 기분이다. 그래도 솔직히 나쁜

꿈이라고는 생각되지 않았다.

"자, 준비도 빈틈없이 마쳤고, 이제 출발하자." 마도카가 목소리를 높였다.

노래방을 나와 차를 타고 긴자로 이동했다. 주차장에 차를 세우고 셋이 나란히 〈블루스타〉로 향했다.

"다케오 씨, 아시겠죠? 엄청난 재벌에 고급 클럽 단골이니까 당당하게 들어가세요. 나와 리쿠마…가 아니라 리마는 다케오 씨의 양팔을 잡고 갈 거예요."

"잘 알겠는데 어쩐지 민망하군요. 마도카 씨, 너무 매달리지는 말아요."

"무슨 말씀을? 이 정도는 해야죠." 마도카는 더욱더 다케오의 팔에 찰싹 붙었다.

리쿠마도 두 사람과 나란히 걸었다. 스커트 속으로 바람이 술술 들어오는 통에 마음이 들썽거렸다. 여자들은 이런 옷을 입고 잘도 살아간다고 내심 감탄했다.

그나저나…….

자정을 넘은 시각인데도 긴자 거리는 사람들로 북적거렸다. 화려한 드레스로 치장한 여자들의 모습도 보였다. 그런 여자와 동행한 남자는 모두 부자 같고 옷차림도 최고급인 것 같았다. 구두까지 반짝반짝했다.

이런 세계도 있다고 처음으로 깨달았다. 경기가 안 좋다느니 바닥을 쳤다느니 하더니만 돈이란 있는 데는 있구나, 라고 생각했다. 단지 내 차지가 안 되는 것뿐이다.

어떤 사람들이 이런 세계를 누리는 걸까. 공부를 잘한 사람들일까. 어릴 때부터 열심히 노력하면 반드시 화려한 데까지 올라갈 수 있을까.

아니, 아마도 그렇지 않을 것이다. 그건 환상이다. 이 세상에는 중학생이 알지 못하는 계략이 존재하고 그것을 교묘하게 조종하는 자만이 승자로 남을 수 있는 것이다.

"마도카 씨, 저기예요." 다케오가 앞쪽을 가리켰다.

클래식한 빌딩이 멀뚱히 서 있었다. 줄줄이 내걸린 간판 속에서 BLUE-STAR라는 글씨가 요염하게 출렁이는 것처럼 도드라져 보였다.

어른의 세계로 들어가는 입구라는 생각에 바짝 긴장하면서도 한편으로 미지의 세계에 대한 기대감에 가슴이 설레기도 했다.

17

클래식한 빌딩은 엘리베이터도 클래식했다. 단순히 오래된 것이 아니라 나이테를 본뜬 벽이 중후한 분위기를 풍기는 게 오랜 역사까지 느껴졌다.

안내판에 따르면 〈블루스타〉는 꼭대기 층인 10층이다. 다케오가 동그란 흰색 층버튼을 눌렀다.

리쿠마가 심호흡을 하는 것을 보고 마도카가 쓴웃음을 지었다.

"무대에 오르는 것도 아니고, 뭘 그렇게 긴장해?"

"나한테는 엄청 어마무시한 무대거든요?"

"그냥 패밀리레스토랑에 왔다고 생각해. 그리고 '나'가 아니라 '리마'라고 해."

"네, 리마……."

자신을 가리킬 때도 '리마'라는 이름을 써야 한다.

엘리베이터가 10층에 도착했다. 복도 안으로 들어가면서 리쿠마는 다시 한 번 심호흡을 했다.

화려한 입구를 상상했는데 BLUE-STAR라는 작은 팻말이 붙은 출입문은 수수해서 그다지 눈에 띄지 않았다. 그야말로 숨은 집 같은 분위기여서 리쿠마는 한층 가슴이 두근거렸다.

그 문을 마도카가 열었다. 바로 오른편에 카운터가 있고 그 앞에 검은 양복을 입은 남자가 서 있었다.

"어서 오십시오. 몇 분이십니까?" 남자가 마도카에게 물었다.

세 명이라고 그녀는 대답했다.

검은 양복의 남자는 다케오와 리쿠마를 일별한 뒤, "안내해드리겠습니다"라면서 안쪽으로 들어가기 시작했다.

널찍한 메인플로어에 발을 들이민 순간 리쿠마의 흥분은 한층 고조되었다. 휘황한 샹들리에 아래 기품 있고 고급스러운 차림새의 사람들이 각자 좌석에서 호화롭게 주연酒宴을 즐기고 있었다. 그 사이를 지나가는 것만으로도 정체 모를 아우라에 휘감기는 듯한 느낌이었다.

안내를 받아 들어간 곳은 구석에 가까운 자리였다. 검은 양복의 남자가 권하는 대로 벽을 등진 소파석에는 다케오가 앉았다.

"리마는 다케오 씨 옆에 앉아."

마도카의 말에 다케오의 옆자리로 가서 앉았다. 벼락치기로 연습한 대로 등을 꼿꼿이 세웠다. 물론 다리도 벌어지지 않게 조심했다.

마도카는 맞은편 자리에 앉아 검은 양복의 남자에게 말했다. "메뉴판을."

남자는 잠시 물러갔다가 다시 메뉴판을 들고 돌아왔다.

"다케오 씨는 뭐가 좋아요?" 마도카가 메뉴판을 내보이며 물었다. "첫 잔은 데킬라로 가볼까요?"

리쿠마는 흠칫 놀랐다. 그게 독한 술이란 것쯤은 알고 있다.

"그것도 나쁘지 않지만, 목이 마르니까 우선 기네스부터 시작하는 게 좋겠지." 다케오가 유연하게 받아쳤다. 노련한 배우 같다.

"그럼 난 모스코 뮬. 리마는 뭐로 할래?"

"아, 네……." 리쿠마는 당혹스러웠다. 칵테일 이름은 하나도 모른다.

"리마는 오늘 너무 많이 마셨으니까 논 알코올로 해. 모히토, 괜찮지?"

그게 어떤 것인지 전혀 알지 못했지만 네에, 하고 얌전히 고개를 끄덕였다.

"식사는 어떻게 하시겠습니까. 오르되브르는?" 검은 양복의 남자가 물었다.

"그건 좀 생각해본 뒤에 할까." 다케오가 대답했다.

"그러시면 메뉴판은 여기 두겠습니다. 언제든지 불러주십시오." 그 말을 남기고 검은 양복의 남자는 멀어져갔다. 말투도 거동도 세련되어서 리쿠마는 다른 세계에 왔다는 것을 새삼 인식했다.

그런 리쿠마를 보고 마도카가 씩 웃었다. "아주 잘하고 있어."

"아직 아무것도 안 했는데요."

"그게 좋다는 거야. 아직 이쪽 세계에 익숙지 않은 신입 느낌이 나거든." 마도카는 여유만만이었다.

"마도카 씨는 이런 곳에 익숙해요?"

"이런 곳이라니?"

"그게……." 리쿠마는 말을 어물거렸다. 잘 표현할 수 없었다.

"낯선 사람들이 모여 허식과 허언을 구사하며 자신의 정체는 드러내지 않고 상대의 본성은 탐색하려 드는 곳이라면 약간은 경험이 있다고 할까? 다케오 씨만큼은 아니지만."

다케오가 손을 좌우로 흔들었다.

"경험은 더 많을지도 모르지만, 통찰력만큼은 절대 마도카 씨를 못 당합니다."

마도카는 웃으면서 살짝 고개를 젓고, 이내 작은 소리로 말했다. "여기서는 존댓말을 쓰시면 안 돼요. 누구 귀에 들어갈지 모르니까."

"아차, 실례." 다케오가 긴장한 목소리를 냈다.

흰 셔츠에 베스트 차림의 웨이터가 쟁반에 음료를 들고 다가왔다. 가장 먼저 다케오 앞에 차게 얼린 유리잔을 놓고 병에 담긴 흑맥주를 따라주었다. 풍성한 거품이 유리잔 끝까지 아슬아슬하게 차올랐다.

마도카 앞에는 구리로 된 머그잔이 나왔다. 연한 호박빛 액체에 라임이 떠 있었다. 그리고 리쿠마 앞에 놓인 유리잔에는 초록 잎이 들어 있었다.

"건배할까요?" 마도카가 잔을 들었다. 좋지, 하고 다케오가 응했기 때문에 리쿠마도 급히 유리잔을 손에 들었다.

모히토라는 건 난생 처음이다. 머뭇머뭇 혀끝을 대보니 적당한 달콤함과 함께 민트와 라임향이 입안에 퍼졌다.

어른의 맛이다, 라고 생각했다.

한숨 돌리고 나자 리쿠마는 새삼 플로어를 둘러보았다. 호화스러운 카운터 너머에서는 바텐더 세 명이 쉴 새 없이 칵테일을 만들었다. 카운터에도 손님이 있었지만 가장 화려한 곳은 역시 테이블석이었다.

누구도 시끄럽게 떠드는 손님은 없었다. 세련된 대화가 기품 있게 오가는, 그야말로 상류 사회의 사교장 같은 분위기였다. 모든 얼굴에 웃음이 떠 있었다.

하지만 잠시 관찰해보는 사이에 그들의 웃음이 모두 똑같지 않다는 것을 리쿠마는 알았다. 악의 없는 태평한 웃음이 있는가 하면 교활해 보이는 웃음도 있다. 오만한 웃음, 비웃음, 냉소까지 다양하다. 아부하는 웃음도 물론 많아 보였다.

허식과 허언을 구사하며 자신의 정체는 드러내지 않고 상대의 본성은 탐색하려 드는 곳……. 정확한 표현이라고 생각했다. 이곳은 단순한 오락의 장소가 아니다. 저마다 음험한 속셈을 가진 자들이 밀고 당기기를 하는 곳인 것이다.

그렇게 손님들을 바라보다가 문득 한 남자와 눈이 마주쳤다. 그 남자가 옆에 있는 여자에게 뭔가 말을 건네자 이번에는 그 여자가 리쿠마에게로 시선을 던졌다.

리쿠마는 슬그머니 고개를 돌렸다. 그러자 이번에는 또 다른 남자와 눈이 마주쳤다. 호기심이 가득한 표정을 감추려고도 하지 않았다.

마도카 씨, 하고 리쿠마는 작은 소리로 말했다. "아무래도 이상한 거 같아요."

"왜?" 마도카가 심각한 얼굴로 물었다.

"나를, 아니, 리마를 흘끔흘끔 쳐다보는 사람이 있어요. 그것도 한두 명이 아니에요. 변장한 거 들켰나 봐요."

마도카가 다케오에게로 얼굴을 향했다. "그런 거예요?"

다케오는 느긋한 자세로 흑맥주 잔을 기울였다. 그러면서 다른 자리의 손님들을 관찰하는 것이다.

아, 하면서 그가 잔을 내려놓았다. "실제로 리마가 주목을 받고 있어."

"들켰어요?"

"아니, 어떤 여자인지 품평하는 중이야. 전혀 다른 의미에서." 다케오가 입가를 풀고 웃으면서 리쿠마를 보았다. "리마의 정체를 모르는 자들의 눈에는 젊고 신비한 분위기의 미녀가 어쩌다 잘못 찾아온 것처럼 보이는 모양이지. 호기심 어린 표정으로 리마를 흘끔거리면서 속닥속닥하고 있어."

"아, 그런 거?" 마도카가 피식 웃으면서 머그잔을 들었다. "리마, 밤의 사교계에 멋지게 데뷔했네."

설마, 하고 리쿠마는 당황하지 않을 수 없었다. 지금까지 살아오면서 낯선 사람들에게 주목을 받은 적은 한 번도 없었다. 게다가 여자로 보인 것이다.

잔을 들어 모히토를 꿀꺽 마셨다. 몸이 후끈후끈하고 뺨이 달아올랐다.

중년 남자 하나가 이쪽으로 다가왔다. 마른 편이고 균형 잡힌 체형이다. 회색이라기보다 실버에 가까운 색감의 상의를 멋지게 차려입었다. 평범한 정장이 아니다. 턱시도라고 하던가. 검은 나비넥타이를 맸다.

남자가 테이블 앞에 서서 다케오에게 안녕하십니까? 하고 인사했다. 다케오는 태연하게 응 하고 고개를 끄덕였다.

"처음 뵙겠습니다. 클럽 플로어 매니저 사쿠라이라고 합니다. 잘 부탁드립니다." 판에 박힌 비즈니스용 미소와 함께 다케오 앞으로 명함을 내밀었다.

잘 부탁해, 라고 말하면서 다케오는 받은 명함을 테이블에 내려놓았다. 옆에서 슬쩍 훔쳐보았다. '사쿠라이'라는 글자가 눈에 들어왔다.

"고객님의 명함을 받아도 될까요?"

"응, 그러지."

다케오는 상의 안쪽에서 명함첩을 꺼내 한 장 빼내더니 사쿠라이에게 건넸다. 그런 것까지 준비하지는 않았을 터라서 리쿠마는 내심 조마조마했다. 혹시 꼬치구이 가게 명함을 건넨 건가.

사쿠라이는 명함을 보고 뜻밖이라는 듯 양쪽 눈썹이 스윽 올라갔다.

"미야자키에서 양계장을 경영하시는군요. 그러면 오늘은 미야자키에서?"

"아니, 요즘은 도쿄야. 이쪽에 닭고기 가공 본사를 설립하는 중이라서 아직 명함을 못 만들었어."

"그러셨군요. 저희 클럽에 대한 얘기는 어느 분께 들으셨습니까?"

"그건……." 다케오가 입을 열려고 하자 마도카가 옆에서 말했다.

"내가 모시고 왔죠. 꼭 같이 가고 싶은 곳이라고 했어요."

사쿠라이의 시선이 마도카에게로 옮겨갔다. "어떻게 저희 클럽에 관심을……."

"누가 알려주던데요? 재미있는 데가 있으니까 한번 가보라고."

"그렇습니까. 그분의 성함을 알려주실 수 있을까요?"

"쓰키자와 씨라는 분이에요." 마도카가 스르륵 답했다. "쓰키자와 가쓰시 씨. 아세요?"

"쓰키자와……." 사쿠라이의 입이 달싹거렸다. 기억을 더듬어보는 얼굴이었다.

"그분이 이걸 줬어요."

마도카가 오른손으로 내민 것을 보고 리쿠마는 숨을 헉 삼켰다. 카지노 칩이었다.

사쿠라이의 얼굴 표정도 달라졌다. 웃음이 사라진 것이다.

"이걸 가져가면 엄청 재미있게 놀 수 있다던데요?" 마도카는 깔깔거리며 웃는 모습을 보였다.

"그렇습니까. 무슨 뜻으로 하신 말씀이신지 모르겠군요. 어쨌든 즐거운 시간 보내시기 바랍니다. 환담을 나누시는 중에 실례했습니다." 사쿠라이는 다시 비즈니스용 웃음을 지으며 공손히 머리를 숙인 뒤에 자리를 떴다.

다케오가 한숨을 내쉬었다. "마도카 씨는 변함없이 무모하다니까."

"캐치볼을 시작하려면 우선 내 쪽에서 공을 던져야죠." 마도카는 태연히 말했다.

"공 대신 칼이 날아오는 일은 없어야 할 텐데……."

"날아오는 게 있기만 하다면 칼이든 총알이든 상관없어요." 그러더니 머그잔을 들고 시원하게 칵테일을 마셨다. 다케오는 포기했다는 듯이 어깨를 으쓱 들었다.

대체 어떤 사람인가, 하고 리쿠마는 새삼 혀를 내두르지 않을 수 없었다. 이시구로를 상대했을 때도 그랬지만, 미지의 것에 대한 불안이나 두려움이 전혀 없는 것이다.

"다케오 씨, 아까 양계장 명함을 주셨어요?" 리쿠마가 물었다.

"닭꼬치집 아저씨라고 해서는 아무래도 설득력이 떨어지지. 일단 양계장 임원으로 이름이 올라 있어서 그 명함을 건넸어."

"그럼 본명이 알려졌잖아요."

"그렇지."

"그러는 게 좋다고 내가 얘기했어." 마도카가 말했다. "괜히 속일 필요도 없고."

"네……."

그녀도 나름대로 계획이 있겠지만, 아직 중3인 리쿠마로서는 그게 어떤 것인지 짐작도 가지 않았다.

긴장한 탓에 자꾸만 갈증이 났다. 술을 연거푸 마셨더니 그새 잔이 비었다. 그러자 슬슬 요의가 몰려왔다.

"저, 잠깐 화장실에……." 리쿠마는 엉덩이를 들었다.

조심해, 라고 마도카가 작은 소리로 속삭였다. 누군가 말을 건네면 조심하라는 얘기인 모양이다.

하지만 별 문제는 없었다. 리쿠마가 일어서자 젊은 웨이터가 다가와 "화장실이십니까?"라고 물었기 때문이다. 그렇다고 대답하자 "이쪽입니다" 하면서 안내해주었다.

화장실은 남녀 공용이었다. 문을 열고 들어갔다가 흠칫했다. 정면 거울에 한 번도 본 적 없는 여자가 서 있었기 때문이다.

물론 그건 지금의 리쿠마였다. 은근한 조명 아래서 보니 객관적으로도 꽤 예뻐 보였다. 이런 이상한 느낌은 처음이다.

속옷을 내리고 고급스러운 변기에 걸터앉아 볼일을 봤다. 무의식 중에 무릎을 맞대고 있는 것을 깨닫고 저절로 피식 웃음이 새어나왔다.

밖으로 나오니 조금 전에 안내해준 웨이터가 서 있었다. 여기, 하면서 리쿠마에게 물수건을 건네주었다.

당황스러웠지만 이것도 클럽 측의 서비스일 것이다. 가녀린 목소리로 감사 인사를 건네고 수건을 받아들었다.

손을 닦고 돌려주자 웨이터가 물었다. "어디 클럽이에요?"

"네?"

"일하는 클럽 말이에요. 이 근처?"

"아뇨, 그게……롯폰기의 '라플라스'라는 곳이에요."

"라플라스?" 웨이터는 고개를 갸우뚱했다. 들어본 적이 없었기 때문일 것이다.

실제로 그런 클럽이 있는지 없는지 리쿠마도 알지 못한다. 누군가 어느 클럽에서 일하느냐고 물으면 롯폰기의 '라플라스'라고 대답하라고 마도카가 지시했던 것이다. 라플라스라는 단어의 뜻도 리쿠마는 알지 못했다.

"명함 좀 줄래요?"

"명함……."

망했다. 그런 건 없다.

그러자 뒤쪽에서 누군가 말했다. "내 명함이라도 괜찮다면 드리죠." 돌아보니 마도카가 서 있었다.

그녀는 핸드백에서 명함을 꺼내 웨이터에게 내밀었다. 리쿠마는 옆에서 들여다보고 흠칫 놀랐다. 'club Laplace 마도카'라고 인쇄된 것이었다. 쇼핑하러 갔을 때 만들어온 모양이다. 놀랄 만큼 일처리가 빠른 사람이다.

"지난달에 오픈했고, 리마는 아직 신입이라서 명함이 없어요. 혹시 우리 클럽에 오시면 나를 지명해주세요. 그러면 리마를 자리에 보내드릴 테니까."

"아, 네……." 웨이터는 명함을 들고 왠지 우물쭈물하고 있었다.

가자, 라는 마도카의 말에 리쿠마는 얼른 뒤따라갔다.

"웨이터가 고객이 데려온 여자의 근무처를 묻다니, 이건 금기야. 하긴 그만큼 우리 리마가 주목을 받는다는 뜻이겠지." 다시 자리에 앉으면서 마도카가 말했다.

"수상하게 본 거 아닐까요?"

"괜찮아. 오히려 나를 수상하게 봤을걸." 마도카의 여유에는 흔들림이 없었다.

다른 웨이터가 추가 주문한 칵테일을 가져왔다. 화장실에 가 있는 사이에 마도카가 주문한 것이다. 그러고 보니 다케오도 다른 음료를 마시고 있었다. 위스키인 것 같았다. 약간 거품이 보이는 건 탄산이 섞였기 때문일까.

풍덩한 다홍색 드레스를 입은 여자가 어디선가 나타났다. 손님들에게 인사하고 다니는 걸 보면 이 클럽 관계자인 모양이다. 나이는 짐작하기 어려웠다. 40대로 보이지만 훨씬 더 나이 든 미녀가 화장을 한 것인지도 모른다. 손님이 그녀를 '마담'이라고 부르는 소리가 들렸다.

그 여자가 리쿠마 일행의 테이블로 다가와 안녕하세요? 하고 인사했다.

안녕하세요, 라고 리쿠마가 답했다.

여자는 다케오에게 명함을 건넸다. "아카기라고 해요. 잘 부탁드립니다."

"나야말로 잘 부탁해." 다케오가 명함을 받아 테이블에 놓았다. '아카기 달리아'라는 이름이 찍혀 있었다. 본명은 아닐 것이다. 직함은 오너였다.

다케오가 양복 안주머니에 손을 넣자 그녀는 만류하는 몸짓을 보였다. "명함은 괜찮아요, 다케오 고객님. 사쿠라이에게서 얘기 들었습니다."

"그래?" 다케오는 아카기의 명함을 안주머니에 챙겨 넣었다.

"잠시 옆에 앉아도 될까요?" 아카기가 물었다.

좋지, 라고 다케오가 응했다. 다시 인사를 건네고 아카기는 리쿠마의 맞은편에 자리를 잡았다. 가까이에서 보니 화장이 몹시 진했다. 역시 나이 많은 사람이구나, 라고 리쿠마는 생각했다.

아카기가 마도카와 리쿠마의 얼굴을 번갈아 바라보았다.

"다케오 고객님은 항상 이런 미녀를 둘씩이나 대동하고 다니시나 봐요?"

"오늘 밤은 어쩌다 보니 그렇게 됐어. 이 친구가 신입을 데리고 놀러가자고 해서." 다케오가 두 명의 호스티스에 대해 자연스럽게 설명했다.

"그러셨군요." 아카기가 옆자리의 마도카를 돌아보며 물었다. "사쿠라이가 얘기하던데, 그쪽이 우리 클럽에 관심이 있으시다고?"

"네." 마도카는 고개를 끄덕였다.

"쓰키자와 씨에게 들었어요. 재미있는 클럽이 있으니 꼭 가보라고."

아카기는 미소를 지으며 고개를 갸우뚱했다.

"그건 무슨 말씀이신지 모르겠네? 물론 재미있는 곳이라고 해주신 건 영광이지만."

"쓰키자와 씨가 이걸 보여드리면 훨씬 더 재밌을 거라고 하시던데." 마도카가 핸드백에 손을 넣어 뭔가를 꺼내는 몸짓을 보였다. 그 칩이라고 리쿠마는 눈치챘다.

마도카가 테이블에 칩을 내놓자 그 손등에 아카기가 재빨리 자신의 오른손을 포갰다.

"이런 물건은 되도록 사람들 앞에 내놓지 않는 게 현명하겠지?"

"어머머, 그래요?" 마도카는 낭패한 기색은 요만큼도 드러내지 않은 채 맞받았다.

"넣어줄래요?"

"보고 싶지 않다면 어쩔 수 없죠." 마도카는 아카기의 손 밑에서 자신의 손을 빼내 칩을 다시 핸드백에 넣었다.

나이 많은 미녀와 마녀의 싸움이라고 리쿠마는 생각했다.

"그 쓰키자와 씨라는 분, 나는 전혀 짐작 가는 게 없는데? 어떤 분과 함께 오셨을까?"

"글쎄요, 그건 모르겠어요. ……아, 리마, 쓰키자와 씨 사진, 갖고 있지 않았어? 잠깐 보여드릴래?"

갑자기 이쪽으로 화제를 돌리는 바람에 리쿠마는 내심 당황하면서도 작은 파우치에서 스마트폰을 꺼냈다. 장례식 때 쓰기 위해 가쓰시의 사진을 챙겨두었던 것이다.

이분이에요, 라면서 아카기 앞에 스마트폰을 내밀었다.

화면을 들여다보는 아카기의 표정에 변화는 없었다.

"글쎄, 기억에 없는 분이네." 그렇게 말하고 고개를 갸웃거렸다.

그렇습니까, 하고 리쿠마는 스마트폰을 파우치에 다시 넣었다.

"이상하네요. 그럼 쓰키자와 씨는 왜 그런 말을 했을까." 마도카가 어깨를 움츠렸다.

"어디 다른 클럽과 착각하셨나 봐." 아카기가 자리에서 일어났다. "방해해서 죄송합니다. 편히 즐기다 가세요."

다홍색 뒷모습이 멀어져가는 것을 지켜보며 리쿠마는 긴 숨을 내쉬었다. "후유, 너무 긴장했어요."

마도카가 머그잔을 손에 들었다. "자, 이제 상대가 어떻게 나올지 지켜볼까."

"쓰키자와 씨를 모른다고 하던데 정말 그럴까." 다케오가 혼잣말

271

처럼 중얼거렸다.

"거짓말일걸요. 쓰키자와 씨의 사진을 확인하는 시간이 너무 짧았어요. 기억을 더듬어봤다면 좀 더 시간이 걸렸겠죠. 틀림없이 한눈에 알아본 거예요."

"왜 거짓말을 했을까요?" 리쿠마가 의문을 표했다.

"글쎄. 하지만 이제 곧 답이 나오겠지." 마도카는 의미심장한 웃음과 함께 칵테일을 마시고 머그잔을 내려놓았다. "우린 이제 슬슬 나가자."

"이제 된 거예요?"

"응, 이곳에서의 목적은 달성했어."

"목적이라니……."

"그것도 이제 곧 알게 돼."

다케오가 손을 들어 웨이터를 부르더니 계산해달라면서 신용카드를 건넸다.

"죄송해요. 나중에 꼭 갚을게요." 웨이터가 간 뒤에 마도카가 작은 소리로 사과했다.

"아니, 오늘 밤은 내가 낼게. 재회도 축하할 겸."

"고마워요." 마도카가 미소를 보였다.

사쿠라이를 비롯한 직원들의 배웅을 받으며 셋이서 클럽을 나왔다. 엘리베이터에 타자마자 왈칵 피로가 몰려와 리쿠마는 그대로 주저앉고 싶었다.

하지만 그럴 수 없었다. 다시 엘리베이터가 멈춰 섰기 때문이다. 문이 열리자 양복 차림의 남자 둘이 올라탔다.

잠시 후 엘리베이터가 다시 내려갔다. 이번에는 중간에 멈추는 일 없이 1층에 도착해 문이 열렸다.

키 큰 남자가 문 앞에 버티고 서 있었다. 하지만 자리를 비켜주는 대신 나지막한 목소리로 말했다. "잠깐 같이 갈까?"

흠칫 놀란 순간, 옆에 있던 남자가 리쿠마의 팔을 붙잡았다. 억센 힘이었다. 반대편 손으로는 마도카의 왼팔을 잡고 있었다.

다케오가 저항했지만 한순간에 나지막한 신음소리를 내며 힘을 잃었다. 리쿠마가 어리둥절하고 있는 사이에 일어난 일이었다.

마도카가 리쿠마의 귓가에 대고 짧게 속삭였다. "덤비지 마. 하라는 대로 해." 그러고는 키 큰 남자를 보며 물었다. "어디로 가는데요?"

"따라오면 알아."

남자에게 팔을 잡힌 채 리쿠마는 걸음을 옮겼다.

빌딩을 나서자 검은 왜건이 서 있었다. 리쿠마 일행을 뒷좌석에 몰아 태웠다.

"세 명 다 스마트폰 전원은 꺼줄래? 그리고 잠시 이걸 씌워야겠어." 키 큰 남자가 말했다.

스마트폰 전원을 끄자 남자들은 리쿠마 일행에게 눈가리개를 씌우고 두 손을 케이블 타이로 묶었다.

"다케오 씨, 괜찮아요?" 마도카가 물었다.

"괜찮습니다."

"너무 쉽게 당하시던데요?"

"전기 충격기에는 당해낼 재간이 없어요."

"이봐, 떠들지 마." 남자 한 명이 큰소리를 냈다.

엔진 소리와 함께 차가 출발했다. 어디로 끌려가는지도 모르는 상황이라서 리쿠마는 불안함에 숨이 막혀왔다. 심장이 계속 두근거렸다.

정체불명의 남자들은 아무 소리도 내지 않았다. 묵직한 공기 속에서 점점 시간 감각이 사라져갔다. 꽤 오래 달린 것처럼 느껴졌지만 기분 탓인지도 모른다.

차가 멈추고 엔진 소리도 끊겼다. 드디어 목적지에 도착한 모양이다.

슬라이드도어가 열리는 소리와 함께 남자가 리쿠마의 팔을 잡아 끌었다. "내려."

끌어당기는 대로 자리에서 일어나 차에서 내렸다. 남자의 손이 등을 살짝 밀었다. 거칠게 떠밀지 않는 건 리쿠마를 젊은 여자라고 생각했기 때문일까.

어디를 걷고 있는지 전혀 알 수 없었다. 하지만 실내인 것 같았다. 바람이 느껴지지 않았기 때문이다.

눈가리개를 한 채 엘리베이터를 타고 올라갔고 다시 조금 더 걸었다. 문이 열리고 닫히는 소리가 들리면서 실내 어딘가로 들어온 것 같았다.

등 뒤로 누군가 다가서는 기척과 함께 눈가리개가 풀렸다.

갑작스럽게 시야에 뛰어든 것은 나란히 설치된 액정 모니터였다. 남자 두 명이 대형 모니터 네 대를 마주하고 있었다. 그 앞에 작은 테이블과 1인용 소파가 있고 작은 몸집의 남자가 그 소파에 앉아

274

있었다. 손에는 위스키 잔을 들었다. 소파는 회전식이어서 남자가 리쿠마 일행 쪽으로 빙글 몸을 돌렸다.

"불편하게 해서 미안해." 작은 몸집의 남자가 말했다. "여기가 어딘지 알려지면 난처해서 말이야. 양해해줘."

역시, 라고 입을 연 것은 마도카였다. "이런 곳은 이중문이군요."

남자의 미간에 주름이 깊어졌다. "뭐라고 했지?"

"이중문. 압수수색에 대비해 이중으로 해두는 데가 많다고 하더니."

아, 하고 남자가 뺨을 풀며 웃었다.

"그건 도박장 쪽이지." 뒤쪽의 모니터를 엄지로 가리켰다. "여기는 관리실이라서 경찰이 덮칠 걱정은 없어."

리쿠마는 모니터로 시선을 던졌다. 화면에 나온 것은 카지노 테이블로, 카드를 나눠주는 모습이었다. 여러 각도에서 촬영된 것이다. 다른 모니터에는 별도의 테이블과 룰렛 등이 보였다.

"카지노는 별도의 장소에 있다는 얘기네요."

"그렇지." 작은 몸집의 남자가 고개를 끄덕였다. "인터넷 시대라서 여간 편리한 게 아니야."

"괜찮을까요, 우리한테 그런 얘기를 해도?"

"댁들처럼 미심쩍은 자들이 여기저기 들쑤시고 다니게 하는 것보다 우리 쪽으로 끌어들이는 게 낫거든. 내가 좀 알아봤는데 우리하고 한통속이더라고." 남자는 품속에서 메모를 꺼내더니 다케오를 향했다. "다케오 도오루, 전직 N현경본부 경비과 소속. 그때 슬쩍 흘려준 정보로 압수수색을 피한 가게도 있다던데? 연예인 보디가드 일은 이제 관두셨나?"

"꽤 오래전 얘기인데 아직도 기록이 남아 있었어?"

"고객 정보는 귀중한 장사 밑천이거든. 그쪽도 그걸 뻔히 알고 〈블루스타〉에서 본명을 밝혔겠지. 어때, 내 말이 맞지?"

"그래, 맞는 말이야."

"역시 그렇군."

그랬구나, 하고 리쿠마는 이제야 이해했다. 마도카는 다케오의 이름이 고객 리스트에 남아 있을 가능성에 기대를 걸었던 것이다. 탤런트 보디가드로 카지노에 출입하던 시절에 운전면허증을 제시했다고 지난번에 말했었다.

뒤에서 노크 소리가 들렸다. 문이 열리고 누군가 들어왔다. 리쿠마는 뒤를 돌아보았다. 나이 많은 미녀 아카기 달리아였다. 그녀는 남자의 귓가에 대고 뭔가를 속닥거렸다.

남자의 날카로운 시선이 마도카와 리쿠마에게로 쏟아졌다.

"롯폰기에 라플라스라는 이름의 클럽은 없다는데? 당신들, 목적이 뭔지 들어볼까?"

"목적은 단 한 가지예요." 마도카가 말했다. "쓰키자와 가쓰시 씨를 살해한 범인을 밝혀내는 것."

남자와 아카기의 얼굴이 험악해졌다.

"이건 또 무슨 성가신 얘기야. 쓰키자와가 대체 누구지?"

"이 아이의 아버지." 마도카가 턱 끝으로 리쿠마를 가리켰다.

아카기가 한쪽 눈썹을 치켜 올렸다. "그 도련님의 아버지?"

"도련님?" 남자의 눈이 둥그레졌다. "남자였어?"

"아마도. 그렇지?"

아카기의 물음에 리쿠마는 살짝 턱을 당겼다. 이 상황에 속여 봤자 쓸데없다고 생각했기 때문이다.

"고등학생인가?"

"중3입니다."

와아, 하고 남자가 탄성을 올렸다. "정말 놀랍네. 나는 전혀 눈치를 못 챘어. 아주 예쁘장한 아가씨라고 생각했지. 어이, 너희들은 알아봤어?"

"아뇨, 전혀." 뒤쪽에서 누군가 대답했다.

"역시 마담은 대단하시네. 어떻게 알았어?"

"나도 깜빡 속을 뻔했어." 아카기가 말했다. "변장이 감쪽같아, 감탄이 절로 나올 만큼. 하지만 긴 손톱을 다루는 데 익숙하지 않더라고. 여자들은 스마트폰을 그런 식으로 터치하지는 않거든."

지적을 받고서야 리쿠마는 생각났다. 분명 스마트폰에서 가쓰시의 사진을 꺼낼 때, 약간 시간이 지체되었다.

"어쨌든 알려주세요." 마도카가 아카기를 향해 말했다. "쓰키자와 씨가 〈블루스타〉에 찾아온 적이 있었죠?"

"기억에 없다고 말했을 텐데?"

"아니, 그렇다면 우리를 여기에 데려올 리가 없어요. 그쪽에서도 쓰키자와 씨에 대해 알고 싶은 게 있다, 그리고 그건 아마도 카지노와 관련된 것이다……. 그렇죠?"

아카기가 작게 한숨을 내쉬었다.

"아가씨, 아까 그 칩은 어디서 난 거야?"

"쓰키자와 씨의 양복 주머니에서 나왔어요. 쓰키자와 씨는 카지노 멤버가 아니니까 누군가를 통해서 입수했겠죠. 아마 그 칩을 가진 사람에 대해 조사 중이었을 거예요. 어떻게 〈블루스타〉와의 관련을 알아냈는지는 모르지만, 아무튼 그곳에 가서 칩의 소유자에 대해 당신들에게 문의했다. 나는 그렇게 추리하고 있어요."

옆에서 듣고 있던 리쿠마는 놀랐다. 어느 틈에 마도카는 거기까지 추리를 한 것일까.

"상상이야 각자 자유니까." 아카기가 말했다. "아가씨가 원하는 대로 생각하셔."

"쓰키자와 씨가 조사하던 사람이 누군지 알려주세요."

"이상한 말씀을 하시네. 그 상상이 맞는지 틀렸는지, 그것조차 우리 쪽에서는 대답해줄 이유가 없지. 게다가 그게 맞다 해도 누군지 알려줄 수 없어. 당연한 얘기잖아."

"개인정보를 흘려서는 이런 장사는 못해." 남자가 피식 웃었다. "그렇게 알고 이제 나가주시지."

뒤에서 대기하던 남자들이 움직였다. 다시 눈가리개를 씌우려는 것이다.

그때 마도카가 불쑥 말했다. "25."

소파의 남자가 의아한 얼굴을 했다. "뭐라고?"

"저거요." 마도카가 모니터 한 대를 턱 끝으로 가리켰다. 그 모니터에 비친 것은 룰렛으로, 한창 회전하는 중이었다.

"왜, 룰렛에 무슨 문제라도?"

"보면 알아요."

이윽고 룰렛의 속도가 떨어지고 완전히 멈췄다. 볼은 잠시 굴러간 뒤, 하나의 칸에 들어갔다. '25'라고 적힌 칸이었다.

남자가 깜짝 놀란 얼굴로 마도카를 돌아보았다. "어떻게 알았어?"

"알려드릴까요?"

"응, 알고 싶군."

"쓰키자와 씨가 조사하던 사람에 대해 알려주면 나도 대답해드리죠."

"뭐야?"

"우연히 맞힌 거야." 옆에서 아카기가 말했다. "뻔하잖아."

"글쎄요, 그럴까요?" 마도카가 대담한 웃음을 지었다. 이 상황을 즐기는 것처럼 보였다.

작은 몸집의 남자는 말없이 모니터를 응시했다. 여성 딜러가 룰렛을 돌리고 볼을 던지는 장면이었다.

"13." 그 즉시 마도카가 말했다.

남자는 날카로운 눈빛으로 그녀를 돌아본 뒤, 모니터로 시선을 돌렸다.

리쿠마도 회전하는 룰렛을 뚫어져라 지켜보았다. 설마 저런 것도 맞히는 건가.

룰렛이 멈추고 볼이 칸에 떨어졌다. '13' 칸이었다.

이번에는 아카기도 우연이라고는 말하지 않았다. 입을 꾹 다문 채 눈만 깜작거리고 있었다.

남자가 자리에서 일어나 모니터 앞의 젊은 남자에게 뭔가 물어보았다. '해킹'이라는 말이 귀에 들어왔다. 젊은 남자는 고개를 갸웃거리며 모니터 구석에 표시된 시각을 가리켰다.

마도카가 후훗 웃었다.

"내 동료가 신호를 해킹해 볼이 멈춘 뒤에 시간차로 영상을 보내 줬다는 건가요? 하지만 그게 가능하다고 해도 어떻게 나한테 숫자를 가르쳐주죠? 게다가 시계 숫자는 속일 수 없어요."

남자가 돌아보았다. 분하다는 듯이 입술을 깨물고 있었다. 마도카의 말에 틀림이 없었기 때문일 것이다.

회전하는 룰렛에 볼이 던져졌다. 그 순간, 마도카가 말했다. "31."

의심할 도리가 없었다. 마도카는 볼이 던져지자마자 어떤 칸에 들어갈지 예상한 것이다. 아니, 좀 더 엄밀한 것일 테니까 예측이라고 해야 할까.

그리고 그녀가 말한 대로 공은 '31' 칸에 안착했다.

남자가 성큼성큼 마도카에게로 다가왔다. "말해봐, 어떻게 한 거야?"

"알려드리는 조건은 방금 전에 제시했을 텐데요."

"그건 안 돼." 아카기가 옆에서 말했다. "아가씨의 상상은 틀렸어. 쓰키자와라는 사람이 찾아온 건 사실이야. 하지만 그 칩을 보여주면서 이걸 사용하는 카지노로 안내해달라고 한 것뿐이야. 그 사람이 누구를 조사 중이었는지, 그런 건 우리도 몰라."

"그 카지노로 안내는 해주셨어요?"

"안내해줬겠니? 정체도 모르는 그런 사람한테?"

"뭐라고 하면서 거절하셨죠?"

"카지노 같은 건 모른다, 우리는 정당하게 장사하는 데니까 엉뚱한 트집은 잡지 말아달라고 했어."

"그랬더니 쓰키자와 씨는?"

"다시 오겠다면서 돌아갔지. 하지만 우리도 내내 마음에 걸렸어, 대체 어떤 사람인가 싶어서. 그랬는데 오늘 밤에 댁들이 나타난 거야. 아무리 봐도 수상해서 일단 무슨 꿍꿍이들인지 얘기나 들어보기로 했어."

아카기의 말이 거짓으로는 들리지 않았다. 최소한 앞뒤는 맞는 얘기였다. 리쿠마는 마도카를 보았다. 이제 어떻게 공략할 생각일까.

"설명은 다 했으니까 이제 그만 가봐." 작은 몸집의 남자가 다시 소파에 앉았다. "룰렛에 대한 건 포기할게. 어디서 마술사라도 데려와 답을 찾아야지. 어차피 술수나 속임수일 테니까."

"룰렛에서 나오는 숫자를 줄줄이 맞히는 마술? 그런 건 본 적이 없는데?" 마도카는 고개를 저으며 남자를 빤히 쳐다보았다. "나도 궁금한 게 있어요. 룰렛 운영자도 돈벌이가 괜찮은 편이에요?"

"물주가 돈을 못 버는 도박판은 없어."

"하지만 손해 볼 때도 있겠죠? 나한테 딜러 역할을 맡겨주면 절대로 손해나는 일은 없게 해드릴 텐데."

남자가 얼굴을 일그러뜨렸다. "뭐야?"

"거래를 하자구요. 나를 딜러로 채용해주세요. 쓰키자와 씨가 조사하던 인물은 우리가 직접 찾아낼 테니까. 그런 거라면 그쪽은 정보를 흘린 게 아니잖아요?"

작은 몸집의 남자가 아카기와 얼굴을 마주 보았다. 이 제안에 또 다른 꿍꿍이는 없는지, 함정은 아닌지 서로 확인해보는 눈치였다.

"숫자를 맞히는 것만이 아니라 원하는 곳에 볼을 넣을 수도 있다는 거야?" 작은 몸집의 남자가 신중한 말투로 물었다.

"믿지 못하겠다면 지금 보여드릴게요." 마도카는 자신만만하게 코끝을 치켜들었다. "하지만 쇼를 보려면 일단 우리를 카지노로 안내해주셔야겠네요."

오전 3시.

다케오와 마도카가 배웅해준 차로 리쿠마는 집에 돌아왔다. 방에 들어가자마자 침대에 쓰러졌다. 극도의 긴장과 익숙지 않은 여장으로 녹초가 되었다. 자전거로 다마가와 주변을 돌았을 때도 이렇게까지 피곤하지는 않았다.

이런 날이 다 있다니.

하지만 내일 밤에는 더욱더 엄청난 일이 일어날지도 모른다. 마도카와 둘이서 무려 불법 카지노에 잠입한다.

작은 몸집의 남자, 자신을 사장이라고 불러달라고 했던 그 남자가 마도카의 기묘한 거래에 응했기 때문이다.

대체 무슨 일이 일어날까.

하지만 이제 더 이상 걱정도 할 수 없을 만큼 지쳐서 리쿠마는 순식간에 잠 속으로 빨려 들어갔다.

18

약속한 상대는 오후 1시를 5분쯤 지났을 때 나타났다. 큼직한 검은 테 안경을 썼다고 했으니까 틀림없을 것이다. 입구에서 커피점 안을 둘러보고 있었다. 와키사카는 자리에서 일어나 넥타이를 매만졌다. 오늘은 모스그린 색깔이다. 그게 와키사카의 표식이었다.

검은 테 안경을 쓴 인물은 곧바로 알아봤는지 이쪽으로 성큼성큼 다가왔다. 안경 너머의 눈이 똑바로 와키사카의 얼굴을 응시했다. 걸음을 옮기면서 이미 이쪽에 대한 품평을 시작했는지도 모른다.

"와키사카 씨?" 상대가 물었다.

"그렇습니다. 갑작스럽게 연락해서 죄송합니다." 와키사카는 명함을 꺼냈다.

그걸 받기 전에 상대도 품속에서 명함을 꺼냈다. 선 채로 교환한 뒤에 거의 동시에 자리에 앉았다.

상대의 명함에는 '기자 쓰노 도모코'라고 적혀 있었다. 여성이라는 얘기는 후쿠나가에게서 들었고, 오늘 아침에 약속을 잡기 위해 전화 통화도 했지만 직접 만나고 보니 상상했던 것과는 인상이 약간 달랐다. 프리라이터로 형사사건을 추적할 정도라면 상당히 활동적이고 젠더리스한 인물일 거라고 예상했다.

하지만 눈앞에 앉아 있는 사람은 긴 머리를 뒤로 묶고 우아하게 화장을 한 지극히 평범한 여성이었다. 오히려 조용한 사람이라는 느낌이다. 나이는 마흔 살 전후일까. 화려한 용모는 아니지만 미인이라고 해도 무방할 것이다.

점원이 다가왔다. 둘 다 커피를 주문했다.

"아까 아침에 말씀드렸던 대로 후쿠나가 씨의 소개로 연락드렸어요." 와키사카가 얘기를 시작했다. "무척 열심히 취재를 하셨다고 들었습니다만."

"후쿠나가 씨에게는 이래저래 큰 도움을 받았죠. 아, 이거, 여기 둬도 될까요?"

쓰노 도모코가 테이블 한가운데 꺼내놓은 것은 보이스 레코더였다. 대화를 녹음한다는 건 아까 통화할 때 승낙했다.

"갑작스러운 질문이지만, 기자님은 왜 T초 사건에 대해 조사해보기로 하셨지요?"

와키사카의 질문에 쓰노 도모코는 잠시 생각하는 표정을 보인 뒤에 입을 열었다.

"이유는 단순해요. 개인적으로 관심이 있었기 때문이에요."

"개인적으로, 라는 건 무슨 말씀이신지."

"대학생 때 야마모리 씨 댁에 자주 갔었거든요. 그 댁 따님의 가정교사였어요."

야마모리는 피해를 당한 집의 주인이다. 와키사카는 상대의 얼굴을 새삼 마주 보았다. "그렇군요, 따님의 가정교사를……."

"그 댁 따님이 초등학교 4학년과 5학년 때였어요. 저를 잘 따랐고, 어머님인 야마모토 부인도 친절하게 대해주셨어요. 6학년에 올라가면서 가정교사를 그만뒀는데, 제가 취직을 했기 때문이었죠. 하지만 그 뒤에도 편지는 자주 주고받았어요. 사건이 일어난 건 제가 회사원 4년 차였을 때였어요."

"그렇다면 상당히 큰 충격을 받았겠군요."

쓰노 도모코는 짙은 한숨을 내쉬며 어깨를 떨구었다.

"그야 뭐, 말할 것도 없죠. 믿을 수가 없었어요. 어른들만 아니라 어린 아이까지 살해하다니, 너무 끔찍해서 몸이 벌벌 떨리더군요. 한동안 일이 손에 잡히지 않을 정도였어요."

"실례지만, 당시에는 어떤 일을 하셨지요?"

"작은 광고대행사에서 카피라이터로 일했어요."

"그럼 그때부터 T초 사건에 대해 조사한 건가요?"

쓰노 도모코는 쓸쓸한 미소를 지으며 고개를 가로저었다.

"그 당시에는 그렇게 적극적이지는 못해서……." 그녀가 대화를 갑작스레 끊은 것은 점원이 커피를 가져왔기 때문이다.

두 사람 앞에 커피 잔이 놓이고 점원이 멀어져가자 쓰노 도모코는 다시 입을 열었다.

"그 일이 몹시 마음에 걸렸지만, 제가 나서서 어떻게 해본다는 건 생각도 못했어요. 당연히 경찰에서 범인을 잡아줄 거라 믿었죠."

"그런데 결국 체포하지 못하고 미궁에 빠져버렸군요."

"단서가 거의 없어서 수사가 난항을 거듭할 것 같다는 뉴스는 봤지만, 설마 범인을 못 잡을 줄은 몰랐어요. 정말 실망이 컸죠. 하지만 아무 힘도 없는 제가 어떻게 해볼 방법도 없고, 혼자서 안타까워하기만 했어요."

"그러면 다시 T초 사건에 관심을 갖게 된 계기는……."

"4년 전에 사건이 종결됐다는 소식을 들었기 때문이에요. 보도된 내용을 보니 황당하더라고요. 니지마 시로가 이미 1년 전에 바다에 뛰어들어 실종된 상태고, 그를 T초 사건의 범인으로 검찰에 송치했지만 피의자 사망으로 불기소라니, 대체 이게 뭔가 싶었습니다."

그 말에는 와키사카도 공감했다. 니지마가 바다에 뛰어든 시점에는 T초 사건과 관련한 보도는 전혀 없었던 것이다.

"그래서 조사해보기로 하셨군요."

"네. 게다가 저한테 좋은 기회라는 생각도 있었어요."

"그건 무슨 말씀이신지."

"서른 살이 되기 전에 광고대행사를 그만두고 출판사로 이직했는데 마침 계열 시사전문지의 프리랜서 기자로 활동하게 됐어요. 사회부 소속이다 보니 형사사건도 앞으로 다룰 계획이었죠. 경찰이나 법조계에도 약간은 인맥이 있었으니까요. T초 사건은 저와도 인연이 깊고, 대체 어떻게 된 일인지 철저히 조사해보면 프리라이터로서도 좋은 경험이 될 거라고 생각했어요. 한마디로 일석이조를 노린 거죠."

담담한 말투였지만 그 속에서 강한 열의가 느껴졌다. 의외로 탐욕스러운 정신의 소유자인 것 같다고 와키사카는 생각했다.

"그래서 결과는 어떻게 나왔는지……."

쓰노 도모코는 블랙커피를 한 모금 마시고 고개를 저었다.

"결론부터 말씀드리면 구체적인 성과는 없었어요. 그야말로 좌절감을 느꼈죠. 진상 규명과는 거리가 멀어도 한참 멀었으니까요. 제가 이런 말을 하는 것도 이상하지만, 아마추어 탐정 나름대로 열심히 뛰어다녔는데……."

와키사카도 씁쓸한 커피를 마신 뒤에 잔을 내려놓았다.

"그렇게 수고하신 과정에 대해 들려주시면 저희에게는 큰 도움이 될 겁니다."

"그건 괜찮지만, 전화로 했던 약속은 지켜주실 거지요?"

"물론입니다."

약속이라는 건 만일 와키사카가 진상을 밝혀냈을 때는 그 정보를 빠짐없이 쓰노 도모코에게 제공한다는 것이었다. 그 내용을 책으로 써서 출판하는 것도 승인해달라고 했다.

"우선 니지마 시로에 대해 철저히 조사했어요." 그녀는 숄더백에서 노트 한 권을 꺼냈다. "니지마는 야마가타현의 작은 목재소집 장남으로 태어났습니다. 형제는 없었어요. 고교 졸업 후에 부친이 사망하면서 목재소는 폐업했습니다. 스무 살 때, 니지마는 배우가 되겠다고 도쿄로 나왔어요."

"용케 그런 세세한 것까지 조사하셨네요." 와키사카는 진심으로 놀라서 말했다. "니지마의 본가에까지 찾아가셨어요?"

"네, 하지만 본가에는 아무도 없었어요. 10여 년 전에 니지마의 모친이 사망하면서 빈집이 됐더라고요. 방금 한 얘기는 그 모친과 친밀했던 이웃 할머니께 들었어요. 그 집을 어떻게 할지 구청에서 수차에 걸쳐 니지마에게 문의했는데 답이 없었다고 했어요."

그건 그럴 것이라고 와키사카는 생각했다. 빈집 문제는 이제 전국 어디에나 존재한다.

쓰노 도모코가 다시 노트를 보며 말했다.

"도쿄에 나온 뒤, 연예기획사 소속 배우로 알바를 병행하면서 근근이 버티다가 결국 배우의 꿈을 접고 밤업소 쪽으로 흘러갔어요. 신주쿠에서 호스트로 일한 적도 있더라고요. 지금부터 17년 전, T초 사건이 일어난 무렵에는 긴자의 고급 클럽 〈나이트랜드〉에서 매니저로 일하고 있었어요. 그리고 그 〈나이트랜드〉에 T초 사건의 피해자 야마모리 다쓰히코 씨가 드나들었다는 게 밝혀졌습니다."

"그 얘기는 후쿠나가 씨에게서도 들었어요. 니지마와 피해자가 연결되는 극히 적은 접점이라더군요."

쓰노 도모코가 노트에서 얼굴을 들었다.

"하지만 이상한 게 있어요. 형사님은 야마모리 씨가 불법 카지노에 관여했다는 건 아세요?"

"그것도 후쿠나가 씨에게서 들었습니다."

"근데 제가 조사해본 바로는 〈나이트랜드〉에서 고객을 불법 카지노로 유인했다는 얘기는 전혀 없었어요. 무엇보다 사건 당시에 야마모리 씨는 〈나이트랜드〉에 발을 끊은 지 오래였어요. 그 무렵에 야마모리 씨가 자주 드나든 곳은 〈블루스타〉라고, 긴자의 바였죠.

그리고 〈블루스타〉의 고객 중에 불법 마작과 도박으로 체포된 자가 한둘이 아니어서 경찰 관계자들 사이에서도 이 클럽에서 권유나 알선을 하는 게 아니냐고 지속적으로 주시했던 곳이에요. 그래서 미제 사건 수사팀에서도 니지마와 〈블루스타〉와의 연결고리를 찾는 것 같더라고요. 하지만 결국 찾지 못했어요. 〈블루스타〉에서는 근무한 사실도 없었고, 고객으로 드나든 기록도 없었으니까요."

"연결고리를 찾지 못했다고 해서 관계가 없다고 단정할 수는 없잖아요."

"맞는 말씀이에요. 하지만 그때쯤부터 저는 또 다른 의문이 생겨났어요. 왜 T초 사건이 나고 10년이나 지난 뒤에야 범인으로 니지마를 지목하게 되었는가 하는 근본적인 문제였어요."

애기가 핵심에 접어든 것 같다. "그래서요?" 와키사카는 몸을 내밀며 물었다.

"그래서 담당한 수사원들에게 물어봤는데 가장 중요한 그 점에 대해 다들 확실한 애기를 안 하더라고요. 누구에게 물어봐도 대답이 똑같았어요. 나는 위에서 내려온 지시를 따랐을 뿐이다, 니지마의 신변을 샅샅이 알아보라고 해서 알아봤다, 감시하라고 해서 감시했다, 추적하라고 해서 추적했다, 그야말로 판에 박힌 듯 똑같은 말만 하는 거예요."

"그게 사실이었기 때문이 아닐까요? 즉 실제로 수사원들에게 아무것도 알려주지 않았다든가."

"네, 맞아요." 쓰노 도모코의 대답이 빨랐다. "그 뒤에 아무래도 익명의 제보가 있었던 것 같다는 소문이 귀에 들어왔는데 출처도 애매하고 신빙성도 떨어지는 얘기였어요. 저도 답답해서 미제 사건 수사팀의 책임자인 이사관 자택 근처에서 기다렸다가 직접 물어보기도 했거든요."

"이사관에게? 정말 대담하셨네요."

"아마추어 탐정의 강점이죠." 쓰노 도모코는 씨익 웃더니 다시 진지한 얼굴로 돌아왔다. "역시나 기밀 사항이라고 단번에 답변을 거절하더군요. 하지만 아마추어 탐정의 용기가 가상했는지 그 이사관이 딱 한 가지 힌트를 줬어요."

"힌트? 어떤 힌트를?"

"정보라는 건 있는 데는 있다. 다만 그것을 대놓고 말하지 못하는 경우가 있다. 이를테면 N시스템처럼……. 그런 얘기였어요."

"N시스템?" 와키사카는 고개를 끄덕였다. "그렇군요."

"짚이는 게 있는 표정이시네요?" 쓰노 도모코가 은근히 떠보는 시선을 던졌다.

"혹시 아시는지 모르겠는데, 현재의 N시스템, 즉 '자동차 번호판 자동 독취讀取 장치'는 차량 번호뿐만 아니라 운전자나 조수석에 동승한 사람의 얼굴까지 촬영됩니다. 범죄와의 관련성이 없다는 게 밝혀지면 그 즉시 삭제하는 걸로 되어 있는데, 실은 그에 대한 세세한 규정이 없어요. 데이터가 고스란히 축적될 가능성이 있어서 프라이버시 침해가 아니냐는 지적도 나왔지만, 이 시스템의 전모는 극비사항이라서 그것을 밝히느니 재판 자료로 사용하지 않는다는 게 경찰청의 방침입니다."

쓰노 도모코의 표정이 험악해졌다.

"그것과 비슷한 수사 기법이 비밀리에 행해졌을 가능성이 있다는 건가요?"

"증거가 있는 건 아니라서 더 이상의 언급은 피하겠지만……." 와키사카는 말끝을 흐렸다.

"와키사카 씨가 현재 주목하는 게 그런 쪽이군요. 즉 경찰 윗선에서 숨기는 수사 시스템을 밝혀보려고 하시는……."

와키사카는 커피 잔을 들면서 쓴웃음을 지었다. "상상에 맡기겠습니다."

"만일 형사님의 추측이 맞는다면, 윗선에서는 왜 그걸 숨기는 걸까요? N시스템과 마찬가지로 그 존재 자체는 공표하면서 상세 내용은 극비로 취급한다는 방법도 있을 텐데."

와키사카는 커피를 마시고 잔을 내려놓았다. 이제부터는 단어를 신중하게 고를 필요가 있다.

"자동차 번호판 독취는 합법이지만, 새로운 시스템 구축에는 위법적인 수단이 사용되고 있다고 한다면?"

"위법이라니, 이를테면 어떤?"

"개인정보의 취급이에요." 와키사카는 주위를 재빨리 살펴본 뒤 목소리를 낮춰 말을 이어갔다. "이를테면 DNA. 어디까지나 예를 들어 그렇다는 얘기지만."

쓰노 도모코의 뺨이 움찔했다. 나아가 눈에 진지한 빛이 감돌면서 생각을 굴리는지 잠시 침묵한 끝에 천천히 얼굴을 가까이 댔다.

"와키사카 씨, 약속은 정말로 지켜주실 거죠? 진상이 밝혀지면 가장 먼저 저한테 알려줄 것, 절대로 잊으시면 안 됩니다. 약속해준

다면 또 한 가지 정보를 드릴게요. 실은 꽁꽁 감춰뒀던, 후쿠나가
씨에게도 말하지 않았던 정보예요."

"물론 약속합니다. 어떤 정보예요?"

그러자 쓰노 도모코는 노트를 덮고 등을 꼿꼿이 세웠다. 호흡을
가다듬는지 가슴이 오르내렸다.

"저는 T초 사건이 처음부터 끝까지 다 의심스러워요. 과연 범인
이 정말 니지마 시로였을까요? 도주해서 바다에 뛰어든 행위가 살
인의 방증이 될 수는 없죠. 니지마는 코카인 밀매에도 관여했어요.
형사의 추적을 눈치채자마자 급히 도주할 이유가 있었던 거예요.
한마디로, 니지마는 T초 사건과는 관계가 없었던 게 아닐까요?"

너무도 직접적인 의문에 와키사카는 가슴이 덜컥했다.

"왜 그렇게 생각하시지요?"

"경찰이 니지마를 범인으로 단정한 근거는 크게 두 가지예요. 하
나는 니지마의 방에서 채취된 DNA가 살해된 야마모리 부인의 손
톱에 부착된 혈액의 DNA와 일치한다는 것. 그리고 또 하나는 마
찬가지로 니지마의 방에서 부인의 것으로 보이는 액세서리를 발견
했다는 것이었어요. 그 액세서리의 표면에 묻은 소량의 피지가 부
인의 DNA와 일치했다는 얘기였어요."

"그렇다더군요. 근데 그 점에 어떤 의문이?"

"제가 이상하다고 생각한 건 액세서리예요. 분명 야마모리 부인
은 고가의 액세서리를 많이 갖고 있었어요. 그 대부분을 범인이 훔
쳐갔다는 것도 밝혀졌죠. 그런데 니지마의 방에서 발견된 것은 루
비 반지와 진주 목걸이뿐이었어요."

와키사카는 미간을 좁히며 고개를 갸우뚱했다.

"그게 왜 이상하지요? 다른 액세서리는 모두 처분했던 거 아닌가 요?"

"그러면 왜 루비 반지와 진주 목걸이는 집에 남겨뒀지요? 게다가 10년이 넘도록."

"우연히 그렇게 됐겠죠. 그것도 처분하려고 했는데 기회가 없어 서 그대로 됐다든가. 남자가 대량의 귀금속을 한목에 팔겠다고 하 면 사는 사람에게 의심 살 수도 있으니까 여러 번에 걸쳐 처분하는 건 흔한 일이에요."

하지만 쓰노 도모코는 심각한 눈빛으로 고개를 가로저었다. "저 는 그런 게 아니라고 생각해요."

"그런 게 아니라고요?"

"문제의 반지와 목걸이를 제 눈으로 직접 봤거든요. 20년도 더 된 옛날 일이지만 지금도 또렷하게 기억해요."

"쓰노 씨가 직접 봤다고요?" 생각지도 못한 얘기였다.

"야마모리 부인이 보여주셨어요. 그 반지와 목걸이는 부인이 야 마모리 씨와 결혼하기 전에 사귀던 사람에게서 받은 선물이었어 요. 행여 남편 눈에 띌까 봐 걱정이지만 그렇다고 버리기도 아까우 니 혹시 괜찮다면 받아주겠느냐고 하셨거든요. 그런데 안타깝게도 제 취향이 아니라서 정중히 거절했죠. 부인은 아쉬워하면서 반지 와 목걸이를 원래 자리에 다시 넣었는데, 실은 그 넣어둔 곳이 포 인트예요. 화장대 서랍이었거든요. 요즘에는 그런 화장대를 쓰는 사람이 별로 없지만 야마모리 부인은 그야말로 근사한 화장대를 갖고 있었어요. 게다가 그 서랍은 이중바닥이라서 귀중품을 감춰 둘 수 있었어요. 일부러 알려주지 않는 한 아무도 모르는 비밀 서랍인 거예요. 그런데 강도살인범이 그걸 찾아서 훔쳐가다니, 그건 말이 안 된다고 생각해요."

"반지와 목걸이는 훔쳐가지 않았다는 겁니까?"

"그렇게 생각하는 게 타당하겠죠. 제가 T초 사건의 발표 자료를 빠짐없이 살펴봤지만 화장대를 뒤졌다는 기록은 없었어요. 그건 다시 말하면 화장대는 건드리지 않았다는 뜻이겠죠."

"그런데…… 그 반지와 목걸이가 니지마의 방에서 발견되었다?"

"네, 그 두 가지만 발견됐다는 거예요, 다른 액세서리는 하나도 없었고. 이게 과연 단순한 우연일까요?"

쓰노 도모코가 말하려는 게 무엇인지 와키사카도 알 것 같았다.

"니지마가 실종된 뒤, 누군가 야마모리 부인의 화장대에서 반지와 목걸이를 가져왔고, 그걸 니지마의 방에 숨겨놓았다……."

"저는 그렇게 확신하고 있어요."

"만일 그게 사실이라면, 그런 일이 가능한 사람은 한정적일 텐데……." 와키사카는 말끝을 흐렸다.

"그렇죠."

"그게 누군지 짐작하시는 거예요?"

쓰노 도모코는 힘없이 고개를 좌우로 흔들었다.

"사건이 나자 야마모리 씨의 집은 경찰에 의해 보존되었어요. 감시 경찰이 나와서 관계자 외의 출입은 원칙적으로 금지했습니다. 하지만 수사 관계자라면 의심을 받지 않았겠죠. 정식 수속을 밟지 않았다면 기록에도 남지 않아요."

수사 관계자…… 와키사카가 말끝을 흐린 부분을 쓰노 도모코가 분명하게 짚어서 말했다.

"하지만 그자는 어떻게 화장대의 비밀 구조를 알았을까요? 일부러 알려주지 않는 한 아무도 모르는 비밀 서랍이라고 하셨잖아요."

"간단한 일이에요. 알려줬거든요."

"누가요?"

"야마모리 부인의 어머님이. 사건 발생 직후에 수사원이 야마모리 부인의 본가에도 찾아갔거든요. 그때 부인의 어머님이 화장대 비밀 서랍에 대해 얘기하면서 거기에 귀중품이 들어 있을지 모른다고 알려주신 거예요. 이건 4년 전에 어머님께 직접 들은 얘기예요. 그때만 해도 건강하셨고 정신도 또렷하셨으니까요."

"그 수사원의 이름은?"

"안타깝게도 그것까지는 기억을 못하셨어요. 남자 형사였다는 것만 알고 계시더라고요. 하지만 수사원들끼리 정보를 공유할 테니까 그 형사를 알아내는 건 별 의미가 없어요."

그건 맞는 말이었다.

"그러면 또 한 가지 증거에 대해서는 어떻게 생각하시죠? 니지마의 DNA가 야마모리 부인의 손톱에서 발견된 혈액의 DNA와 일치한다는 점에 대해서."

쓰노 도모코는 테이블 위에서 양손을 마주 꼈다.

"처음에 제가 좌절했다고 말씀드린 게 바로 그것 때문이에요. 증거의 날조는 가능하더라도 DNA 감정을 속이는 건 불가능하잖아요. 석연치 않은 점은 많지만 니지마가 진범이라는 사실을 받아들일 수밖에 없다고 포기했죠. 근데 조금 전에 와키사카 씨의 얘기를 듣고 또 다른 가능성이 있다는 걸 깨달았어요."

"경찰이 DNA 데이터를 활용한 새로운 수사 기법을 개발하고 있다면 DNA 감정 결과를 조작하는 것도 가능하지 않겠냐는 거군요. 즉 니지마가 T초 사건의 범인이라는 건 경찰에 의한 날조라는 얘기시네요."

쓰노 도모코는 말없이 고개를 끄덕였다.

와키사카는 한숨을 내쉬었다. "대담한 추리인데요."

"아마추어 탐정이니까 추리는 얼마든지 자유롭게 할 수 있죠. 하지만 거기서 더 나아갈 수가 없었어요. 그걸 해결할 사람은 경찰 내부 사람뿐이에요. 그렇지 않나요?"

쓰노 도모코는 냉철한 눈빛으로 와키사카의 얼굴을 지그시 바라보았다.

19

초인종 소리에 눈을 떴다. 현관 앞에서 인터폰을 누르는 모양이다. 귀찮아 무시하려고 했는데 누군지 끈질기게 눌러대고 있다.

리쿠마는 슬금슬금 침대에서 기어나와 부엌 벽에 달린 수화기를 들었다. 네, 라고 일부러 무뚝뚝한 소리를 냈다.

"뭐야, 집에 있었어?" 상대가 말했다. 누구 목소리인지 금세 알았다.

"준야?"

"그래, 나야. 대체 어떻게 된 거야?"

"미안, 잠깐만."

리쿠마는 현관으로 향했다. 머리가 멍해서 생각이 제대로 정리되지 않았다.

잠금을 풀고 문을 열었다.

"대체 왜 스마트폰 전원을 꺼놓고……." 투덜거리면서 안으로 들어오던 준야가 리쿠마를 보자마자 그대로 굳어버렸다. "어어어?" 눈이 휘둥그레졌다. "누, 누구세요?"

"준야, 왜 그래?"

리쿠마는 말을 하다 말고 시선을 아래로 숙였다. 가장 먼저 눈에 들어온 것은 불룩한 가슴이었다. 그 순간, 저절로 허거걱 하는 소리가 튀어나왔다.

"꺄아악." 준야도 소리치며 손끝으로 리쿠마를 가리켰다.

둘이서 펄쩍펄쩍 뛰면서 왁왁 거리다가 이윽고 데굴데굴 구르며 웃었다.

"그렇게 엄청난 일들이 있었어?" 소파에 앉은 준야는 들고 온 콜라를 마셨다. 손에는 리쿠마가 챙겨온 〈BLUE-STAR〉라고 인쇄된 컵받침이 들려 있었다. 간밤에 이런 곳에는 평생 다시 올 일이 없겠다는 생각에 자리에서 일어서기 전에 슬쩍 파우치에 넣어온 것이다.

"진짜 상상도 못했던 밤이었어. 지금도 꿈을 꾼 듯한 기분이야."

"쳇, 좋겠다. 나도 갔어야 했는데." 준야는 컵받침을 테이블에 내려놓고 그 위에 콜라 페트병을 올려두었다. 그러더니 이번에는 가발을 만지작거리기 시작했다.

"마도카 씨가 일단 대기하라고 했으니까 어쩔 수 없지. 앗, 준야, 가발 만지지 마. 그거 오늘 밤에도 써야 한단 말이야."

"그보다 정말 갱 영화 같은 전개였다. 얘기만 들어도 가슴이 두근거려."

"그런 태평한 상황이 아니었어. 나는 여장한 것만으로도 죽을 만큼 긴장했는데 줄줄이 수상쩍은 어른들은 나타나지, 마도카 씨는 위험하기 짝이 없는 말만 하지, 진짜 심장이 튀어나올 뻔했어." 리쿠마는 바닥에 앉아 거울 앞에서 화장을 지우면서 말했다. 클렌징이라는 절차였다. 화장품 세트는 마도카가 전부 건네줬지만 어떻게 쓰는지 몰라서 스마트폰으로 '화장 지우는 법—초보자를 위해'라는 동영상을 찾아 옆에 켜놓고 참고하고 있었다.

"그래서 오늘 저녁에는 드디어 카지노에 가는 거야?"

"응, 어쩌다 보니 가는 걸로 얘기가 됐어."

야야, 하고 준야가 목소리를 높였다.

"그건 진짜 위험하잖아. 경찰의 압수수색이 들어오면 그 자리에 있기만 해도 체포된다던데."

"그런가 봐. 근데 이제 와서 뒤로 물러설 수는 없대, 마도카 씨가."

준야는 가발을 둘러쓴 채 몸을 뒤로 젖혔다. "그 사람, 진짜 대단하다."

"가발로 장난치지 말라니까. 마도카 씨는 대단하지, 진짜. 당구도 어마어마했지만, 더 깜짝 놀란 건 룰렛이야. 숫자를 척척 맞히더라니까."

"그 얘기는 못 믿겠네. 어떻게 그게 가능하지?" 준야는 고개를 갸웃거리며 가발을 테이블에 내려놓더니 이번에는 누브라를 집어들었다.

"실제로 맞혔어. 내 눈으로 봤으니까 확실해. 그 덕분에 오늘 밤에 카지노에 갈 수 있게 된 거라고. 준야, 그거 지저분한 손으로 주물럭거리지 마. 가슴에 안 붙는단 말이야."

클렌징을 마치고 리쿠마는 욕실로 향했다. 그다음에는 세안을 해야 한다. 여자들은 날마다 지친 상태로 집에 돌아와서도 이런 걸 하는 건가. 씻지 않고 그냥 자면 피부에 안 좋다고 한다. 인터넷에 그렇게 나와 있었다.

세면대 옆에 놓인 시계는 벌써 오후 2시를 가리키고 있었다. 새벽녘에야 돌아오기는 했지만 그래도 너무 오래 잤다. 머리가 멍해진 것도 그럴 만하다.

준야는 자기 혼자 집으로 돌아온 이후에 어떤 일이 있었는지 궁금해서 오늘 아침에 몇 번이나 리쿠마에게 전화를 하고 메시지도 보냈다. 하지만 전화는 연결이 안 되고 메시지는 읽음 표시가 뜨지 않았다. 그래도 오전에는 꾹 참고 기다렸지만 점심때가 지나자 견디다 못해 직접 찾아온 것이다.

"나쁜 놈들에게 잡혀간 건 아닌지, 혹시 살해된 건 아닌지, 진짜 불길한 상상만 자꾸 떠오르더라." 준야가 농담처럼 말했지만 몹시 걱정해준 게 틀림없었다. 리쿠마는 진심으로 미안하다고 생각했다.

얼굴을 씻으니 상쾌해졌다. 하지만 밤에는 다시 화장을 해야 한다. 그걸 생각하니 우울해졌다. 어제는 마도카가 직접 해줬지만, 이제 내 손으로 잘 해낼 수 있을까.

거실로 돌아왔더니 준야는 스마트폰으로 뭔가 검색하고 있었다. 옆에서 들여다보니 화면에 룰렛이 떠 있었다.

"뭐 하고 있어?"

"룰렛의 테크닉에 대해 알아봤어. 옛날에 자신이 원하는 숫자에 볼을 척척 넣는 달인 딜러가 있었대."

"진짜? 그러면 마도카 씨가 척척 맞힌 것도 이상할 게 없나?"

준야가 아니, 아니 하며 검지를 흔들었다.

"옛날에, 라고 했잖아. 요즘 기계는 숫자 홈이 얕아서 그건 거의 불가능하대. 여기저기 검색해봤는데 그게 일반론이야."

"그래도 실제로 마도카 씨가 해냈으니까 믿을 수밖에 없어. 아무튼 그 사람에게는 일반론이 통하지 않아. 난 이제 결론을 내렸어. 그 사람은 역시 마녀야."

"마녀……." 준야는 소파에 벌렁 누웠다. "그나저나 그 불법 카지노에 정말로 나타날까, 리쿠마의 아버지를 그렇게 만든 놈이?"

"나도 잘은 모르지만, 마도카 씨는 그렇게 생각하는 거 같아. 아무튼 아버지가 그 카지노에 갔던 건 확실하니까 왜 그랬는지 밝혀낼 필요가 있어."

"그 정도까지 알았으면 이제 경찰에 연락하는 게 좋지 않을까? 그러면 위험한 일을 당할 걱정도 없잖아."

"마도카 씨가 그건 안 된대."

"왜?"

"불법 카지노를 경찰에 밀고하는 꼴이기 때문이라고 했어. 설령 상대가 불법적인 일을 하더라도 범인을 찾는 데 협조를 해줬는데 그런 비겁한 짓은 할 수 없다는 거야."

아이구, 하며 준야는 드러누운 채 양팔을 펼쳤다.

"그런 의협심까지 있어? 못 말리게 기가 센 사람이네."

"경찰이 꼭 우리가 기대하는 대로 움직여준다는 보장도 없다고 했어. 오히려 아마추어가 수집한 정보는 별거 아니라고 무시해버릴 수도 있으니까."

"그건 그럴 수 있지. 경찰도 프라이드라는 게 있잖아. 하지만 마도카 씨와 둘이서 밝혀낼 수 있을까? 뭘 단서로 삼을 생각이지?"

"그건 역시 이거겠지."

리쿠마는 자신의 스마트폰을 터치해 준야에게 화면을 보여주었다. 그곳에 나온 것은 아버지의 지명수배자 노트였다.

"다마가와 살해 현장에 아버지의 돋보기가 있었잖아. 그걸 갖고 있었다는 건 지명수배자를 쫓고 있었다는 얘기야. 그리고 그자가 칩의 주인이야."

"아, 잠깐만. 그럼 불법 카지노에 오는 고객과 지명수배자 사진을 대조해서 찾아내겠다는 거야? 리쿠마, 그건 좀 어렵지. 스마트폰을 손에 들고 사람들 얼굴을 흘끔흘끔 쳐다보면 틀림없이 수상하게 여길 거야. 아버지처럼 얼굴 사진을 모조리 기억한다면 얘기가 달라지겠지만."

"그건 알고 있어. 그래서 비밀 병기를 쓰기로 했어."

"비밀 병기라니?"

리쿠마는 자리에서 일어나 거실장 서랍을 열었다. 그 안에서 꺼낸 것은 안경 케이스였다. 뚜껑을 열자 검은 테의 큼직한 안경이 있었다. 그걸 쓰고 준야를 향해 몸을 돌렸다. "어때?"

준야는 소파에서 부스스 일어나 의아하다는 듯이 얼굴을 갸우뚱했다.

"제법 잘 어울려. 근데 그게 왜 비밀 병기야?"

"이거, 실은 카메라야."

"진짜?"

"아버지가 일할 때 쓰던 웨어러블 카메라 중 하나야. 한가운데 렌즈가 달렸는데 전혀 모르겠지? 배터리로 3시간쯤 작동하고, 촬영한 것은 메모리카드에 저장돼. 오늘 밤에 이걸 쓸 예정이야."

"불법 카지노의 고객들을 촬영하겠다고?"

"그렇지. 시판하는 상품이 아니라 회사에서 독자적으로 개발한 거라서 그냥 봐서는 카메라라는 걸 들킬 걱정은 없어. 화질도 고해상도야. 이걸로 카지노 고객들의 얼굴을 촬영해두면 지명수배자가 있었는지 어떤지, 나중에 찬찬히 살펴볼 수 있어."

"오, 그렇다면 성공할지도 모르겠다. 좋은 방법을 생각해냈네."

"이거, 원래 마도카 씨의 아이디어였어. 아키하바라 전자상가에서 몰래카메라를 사야겠다고 하길래 그렇다면 우리 집에 좋은 게 있다고 얘기했지."

리쿠마는 안경을 벗어 오른쪽 귀에 거는 부분, 보통 템플이라고 하는 부분의 가운데를 당겼다. 그러자 캡처럼 열리면서 안에서 단자가 나타났다. 서랍에서 꺼낸 전용 충전기를 그 단자에 연결해 가까운 콘센트에 플러그를 꽂았다.

"근데 그 동영상은 어떻게 됐어?" 준야가 물었다. "아버지의 예전 스마트폰에 남아 있던 동영상."

"그거?" 리쿠마는 스마트폰을 들고 문제의 동영상을 불러냈다. 이쪽에도 전송해두었던 것이다.

어딘가 있을 쇼핑몰과 슈퍼마켓에서 찍은 방범카메라 영상이다. 가쓰시의 노트에 있는 '니지마 시로'의 사진과 꼭 닮은 남자가 찍혀 있다.

"아버지가 추적했던 게 혹시 이 남자였던 거 아닐까?"

"하지만 인터넷으로 검색해보니까 T초 사건은 이미 해결됐더라고. 범인 니지마 시로는 사망했어. 그러니까 아버지가 이 사람을 추적했을 리는 없어."

"아, 그럼 관계가 없네."

"예전 스마트폰에 이 동영상만 남겨뒀다는 게 마음에 걸리긴 해."

리쿠마가 스마트폰을 내려놓으려는 참에 착신음이 울렸다. '와키사카 형사'라고 표시되어 있었다. 곧바로 연결해서 네 하고 받았다.

"리쿠마? 경시청의 와키사카인데 잠깐 통화 괜찮을까?"

"네, 괜찮습니다."

"지금 어디 있지? 집인가?"

"그런데요."

"그렇다면 잘 됐다. 지금 근처에 와 있거든. 잠깐 물어볼 게 있는데 지금 집에 가도 되지?"

"……괜찮긴 한데, 친구가 와 있어요. 미야마에 준야."

"나는 상관없어. 그럼 5분쯤 뒤에 보자." 그렇게 말하더니 리쿠마의 대답을 기다릴 것도 없이 전화가 끊겼다.

와키사카가 온다고 준야에게 말하자 그는 눈이 둥그레졌다.

"큰일이다, 여기 화장품 같은 건 얼른 숨겨야 돼."

"앗, 그러네."

이런 물건을 와키사카에게 들켰다가는 설명하기가 난감해진다.

화장품이며 드레스, 가발, 그리고 누브라를 급히 침실로 옮긴 참에 현관 초인종이 울렸다.

집 안에 들어선 와키사카는 와이셔츠 소매를 둘둘 걷어 올리고 모스그린색 넥타이는 약간 느슨하게 풀었다. 연일 찜통더위니까 당연하다. 그래도 양복 상의를 손에 든 것을 보고 어른들은 이래저래 힘들겠다고 생각했다.

와키사카에게는 식탁 의자를 권했다. 전에 왔을 때 그가 그 자리를 원했기 때문이다. 리쿠마는 그 앞에 마주 앉았다. 준야는 형사에게 인사한 뒤, 소파에 가서 앉았다.

"갑작스럽게 찾아와서 미안하다." 와키사카가 사과했다. "그 뒤로 뭔가 달라진 건 없었어?"

"딱히 없습니다."

"힘든 일은?"

"아직은 괜찮아요. 준야네 부모님이 이래저래 돌봐주셔서."

"그렇다면 다행이네."

"지난번 아버지 돌보기 일로 연락하고……. 그 뒤로 수사는 좀 진척됐습니까?"

"물론이지. 그 정보가 큰 도움이 됐어. 덕분에 그 부근의 방범카메라는 샅샅이 살폈으니까. 나도 오늘 아침부터 탐문수사를 했어."

"네에……."

저기요, 하고 준야가 끼어들었다. "리쿠마는 수사의 성과를 알고 싶은 거 같은데요?"

마침 잘 말해주었다, 딱 그거야, 라는 생각에 리쿠마는 형사의 얼굴을 쳐다보았다.

"지금은 정보를 수집하는 단계야." 와키사카가 말했다. "성과가 나오는 건 이제부터지."

공무원의 답변 같다고 생각하면서도 리쿠마는 고개를 끄덕였다. 생각해보면 경찰관도 공무원이다.

"이제 내가 질문 좀 해도 될까?"

"뭔데요?"

"너한테서 빌린 아버지 노트 말인데, 마음에 걸리는 사진이 있었어. '니지마 시로'라는 자의 사진이야. 아버지가 그 사진에 주목했다고 얘기했었는데, 기억나?"

"물론 기억나죠. 근데 그 사진이 왜요?"

"어쩌면 이번 사건과 관련이 있을 수 있어. 아, 이건 경찰 내에서도 일부만 아는 거라서 외부에 새어나가면 안 되는 얘기야."

"관계가 있다니, 어떻게요?"

"미안하지만 그건 아직 말할 단계가 아니야. 니지마는 17년 전에 일어난 T초 일가족 3인 강도살인 사건, 통칭 T초 사건의 범인이야. 혹시 리쿠마도 알고 있어?"

가슴이 철렁했다. 방금 전까지 그 얘기를 했던 것이다.

"그 노트에 적혀 있다는 건 알아요."

"경찰이 니지마의 신변을 조사하기 시작한 게 지금부터 5년 전이야. 그리고 그 재수사에 쓰키자와 경위, 즉 리쿠마의 아버님도 차출됐다는 게 밝혀졌어. 당시에 혹시 그런 얘기, 못 들었니?"

"아버지가 거기에……. 아뇨, 나는 그런 얘기는 못 들었어요."

거짓말은 아니었다. 가쓰시가 얘기해준 것은 미아타리 수사 전반에 관한 것뿐이었다. 개별적인 사건에 대해 들은 적은 없다.

"그럼 방금 내 얘기 듣고 뭔가 생각나는 것은? 뭐든 좋아."

리쿠마는 망설였다. 가쓰시의 예전 스마트폰이 떠올랐기 때문이다. 프라이버시를 지키려면 경찰에 건네지 않는 게 좋다고 마도카는 말했다. 하지만 사건 해결에 도움이 된다면 계속 숨기는 건 바람직하지 않다.

"실은 아버지가 예전에 쓰던 스마트폰을 발견했어요. 그걸 열어봤더니 마음에 걸리는 동영상이 있어서……."

준야의 놀란 얼굴이 시야 끝에 들어왔다. 그걸 털어놓는 거냐는 표정이다. 하지만 비난하는 눈빛은 아니었다. 어떻게 해야 좋을지, 준야도 답을 내리지 못한 것이다.

"그래? 지금 보여줄 수 있어?"

와키사카의 말에 리쿠마는 자리에서 일어섰다.

거실장 서랍에서 예전 스마트폰을 꺼내왔다. 이거예요, 하며 와키사카에게 보여주었다. 형사는 어느새 흰 장갑을 끼고 있었다.

"충전은?"

"괜찮을 거예요." 리쿠마는 스마트폰 잠금을 해제하고 동영상을 불러냈다. "여기, 이거."

재생이 시작된 동영상에 와키사카의 눈빛이 날카로워졌다. 역시 불온한 뭔가를 감지했는지도 모른다.

"이 동영상 속 인물, 사진 속 니지마 시로와 닮은 것 같지 않아요?"

와키사카는 미간에 주름이 새겨진 채 고개를 끄덕였다.

"닮았어. 나는 미아타리 수사원은 아니지만, 이건 동일 인물이 맞는 것 같다."

"저도 그런 생각이 들어서 와키사카 형사님께 보여드리는 게 좋겠다고 생각했어요."

그치, 하고 준야에게 동의를 청하려다가 리쿠마는 흠칫했다. 준야가 페트병을 집어들면서 BLUE-STAR 컵받침이 고스란히 보였기 때문이다. 아까 치운다는 걸 깜빡했다.

하지만 리쿠마의 시선에 준야도 순간적으로 눈치를 챘는지 다시 페트병을 내려놓으면서 컵받침을 슬쩍 뒤집었다.

"여기에 남겨진 데이터는 이것뿐이었어?" 와키사카가 물었다.

"네, 그거 말고 다른 건 찾지 못했어요."

"이 스마트폰, 내가 가져가도 될까? 나중에 꼭 돌려줄게."

역시 그렇게 나오는가. 각오는 했지만 순순히 승낙해줄 수는 없었다.

"데이터를 복원하려는 거지요?"

"프라이버시에 관한 것은 최대한 배려할게." 리쿠마의 속마음을 짐작했는지 와키사카가 먼저 말했다. "외부에는 절대 흘리지 않을 거고, 수사 자료로 회의에 올릴 경우에도 반드시 너한테 먼저 알려줄 거야. 약속할게."

이렇게까지 말하는데 거부할 수는 없다. 리쿠마도 범인이 꼭 잡히기를 바라는 것이다. 알겠습니다, 라고 대답했다. "비밀번호는 0518이에요."

"내가 책임지고 보관했다가 꼭 돌려줄게." 와키사카는 다시 한 번 다짐하듯이 말하고 가방에 스마트폰을 넣었다. "그 밖의 또 뭔가 없을까? 내게 얘기해줄 거라든가 상의하고 싶은 거. 어떤 사소한 것이라도 괜찮아. 사건과는 명백히 관계없어 보이는 것이라도."

"그 밖에는……, 없습니다." 리쿠마는 그렇게 대답했다. 오늘 밤에 여장을 하고 불법 카지노에 쳐들어간다는 얘기는 입이 찢어져도 할 수 없다. 하긴 말해봤자 믿어주지 않을지도 모른다.

"그 여자와는 그 뒤에도 만났어?" 와키사카가 물었다. "우하라 마도카 씨."

돌연 급소를 찌르는 질문에 리쿠마는 얼굴이 붉어지는 것을 느꼈다. 하지만 애써 태연한 척하면서 살짝 고개를 저었다.

"그저께 다마가와에 갔을 때 이후로는 안 만났어요."

"앞으로 만날 예정은?"

"없어요."

"마도카 씨는 이 사건에 대해 어떤 식으로 얘기했어?"

"어떤 식으로? 그냥 범인이 빨리 잡혔으면 좋겠다고……."

"그 말뿐이었어?"

"그것뿐이었어요."

흠, 하고 고개를 끄덕인 뒤 와키사카는 리쿠마와 준야를 번갈아 바라보았다.

"친구와 함께 있는데 방해해서 미안했다. 그만 실례해야겠네. 오늘 둘이 어디 놀러가나?"

"아뇨, 그건 아니고……." 리쿠마는 말끝을 어물거렸다.

"시간이 나서 어떻게 지내는지 잠깐 보러봤어요." 준야가 말했다. "저도 그만 가려고요. 입시 공부도 있고 해서."

"그래, 중3이지." 와키사카는 상의와 가방을 안고 의자에서 일어섰다. "여름방학에도 마냥 놀기만 할 수는 없겠구나."

리쿠마는 와키사카를 현관까지 배웅한 뒤에 문을 걸어 잠그고 거실로 돌아왔다.

"그 스마트폰, 내줘도 돼?" 준야가 물었다.

"나도 망설였는데, 내줄 수밖에 없었어. 어쩌면 사건 해결의 단서가 될지도 모르잖아."

"하긴 그렇다." 준야가 소파에서 몸을 일으켰다. "나도 이제 갈게. 오늘 학원 수업이 있어. 또 빠질 수야 없지."

"미안하다. 너도 바쁠 텐데."

"신경 쓸 거 없어. 그보다 카지노, 잘해봐. 실은 나도 가고 싶은데."

"준야가 여장을 하는 건 무리야. 어떻게 해봐도 성인 여자로는 안 보여."

"쳇, 나도 알거든?" 준야가 입을 툭 내밀었다.

준야를 배웅한 뒤, 부엌에서 가스 불을 켜고 물을 끓였다. 컵 된장국을 먹기 위해서다. 리쿠마가 밥도 제대로 못 먹었을까 봐 준야가 편의점에서 삼각 김밥과 함께 사온 것이다.

끓인 물을 컵에 따르면서 오늘 밤을 생각했다. 과연 어떤 일이 벌어질까.

20

노트북 화면을 들여다보던 모가미가 나지막하게 신음소리를 올렸다. 쓰키자와 리쿠마가 건네준 스마트폰의 동영상을 보던 참이다. 쇼핑몰이며 슈퍼마켓에서 촬영한 것으로, 한 남자의 행동을 추적하고 있다는 건 확실했다.

스마트폰은 이미 감식팀에 넘겼지만 그 전에 이 동영상 데이터만 복사해둔 것이다.

그렇군, 이라고 모가미가 중얼거렸다.

"얘기를 듣고 보니 그러네. 이쪽 사진하고 닮았어." 화면 한쪽에는 다른 정지화면이 나란히 올라와 있다. 쓰키자와 가쓰시의 노트에 붙어 있던 '니지마 시로'의 사진을 띄운 것이다.

"다른 데이터는 다 지웠는데 이 동영상만 남겨둔 것은 백업용으로 보존해두려고 했던 거겠죠."

"즉 그만큼 중요한 동영상이었다는 거야." 모가미가 작은 소리로 중얼거렸다. 수사본부의 한쪽 구석에서 얘기하는 중이지만, 이따금 곁을 지나가는 자가 있었다.

"이건 진짜 수수께끼예요. 니지마 시로는 사망했다. 그런데 왜 쓰키자와 가쓰시는 그자의 사진이며 동영상을 소중하게 보관하고 있었는가. 이건 뭔가 뜻밖의 속사정이 있다, 하고 감이 딱 오죠."

모가미가 와키사카의 얼굴을 빤히 쳐다보았다.

"뭐야, 그 의미심장한 말투는? 생각한 게 있으면 냉큼 말해."

"가능성은 두 가지예요. 첫째, 니지마 시로는 죽지 않았다."

"뭐어?" 모가미가 눈을 부릅떴다. "그럼 살아 있다는 거야?"

"실제로는 사망했지만, 쓰키자와 가쓰시 씨는 아직도 그가 살아 있다고 믿었다. 그러면 사진이나 동영상을 보존해둔 것도 이해가 되죠."

"그래도 그 상황에서 바다에 뛰어들었는데 살아 있다는 건 일반적으로 불가능한 얘기야."

"저도 같은 생각이에요. 쓰키자와 가쓰시도 그랬을 거고요."

"그럼 또 다른 가능성은 뭐지?"

"이 동영상과 사진 속 인물은 니지마 시로가 아니다. 쓰키자와 가쓰시는 전혀 다른 인물을 찾고 있었다, 라는 거예요."

"전혀 다른 인물? 하지만 이 얼굴 사진에 '니지마 시로'라고 적어둔 기록이 있었잖아."

"바로 그거예요. 어쩌면 그게 잘못 적어둔 게 아니었나……."

"잘못 적어두다니, 그건 또 무슨 말이야?"

"그러니까 그게……." 와키사카는 대답하기 전에 다시 한 번 주위를 둘러보았다. 지금부터 할 얘기는 결코 남의 귀에 들어가서는 안 된다. "이 얼굴 사진의 인물이 T초 사건의 범인인 것은 틀림없지만 니지마 시로는 아니다, 라는 얘기예요."

"어엉?" 모가미가 입을 헤벌렸다. "뭔 소리야, 대체."

"이 사진 속 인물이 니지마 시로가 아닌 딴 사람이라면 쓰키자와 가쓰시가 계속 찾고 있었다고 해도 이상하지 않잖아요."

"바다에 뛰어들어 사망한 니지마 시로는 T초 사건의 범인이 아니었다는 얘기야?"

"그럴 가능성이 있다는……."

"이봐, 와키사카, 말조심해. T초 사건이 해결된 건 물증이 다 갖춰졌기 때문이었어."

"그건 저도 알지만……."

"그 물증에 트집을 잡겠다는 건가?"

와키사카는 입을 꾹 다물었다. 쓰노 도모코에게서 들은 얘기를 할지 말지 망설여졌다.

와키사카, 라고 모가미가 낮은 목소리를 냈다. "뭔가 알아냈어?"

"아뇨, 그런 건 아니고요, 상상력을 발휘해본 것뿐이에요."

"정말로? 나와 팀장에게 뭐가 됐든 숨기는 건 금물이야. 여차할 때 자네를 지켜줄 수 없어."

"잘 알고 있습니다."

"약간의 단독 플레이는 인정해주겠지만, 자네 마음대로 움직여서는 안 돼. 반드시 사전에 상의하라고. 알겠나?"

"네, 알겠습니다."

"좋아." 모가미가 고개를 끄덕였다.

"오늘도 D자료 대상자에 대한 탐문수사는 했겠지? 쓰키자와 가쓰시가 예전에 쓰던 스마트폰을 입수했다는 것까지 같이 넣어서 보고서 작성해."

네, 라고 대답하고 와키사카는 모가미 앞을 떠났다.

자신의 자리에서 노트북을 마주하고 보고서를 쓰기 시작했다. 수첩을 들여다보며 기계적으로 작업을 진행했지만 좀체 집중이 되지 않는 것은 다른 일이 머릿속에 있었기 때문이다.

그건 쓰키자와의 예전 스마트폰이 아니었다.

리쿠마의 친구 미야마에 준야가 쓰던 컵받침에 〈BLUE-STAR〉라는 글자가 찍혀 있었다. 그걸 알아본 순간에는 진짜 놀랐다. 쓰노 도모코에게서 그것과 똑같은 이름을 듣고 온 참이었기 때문이다.

"사건 당시에 야마모리 씨는 〈나이트랜드〉에 발을 끊은 지 오래였어요. 그 무렵에 야마모리 씨가 자주 드나든 곳은 〈블루스타〉라는 긴자의 바였죠. 그리고 〈블루스타〉의 고객 중에 불법 마작과 도박으로 체포된 자가 한둘이 아니어서 경찰 관계자들 사이에서도 이 클럽에서 권유나 알선을 하는 게 아니냐고 지속적으로 주시했던 곳이에요." 쓰노 도모코가 그렇게 말했었다.

우연이라고는 생각되지 않았다. 게다가 중간에 준야는 그 컵받침을 슬쩍 뒤집어놓았다. 분명 와키사카에게 들킬까 봐 경계한 행동이다.

하지만 중학생인 그들이 긴자의 바에 다녀왔을 리는 없다. 그렇다면 누가 갔던 것인가. 생각할 수 있는 건 한 사람밖에 없었다. 우하라 마도카. 그녀에 대해 리쿠마에게 물어봤지만 그저께 이후로는 만난 적도 없고, 딱히 달라진 점도 없다고 대답했다. 그리고 마지막까지 〈블루스타〉라는 말은 입 밖에 내지 않았다. 분명 숨기고 있는 것이다.

그 자리에서 캐물어볼까도 생각했지만, 리쿠마와 준야 중 한쪽을 공략하는 게 더 유효하다고 판단했다. 그래서 일찌감치 먼저 나와 근처에서 잠복하며 기다렸다. 예상대로 잠시 뒤에 준야가 나타났다. 잠깐 할 얘기가 있다고 말하고 근처 커피점으로 데려갔다.

컵받침에 대해 물었지만, 예상대로 준야는 모른다고 대답했다. 눈이 허우적거리는 걸 보면 당황했다는 건 명백했다.

"하지만 그 컵받침이 거기에 있는 건 최근에 누군가 〈블루스타〉라는 바에 갔었다는 얘기야. 그게 누굴까."

준야는 고개만 갸웃거릴 뿐 입을 열지 않았다. 중학생다운 순진한 의리를 발동해 친구를 배신할 수 없다고 생각하는 것이다.

"이것 참, 네가 알려주지 않는다면 우리는 다른 방법을 강구할 수밖에 없어. 이를테면 지금부터 리쿠마의 움직임을 감시한다든가."

깜짝 놀란 듯 준야가 얼굴을 들었다. 뺨이 벌겋게 달아올라 있었다.

제대로 짚었다는 감이 왔다. 리쿠마 일행이 뭔가를 꾸미고 있는 것이다.

"리쿠마가 뭘 하려는 거지? 리쿠마, 그리고 아마 우하라 마도카 씨도 함께."

준야의 얼굴이 점점 더 붉어졌다. 눈도 연신 깜작거렸다.

"솔직히 얘기해줘. 너희한테 나쁘게 할 리가 없잖아. 네가 얘기했다는 건 리쿠마에게 절대 밝히지 않을게."

준야는 괴로운 듯 표정이 일그러졌다. 눈을 질끈 감기도 하고 시선이 오락가락하기도 했다. 몹시 망설이고 있다는 게 손이 잡힐 듯이 느껴졌다.

"말하기 싫다면 어쩔 수 없어. 지금 당장 리쿠마의 동태를 감시하라고 할 수밖에. 이미 수사원들이 대기하고 있어. 그래도 괜찮겠어?" 와키사카는 경찰용 모바일을 꺼내들었다. 일반 스마트폰의 외형을 그대로 본떴지만 미묘하게 다르기 때문에 분명 위압감을 느낄 것이다.

준야는 손등으로 입가를 닦은 뒤 와키사카를 쳐다보았다.

"한 가지 부탁드릴 게 있어요. 그걸 들어준다면 얘기할게요."

"어떤 부탁이지?"

"리쿠마와 마도카 씨를 방해하지 말아달라는 거예요. 감시만 하고 절대로 나서지 않는다고 약속할 수 있어요?"

"방해라니, 그 둘이 뭘 하려는 건데?"

"약속할 거예요?" 준야가 진지한 눈빛으로 재우쳐 물었다. 절대 양보하지 않겠다는 결의가 담긴 표정이었다.

이야기 내용에 따라 달라진다고 말하고 싶었지만, 그래서는 입을 열 리가 없다.

"알았어, 약속할게. 감시를 하더라도 나서지는 않는다."

"정말이죠? 거짓말이면 절대 용서 안 해요." 준야가 스윽 노려보며 말했다. 박력은 별로 없지만 기묘한 위압감이 있었다.

"거짓말 아냐. 어서 얘기해봐."

준야는 눈을 감고 심호흡을 하더니 새삼 와키사카의 얼굴을 지그시 쳐다보았다.

"리쿠마와 마도카 씨가 오늘 밤에 불법 카지노에 갈 거예요."

"뭐라고?" 와키사카는 움찔했다. 중학생의 입에서 어렵게 튀어나온 그 말은 전혀 예상치도 못한 말이었다. "불법 카지노라니, 어디 있는?"

"그건 아직 몰라요. 오늘 밤 처음 가는 곳이고, 눈가리개도 씌울 테니까."

"눈가리개? 대체 무슨 얘기야? 처음부터 자세히 얘기해줄래?"

준야의 어깨에서 스르륵 힘이 빠지는 게 느껴졌다. 포기하고 모두 다 털어놓기로 각오한 것처럼 보였다. 실제로 그때부터 침착하고 온화한 말투로 바뀌었다. 하지만 준야가 털어놓은 얘기는 간담이 서늘해질 만큼 과격했다.

발단은 쓰키자와 가쓰시의 옷에서 카지노 칩을 발견한 것이라고 했다. 우하라 마도카는 옛 지인의 인맥을 활용해 〈블루스타〉에 카지노 중개업자가 있다는 것을 알아냈다. 그래서 직접 가보기로 했는데, 놀랍게도 중학생 리쿠마를 여자로 변장시켰다. 나아가 〈블루스타〉에서는 일부러 눈에 띄는 행동을 해서 불법 카지노 운영자가 접선해오기를 기다렸다. 우하라 마도카와 리쿠마 일행은 납치되다시피 운영자의 은신처에 끌려갔지만, 그곳에서 놀랄 만한 일이 일어났다. 룰렛의 숫자를 예측할 수 있다는 것을 증명한 우하라 마도카가 그다음에는 딜러로 채용해달라고 협상에 나섰다는 얘기다.

"마도카 씨는 리쿠마의 아버지가 추적했던 상대가 카지노에 나타난다고 예상하고 있어요. 그래서 리쿠마와 둘이 잠입해 그자를 찾아내려는 거예요." 이야기하는 사이에 준야의 말투에 열기가 더해져갔다.

"아, 잠깐, 잠깐." 와키사카는 손을 흔들었다. "지금 그 얘기, 어디까지가 사실이야?"

"어디까지?" 준야가 어리둥절한 표정으로 되물었다.

"전부 사실이야? 그런 거 아니지?"

"거짓말은 하나도 없는데요." 준야가 불끈해서 말했다. "전부 사실이에요."

"룰렛은 어떤 속임수를 썼는데? 마도카 씨가 어떻게 한 거야?"

준야는 답답한 듯 고개를 저었다.

"그건 모른다니까요. 어떻게 했는지는 모르지만, 아무튼 마도카 씨는 룰렛 숫자를 척척 맞혔대요. 그러니 상대도 관심을 갖고 협상에 응했다는 거예요."

"어떤 속임수를 썼는지 리쿠마도 모른다고?"

"모른대요. 아니, 그게 아니라 속임수가 아니었어요. 그런 거 없이 진짜로 마도카 씨가 그런 걸 척척 해버린대요."

"초능력자야? 이건 말이 안 되잖아."

"그래도 그렇게 했대요. 나도 몰라요, 리쿠마한테 들은 대로 얘기한 것뿐이니까."

준야가 거짓말을 하는 것처럼은 보이지 않았다. 그렇다면 리쿠마가 뭔가 숨긴 것인가. 마도카는 다른 방법으로 상대와의 협상을 성사시켰는데 뭔가 사정이 있어서 준야에게는 밝힐 수가 없었고, 그래서 초능력을 사용한 것으로 해버린 건가.

"오늘 밤에 리쿠마와 마도카 씨는 어디서 만나지?"

"밤 11시에 〈블루스타〉 빌딩 뒤편에서 만나기로 했대요."

"리쿠마는 이번에도 여장을 하고?"

"그렇죠."

그런 무모한 짓을 하다니 어처구니가 없었다. 우하라 마도카, 생각이 있는 건가.

"약속은 꼭 지켜줄 거죠?" 준야가 살짝 올려다보면서 물었다. "리쿠마가 하는 일, 방해하시면 안 돼요."

와키사카가 즉답을 못하고 입을 꾹 다물자 준야가 "제발요, 부탁드릴게요" 하며 머리를 숙였다.

"나는 리쿠마와 함께해주지도 못했는데 게다가 발목까지 잡을 수는 없어요. 마도카 씨와 둘이서 어떻게든 범인을 알아내려는 거니까 제발 방해하지 마세요. 부탁드립니다!"

목멘 소리로 애원하는 준야의 모습에서 친구에 대한 진심이 얼얼하게 전해져왔다. 그야말로 청춘이구나, 하고 와키사카는 이 상황에 어울리지 않는 생각을 했다.

"준야, 조건이 있어." 와키사카는 말했다. "네가 나한테 이런 얘기를 털어놓았다는 거, 리쿠마 쪽에는 비밀로 해달라는 거야. 경찰이 감시한다는 걸 알면 갑작스레 계획을 변경할 수도 있기 때문이야."

준야는 잠시 생각해보더니 이내 고개를 끄덕였다. "알았어요. 그 얘기는 안 할게요."

"그래, 부탁한다. 혹시라도 경찰의 감시를 눈치채고 이상한 움직임을 보이면 경우에 따라서는 그들의 행동을 저지할 수 있어. 아, 그리고 어떤 일이 있었는지 나중에 나한테 반드시 알려줄 것. 알겠지?"

네, 라고 대답하는 준야의 눈에는 약간 핏발이 서 있었다.

그런 소년의 얼굴을 떠올리면서 와키사카는 이걸 어떻게 대응해야 할지 고심했다.

원래는 우하라 마도카와 리쿠마를 찾아가 수사는 경찰에 맡기고 섣불리 위험한 행동에 나서지 말라고 설득해야 할 일이다. 애초에 불법 카지노에 드나드는 것 자체가 법에 저촉되는 일이다. 더구나 그런 곳에 중학생을 데려간다는 건 그야말로 언어도단이다.

하지만 그들이 지금까지 얻어낸 결과를 바탕으로 직접 나서서 수사한다고 해도 우리 경찰이 뭘 할 수 있을까 하는 의문이 들었다. 그 불법 카지노를 적발해봤자 별 의미가 없다. 그 두 사람이 추적하던 자를 찾아낸다면 그나마 다행이지만, 혹시라도 그러지 못하면 중요한 기회를 놓쳐버리는 꼴이 된다.

일단 상황을 지켜보는 게 좋을지도 모른다……. 준야의 얘기를 들을 때부터 와키사카는 그런 생각이 들었다. 불법 카지노에 잠입한 리쿠마와 마도카가 어떤 정보를 얻어낼지, 일단 지켜본 뒤에 방침을 정하면 된다.

여기서 문제가 되는 게 모가미에게 어떻게 보고하느냐는 것이다. 리쿠마와 마도카의 계획을 그대로 보고할 수는 없다. 그리고 단독 플레이를 하는 이상, 쓰노 도모코에게서 들은 얘기도 지금으로서는 입을 다무는 게 유리하다. 경찰 내부에서 쓰키자와 가쓰시의 죽음을 T초 사건과 연결 지은 사람은 현재로서는 와키사카 자신뿐이기 때문이다.

그나저나 그 얘기는 사실일까.

룰렛의 숫자를 우하라 마도카가 정확히 예측했다는 것이다. 믿기 어려운 일이지만 단순히 지어낸 얘기라고도 생각되지 않았다.

오늘 밤, 그 여자는 어떻게 할 계획일까. 그 신비한 여자라면 상식으로는 생각할 수 없는 뭔가를 해낼 것이라는 예감이 들었다.

그 자리에 함께하지 못한다는 게 와키사카는 무척 안타깝게 느껴졌다.

21

밤 9시를 앞둔 시각에 초인종이 울렸다. 찾아온 사람은 마도카였다. 어젯밤의 미니스커트 차림이 아니라 민소매 티셔츠에 긴 바지를 입었다. 화장도 그리 화려하지 않았다.

그녀는 리쿠마의 얼굴을 보더니 어이구 하면서 한숨을 쉬었다.

"나름대로 노력을 해봤는데……." 리쿠마는 테이블 위에 놓인 거울을 보며 말했다. 눈두덩만 어설프게 칠한 탓에 너구리같은 얼굴이 되었다.

화장을 시작한 것은 오후 8시가 넘어서였다. 지난번처럼 인터넷 동영상을 참고했지만 아무래도 똑같이는 되지 않았다. 간단한 것 같은데도 막상 해보면 결과가 전혀 다르게 나왔다.

몇 번을 다시 해봐도 실패의 연속이었다. 초조해서 서두르다 보니 더욱더 이상해졌다. 이대로 가다가는 시간 안에 끝내지 못하겠다는 생각에 마도카에게 도움을 청했던 것이다.

"일단 전부 지워줄래? 화장 지우는 방법은 알지?"

"그건 알아요, 벌써 여러 번 해봤으니까."

클렌징으로 지우고 욕실에서 얼굴을 씻은 뒤 마도카에게로 돌아왔다. 결국 어제와 마찬가지로 그녀가 화장을 해주었다.

"아참, 오늘 낮에 와키사카 형사가 왔었어요."

리쿠마의 말에 마도카의 손이 멈췄다. "무슨 일로?"

"아버지가 T초 사건 수사에 차출된 적 있는 걸 알고 있었냐고 물어보더라고요."

와키사카와 주고받은 얘기와 함께 가쓰시가 예전에 쓰던 스마트폰을 건네준 것도 털어놓았다.

"프라이버시 문제는 마음에 걸렸지만 수사에 협조하는 게 좋을 거 같아서……." 리쿠마는 말끝을 흐렸다.

"괜찮아, 그건 네가 선택할 문제잖아. 그보다 설마 카지노 얘기까지 한 건 아니지?"

"당연하죠. 그 얘기를 했다면 지금쯤 경찰에 잡혀갔을걸요."

알았어, 라고 고개를 끄덕이면서 마도카는 익숙한 손놀림으로 화장을 해나갔다. 그 진지한 표정을 리쿠마는 저도 모르게 멍하니 바라보았다.

"좋아, 다 됐어." 마도카가 거울을 리쿠마 쪽으로 돌려주었다. 거울 속에는 어젯밤의 리마가 다시 나타나 있었다. 자기 얼굴에서 이런 모습이 나왔다는 게 믿어지지 않았다.

방에 들어가 옷을 갈아입고 가발도 썼다. 마도카가 보더니 손가락으로 OK 사인을 날려주었다.

"그때 얘기했던 것도 준비했어요." 리쿠마는 몰래카메라가 내장된 안경을 꺼냈다. 이미 충전도 끝냈다. "어때요, 카메라라는 거 절대로 눈치 못 채겠죠?"

"잠깐 볼까." 마도카는 안경을 받아다 쓰고 거울을 들여다보았다. "응, 괜찮네."

"여자가 써도 자연스러워요."

"그러네. 근데 이건 리쿠마가, 아니, 리마가 쓰는 게 좋아. 나는 룰렛대를 벗어날 수 없으니까. 카지노에 오는 고객들의 얼굴을 촬영하려면 자유롭게 이동이 가능한 사람이 착용해야지. 어때, 할 수 있겠어?"

네, 하고 리쿠마는 힘차게 대답했다. 책임이 막중하지만 반드시 해내야 한다. 자신이 도망칠 수는 없는 것이다.

마도카가 운전하는 핑크색 쿠페를 타고 긴자로 향했다. 어젯밤에 이 차로 데려다준 것을 리쿠마는 떠올렸다. 생각해보면 마도카는 칵테일을 마셨기 때문에 음주운전이었지만 아무도 그 점을 지적하지 않았다. 너무도 많은 일들이 한꺼번에 일어나서 그런 걸 따질 겨를이 없었던 것이다.

하지만 오늘 밤은 더욱더 과격한 상황을 맞닥뜨릴지도 모른다. 긴장한 탓에 드레스 아래로 드러난 살갗에 땀이 맺혔다.

긴자에 도착하자 주차장에 차를 세워놓고 〈블루스타〉로 향했다. 다케오는 오늘 밤에는 나오지 않았다. 카지노 사장이 마도카와 리쿠마 둘이서만 오라고 지시했기 때문이다. 경호원 출신으로 체력이 뛰어난 다케오가 동행하면 이래저래 귀찮아지기 때문일 것이다. 불안한 마음이 들었지만 그 지시에 따르는 수밖에 없었다.

오늘 밤의 약속장소는 〈블루스타〉가 입점한 빌딩의 뒤편이다. 도착해보니 어젯밤의 그 검은 왜건을 도로에 세워놓고 정장 차림의 남자가 서 있었다. 리쿠마 일행을 납치했던 남자 중 한 명이다.

남자는 왜건의 슬라이드도어를 열어주면서 얼른 타라고 말했다. 뒷좌석에서 다른 남자가 대기하고 있다가 스마트폰의 전원을 끄고 몰수해갔다. 외부와의 연락을 끊는 것뿐만 아니라 위치 정보가 남는 걸 막기 위해서일 것이다. 게다가 어젯밤과 마찬가지로 리쿠마와 마도카에게 눈가리개를 씌웠다. 하지만 양손까지 묶는 일은 없었다.

그대로 왜건은 출발했다.

어디로 가는지도 모르는 채 리쿠마는 차의 진동에 몸이 흔들렸다. 이윽고 멈춰 서고 슬라이드도어가 열리는 소리가 들렸다. 내려, 라는 남자 목소리에 손으로 더듬더듬 짚어가며 왜건에서 내렸다. 양팔을 붙잡힌 채 앞으로 가라는 지시에 따라 걸음을 옮겼다. 어젯밤과 완전히 똑같은 상황이었지만, 장소는 다른 것 같았다.

엘리베이터에 탔고, 위로 올라가다가 멈추는 감각과 함께 등을 밀어주는 대로 내렸다. 거기서 드디어 눈가리개를 풀어주었다.

정면에 문이 있고 그 앞에도 남자가 서 있었다. 남자는 귀에 송수신 이어폰을 꽂고 있어서 마이크를 향해 뭔가 보고한 뒤, 문을 열었다. "들어가."

문 너머는 침침하고 좁은 복도였다. 정식 입구가 아니라 직원용

뒷문인 것 같았다.

복도 저 안쪽에 다시 문이 있었다. 앞서가던 남자가 그 문을 열었다.

남자와 마도카를 뒤따라 안에 들어서자마자 리쿠마는 숨을 헉 삼켰다. 넓은 홀에 카지노용 테이블과 의자가 줄지어 있었다. 하나같이 상들리에 불빛을 받아 반짝반짝 빛났다. 장식도 고급스러워서 그야말로 영화 속 세계 같았다.

한 남자가 이쪽으로 다가왔다. 얼굴에 웃음을 띠고 있었다.

사쿠라이였다. 〈블루스타〉의 플로어 매니저라는 사람이다. 그가 이곳의 현장 책임자라는 건 사장이 이미 알려주었다.

"잘 왔어. 어젯밤에는 수고가 많았다지? 얘기 들었어. 오늘 밤에도 잘 부탁해."

"사쿠라이 씨는 아주 바쁘시네요." 마도카가 말했다. "이쪽저쪽 왔다 갔다 하시고."

"풋워크가 뛰어나다는 게 내 장점이거든. 자아, 두 분은 우선 옷부터 갈아입으실까. ……어이, 잠깐 이리 와봐."

쇼트커트를 한 여직원이 나와서 리쿠마와 마도카를 작은 별실로 안내해주었다. 그곳에 피팅룸 여러 칸과 딜러 유니폼이 준비되어 있었다. 흰색 블라우스와 검은 스커트, 검은 조끼, 그리고 나비넥타이이다. 빌려주는 건가 했더니 한 세트당 1만 엔에 구입하라고 했다. 비용은 마도카가 내주었다.

피팅룸에서 나온 마도카는 목에 검은 벨트 같은 것을 두르고 있었다. 초커목걸이라고 했다.

부적 삼아서, 라고 마도카가 한쪽 눈을 찡긋했다.

옷차림을 정비하고 홀로 돌아가자 사쿠라이가 룰렛 옆에 서 있었다.

"딜러 경험은?" 그가 마도카에게 물었다.

"경험은 없지만, 연습은 했어요."

"좋아, 그럼 솜씨를 좀 볼까? 여기서는 최대 다섯 명의 고객이 배팅하니까 5색 칩을 사용할 거야. 내가 1인 5역을 맡도록 하지." 사쿠라이가 테이블에 앉았다. 앞에 빨강, 파랑, 검정, 노랑, 초록의 칩이 색깔별로 줄줄이 쌓여 있었다.

"시작해도 돼요?" 마도카가 물었다.

"물론이야."

"그러면…… 플레이스 유어 베트, 원하는 곳에 걸어주세요." 마도카가 룰렛을 돌렸다.

사쿠라이는 재빨리 칩을 놓아나갔다. 단독 숫자에 놓기도 하고 구역을 지정하기도 하고 경계선에 놓기도 했다. 그 즉시 테이블 위가 컬러풀해졌다.

"스피닝 업!" 마도카가 볼을 굴렸다.

사쿠라이는 볼의 움직임을 잠시 바라본 뒤, 다시 칩을 놓기 시작했다. 잠시 뒤 "노 모어 베트!"라고 마도카가 말했다. 마감이라는 신호다.

룰렛의 속도가 완만해지자 통통 구르던 볼도 움직임이 줄었다. 이윽고 볼은 '13' 칸에 떨어졌다.

마도카가 작은 유리 원뿔을 '13' 틀에 얹었다. 그곳에 적중했다는 표시다.

이어서 테이블 위의 빗맞은 칩을 차례차례 정리해나갔다. 남겨진 것은 '13'을 포함하는 구역에 배팅한 파란색 칩이었다. 마도카는 앞에 있던 파란색 칩 몇 개를 꺼내 고객이 건 칩 옆에 놓은 뒤에 유리 원뿔을 치웠다.

"나쁘지 않군." 사쿠라이가 말했다. "처음 하는 것치고는 동작이 유연하고 낭비가 없어. 그보다 일단 물어보겠는데, 방금 의도적으로 13을 노린 건가?"

"물론이죠."

사쿠라이의 눈썹이 꿈틀 올라갔다. "어떻게 했지?"

"방향과 힘을 적절히 쓰면 돼요."

"설마."

"그거 말고 뭐가 또 있나요?"

사쿠라이는 얼굴을 찌푸리며 엄지로 코끝을 튕겼다.

"한 번 더 하자. 다음에는 '21'을 맞혀봐."

"알았어요. 그러면, 플레이스 유어 베트!"

사쿠라이가 다시 알록달록한 칩을 차례차례 걸었다. 잠시 뒤에 마도카가 볼을 투입했고 보기 좋게 '21' 칸에 안착했다. 그에 따라서 마도카는 빗맞은 칩은 치우고 적중시킨 칩에는 배당을 놓았다. 사쿠라이의 뺨이 바짝 긴장하는 게 보였다.

리쿠마는 놀라면서도 그 충격이 조금씩 옅어져가는 것을 느꼈다. 마도카와 같이 있다 보면 뭐가 이상하고 뭐가 그렇지 않은지 경계가 애매해진다.

똑같은 리허설을 몇 차례 거듭했다. 리쿠마가 본 바로는 마도카는 한 번도 실수를 하지 않았다. 실제로 사쿠라이에게서 주의를 받은 적이 없었다. 하지만 그의 눈매는 조금씩 날카로워져갔다. 태연한 척하고 있지만 머릿속은 혼란스러울 터였다.

괜찮군, 이라고 사쿠라이가 말했다.

"침착한 딜러의 모습이야. 그 정도면 고객에게서 불만이 나올 일은 없겠어." 그는 상의 안쪽에서 뭔가를 꺼내 마도카에게 내밀었다. "이걸 꽂아."

이어폰이었다. 그녀가 귀에 끼우는 것을 보고 사쿠라이는 왼손의 손목시계를 입가에 대며 "들리나?"라고 작은 소리로 물었다.

"들립니다." 마도카가 대답했다.

사쿠라이는 좋아, 하며 고개를 끄덕였다.

"내가 딱히 지시를 내리지 않는 한, 방금 했던 대로 볼을 굴리면 돼. 만일 지시가 떨어지면 그걸 따라주면 되고. 질문 있나?"

"리마에게도 이어폰을 주시죠." 마도카가 리쿠마를 돌아보며 말했다.

"리마 씨는 딜러 일은 안 하잖아."

"여차하면 도움을 청할 수도 있거든요."

"미안하지만 여분의 이어폰이 없어."

"그렇다면 이걸." 마도카는 자신의 왼쪽 귀에 끼운 이어폰을 빼내 리쿠마에게 내밀었다. "나는 한쪽만 있어도 충분해요."

뭐라고 할지 내심 걱정하면서 사쿠라이를 보았다. 그는 마음대로 하라는 듯이 어깨를 으쓱하더니 손목시계를 들여다보며 말했다.

"이제 곧 개점이야."

리쿠마는 마도카를 곁에서 보조하면서 고객들에게 음료 서빙을 하라는 지시를 받았다. 웨이터 일은 학교 축제 때 모의 가게를 해본 뒤로 처음이었다. 아니, 여자니까 웨이트리스인가.

카지노 개점 시각은 오전 1시였다. 그 무렵부터 아까 들어왔던 곳과는 다른 입구로 차례차례 사람들이 들어왔다. 고객층은 다양해서 젊은 세대도 눈에 띄었다. 호스티스인 듯한 여자를 동반한 남자 고객이 많았지만, 조직폭력단 관계자로 보이는 사람은 없었다.

바카라와 블랙잭 테이블은 순식간에 손님으로 가득 차서 딜러들이 세련된 손놀림으로 카드를 펼치기 시작했다.

리쿠마는 틈을 노려 그들의 모습을 안경에 설치된 카메라로 촬영했다. 숨겨둔 리모컨으로 셔터를 터치하는 것이다.

룰렛 테이블에 제일 먼저 찾아온 고객은 젊은 여성과 중년 남성 커플이었다. 여자는 노출이 심한 하늘색 원피스 차림이었다. "룰렛, 해보고 싶어" 하면서 자리에 앉았다. 카지노에 오는 게 처음인 것 같았다.

"이거, 어려워?" 여성이 남성에게 묻고 있었다.

"그렇지도 않아. 별다른 테크닉도 필요 없고 단지 운에 맡기는 거라서 간단해. 원하는 곳에 걸기만 하면 돼." 남자가 설명했다.

그 커플에게 자극을 받은 듯 다른 두 팀의 남녀도 이쪽 테이블로 왔다.

"여러분, 안녕하세요? 지금 시작하겠습니다." 마도카가 룰렛을 돌렸다. "플레이스 유어 베트, 원하는 곳에 칩을 걸어주세요."

저마다 칩을 놓기 시작했다. 그 모습을 지켜본 뒤에 마도카가 볼을 투입했다. 사람들의 시선이 일제히 그 볼의 움직임을 따라갔다.

이윽고 볼이 멈췄다. 조금 전 리허설 때처럼 마도카는 칩을 처리해나갔다. 배당을 얻은 고객도 있었지만, 하늘색 원피스의 여자 고객은 칩을 모두 잃은 모양이었다.

"전부 잃은 거야? 에이, 재미없다."

"운에 맡기는 거라니까. 여러 번 하면 딸 때도 있어."

플레이스 유어 베트, 라고 선언하고 마도카가 룰렛을 돌렸다. 다시 고객들이 칩을 걸었다. 하늘색 원피스의 여자는 진지한 표정으로 군데군데 칩을 놓았다.

그 직후였다.

'마도카, 15에 넣어.' 이어폰에서 사쿠라이의 목소리가 들려왔다.

리쿠마는 주위를 둘러보았다. 사쿠라이는 조금 떨어진 곳에 서서 이쪽을 보고 있었다.

15는 하늘색 원피스의 여자가 단독으로 건 숫자였다. 적중하면 배당률이 서른여섯 배가 된다.

마도카는 표정이 달라지는 일도 없이 볼을 투입했다.

고객들이 지켜보는 가운데 볼은 정확하게 15칸에 들어앉았다.

꺄아, 하는 소리를 올린 것은 물론 하늘색 원피스의 여자다. 놀람과 기쁨이 넘치는 얼굴로 손뼉을 치면서 폴짝폴짝 뛰었다.

"어떡해, 내가 맞혀버렸어. 생일이 1월 15일이라서 15를 고른 것뿐인데."

"내가 한 번은 맞힌다고 했잖아. 아주 잘했어." 여자가 기뻐하자

동행한 남자도 안도하는 얼굴이었다.

리쿠마는 사쿠라이를 보았다. 그는 스마트폰을 귀에 대고 진지한 표정으로 뭔가 얘기하고 있었다. 아마도 그 사장과의 통화일 것이다.

그 뒤에도 사쿠라이는 간간이 마도카에게 지시를 내렸다. 구체적으로 숫자를 정해주거나 단독으로 걸린 숫자에는 절대 들어가지 않게 하라고 지시하기도 했다. 그런 지시를 마도카는 한 번의 실패 없이 모두 실행에 옮겼다.

그 지시가 고객들이 때로는 큰 손해를 보면서도 간간이 작은 배당을 따게 해서 마음을 풀어주고 결과적으로 게임을 계속하도록 유도한다는 건 명백해보였다. 그 증거로 고객들의 칩은 확실하게 줄어들었지만 표정이 부루퉁한 사람은 아무도 없었다. 모두 기분 좋게 룰렛을 즐기고 있었다.

신나는 분위기에 리쿠마의 마음도 들썽거렸다. 고객에게 음료수를 나르는 움직임도 가벼워졌다.

"어머, 그 안경 귀엽다." 한 여자 손님이 건네준 말에는 저절로 마음이 흐뭇해졌다.

칵테일 잔을 테이블에 차려내는 참에 남자 손님이 슬쩍 엉덩이를 만지기도 했다. 등이 오싹하면서 온몸에 소름이 돋았지만 여기는 다른 세상이다, 하고 각오를 다졌다.

시간이 지나면서 게임을 하는 손님들의 면면이 차례차례 바뀌었다. 그중에는 운영자 측이 환영하지 않는 듯한 자들도 있었다.

오전 2시가 넘어 자리에 앉은 지적인 분위기의 남자 고객은 배당률이 세 배인 칸에만 집중적으로 칩을 걸었다. 게다가 그 방식에 분명한 규칙성이 있었다. 이겼을 때는 그다음에도 똑같은 수의 칩을 건다. 졌을 때는 칩의 수를 늘린다. 연패했을 경우, 전회와 전전회를 더한 수만큼만 건다. 당연히 이기고 지기를 거듭했지만 그 방법으로 확실하게 칩을 불려가고 있었다.

운영자 측으로서는 몹시 거슬리는 존재일 것이다. 지루한 방법이지만 시간이 갈수록 그의 벌이는 무시할 수 없는 액수가 된다.

그때 한 여자 고객이 다가와 자리를 잡았다. 그 얼굴을 보고 리쿠마는 숨을 헉 삼켰다. 아카기 달리아였다. 오늘 밤에도 몸매를 가늠하기 어려운 하늘하늘한 검정 원피스 차림이다. 운영에만 관여하는 줄 알았는데 직접 나서서 게임도 하는 모양이다.

"여전히 평소의 그 방법을 쓰시네?" 아카기가 지적인 남자를 보며 말했다. 아무래도 서로 얼굴을 아는 사이인 것 같았다.

"그러면 안 됩니까, 마담?" 남자가 대꾸했다. "룰렛은 확률 게임이에요. 이길 확률이 높은 방법이 있다면 쓰지 않을 이유가 없죠."

이른바 필승법이라는 것을 구사한 모양이다.

"그런 게 재미가 있나?" 아카기는 고개를 저으며 말했다. 흘끗 리쿠마의 얼굴을 쳐다보는 듯한 느낌이 들었다. 마도카와 리쿠마가 일하는 모습을 확인하려는 목적도 있는 것이다.

볼이 멈췄다. 지적인 남자의 칩은 패였다. 아카기가 키들키들 웃었다.

"어머, 또 못 맞혔네. 아까부터 계속 잃고 있는데, 괜찮아? 벌써 4연패인가?"

"5연패예요. 하지만 이 방법은 연패가 길어질수록 딸 때의 벌이도 쏠쏠하죠."

지적인 남자가 손목시계에 시선을 던졌다. 이제 그만 일어날 때를 계산하기 시작했는지도 모른다. 그의 필승법에 따른다면 반드시 이기고 끝내야 하는데 연거푸 패가 이어지고 있었다. 여기서 그만둘 수는 없을 터라서 다음에 이기면 그때 바로 철수할 속셈인 게 틀림없다.

플레이스 유어 베트, 라는 마도카의 목소리가 날아왔다. 지적인 남자는 '1st 12'라는 칸에 거액의 칩을 놓았다. 1에서 12 사이에 볼이 들어가면 이긴다. 연패였기 때문에 지금까지 패한 몫을 단번에 되찾으려면 그만큼의 칩이 필요한 것이다. 그의 눈빛은 진지했다.

'마도카.' 사쿠라이의 목소리가 들렸다. '20에 넣어.'

마도카는 얼굴색 하나 변하지 않고 볼을 투입했다. 그 움직임에서 부자연스러운 점은 털끝만큼도 느껴지지 않았다. 그녀가 의도적으로 볼을 조종한다는 건 지적인 남자는 물론이고, 고객 어느 누구도 상상조차 못할 일이다. 아니, 아카기 달리아만은 알고 있지만.

고객들이 주목하는 가운데 볼은 점차 속도를 늦춰갔다. 그게 20의 칸에 자리를 잡자 지적인 남자의 얼굴이 바짝 긴장했다.

"어머나, 6연패잖아." 아카기가 입가를 손으로 가렸다. "괜찮은 거야?"

"아까도 말했지만 아무리 연패가 이어져도 한 번만 이기면 다 찾아요."

다음 도전에서 지적인 남자는 자신이 가진 칩 전부를 '1st 12'에 놓았다. 약 3분의 1의 확률로 이기는 것인데 일곱 번이나 연거푸

질 리 없다고 굳게 믿고 있는 것 같았다.

'이번에는 33.' 사쿠라이의 목소리가 말했다.

마도카가 투입한 볼이 33에 안착하자 지적인 남자는 얼굴이 창백해졌다. 설마, 라는 듯이 눈을 부릅뜨고 룰렛을 노려보았다.

지적인 남자는 마음을 정한 듯 환전을 신청했다. 카지노 칩을 룰렛용 칩으로 교환하는 것이다. 액수는 50만 엔이었다. 지금까지 잃은 걸 되찾으려면 그 정도는 필요하다. 이미 100만 엔 이상을 잃은 것이다.

플레이스 유어 베트, 라고 선언하며 마도카가 룰렛을 돌리자 역시나 지적인 남자는 다음 승부에 전액을 걸었다. 이번에도 '1st 12'였다.

사쿠라이는 어떻게 할 생각일까. 리쿠마가 바라보니 그는 마이크를 내장한 손목시계를 향해 지시를 내리는 참이었다.

마도카가 볼을 투입했다. 지적인 남자의 눈에 핏발이 섰다.

하지만 잠시 뒤, 그 눈에 서린 불꽃은 꺼져버렸다. 볼이 들어간 곳은 0 칸이었다. 물론 사쿠라이의 지시에 따라 '1st 12'에는 들어갈 리가 없었다.

지적인 남자가 잃은 돈만 150만 엔을 넘었다. 그걸 되찾으려면 그다음에는 80만 엔쯤을 걸 필요가 있었다. 어떻게 할지 지켜보니 그는 고개를 휘휘 저으며 테이블에서 일어났다. 아무래도 오늘 밤은 포기한 모양이다.

"필승법이 깨지셨네." 아카기가 의미심장한 시선을 슬쩍 마도카와 리쿠마에게로 던졌다.

특이한 방법을 쓰는 손님은 그 뒤에도 나타났다. 오전 3시 넘어 자리에 앉은 알로하셔츠 차림의 남자는 지적인 남자와는 완전히 다른 방법으로 승부에 나섰다. 룰렛에는 서른일곱 개의 숫자가 있지만, 그중 두 개를 빼고 나머지 모두에 칩을 거는 방법이다. 서른다섯 개의 수에 칩을 하나씩 놓으면 적중했을 때는 36배의 배당금이 떨어지기 때문에 모두 합하면 칩 하나만큼은 따게 된다. 그리고 이길 확률이 37분의 35이기 때문에 95퍼센트에 가깝다.

거의 모든 칸에 칩을 놓아야 하기 때문에 플레이스 유어 베트라는 선언이 나오는 것과 동시에 알로하셔츠 남자는 움직였다. 전략을 짜는 건 난센스라는 식으로 마도카가 볼을 던지는 모습도 쳐다보지 않고 묵묵히 칩을 놓아나갔다.

그 방법으로 9회 연속 알로하셔츠 남자는 돈을 땄다. 그의 칩은 한 개에 1만 엔짜리여서 다음에 또 이기면 10만 엔으로 확정된다. 그러면 거기서 정리하고 빠질 가능성이 높다.

마도카가 볼을 손에 들었다. 이미 알로하셔츠 남자는 칩을 걸고 있었다. 빈 곳은 0과 1이었다.

'마도카, 0에.' 사쿠라이가 말했다. 역시 이번 판에서 잃게 하는 게 좋다고 판단한 모양이다.

마도카가 볼을 던졌다.

알로하셔츠 남자는 차가운 눈빛으로 볼의 움직임을 따라갔다. 지금까지 몇 번을 이겼든 볼이 그가 건 숫자에 들어갈 확률이 37분의 35라는 건 변함이 없다. 반드시 이긴다는 확신이 있는 것이다.

볼이 멈추기 시작했다. 다른 틀에 들어갈까 봐 리쿠마는 숨죽여 지켜봤지만 낮은 틀을 뛰어넘어 두 칸 건너 0에 딱 자리를 잡았다.

알로하셔츠 남자의 얼굴이 굳어버렸다. 믿을 수 없다는 눈빛으로 멍하니 볼을 바라보았다.

마도카가 칩 정리를 끝내자 알로하셔츠 남자는 환전을 요구했다. 그 액수는 자신이 가진 칩의 열 배가 넘었다.

플레이스 유어 베트, 라는 선언과 동시에 알로하셔츠의 손이 움직이기 시작했다. 그가 칩을 거는 방식에 다른 고객들 사이에서 웅성거림이 일었다. 거의 모든 숫자에 칩을 거는 것은 지금까지와 똑같지만, 이번에는 무려 열 개씩이었다. 돈을 딸 확률을 단숨에 열 배로 올리려는 속셈이다.

그가 칩을 걸지 않은 곳은 조금 전과 마찬가지로 0과 1이었다. 재빨리 작업을 끝내고 이제는 지그시 마도카의 손을 지켜보고 있었다.

'마도카.' 사쿠라이의 목소리가 들렸다. '쐐기를 박아야지. 1에 넣어.'

리쿠마는 저도 모르게 한숨이 흘러나왔다. 사쿠라이는 알로하셔츠 남자의 숨통을 끊을 작정인 것이다. 여기서 잃으면 손실이 얼마가 되는 건가. 계산하기가 두려워졌다.

"스피닝 업!" 마도카가 볼을 투입했다.

그 직후였다. 알로하셔츠 남자가 오른손을 쭉 뻗어 2에 걸었던 칩을 0으로, 그리고 4에 놓았던 칩을 1로 슬라이드하듯이 스르륵 옮겼다. 노 모어 베트 선언이 나오기 전까지는 변경이 가능한 것이다.

알로하셔츠 남자는 팔짱을 끼고 마도카를 노려보았다. 그 시선이 한순간 자신에게도 쏟아지는 것처럼 리쿠마는 느꼈다.

마도카에게서 노 모어 베트의 목소리가 나왔다. 고객들의 시선이 일제히 볼의 행방을 따라갔다.

당했다, 라고 리쿠마는 알로하셔츠 남자를 보면서 생각했다. 분명 마도카가 원하는 곳에 볼을 넣는다는 걸 눈치챈 것이다. 그래서 그녀가 볼을 던진 뒤에야 칩을 옮겼다.

사쿠라이를 보니 의외로 엷은 미소를 지을 뿐 딱히 아쉬워하는 것 같지 않았다. 그게 쓴웃음이라는 건 다음 순간에야 깨달았다. 알로하셔츠 남자가 한 수 위였다고 인정해준 것인지도 모른다.

볼이 서서히 속도를 늦췄다. 지금까지 마도카는 사쿠라이의 지시를 완벽하게 수행했다. 이번에도 지시해준 대로 볼은 1에 들어갈 것이다. 지금 1 칸에는 알로하셔츠 남자의 칩 열 개가 쌓여 있다. 맞으면 36배다.

공은 서서히 속도를 늦춰 0 앞을 지나갔다. 그대로 1에 들어갈 거라고 예상했다. 그런데 기세를 멈추지 않고 1을 지나쳐갔다. 게다가 반 바퀴쯤 굴러서 결국 들어간 곳은 2였다.

마도카가 유리 마커를 2 공간에 놓았다. 그곳에 칩은 한 장도 없었다. 노 모어 베트를 선언하기 직전에 알로하셔츠 남자가 2에 놓았던 칩을 0으로 옮겨버렸기 때문이다.

그 알로하셔츠 남자가 고개를 들었다. "이건 사기야!"

칩을 정리하던 마도카가 말했다. "무슨 말씀이십니까?"

"짜고 쳤잖아. 속임수 장치를 해뒀지?"

"장치라니, 어떤?"

"여기 룰렛대에 분명 뭔가 속임수가 있어. 어이, 너!" 알로하셔츠 남자가 손끝으로 갑작스레 리쿠마를 가리켰다. "거기서 뭐 하고 있어? 손에 든 거 꺼내봐."

"예?"

"아까부터 영 거슬렸어. 키홀더 같은 걸 자꾸 만지작거렸잖아. 그거 룰렛대 조종 리모컨이지?"

리쿠마는 소스라치게 놀랐다. 분명 손님들을 촬영하려고 몰래몰래 리모컨을 눌렀지만, 이런 의심을 받을 줄은 생각도 못했다.

"그, 그런 거 아니에요." 리쿠마는 가느다란 목소리로 대답했다.

"그렇다면 얼른 꺼내봐."

"이봐요, 적당히 하시지?" 아카기가 말했다. "벌써 몇 년째 이 클럽을 다녔지만, 짜고 치는 속임수 따위는 단 한 번도 없었어."

"나도 단골이에요. 그래서 알아요. 오늘은 아무래도 뭔가 이상해. 마지막 승부에 나서는 사람들이 죄다 잃고 있잖아요."

"그런 날도 있는 법이야. 따기도 하고 잃기도 하는 게 갬블이라고."

"아니, 이건 아니죠. 야, 우선 그것부터 꺼내봐."

아카기가 한숨을 내쉬며 리쿠마에게 시선을 보냈다.

"못 말리겠네. 정 그렇다면 보여드릴까?"

리쿠마는 당황해서 마도카를 쳐다보았다. 그녀가 슬쩍 고개를 끄덕였기 때문에 감춰둔 리모컨을 알로하셔츠 남자에게 건넸다.

"이건 무슨 리모컨이야?" 알로하셔츠 남자가 물었다.

"경호용품이에요." 마도카가 대답했다. "수상한 자가 눈에 띄면 그걸로 별실 스태프에게 연락합니다."

"거짓말이야."

"그럼 그게 무슨 리모컨이라는 말씀이십니까?"

"내가 그걸 당장 확인해볼 거야."

알로하셔츠 남자는 룰렛 쪽을 향하더니 리모컨 버튼을 눌렀다. 당연히 아무 변화도 없었다. 몇 번이나 버튼을 눌러본 끝에 알로하셔츠 남자는 혀를 끌끌 찼다.

후후훗 하고 코웃음을 친 것은 아카기였다.

"나도 얘기는 들었지. 룰렛에 자석을 설치해 볼을 원하는 숫자에 착착 붙이는 장치가 있다나? 또 다른 설은 볼에 진동 기계를 삽입해서 운영자에게 불리한 숫자에 들어갈 것 같으면 통통통 튀게 하는 장치도 있다면서? 근데 그건 움직임이 부자연스러워서 당장 들킨다고 하던데."

"무슨 일이십니까?" 드디어 사쿠라이가 다가왔다.

"아무것도 아냐." 알로하셔츠 남자는 입가가 삐뚜름해진 채 리모컨을 내려놓았다. "완전 재수 옴 붙은 날이네. 그만 가야겠어."

"그러십니까. 오늘도 감사했습니다." 사쿠라이가 알로하셔츠 남자의 뒷모습을 향해 깊숙이 인사를 건넸다. 그 틈에 리쿠마는 얼른 리모컨을 집어왔다.

그 뒤로는 특이한 방식으로 도전하는 사람도 없었고, 사쿠라이도 별다른 지시를 내리지 않았다.

날이 부옇게 밝아오는 오전 5시, 모든 고객을 배웅했다.

리쿠마와 마도카가 옷을 갈아입고 나오자 사쿠라이가 기다리고 있었다.

"정말 놀라워. 그렇게 자유자재로 원하는 곳에 넣다니. 실제로 해 낼 줄은 몰랐어."

"채용하기를 잘했죠?" 마도카가 코끝을 쓱 올리며 말했다.

"쩨쩨하게 구는 자들에게 좋은 약이 됐을 거야. 어떻게 승부를 걸든 자유지만, 그런 자들이 자꾸 드나들면 따라하는 사람이 생기거든. 좀 땄다 하면 자리를 털고 일어나서야 우리 장사가 되겠어?"

"도움이 되었다니 다행이에요. 사장님께 인사 전해주세요."

"알았어. 그보다……." 사쿠라이가 목소리를 낮춰 말을 이어갔다. "알로하셔츠 손님이 마지막에 걸었을 때, 내가 1에 넣으라고 지시했는데 볼은 2에 들어갔어. 결과적으로는 잘된 일이지만, 그것도 일부러 넣어준 거야?"

"물론이죠." 마도카가 고개를 끄덕였다.

"그자가 칩을 옮기는 걸 미리 알았다고?"

"그렇죠."

"어떻게?"

"간단해요. 그 손님은 그 전에는 내 손놀림에 전혀 신경 쓰지 않았어요. 근데 마지막 게임 때는 부지런히 칩을 놓더니 내가 볼을 던지기를 지그시 기다리더라고요. 아마 열 번째 게임 때부터 자신이 걸지 않은 0에 들어가니까 부쩍 의심이 들었겠죠. 어쩌면 이 딜러는 원하는 곳에 자유자재로 볼을 넣는 게 아닌가 하고요. 그러니 분명 내가 볼을 투입한 뒤에 손님이 칩을 옮길 거라고 예상할 수 있었어요."

"2가 빈다는 건 어떻게 알았어?"

"옮기기 전에는 0과 1이 비어 있었죠? 열 개씩 포개둔 칩을 옮기려면 옆으로 미는 게 가장 간단해요. 그렇다면 0 쪽으로 2의 칩을 옮기고, 1 쪽으로는 그 옆의 4에서 옮기겠죠. 당연하잖아요?"

사쿠라이가 고개를 끄덕였다.

"그렇군. 역시 대단해."

"대단할 것도 없는데?"

"아까 사장님도 깜짝 놀랐다고 하시더라고. 마도카 씨만 괜찮다면 또 부탁하고 싶다던데."

"생각해볼게요."

"나도 개인적으로 마도카 씨에게 관심이 많아. 어때, 다음에 같이 식사라도 할까?" 사쿠라이가 의미심장한 눈빛으로 말했다. 그 시선에서 단순한 관심 이외의 것이 느껴졌다. 리쿠마는 옆에서 지켜보면서 점점 불안해졌다.

하지만 딱 잘라 거절해주기를 바라는 리쿠마의 마음과는 다르게 마도카의 반응은 애매하기만 했다. "나쁘지 않군요. 그것도 생각해볼게요."

"마음 내킬 때 연락해."

넘어갈 듯하다고 판단했는지 사쿠라이가 잽싸게 명함을 건넸다. 이어서 리쿠마를 향해 몸을 돌렸다. "리마도 수고했어."

"저는 별로 한 것도 없어요."

"마담에게서 얘기 들었어. 여장이 아주 잘 어울려. 어떤 꽃이든 꽃은 많을수록 좋지. 하지만 이 세계에는 규칙이라는 게 있어." 사쿠라이가 오른손을 쓱 내밀었다. "그 안경은 나한테 건네줄래?"

가슴이 뜨끔했다. "예? 왜……."

"고객들의 얼굴이 찍혔잖아. 그런 위험한 영상을 갖고 나갈 수는 없어. 걱정 마, 안경은 집으로 배달해줄 테니까. 자, 어서."

마도카를 돌아보니 슬쩍 고개를 끄덕이고 있었다. 시키는 대로 하라는 뜻이다. 별수 없이 안경을 벗어서 건네주었다.

"고마워." 사쿠라이가 만족스러운 듯이 말했다.

올 때와 마찬가지로 눈가리개를 한 채로 클럽을 나왔다. 그들이 데려다준 곳은 처음에 왜건을 탔던 곳이었다. 이미 주위는 환하게 밝아졌다.

둘이서 마도카의 쿠페를 타고 집에 가기로 했다. 리쿠마는 조수석에서 어깨를 떨궜다.

"미안해요. 어렵게 촬영했는데 내가 리모컨을 들키는 바람에 다 헛수고가 됐어요."

"리쿠마는 잘못한 거 없어. 그자들은 프로야. 아마추어의 계획쯤은 뻔히 다 알지. 근데 걱정할 거 없어." 왜 그런지 마도카의 말투는 환하고 가벼웠다. 계획이 실패했는데도 실망하지 않은 건가.

리쿠마가 의아해하는 걸 알았는지 그녀는 후훗 콧소리를 내며 웃었다.

"괜찮아. 빠짐없이 다 찍어왔거든." 그러더니 목에 두른 초커를 왼손으로 가리켰다.

엇! 하고 리쿠마는 눈을 깜작거렸다. "그럼 그 목걸이가……."

"응, 소형카메라가 내장된 거야. 익스체드들의 시점을 연구하려고 개발한 것을 초커형으로 개량했어."

"그런 게 있었어요?"

"그렇다면 그 안경은 필요 없지 않았느냐고 생각하진 말아줘. 방금도 말했지만 사쿠라이 쪽은 우리가 카메라를 반입할 거라고 뻔히 예상했어. 그래서 실은 미끼가 반드시 필요했어."

"내 안경 카메라는 미끼였다는 거예요?"

"너까지 속여서 미안해. 하지만 적을 속이려면 우선 내 편부터, 라는 말도 있잖아."

"그럼요, 작전이 성공했다면 그게 최고죠."

실제로 진심으로 안도했다. 아까 안경을 빼앗겼을 때는 모든 게 헛수고라는 생각에 머릿속이 하얘졌던 것이다.

집 앞에서 쿠페가 멈췄다.

마도카는 뒷좌석에 있던 노트북을 가져와 무릎에 얹었다.

"아버지의 노트를 전부 찍어뒀다고 했지? 그거 좀 복사하자."

리쿠마는 스마트폰을 터치해 마도카에게 건넸다. 그녀는 능숙하게 기기를 연결해 데이터를 복사했다.

"고마워." 마도카가 스마트폰을 돌려주었다. "오후에 연구소로 나와. 카지노 고객들 영상과 수배범의 얼굴 사진을 대조해서 아버지가 추적했던 게 누군지 알아내야지."

"우리가 정말 그런 걸 할 수 있을까요?"

"할 수 있지. 아니, 반드시 해야 돼." 마도카가 단호하게 말했다. "그러려고 술 취한 놈들이 엉덩이를 만져도 꾹 참았잖아?"

네, 하고 리쿠마는 고개를 끄덕였다. "꼭 해야죠."

"걱정 마, 틀림없이 성공할 테니까. 우리에게는 강력한 팀원이 있거든."

"팀원이라니, 누군데요?"

"와보면 알아." 마도카가 한쪽 눈을 찡긋하며 말했다.

22

와키사카가 경찰서에 도착해보니 특별수사본부의 분위기가 평소와 달랐다. 수사원들이 부산하게 움직이는 것이다. 뭔가 진전이 있었구나, 라고 생각했다.

이윽고 그 내용이 전달되었다. 살해 현장 부근의 방범카메라에 쓰키자와 가쓰시로 보이는 인물의 모습이 찍혔다는 것이었다.

곧바로 수사회의가 열리고 그 영상이 재생되었다. 장소는 주택가였다. 반소매 폴로셔츠를 입은 남자가 빠른 걸음으로 걷고 있다. 얼굴을 보니 쓰키자와 가쓰시가 틀림없었다.

문제는 쓰키자와가 손에 든 것이었다. 오른손에 흰 비닐봉투를 들고 있었다. 쓰레기봉투였다.

"촬영 일시는 6월 30일 오전 7시 55분입니다." 담당 수사원이 영상을 가리키며 설명했다. "이 지역은 쓰레기 배출이 오전 8시까지라고 합니다. 즉 쓰키자와 가쓰시 씨는 모처 쓰레기장에서 이 쓰레기봉투를 들고 나와 이동 중이었던 것으로 보입니다."

"그 쓰레기장이 어딘지는 알아냈나?" 단상에서 다카쿠라가 물었다.

"아직 조사 중입니다. 반경 200미터 이내로 범위를 좁혀도 약 100개소, 게다가 주택가라서 방범카메라도 그리 많지 않습니다. 현재 목격자를 찾는 중입니다."

"쓰키자와 씨의 행선지는? 그것도 밝혀진 게 없나?"

"안타깝지만 그것도……. 방향으로 보면 다마가와 쪽으로 추정되는데 확증은 없습니다."

"아침 일찍 찾아가 남의 집 쓰레기봉투를 들고 왔다……. 목적은 딱 한 가지겠군."

"그렇습니다." 송구스럽다는 듯이 어깨를 옹송그리고 있던 담당자가 약간 기세를 올려 대답했다. "저희도 평소에 늘 하던 일이니까요. 특정 인물의 생활 실태를 알아보려고 한 겁니다. 다만 구체적으로 무엇을 알아내려고 했는지는 아직 파악하지 못했습니다."

"그 특정 인물은 누구인가. 그 점에 대해 의견이 있나?" 다카쿠라가 회의실 안을 둘러보며 말했다.

네, 하고 손을 든 자가 있었다. 모가미였다. 다카쿠라가 턱 끝으로 발표를 권했다.

"지금까지 진행해온 수사를 통해 피해자 쓰키자와 가쓰시 씨의 은행 계좌로 도주 중인 두 명의 지명수배자가 상당한 액수의 돈을 입금했다는 게 드러났습니다. 미아타리 수사원 시절의 경험을 살려 길거리에서 우연히 발견한 수배자에게 접근해 눈감아주겠다는 조건으로 돈을 요구했던 것으로 짐작됩니다. 하지만 그런 수배자를 발견했더라도 사람을 착각했을 가능성이 있기 때문에 틀림없이 수배자 본인이 맞다는 것을 확인할 필요가 있었을 겁니다."

"즉 이번에도 그런 것이라는 얘기인가? 어디선가 지명수배자를 발견하고 금전을 요구하기 위해 사전에 상대의 신원을 확인하려고 했다, 그러기 위해 쓰레기봉투를 들고 와 내용물을 조사했다?"

"네, 그 상대는 분명 가명을 썼을 테니까요."

"다른 의견이 있는 사람은?"

다카쿠라의 질문에 반응하는 자는 없었다.

"좋아, 우선 어느 쓰레기장에서 가져왔는지 그것부터 밝혀내도록 하자. 그다음은 인근의 수상한 인물을 색출한다. 탐문수사 인원을 보강해서 현장 주변에 가명을 쓰는 주민이 있는지 샅샅이 훑어봐. 수상쩍은 자가 있다면 지명수배자 리스트에 비슷한 인물이 없는지 확인한다. 이상이다."

지휘관의 지시에 수사원들이 일제히 답했다.

회의가 끝나자 평소에 하던 대로 각 팀별 회의에 들어갔다. 하지만 시작 전에 모가미가 와키사카에게 다가와 슬쩍 말을 건넸다.

"자네는 불만이 많지?"

"주임님이 손을 드시길래 그 얘기를 해주실 줄 알았어요."

"피해자의 예전 스마트폰에 남아 있던 동영상 말이지?"

"네, 그건 분명 쓰키자와 씨의 노트에 있던 니지마 시로와 동일인이에요. 어차피 현장 주변을 탐문할 거라면 수사원들에게 얘기해서 그 얼굴과 비슷한 사람을 찾으라고 하는 게 좋잖아요."

"그게 그거야. 니지마도 가명을 썼겠지. 어차피 그물에 걸려들게 되어 있어. 게다가 자네의 가설이 반드시 맞는다는 보증도 없잖아. 안 그래?"

"그야 그렇지만……."

T초 사건과의 관련에 대해서는 여전히 다른 수사원들에게 비밀로 할 모양이다. 아마도 다카쿠라의 지시였겠지만, 대체 뭘 노리는 것인지 와키사카는 이해가 되지 않았다.

"오늘은 우리 팀도 현장 탐문수사를 지원할 거야. 자네는 어떻게 할 건가?" 모가미가 물었다. "살해 현장 인근에서 수집한 D자료의 분석이 끝나서 20여 명의 신원이 파악됐어. 어제까지 했던 것처럼 자네는 그쪽이나 슬슬 알아봐도 돼."

탐문수사에 동원되면 팀으로 움직여야 한다. 구역을 분담할 필요가 있기 때문이다. 단독 플레이를 원하는 와키사카로서는 불편한 상황이다. 그래서 모가미가 특별히 배려해주겠다는 것이다.

"네, 저는 D자료 쪽을 알아보겠습니다."

"좋아. 리스트는 이따 모바일로 보내줄게." 모가미는 다 이해한다는 얼굴로 말했다.

팀별로 회의가 끝나자 와키사카는 혼자 경찰서를 나왔다. 택시를 잡아타고 가장 먼저 향한 곳은 78세의 이와모토라는 사람의 집이었다. 모가미가 보내준 리스트에는 열아홉 명의 이름이 올라 있었지만 그중에서도 가장 연장자였다. 60세 미만인 경우에는 직장 출근으로 낮에 부재중일 가능성이 높지만 고령자라면 그럴 걱정은 줄어든다. 게다가 주소를 보니 단독주택이라서 본인은 외출 중이라도 가족 중 누군가는 집에 있을 터였다.

이 사람을 가장 먼저 알아보려는 이유가 또 한 가지 있었다. D자료는 담배꽁초였는데 그게 살해 현장 부근에서 열 개나 발견된 것이다. 게다가 젖은 상태 등을 통해 각각 일시가 다른 것으로 밝혀졌다. 즉 이 노인은 빈번하게 다마가와 강변에 나갔고, 그때마다 담배를 피웠다. 머문 시간까지는 알 수 없지만, 뭔가를 목격했을 가능성을 기대할 만했다.

와키사카는 모바일에서 얼굴을 들고 창밖을 보았다. 아직 오전인데도 쨍쨍한 햇빛이 아스팔트에 반사되어 번들거렸다. 오늘도 찜통더위가 될 것 같다. 아니, 이미 30도 가까이 올랐는지도 모른다.

그쪽은 이제 어떻게 할 생각일까…….

와키사카가 머릿속에 떠올린 것은 리쿠마와 우하라 마도카의 얼굴이다. 단 리쿠마의 얼굴은 평소와는 다르다. 여장 메이크업을 한 얼굴이다. 얼핏 봐서는 그 중학생인 줄 아무도 모를 것이다. 알기는커녕 미리 얘기를 듣지 않았다면 남자라는 상상도 못 할 정도다.

두 사람을 본 것은 어젯밤 오후 11시쯤이었다. 준야가 얘기해준 대로 긴자의 〈블루스타〉가 입점해 있는 빌딩 뒤편에서 지켜보고 있었더니 의심스러운 왜건이 도로가에 정차했다. 안에서 나온 남자도 어쩐지 수상쩍었다. 이윽고 어디선가 여자 둘이 나타났지만, 그중 한쪽이 우하라 마도카였기 때문에 다른 한 명은 리쿠마라고 짐작할 수 있었다.

두 사람을 태운 왜건이 출발하자 와키사카는 미리 확보해둔 택

시로 뒤를 쫓았다. 다행히 미행을 눈치채지 못했는지 중간에 미심
쩍은 낌새를 보이지는 않았다.

도착한 곳은 히가시아자부였다. 좁은 골목길에 멈춰 선 왜건에서
리쿠마와 마도카가 내리는 것을 수십 미터 떨어진 곳에서 확인했
다. 두 사람은 바로 앞 빌딩 뒤편으로 끌려갔다. 분명 뒷문이 있는
것이다.

왜건이 어딘가로 사라진 뒤에야 와키사카는 빌딩으로 접근했다.
1층에는 드러그스토어가 있었다. 하지만 다른 층에 어떤 가게들이
입점해 있는지 알려주는 안내판은 어디에도 없었다. 건물을 올려
다보니 창문이 줄지어 있었지만 불빛이 새어나오는 곳은 없었다.

엘리베이터를 타고 각 층을 눌러보는 방법도 있었다. 보통 불법
카지노가 운영되는 층에서는 엘리베이터가 서지 않는다. 서게 하
려면 뭔가 인증이 필요하다.

하지만 와키사카는 그렇게까지는 개입하지 않기로 했다. 카지노
관계자는 항상 방범카메라로 주위를 지켜볼 터였다. 수상한 움직
임을 보이는 자가 눈에 띄면 경찰이 아닌가 하고 경계할 것이다.
그러면 곤란해지는 것은 리쿠마와 마도카다. 그들이 경찰에 밀고
했다고 의심을 받을 수 있는 것이다.

30분쯤 지켜봤지만 두 사람이 빌딩에서 나오는 기척은 없었다.
아무래도 무사히 불법 카지노에 잠입하는 데 성공한 모양이다. 위
법행위를 알면서도 방치한다는 것에 저항감이 들었지만, 그 두 사
람을 방해하는 건 그보다 더 꺼림칙했다. 트러블에 휘말려들지 않
기만을 빌면서 그 자리를 떠났다.

나중에 준야에게 연락해보자고 생각했다. 두 사람을 방해하지 않는 대신 무슨 일이 있었는지 알려달라고 미리 당부했던 것이다.

간밤의 일을 더듬어보는 사이에 목적지에 도착했다. 와키사카는 택시에서 내리자마자 차 밖의 무더위에 질려서 상의부터 벗었다.

이와모토의 집은 2층짜리 전통가옥이었다. 장남 가족과 함께 살고 있지만 본인만 집에 있었다. 아담한 거실로 안내를 받은 와키사카는 마른 체격의 이와모토 노인과 마주했다. 노인은 갑작스럽게 찾아온 형사에게 불쾌감을 드러내는 일 없이 시원한 보리차도 내주면서 오히려 환영하는 기색이었다. 따분해서 얘기할 사람이 필요했는지도 모른다.

"알겠네, 그 사건 때문이지?" 와키사카의 명함을 받아 찬찬히 들여다보면서 노인은 고개를 위아래로 끄덕였다. "다마가와에서 변사체가 발견되었다더라고. 근데 아직도 범인을 못 잡았어?"

현재 수사 중입니다, 라고 와키사카는 짧게 받아넘겼다.

"오늘 이렇게 찾아온 것은 이와모토 씨께 여쭤볼 게 있어서요. 실례지만 평소에 다마가와 강변에 자주 나가시지요?"

"오, 잘 아시네."

"거기 계시는 걸 봤다는 얘기가 나왔거든요. 강변에서 종종 담배를 피우신다고 하던데요."

"옳아, 야마다 씨로군. 그이하고 자주 마주쳤어."

"다마가와에는 산책 삼아서?"

"나야 워킹을 한답시고 나가는데 남들 눈에는 그냥 산책으로 보인 모양이지?" 이와모토는 테이블 위에 있던 담뱃갑과 라이터, 그리고 재떨이를 끌어당겼다. 한 개비를 입에 물고 불을 붙이더니 깊이 들이마셨다. 아주 흡족하다는 얼굴로 후우 연기를 토해낸다.

"대략 시간대는?"

"아침 8시쯤에 나가. 근처를 한 바퀴 쭉 돌아본 뒤에 다마가와에서 담배 한 대 피우는 게 습관이야. 하하, 워킹이라면서 담배와 라이터를 들고 다니다니 이거야 원, 건강에 좋은 건지 나쁜 건지 모르겠네." 노인은 누런 이를 드러내며 웃었다.

그 참에 휴대용 재떨이도 지참하시는 게 어떠냐고 미운 소리 한마디쯤은 해주고 싶은 기분이었다. 매일 같이 꽁초를 투기했기 때문에 이렇게 형사가 찾아온 줄은 꿈에도 모를 것이다.

어쨌든 역시 아침 시간대였구나, 라고 낙담하지 않을 수 없었다. 그 사건을 목격했을 가능성은 없을 것 같다.

"다마가와 근처에서 최근에 뭔가 특이한 점은 없었습니까? 수상한 인물을 봤다든가 이상한 물건이 있었다든가." 별 기대도 없이 일단 물어보았다.

"그거야 늘 있지. 아무튼 별의별 사람들이 다 있어. 지난번에는 노숙자가 자빠져 자나 했더니만 술 취한 회사원이더라고. 허 참, 어쩌자고 그런 데 드러누워 자는지 모르겠어. 이상한 물건이라고 하면 쓰레기 불법 투기가 가장 눈에 띄지. 여행 캐리어가 나뒹구는 걸본 적도 있어."

노인은 열심히 답해줬지만 그리 유익하다고 할 만한 정보는 아니었다. 이제 슬슬 일어나야겠다고 생각했을 때 아참 그렇지, 하고 이와모토가 손뼉을 딱 쳤다.

"쓰레기 얘기를 하다 보니 생각나네. 글쎄 쓰레기봉투를 뒤지는 사람이 있더라고. 지난달 말쯤이었나?"

"쓰레기봉투요?"

"아마 어디 쓰레기장에서 들고 온 모양인데 그걸 뒤지고 있었어. 그래서 내가 대체 뭐 하느냐고 말을 붙였지. 쓰레기는 반드시 정해진 장소에 버려야 한다고 혼을 내면서. 그랬더니 그 남자가 버리면 안 될 것이 깜빡 섞여 들어가는 바람에 쓰레기장에 내놓기 전에 찾아보는 중이라고 하더라고. 뭔데 그러느냐고 물었더니 이거예요, 라면서 쪼그맣고 동그란 플라스틱 메달 같은 걸 보여줬어. 아이 장난감인데 마누라가 모르고 봉투에 넣었다는 거야."

"메달 같은 거? 크기는요?"

이만했던가, 하면서 이와모토는 엄지와 검지로 동그라미를 만들었다.

"그러고는 급하게 쓰레기봉투를 다시 묶고, 제자리에 버릴 테니 걱정 마시라면서 자리를 떴는데 그거, 정말로 잘 버렸는지 모르겠어." 그렇게 말하고 이와모토는 재떨이에 담뱃재를 떨었다.

"그 메달 같은 것에 대해 조금 더 자세히 얘기해주세요. 색깔은 어땠어요?"

이와모토가 얼굴을 찌푸렸다. "글쎄, 얼핏 본 거라서……."

"잠깐만요." 와키사카는 스마트폰을 꺼내 이미지를 검색했다. 곧바로 표시된 사진 하나를 이와모토에게 보여주었다. "이런 거 아니었어요?"

이와모토는 목을 길게 빼고 노안인지 눈을 가늘게 뜨면서 화면을 들여다보더니 오오 하고 입을 헤벌린 채 고개를 끄덕였다.

"그렇지, 이런 거였어. 색깔은 약간 다른 것 같기도 하고."

"지난달 말이라고 하셨지요? 날짜는 기억나십니까?"

"그게 며칠이었나……." 노인이 팔짱을 끼며 고개를 갸웃거렸다.

6월 30일이라고 와키사카는 확신했다. 쓰레기봉투를 뒤져본 남자는 쓰키자와 가쓰시가 틀림없다.

손에 든 스마트폰을 보았다. 화면에 뜬 것은 카지노 칩 사진이었다.

23

오후 2시 정각에 역에 도착하자 개표구 옆에 준야가 서 있는 게 보였다. 티셔츠에 백팩이라는 평소 그대로의 스타일이다. 통화 중인지 스마트폰을 귀에 대고 있었다. 그래도 리쿠마를 알아보고 이쪽을 향해 살짝 손을 들었다. 리쿠마도 응하면서 다가갔다.

"그럼 나중에 연락드릴게요." 준야가 그렇게 전화를 끊고 스마트폰을 반바지 주머니에 넣었다. 말투로 봐서 전화 상대는 어른인 것 같았다.

"누구?"

"학원 선생님이야. 목감기로 쉰다고 했어."

"그래도 돼? 엄마한테 들키면 어떡하려고."

"괜찮아, 선생님이 집에 연락할 리도 없고."

"응……." 리쿠마는 대답을 하면서도 마음이 편치 않았다. 나 때문에 친구가 고교 입시를 망칠까 봐 여간 걱정되는 게 아니다. 물론 준야가 함께해주면 든든한 건 틀림없지만.

오늘은 오전 11시에 일어났다. 스마트폰 알람을 설정해두지 않았다면 아마 세상모르고 잤을 것이다. 잠자리에 든 게 오전 7시쯤이었기 때문이다. 화장을 지우는 데 한참이 걸렸다.

집에 도착하자마자 준야에게 전화해 무사히 카지노에서의 미션을 수행했다고 보고했다. 하지만 자세한 얘기는 나중으로 미뤘다. 오후에 마도카를 만나기로 했다고 하자 준야가 자기도 가겠다고 했기 때문이다.

지하철이 한산해서 둘이 나란히 앉았다. 리쿠마는 간밤에 있었던 일을 대략 설명해주었다. 마도카가 원하는 곳에 자유자재로 볼을 넣었을 때의 놀람은 표현하기가 어려웠다. 아무튼 깜짝 놀랐다고 밖에는 달리 할 말이 없었다.

"현장 책임자 사쿠라이 씨라는 사람도 처음에는 깜짝 놀라더라고. 근데 차츰 익숙해졌는지 이 기회에 쩨쩨하게 구는 손님들은 죄다 처리하겠다는 식으로 마도카 씨에게 연달아 지시를 내렸어. 그걸 또 줄줄이 해내는 거야. 게다가 막판에는 손님의 작전까지 간파해버렸어."

알로하셔츠 남자가 칩을 옮겼을 때의 얘기를 들려주자 준야는 눈이 둥그레졌다.

"그런 것까지 알아채다니, 마도카 씨는 대체 뭐냐?"

"내가 드디어 알았어. 마도카 씨는 그거였어."

"그거라니?"

"익스체드, 천재야. 그래서 그 연구소에 있겠지. 어쩌면 익스체드 제1호일 수도 있어."

"하지만 익스체드는 특수한 능력 대신에 뭔가 장애가 있다잖아. 마도카 씨는 그런 건 없었어. 그야말로 건강하고 아름답잖아."

"겉으로만 그런 거 아닐까?"

"그런가? 하긴 보통사람은 아니지. 아 참, 불법 카지노에는 손님이 몇 명이나 왔어?"

"정확히 세어본 건 아니지만, 테이블이 여러 개였으니까 100명쯤은 될 걸."

"그걸 전부 촬영했다고?"

"그렇지."

"그리고 그 속에 아버지가 추적하던 남자가 있는 거야?"

"글쎄 그건 모르지." 리쿠마는 고개를 갸우뚱했다. "단골들이 모두 온 것은 아닐 테니까. 어쩌면 헛수고가 될 가능성도 있어."

"그럴 경우에는 어떻게 하나? 다시 불법 카지노에 잠입해야 돼?"

"마도카 씨는 그럴 생각인 모양인데 문제는 그때도 무사히 촬영할 수 있을지 모르겠어. 그 카메라를 다시 쓸 수는 없잖아."

다음에 그 카메라를 들킨다면 즉시 쫓겨날 것이다. 그뿐만이 아니라 치도곤을 당할지도 모른다.

수리학연구소에 도착하자 마도카가 로비에서 기다리고 있었다.

"어제는 밤새 수고 많았어. 좀 잤니?"

죽은 듯이 잤다고 대답하자 마도카는 그랬을 거라면서 깔깔 웃었다.

그녀가 안내해준 곳은 처음 왔던 날에 갔던 그 회의실이었다. 안에 들어서자 리쿠마는 멈칫했다. 나가에 다키코와 데루나가 와 있었기 때문이다.

"두 사람에게도 영상을 보여주기로 했어." 마도카가 말했다. "카지노 손님들 틈에서 지명수배자를 찾아내려면 되도록 여럿이서 보는 게 좋으니까."

리쿠마는 입을 꾹 다물고 애매하게 수긍했다. 새벽에 헤어지는 참에 마도카가 말했던 '강력한 한 팀'이라는 게 이건가.

회의실 책상에 대형 액정모니터 두 대가 있었다. 마도카가 빠른 손놀림으로 컴퓨터 키보드를 치자 왼편 모니터에 얼굴 사진이 줄줄이 나왔다. 가쓰시의 지명수배자 노트에 있던 사진들이다.

"아직 체포되지 않은 수배자 사진만 뽑은 거야. 이미 체포했거나 해결된 것은 제외했어."

마도카는 다시 키보드를 두드렸다. 이번에는 오른쪽 모니터에 동영상 재생 소프트가 올라왔다. 카지노 풍경이 찍힌 것이다. 첫 화면은 손님들이 들어오는 장면이었다.

"그럼 시작해보자. 우리가 할 일은 단순해. 동영상에 찍힌 사람들 중에 지명수배자가 있는지 확인하는 거야. 발견했을 경우에는 말해줘."

시작한다, 하면서 마도카가 엔터키를 누르자 오른쪽 모니터의 동영상이 재생을 시작했다. 화면에 흐르는 영상의 무대는 12시간 전쯤에 리쿠마가 머물렀던 장소다.

"우와, 호화찬란하다. 외국 같아." 준야가 탄성을 올렸다. 중학생의 눈에는 알록달록한 게임 테이블 사이로 화려한 옷차림의 남녀가 오고 가는 것만으로도 딴 세상처럼 보일 터였다.

마도카가 동영상을 일시 정지시켰다.

"저기 저 남자, 이 사진의 얼굴과 닮지 않았어?"

그녀가 오른쪽 모니터에서 가리킨 것은 바카라를 하는 중년 남자였다. 그 얼굴이 왼편 모니터 한가운데쯤에 있는 사진 속 얼굴과 닮지 않았느냐는 것이다.

리쿠마는 양쪽을 비교해보았다. 분명 닮았다. 하지만 동일 인물이라고 단언하기는 어려웠다. 그렇게 말하자 "나도 같은 생각이야"라고 준야도 동의했다. "저 정도로 닮은 사람은 여기저기 많아."

"데루나는 어때?" 마도카가 이번에는 소녀에게 물었다.

데루나는 엄마를 보며 손을 살짝 움직였다. 그 작은 동작만으로 다키코는 딸의 의도를 이해했는지 고개를 끄덕인 뒤에 마도카를 보았다.

"전혀 닮지 않았다고 하네요."

후유 하고 마도카가 한숨을 내쉬었다.

"데루나가 그렇게 말했다면 그게 맞을 거야." 정지했던 동영상을 다시 돌렸다.

리쿠마는 새삼 깨달았다. 역시 '강력한 한 팀'이라는 건 데루나였다. 이 아이는 원주율 중간부터라도 틀린 숫자를 한눈에 짚어낸다고 했다. 사람 얼굴도 이 아이에게는 숫자의 나열과 마찬가지인지도 모른다.

데루나를 멍하니 쳐다보고 있었더니 옆에서 마도카가 물었다.

"왜 그래?"

"대단해서요. 한 번 본 것을 다 기억하다니, 어떻게 그럴 수 있는지 신기해요. 근데 생각해보면 아버지도 그런 재능이 있었어요. 그래서 우수한 미아타리 수사원으로 손꼽혔겠죠. 데루나는 아버지의 그런 피를 제대로 물려받은 거 같아요. 나는 아무 능력도 없는데……."

마도카가 답답하다는 듯이 손을 내저었다. "이 상황에서 별것도 아닌 일로 징징거리지 말아줄래?"

"징징거리는 게 아니라 데루나가 있어서 다행이라는 거예요. 아버지를 그렇게 만든 놈을 밝혀내는 데 난 아무 도움도 안 되니까."

"그런 걸 징징거린다고 하는 거야."

그러자 데루나가 다키코를 향해 뭔가 손으로 신호를 보냈다.

"데루나는 리쿠마가 멋있대요." 다키코가 말했다. "혼자 남았는데도 기죽지 않고 씩씩한 게 멋있다, 그래서 자기도 꼭 도와주고 싶다고 하네요."

그 말을 듣고 리쿠마는 가슴에 묵직한 게 털썩 떨어진 듯한 충격을 받았다. 그런 식으로 생각해준다는 건 상상도 못했다.

"방금 들었지? 기운 내, 오빠잖아." 마도카가 리쿠마의 등을 툭 쳤다.

리쿠마는 목을 움츠리며 가만히 고개를 끄덕일 수밖에 없었다.

그런 식으로 카지노에 왔던 손님 한 명 한 명의 얼굴을 체크해나갔다. 그러자 보기에 따라서는 지명수배자의 얼굴 사진과 닮은 사람이 꽤 많아서 마도카뿐만 아니라 리쿠마와 다키코도 이따금 지적했다. 하지만 그때마다 데루나는 전혀 아니라고 고개를 저었다.

조심스럽지만 매우 단호한 몸짓이었다.

　이윽고 영상이 끝이 났다.

　"안타깝지만 헛수고였던 거 같다." 마도카가 팔짱을 끼며 말했다. "별수 없지. 한 번 더 가야겠네."

　리쿠마는 눈이 휘둥그레졌다. "카지노에서 또 딜러를……."

　"사장이 불러주기만 하면 뭐, 어떻게든 되겠지. 리쿠마는 이제 안 가도 돼. 나 혼자 다녀올 테니까."

　"왜요, 마도카 씨가 간다면 나도 갈 거예요."

　"중학생을 그런 위험한 곳에 또 데려갈 수는 없어."

　"촬영은 어떻게 해요? 다음에는 아무래도 들킬 거 같은데."

　"어설피 잔꾀를 부려봤자 이번에는 안 통해. 그냥 솔직하게 털어놓고 부탁하는 수밖에 없어. 절대 외부에 유출하지 않을 테니 촬영을 허락해달라고."

　"허락해줄까요?"

　"그야 모르지만, 달리 방법이 없잖아." 마도카는 스마트폰을 집어 들었다.

　"엇, 그 사쿠라이라는 사람한테 연락하려고요?"

　"그래야지. 달리 연락할 데가 없어."

　"안 돼요." 리쿠마는 마도카의 손목을 잡았다. "그 사람, 마도카 씨에게 흑심을 품고 있다니까요."

　"나도 알아. 그러니까 내가 부탁하면 들어주겠지. 이 손 좀 놔줄래? ……놓으라니까!"

　마도카가 거칠게 뿌리치는 바람에 리쿠마는 손을 놓쳐버렸다.

"그 사람은 안 된다니까요? 마도카 씨가 걱정된다고요."

리쿠마의 말에 험악했던 마도카의 표정이 누그러들었다.

"고마워. 근데 괜찮아. 나도 그렇게 멍청하지는 않으니까."

"그래도……."

저기요, 라고 준야가 손을 번쩍 들었다. "나도 얘기 좀 할까요?"

리쿠마는 마도카와 함께 친구의 얼굴을 보았다.

"저기에 그 사진은 없는데, 괜찮을까요?" 준야는 왼편 모니터를 가리키며 말했다.

"그 사진이라니?" 리쿠마가 물었다.

"아버지가 주목했다는 그 으스스한 얼굴 사진 말이야. 니지마 시로라고 했던가?"

"그 사건은 이미 해결됐고 니지마 시로는 사망했어. 그런 사람이 카지노에 왔을 리가 없잖아."

"그래도 혹시 모르니까 확인해보자. 데루나에게도 보여주고." 왜 그런지 준야의 귀가 빨개져 있었다.

"알았어, 정 그렇다면."

리쿠마는 스마트폰에서 니지마 시로의 데이터를 찾아 그 얼굴 사진을 데루나에게 보여주었다.

"이 얼굴, 카지노 손님 중에 있었어?"

데루나는 머뭇머뭇 화면을 들여다보았다. 그 순간, 아이의 시선이 흔들렸다. 하지만 금세 애매한 표정으로 바뀌었다. 그걸 어떻게 해석해야 좋을지 리쿠마는 알 수 없었다.

"어때, 있어? 아니면 없는 거야? 확실히 대답해봐."

리쿠마, 라고 말하며 옆에서 마도카가 나무랐다. "다그치면 안 돼."

"아, 미안."

다키코가 데루나와 뭔가 수신호를 주고받은 뒤 리쿠마에게로 얼굴을 향했다.

"확실하지 않대. 자신이 없나 봐."

"그래도 비슷한 인물이 있었지? 어떤 사람이야?"

하지만 데루나는 고개를 숙인 채 입을 열지 않았다. 확신이 없는 건 대답할 수 없다는 뜻인 모양이다.

"그걸 보여주면 어떨까?" 준야가 말했다. "있잖아, 아버지의 예전 스마트폰에 있던 동영상. 그거, 니지마 시로일 거라고 했었는데."

똑같은 생각을 리쿠마도 하던 참이었다. 즉시 스마트폰으로 동영상을 재생해 데루나 앞에 내밀었다.

데루나의 반응은 빨랐다. 눈이 큼직해지는가 싶더니 양손을 입에 대고 눈빛으로 다키코에게 뭔가를 호소하기 시작했다.

"응, 그래, 있다고? 알았어, 어떤 사람이야? 리쿠마 오빠에게 알려줘." 다키코가 나지막한 말투로 데루나를 다독거렸다.

마도카가 키보드를 쳤다. 오른쪽 모니터에서 동영상의 재생이 시작되었다.

잠시 뒤 데루나가 화면을 가리켰다. 마도카는 동영상을 일시 정지시켰다.

"저 사람? 저 사람이 틀림없어?"

마도카가 되물었다. 그렇게 되묻는 이유를 리쿠마도 알 수 있었다. 데루나가 가리킨 사람이 전혀 뜻밖의 인물이었기 때문이다.

"저 사람이 그 사진 속 인물이라고?" 리쿠마는 눈만 껌벅거렸다.

그건 룰렛 게임으로 흥이 오른 늙은 마녀, 아카기 달리아의 얼굴이었다.

두 대의 액정모니터에 얼굴의 각 부분을 분해한 사진이 나왔다. 마도카는 키보드를 두드려 그것을 하나하나 확대하거나 위치를 바꾸기도 했다. 한쪽은 가쓰시의 예전 스마트폰에 있던 동영상에서 잘라온 수수께끼 남자의 것이고, 또 한쪽은 카지노에서 몰래 촬영해온 아카기 달리아의 것이었다.

"수치 분석을 해본 결과, 눈의 형태는 거의 일치, 양쪽 눈과 입의 위치 관계도 일치, 귀 모양도 일치하는 걸로 나왔어. 광대뼈 높이와 턱의 폭에는 약간 차이가 있었지만, 이건 성형수술로 교정이 가능한 범위야. 결론부터 말하면, 동일 인물이라고 봐도 틀림없어." 마도카가 모두를 둘러보면서 말했다.

"설마 그 사람이 남자였다니!" 리쿠마는 저절로 솔직한 느낌이 튀어나왔다. "그래서 내가 여장한 걸 금세 알아봤구나."

"나도 놀랐지만, 그보다 더 중요한 게 있어." 마도카가 말했다. "지명수배자 노트에 있던 니지마 시로가 아카기 달리아였다면 바다에 빠져 사망했다는 인물은 대체 누구지? 전혀 다른 사람을 경찰에서 니지마 시로라고 착각한 거야? 어떻게 그럴 수 있지?"

"그게 착각이 아니라면 사진 속 인물을 니지마 시로로 단정한 게 착각이라는 얘기겠네요."

"그렇겠지? 어쨌든 경찰은 큰 실수를 했어. 게다가 그걸 은폐하고 있어. 그러지 않고서야 이 상황은 설명이 안 돼. 아마 리쿠마의 아버지는 그걸 알았을 거야. 실제로 니지마 시로는 죽었지만, 니지마 시로라는 이름의 사진 속 인물은 살아 있다고. 그래서 길거리에서 우연히 발견했을 때 곧바로 알아봤겠지. 설령 범인이 성형수술을 받고 노부인으로 변장을 했어도." 마도카는 모니터에 찍힌 아카기의 얼굴을 가리키며 말했다.

"아버지가 아카기의 정체를 밝혀내려고 했던 걸까요?"

"난 그렇다고 봐."

"그러면 그걸 눈치챈 아카기가 거꾸로 아버지를……."

'죽였다'라는 험한 말을 쓰기가 리쿠마는 머뭇거려졌다.

"그걸 생각해보기 전에 분명하게 해둘 게 있어. ……어이, 준야." 마도카가 자리에서 일어나 통통한 중학생을 내려다보았다. "조금 전에 어떻게 니지마 시로의 사진을 데루나에게 보여주자는 생각을 했지? 이미 해결된 사건이고 니지마는 사망했다고 리쿠마가 말했는데도 혹시 모르니까, 라면서 밀어붙였어. 준야는 이런 답이 나올 줄 미리 알고 있었던 거 같은데?"

"아니, 나는……." 준야가 얼굴 앞에서 손을 내둘렀다. "그런 거 몰랐어요." 하지만 그 목소리에 힘이 없었다.

"시치미 떼도 소용없어. 내 눈은 못 속여. 카지노 손님의 동영상을 볼 때도 준야만 한 번도 수배자와 닮은 사람을 지적하지 않았어. 아니, 지적하지 않은 게 아니라 애초에 지적할 마음이 없었어. 왜냐면 처음부터 니지마 시로의 사진이 열쇠라는 걸 알고 있었기 때문이야. 그렇지?"

준야는 대답하지 못한 채 금붕어처럼 입만 뻐끔거렸다. 귀가 더 더욱 빨개졌다.

"그런 거야?" 리쿠마는 친구를 지그시 바라보았다. "준야, 사실대로 말해봐."

"화, 확인해달라고 해서⋯⋯." 준야의 입에서 겨우 말이 새어나왔다. "카지노 손님 중에 그 사진, 그 니지마 시로와 닮은 사람이 있는지 확인해달라고 했어⋯⋯."

"누가?"

"그 형사, 그 와키사카 형사⋯⋯."

"와키사카 형사가? 왜?"

"나도 어쩔 수 없었어." 준야가 얼굴을 일그러뜨렸다.

24

택시에 탈 때만 해도 바깥이 환했는데 문득 돌아보니 차창 밖에 벌써 저녁 어스름이 깔리고 있었다. 이제부터 어떤 밤이 시작될지, 와키사카는 전혀 짐작도 할 수 없어서 아까부터 오른손이 자신의 무릎을 툭툭 치는 것을 막지 못하고 있었다.

준야에게서 전화가 온 것은 40분 전쯤이었다. 준야는 댓바람에 "들켰어요!"라고 말했다. 뭘 들켰다는 거냐고 물어보는데, "잠깐만"이라면서 누군가 전화를 건네받는 기척이 있었다. 곧바로 귀에 익은 목소리가 "우하라 마도카예요"라고 이름을 밝혔다. 승부욕 강한 그 얼굴이 눈에 선하게 떠올랐다.

"준야에게 다 들었어요. 중학생을 위협해 일종의 스파이 행위를 강요하셨더군요."

"강요라니, 남 듣기 사나운 말씀을. 교환 조건이었어요. 게다가 준야가 제안했습니다. 정보를 제공할 테니 리쿠마와 마도카 씨를 방해하지 말아달라고."

"그런 식으로 몰고 갔겠죠. 〈블루스타〉의 컵받침을 알아봤으면서 그 자리에서는 아무 말도 없다가 나중에 준야를 다그치다니, 너무 음험한 수법 아니에요?"

"나도 내 나름대로 이래저래 배려를 해줬다고 생각합니다."

"견해차라는 건가요? 뭐, 좋아요. 그보다 우리가 불법 카지노에 간 것을 아는 사람이 현재로서는 와키사카 씨뿐이라고 생각해도 되나요?"

"그건 그렇죠. 내가 위에 보고했다면 지금쯤 난리가 났을걸요."

"그럼 아직 상의해볼 여지는 있겠네요. 어때요, 서로 정보도 교환하고 앞으로의 대응책을 강구해보는 건?"

"상의라면 언제든 환영입니다."

"그럼 지금 당장 저희 쪽으로 오세요. 수리학연구소에서 기다릴게요."

"잠깐, 지금 당장은 어렵고……" 하지만 상대는 와키사카의 말이 끝나기도 전에 전화를 끊었다.

와키사카는 난감해하면서도 다카쿠라는 물론 모가미에게도 말하지 않은 채 특별수사본부를 나왔다. 애초에 그것밖에 다른 선택지는 없었다. 무슨 일이냐고 물어보면 탐문수사 보강을 위한 외출이라고 둘러댈 생각이었다.

이와모토 노인이 다마가와 강변에서 만났던 사람은 역시 쓰키자와 가쓰시였다. 쓰키자와의 얼굴 사진을 이와모토에게 보여주자

바로 이 사람이라고 단언했던 것이다.

귀중한 정보였지만, 와키사카는 위에 보고하지 않았다. 그걸 보고하면 쓰키자와 가쓰시와 카지노 칩의 관련에 대해서도 설명해야 하기 때문이다. 불법 카지노가 얽혀 있고 거기에 일반인 마도카와 리쿠마가 비밀리에 잠입했다는 것을 아직은 밝힐 수 없는 상황이다. 결국 그 칩도 알지 못했던 걸로 해두는 수밖에 없었다.

그러면 앞으로 어떻게 해야 할 것인가. 와키사카는 준야에게서 들어오는 정보 여하에 따라 달라진다고 생각했다. 마도카와 리쿠마가 카지노에서 뭔가 단서를 잡았고 그걸 바탕으로 어떤 행동에 나설 계획이라면 그 내용에 따라서는 상사에게 보고하는 것도 어쩔 수 없겠다고 마음먹었다.

마도카와 리쿠마는 카지노에서 어떤 정보를 알아냈는가. 그들은 대체 어떻게 할 계획인가.

밤이 깊어가면서 주위도 컴컴해졌다. 그 어둠처럼 앞으로의 전망이 불투명하기만 해서 이제부터 무슨 일이 일어날지 전혀 짐작도 안 되고 마음은 불안하기만 했다.

이윽고 택시가 목적지에 도착했다. 어둠 속에 서 있는 회색빛 수리학연구소가 으스스한 아우라에 휩싸여 있는 것 같았다.

정문 현관을 지나 안으로 들어가자 마도카가 기다리고 있었다. 그녀는 와키사카의 등 뒤를 살피며 물었다. "혼자 오신 거 맞죠?"

"물론입니다. 왜요?"

"혹시 동료분과 함께 오시는 거 아닌가 해서요. 그럴 경우에는 그냥 돌려보낼 생각이었어요."

"나는 그런 사람 아닙니다. 여기 온다는 건 아무한테도 말하지 않았어요."

"그러실 줄 알았지만, 혹시나 해서."

가시죠, 하면서 마도카는 앞장서서 걸음을 옮겼다.

안내해준 곳은 전에도 왔던 회의실이었다. 리쿠마와 준야 외에 나가에 다키코와 데루나도 함께 있었다. 책상 위에는 대형 디스플레이 두 대가 나란히 설치되었다. 동영상과 정지화면을 보면서 서로 의견을 나누고 있었던 모양이다.

리쿠마와 시선이 마주쳤다. 전에 만났을 때보다 부쩍 어른스러워 보였다.

"불법 카지노에서 뭔가 수확이 있었어?"

와키사카의 물음에 리쿠마는 대답해도 되느냐는 듯이 마도카를 보았다. 그녀가 고개를 끄덕이자 리쿠마는 한 차례 심호흡을 한 뒤에 입을 열었다. "아버지가 추적하던 사람을 찾았어요."

리쿠마는 카지노 영상을 모니터에 재생하고 설명을 시작했다. 와키사카는 깜짝 놀랄 수밖에 없었다. 니지마 시로라는 이름의 사진 속 인물인 것은 예상한 그대로였지만 여자로 변장했다는 건 뜻밖이었다.

"그자의 정체는 알아냈어? 본명이 어떻게 되지?"

"그건 아직 모르겠어요."

"〈블루스타〉의 오너라고 했으니까 본명도 곧 알아낼 수 있어요." 마도카가 자신 있게 말했다. "밤업소 쪽에 인맥이 짱짱한 지인이 있거든요."

와키사카는 승부욕 강한 그 눈을 마주 보았다. "그 방법은 추천할 수 없겠는데요."

"왜요?"

"위험하기 때문이죠. 불법 카지노 잠입도 그렇고, 마도카 씨는 지나치게 무모해요. 앞으로는 우리 쪽에 맡겨야 합니다."

"맡기라니, 어떻게 할 건데요?"

"간단해요. 그 아키기라는 자가 카지노에 있을 때, 단속반이 들어가 검거하면 됩니다. 그 자리에 있는 전원을 구속시킬 수 있으니까 아카기를 취조실에서 철저히 조사하면 진상을 밝힐 수 있어요."

"그 불법 카지노가 어디 있는지, 아는 거예요?"

와키사카는 잠시 틈을 둔 뒤에 대답했다. "네, 파악했습니다."

마도카의 표정이 그 즉시 냉랭해졌다. 그녀는 준야를 흘끗 돌아본 뒤, 와키사카에게 싸늘한 시선을 던졌다. "어젯밤에 우리를 미행했군요."

"마도카 씨의 움직임을 방해하지 않는다, 라는 준야와의 약속은 지켰어요."

"카지노 운영자들이 혹시라도 미행을 눈치챘다면 우리가 경찰에 찔렀다고 의심했을걸요. 그게 훨씬 더 위험한 일이었어요."

"최대한 주의를 기울였어요. 그래서 그자들이 눈치채는 일도 없었습니다."

"그건 결과론이죠. 조금 전에 와키사카 씨는 나한테 무모하다고 했지만, 그 말을 그대로 돌려드려야겠네요." 마도카가 고개를 확 돌려버렸다.

화가 났지만 와키사카는 반론을 할 수 없었다. 일리 있는 말이었기 때문이다.

"좋아요. 좀 경솔했다는 건 인정하지요. 사과하라면 사과하겠습니다. 하지만 결과적으로 불법 카지노의 위치는 알아냈어요. 그 성과를 어떻게든 활용해야죠."

마도카는 다시 고개를 돌려 와키사카를 노려보았다.

"카지노 적발에는 절대 반대예요. 그런데도 기어코 단속반을 보내시겠다면 그 전에 운영자에게 연락해 즉시 철수하라고 일러줄 거예요."

와키사카는 어리둥절해서 그녀의 얼굴을 마주 보았다.

"그런 짓을 했다가는 마도카 씨도 처벌을 받게 돼요."

"뭐, 그러시든지. 비겁한 사람이 되느니 처벌 받는 게 나아요."

"왜 그렇게 불법 카지노 측을 감싸주는데요?"

"나는 리쿠마의 아버지를 누가 살해했는지 알아내려는 것뿐이에요. 거기에 다른 사람들은 끌어들이고 싶지 않아요. 카지노 측 사람들은 오히려 도움을 줬는데 그걸 배반할 수는 없다는 말이에요."

와키사카는 손을 옆으로 저었다.

"그렇게 배려해줄 필요 없어요. 그자들은 불법을 저지른 사람들이에요."

그러자 마도카는 흥 하고 싸늘한 미소를 보였다.

"도박죄라는 건 국가에서 편의상 만들어낸 죄목일 뿐이죠. 경륜이나 경마 등의 공영 도박장이나 실제 돈을 거는 파친코는 괜찮고 그 이외의 도박은 금지하다니, 이상하지 않나요?"

"불법 도박은 자칫하면 반사회적인 세력의 자금줄이 될 수 있기 때문이죠."

"그래요, 어차피 돈 문제네요. 공영 도박장은 돈이 정부로 들어가고, 불법 카지노는 그렇지 않다, 그래서 금지한다. 돈이 흘러가는 곳이 반사회적인 세력이기 때문이라는 건 궤변이죠. 결국 도박장을 운영할 권리를 국가에서 장악하겠다는 거잖아요. 정말로 국민의 행복을 바란다면 모두 다 금지했어야죠. 사행심을 부추기고 저도 모르게 빠져들어 인생을 망쳐버릴 위험성을 내포하고 있다는 점에서는 공영 도박장이든 불법 카지노든 마찬가지니까요. 하지만 정권을 쥔 자들에게 그런 발상은 없겠죠? 이 문제에 관해서는 국민 따위는 안중에도 없는 거예요." 마도카는 리쿠마와 준야를 쳐다보았다. "너희들도 똑똑히 기억해둬. 법은 정부의 편의에 따라 만들어진 거야. 국민 따위는 그다음 문제고, 더구나 정의라는 것과는 아무 관계도 없어. 어제까지는 무죄였던 것이 어느 날 갑자기 유죄가 되기도 해. 너희는 그런 것에 휘둘려서는 안 돼. 무엇이 옳은지, 스스로 생각하지 않으면 안 된다는 거야. 알겠니?"

너무도 단호한 기세에 놀랐는지 중학생 리쿠마와 준야는 눈을 껌벅껌벅하며 고개를 끄덕이고 있었다.

마도카가 이번에는 와키사카에게로 얼굴을 돌리며 말했다.

"그러니까 그 카지노를 적발하고 싶다면 그러세요. 하지만 이번이 아니라 다음 기회에 해주세요."

와키사카는 깊은 한숨을 내쉬었다.

"그럼 어떻게 하겠다는 겁니까, 마도카 씨의 계획을 들려주시죠."

"그 전에 물어볼 게 있어요. 왜 니지마 시로라는 사진 속의 인물이 카지노에 있다고 생각했지요? T초 사건과 이번 사건은 어떤 관련이 있는 거예요?"

똑바로 쏘아보면서 말하는 마도카의 눈빛에 와키사카는 압도되었다. 수사 정보를 일반인에게 발설한다는 것에 양심의 거리낌을 느끼면서도, 일이 이렇게 된 마당에 그런 틀에 박힌 규칙을 주장해봤자 통할 리 없다고 자신을 다독거렸다.

25

밤늦은 시간에도 역에는 생각했던 것보다 많은 사람들이 줄줄이 개표구를 지나갔다. 가이메이대학교 학생들인 것 같았다. 여름방학 기간이지만 동아리 활동 등으로 학교에 나오는지도 모른다. 대부분은 곧장 집으로 가겠지만 놀러가는 이도 적지 않을 것이다. 낮에는 열심히 캠퍼스 생활을 누리고 밤에는 함께 어울려 번화가로 놀러간다…… 몇 년 뒤에는 친구들 대부분이 그런 대학생이 되어 있을 게 틀림없다. 아마도 나와는 인연이 없는 세계가 되겠지만, 이라고 리쿠마는 멍하니 생각했다.

"아니, 리쿠마는 못 만났고. ……좀 바쁜가 봐. ……나도 몰라. ……지금 집에 갈게. ……아무것도 안 먹었어. ……응, 알았어." 옆에서 전화를 하던 준야가 스마트폰을 호주머니에 넣었다. "미안."

"학원 땡땡이친 거, 들켰어?"

"아냐, 괜찮아. 그보다 엄마가 네 걱정을 하던데."

"그렇구나." 리쿠마는 양심에 찔려서 괜히 코밑을 쓱쓱 비볐다.

연구소에 와키사카가 찾아와 이런저런 얘기를 주고받았지만 좀체 결론이 나지 않았다. 문득 보니 창밖이 깜깜해졌다. 그걸 본 마도카가 준야에게 그만 집에 돌아가라고 지시했던 것이다.

"오늘은 안 가도 되는데요." 준야가 저항했다. "리쿠마네 집에서 잔다고 얘기하고 나왔다니까요."

하지만 마도카는 돌아가라고 단호하게 말했다.

"앞으로 어떤 일이 벌어질지 모르는 상황이야. 준야까지 휘말리게 할 수는 없어."

"왜요? 왜 자꾸 나만 따돌려요?"

"따돌리는 게 아니니까 지금 이 자리에 있잖아. 하지만 여기까지야. 이제부터 각자 자신의 행동에 책임을 져야 해. 준야에게 그런 짐을 지게 할 수는 없어."

"책임질 거예요, 나도."

"거 참, 말귀를 못 알아듣네. 거치적거린다니까!"

얼른 가라면서 마도카가 문을 가리켰고 준야는 울먹거리는 얼굴이 되었다. 대꾸도 못한 채 느릿느릿 자리에서 일어섰다. 너무 딱해서 리쿠마가 역까지 배웅해주기로 했다.

"리쿠마, 난 아무 도움도 안 되지?" 개표구로 향하기 전에 준야가 말했다. "와키사카 형사에게 이용만 당하고……."

"그렇지 않아. 와키사카 형사와의 거래는 나와 마도카 씨를 걱정해서 그런 거잖아. 탁월한 판단이었어. 오히려 아무 도움도 안 되는 건 나야. 전혀 한 게 없어. 데루나는 저렇게 대활약을 하는데…….
마도카 씨는 나야말로 거치적거린다고 생각할걸. 사건 당사자니까
차마 말을 못하는 것뿐이지."

준야는 미간에 주름을 잡고 머리를 긁적였다. "네가 거치적거리
다니, 그건 아닌데."

"특출난 것도 없는 중학생 따위야 옆에 있으나 없으나 마찬가지
라는 건 확실해."

그런가, 하고 준야는 고개를 갸우뚱했다. "그래도 뭔가 할 수 있
지 않냐?"

"그런 게 있어도 꼭 나여야 하는 건 아냐. 대신할 사람이 얼마든
지 있어. 기계 부품하고 똑같아."

준야는 마뜩찮은 얼굴로 고개를 갸웃한 뒤, 리쿠마를 지그시 응
시했다. "그런 사람, 없어."

"응?"

"리쿠마, 너를 대신할 사람은 없어. 최소한 나한테는 그래."

허를 찌르는 말이었다. 리쿠마는 대꾸할 말이 떠오르지 않았다.
어떤 얼굴을 해야 좋을지 알 수 없었다.

"그럼 난 갈게. 힘내." 준야가 씩 웃었다.

리쿠마는 응, 하고 고개를 끄덕이고 개표구를 향해 걸어가는 친
구를 배웅했다.

수리학연구소로 돌아와 회의실에 가보니 와키사카가 혼자 도시
락을 먹고 있었다. 리쿠마를 보더니 형사는 나무젓가락을 손에 든
채 어서 와, 라고 말했다.

"마도카 씨가 저녁을 준비해줬어. 거기, 네 도시락도 있고."

책상 한쪽에 사각 도시락과 페트병 차가 있었다. 리쿠마는 의자에 앉아 도시락을 열었다. 고급 양식 도시락이었다. 햄버거만 해도 반가운데 새우튀김까지 있다. 감사했다. 오늘은 아침에 일어나 컵라면 하나밖에 먹은 게 없었다.

리쿠마는 나무젓가락 봉지를 뜯으면서 물었다. "마도카 씨는요?"

글쎄, 라고 와키사카가 고개를 갸웃했다. "잠시 생각해볼 게 있다면서 나갔어."

"앞으로 어떻게 할지 의견이 정리됐습니까?"

"아직. 그래서 나도 움직이지 못하고 있어. 마도카 씨의 계획이 뭔지 모른 채로 여기를 떠날 수는 없으니까."

"카지노 단속은 어떻게 하기로 했어요?"

"그것도 보류하기로 했는데 어차피 오늘 밤 당장 단속에 나서기도 어려워. 아직 너와 마도카 씨의 행적에 대해 윗선에 보고한 적이 없어서."

"그건 준야와의 약속 때문이에요?"

"그것도 있지만 우리 쪽에도 이래저래 사정이 있어. 조직 내에서 때로는 단독 수사를 용인해주는 일도 있고." 와키사카는 말끝을 흐렸다. 섣불리 발설할 수 없는 일인 것이다.

리쿠마는 도시락을 먹기 시작했다. 조금 식었지만 흰 쌀밥이 맛있었다. 문득 그 손을 멈추고 와키사카를 보았다.

"그 아카기라는 사람이 아버지를 살해했을까요?"

와키사카는 작게 신음했다. "단언할 수는 없지만, 그럴 가능성이 가장 높다고 해야겠지."

"운 좋게 지명수배를 피했는데 아버지가 찾아냈기 때문에?"

"그렇겠지. 이건 너한테 들은 얘기지만, 아버지는 오랫동안 T초 사건의 범인이라는 니지마 시로의 사진에 주목해왔어. 니지마 시로 본인이 사망했는데도 그자에 대한 조사를 계속한 거야. 사진 속 인물이 실제로는 니지마 시로가 아니라 전혀 다른 사람이라고 생각했기 때문이야. 아니, 확신했다고 해야 할까."

"다른 사람……."

"그러다 모터쇼에서 일하던 중에 드디어 진범을 발견했어. 여성으로 위장했지만 가쓰시 씨는 그걸 알아본 거야. 그래서 급히 회사를 조퇴하고 미행하기로 했어. 이윽고 거처도 알아냈을 거고. 하지만 가쓰시 씨로서는 그자가 T초 사건의 범인이라는 확증을 잡아야 했어. 그러기 위해서 그자의 거처를 감시했겠지. 돋보기를 갖고 다닌 것도 니지마 시로의 사진이나 동영상과 비교해보기 위해서였을 거고. 이윽고 여자로 위장한 그자가 집 밖에 쓰레기봉투를 내놓았고, 가쓰시 씨는 그걸 들고 와서 안을 살펴봤어. 우선 그자가 여자로 변장한 증거를 확보하려고. 그런데 거기서 뜻밖에도 불법 카지노에서 쓰는 칩이 나왔어. 가쓰시 씨는 T초 사건의 피해자가 불법 카지노의 단골이었다는 점을 떠올리고 여장 남자가 진범이라는 자신의 추리에 더욱 자신감을 갖게 됐어……."

단숨에 얘기를 풀어놓고 와키사카는 한숨 돌리듯이 페트병 녹차로 목을 적셨다.

"그다음에 가쓰시 씨가 어떤 행동에 나섰는지는 전혀 모르겠어.

〈블루스타〉에 나타났던 걸 보면 쓰레기봉투에서 아카기의 명함 등을 발견했을 수도 있어. 가쓰시 씨의 이전 행적을 고려하면 아카기에게 접근해 입을 다물어주는 대가로 금전을 요구했다고도 생각해볼 수 있겠지. 반대로 사리사욕은 버리고 그자에게 경찰에 자진 출두하라고 말했을 수도 있어. 어느 쪽이든 아카기가 순순히 요구에 응했다면 가쓰시 씨가 살해되는 일은 없었을 거야."

"아카기는 요구에 응하는 것보다 아버지를 살해하는 쪽을 택했네요."

"그런 얘기가 되지."

리쿠마는 호흡이 거칠어지려는 것을 입을 벌리고 가슴으로 숨을 쉬며 지그시 견뎠다. 와키사카의 얘기는 설득력이 있었다. 충분히 앞뒤가 맞는 얘기였다.

"역시 아버지는 돈을 노리고 아카기에게 접근했어요. 정의를 위한 일이었다면 즉시 경찰에 신고했을 테니까요."

"꼭 그렇다고 단정할 수는 없어. 단순히 신고해봤자 소용없다고 생각했는지도 모르지. T초 사건은 이미 해결된 것으로 처리됐어. 이제 와서 새삼스럽게 진범이 따로 있다고 말해봤자 아무도 들어주지 않았을 가능성도 높아."

이 또한 타당한 생각이었다. 와키사카도 나름대로 몇 가지 의문의 답을 찾고 있었던 것이다.

리쿠마는 젓가락으로 음식을 입에 넣었다. 맛을 볼 여유는 없다. 두서없는 생각이 갈 곳을 잃은 채 머릿속을 맴돌고 있었다.

문득 그 젓가락을 멈췄다. 중요한 것을 확인한다면서 깜빡 잊고 있었다. 와키사카 씨, 하고 말을 건넸다.

"그래서 아버지의 눈이 옳았다, 아카기가 T초 사건의 범인이었다, 라는 건 증명이 될까요?"

다 먹은 도시락을 정리하던 와키사카의 얼굴 표정이 심각해졌다. 눈을 감고 심호흡을 하더니 리쿠마에게로 몸을 돌렸다.

"그걸 누가 어떻게 입증하느냐, 그게 아마 가장 높은 허들이 될 거야."

"무슨 말이에요?"

"인간은 쉽게 자신의 잘못을 인정하려 들지 않아. 그건 경찰도 똑같아."

"경찰도……?"

형사의 말에 리쿠마가 당황하고 있을 때, 문이 열리고 마도카가 돌아왔다. 손에 메모지 한 장을 들고 있었다. 성큼성큼 와키사카에게 다가와 "이거요"라면서 부루퉁하게 테이블에 내려놓았다.

와키사카가 그걸 보고 의아한 듯 미간을 좁혔다. "이게 뭐죠?"

"아카기의 정체. 변장을 한 그 남자의 본명과 주소예요. 카지노의 고객 리스트에서 따왔으니까 틀림없을 거예요. 하지만 아주 오래전이라서 실제 주소는 다를 거라네요."

태연히 대답하는 마도카의 말에 리쿠마는 깜짝 놀랐다. 급히 자리에서 일어나 옆으로 다가갔다.

와키사카는 메모지를 들고 심각한 눈빛으로 들여다보더니 다시 테이블에 내려놓았다. 리쿠마도 확인해보았다. '아카기 사다아키'라는 이름이 적혀 있었다. 주소는 가나가와현 후지사와시로 되어

있지만, 그곳에서 밤이면 밤마다 도쿄까지 드나들었다고는 생각할
수 없다.

"아카기 사다아키." 와키사카가 중얼거렸다. "어떻게 이걸?"

"내 지인이 〈블루스타〉를 알려준 사람을 찾아가 다시 추궁한 거
예요. 입을 열지 않으면 카지노에 단속반이 들이닥칠 수 있다고 했
대요." 그렇게 말하고 마도카는 리쿠마를 보며 씩 웃었다.

이시구로라고 금세 알았다. 지인이라는 건 다케오 씨일 것이다.

와키사카는 씁쓸한 얼굴이었다. "왜 마음대로 그런 말을……."

"마음대로? 나는 내 판단에 따라 움직일 뿐이에요. 와키사카 씨
의 허락을 얻을 필요는 없어요."

"수사 협조를 부탁했을 텐데요."

"협조하고 있죠. 아니면 내가 방해를 했나요?"

"그 정보 제공자는 믿을 만한 사람이에요? 괜히 아카기 본인에게
알려져 도주하는 불상사가 생기면 안 됩니다."

"꼭 믿을 만한지는 모르지만, 아카기 본인에게 알려질 일은 없어
요. 그쪽에서도 처음부터 이런 일에 휘말리는 건 거부했으니까."

와키사카는 화가 났는지 머리를 북북 긁은 뒤 다시 메모지를 집
어 들었다. "이 아카기 사다아키라는 자에 대해 더 알아낸 건 없어
요?"

"정보 제공자와 잘 아는 사이는 아닌 모양이에요. 건너 들은 얘기
라고는 했지만, 〈블루스타〉 외에도 식당부터 성매매업소까지 손대
지 않는 사업이 없는 모양이에요."

"평소에 쓰는 이름은 아카기 달리아라고 했지요?"

"네, 클럽이나 카지노에서는 마담으로 통하더군요. 자아, 와키사카 씨, 이제 어떻게 할 거예요?" 마도카가 물었다. "아직 아카기 사다아키가 범인으로 확정된 건 아니지만."

와키사카는 끄응 신음한 뒤 안주머니에서 모바일을 꺼냈다. 스마트폰과는 약간 모양이 다르다.

모바일을 향해 '아카기 사다아키'라고 와키사카는 말했다. 이어서 주소도 읽었다. 잠시 뒤 뭔가가 화면에 표시되는 것 같았다.

"그거, 경찰용 단말기?" 마도카가 물었다.

"그렇죠. 아, 운전면허증 주소는 후지사와시 그대로예요. 주민등록은 옮기지 않았군요. 나이는 올해 마흔네 살. 의외로 젊은 사람이네. 꽤 오래전 교통위반 한 거 말고는 체포된 적도 없고……."

옆에서 듣다가 리쿠마는 놀랐다. 이름과 주소만으로 즉시 그런 것까지 알 수 있는가.

와키사카는 모바일을 다시 챙겨 넣었다.

"우선 아카기의 소재지를 알아내야겠어요. 모든 건 그다음부터."

"소재지를 알아내는 가장 빠른 방법은 한 가지뿐이죠."

"카지노, 오늘 밤에도 개장할까요?"

"그럴걸요." 마도카가 눈을 반짝였다. "아카기 사다아키도 나타날 거예요. 카지노에서 나올 때까지 기다렸다가 뒤를 밟도록 하죠. 실은 그럴 생각으로 눈에 띄지 않는 차량도 준비해뒀어요."

하지만 와키사카는 내키지 않는 얼굴이었다.

"아뇨, 마도카 씨, 이 일은 나한테 넘겨요. 여러 명이 가면 아무래도 눈에 띌 거고, 무엇보다 일반인을 이런 일에 끌어들이고 싶지 않아요."

마도카는 눈을 동그랗게 뜨고 와키사카에게 바짝 다가섰다.

"이렇게까지 정보를 제공했는데, 집이나 지키라고요? 와키사카 씨, 아무리 그래도 너무 염치없는 거 아니에요?"

"그게 아니라 여차할 때를 대비하려는 겁니다."

"걱정 마세요. 어떤 일이 생기든 경찰에 책임지라고 할 생각은 없으니까. 이미 각오했어요."

와키사카는 휘휘 머리를 저었다. "난감하네, 진짜."

"난감할 거 없는데? 그렇게 걱정되면 각자 별도로 움직인 걸로 해도 돼요. 우연히 행선지가 같았다고 하면 돌발 상황이 벌어져도 와키사카 씨에게 책임을 묻지는 않겠죠."

"그런 얘기가 아니잖아요." 강한 어조로 대꾸하면서 와키사카는 입술을 깨물었다. 눈을 감고 잠시 침묵한 뒤, 입과 함께 눈을 떴다. "알았어요, 마도카 씨는 같이 가죠. 하지만 리쿠마는 데려갈 수 없어요."

리쿠마는 엇 하는 소리를 흘렸다. "왜요? 나는 당사자예요, 당연히 가야죠. 마도카 씨, 그렇지요?"

하지만 마도카는 동의해주지 않았다. 리쿠마를 향해 몸을 돌리더니 후우 한숨을 쉬었다.

"네 마음은 잘 알지만, 일단 와키사카 씨의 절충안을 받아들이자. 리쿠마는 여기까지야. 오늘은 집에 가 있어. 오늘 얻은 성과는 내일 알려줄게."

"싫은데요."

"이번에는 내 말대로 해. 부탁이다." 와키사카가 애원하는 듯한 눈빛을 던졌다. "우리가 추리한 게 맞다면 상대는 위험한 인물이야. 리쿠마의 아버님을 살해했을 수도 있는 놈이라고."

리쿠마는 형사의 얼굴을 마주 보았다. 그래서 나도 꼭 가려는 거라고 말하고 싶었다. 하지만 그런 마음이 전해지지 않았는지 와키사카는 리쿠마의 어깨에 손을 얹고 다독거렸다. "이해해줄 거지?"

그 손을 뿌리치고 싶었지만 꾹 참았다. 자신은 아무런 특기도, 쓸모도 없는 중학생인 것이다.

네, 라고 작은 소리로 대답했다.

26

잠에서 깨어난 것을 느끼고 천천히 눈을 떴다. 주위는 어두웠지만 창문으로 들어오는 약한 빛 덕분에 손 밑이 보이지 않을 정도는 아니었다. 곁에 둔 스마트폰으로 시각을 확인했다. 알람으로 설정해둔 오후 11시 30분보다 이른 시각이다. 알람이 울리기 전에 선잠에서 깨어나는 것은 특기 중 하나다.

와키사카가 잠시 눈을 붙인 곳은 유희실이라는 방이었다. 수리학 연구소의 연구 대상 아이들이 쓰는 곳이라고 한다. 잠들기 전에 둘러보니 벽에는 정밀한 그림이 걸렸고 화이트보드에는 의미를 알 수 없는 수식이 적혀 있기도 했다. 마도카에 의하면 특수한 재능을 가진 익스체드라는 아이들의 작품이라고 한다.

"사람들은 AI의 활용에 주목하지만 그보다 살아 있는 인간의 뇌에 좀 더 관심을 기울여주면 좋을 텐데." 마도카는 차가운 얼굴로 말했지만, 와키사카가 보기에는 AI도 익스체드도 자신과는 한참 동떨어진 머나먼 세계의 얘기로 들릴 뿐이었다.

몸을 일으키고 앉아 목을 돌려봤다. 놀이용 쿠션매트 덕분에 결리는 데는 없었다.

어딘가에서 스위치를 켜는 소리와 함께 천장 불이 켜졌다. 출입문 쪽에 마도카가 나타났다.

"깨셨어요?" 살짝 고개를 갸우뚱하면서 물었다.

"방금 일어났어요. 한숨 잤더니 개운하네요."

"원하신다면 샤워도 가능해요."

"아뇨, 됐어요. 너무 개운하면 또 자고 싶을 거 같아서." 와키사카는 벌떡 일어나 곁에 접어둔 상의와 넥타이, 그리고 가방을 손에 들었다. "언제 출발하지요?"

"난 언제든 괜찮아요, 차량은 이미 대기 중이고."

"카지노 개점 시간이 오전 1시라니까 슬슬 나갈 준비를 해볼까요?"

"알았어요. 1층 로비에서 기다리세요. 나도 곧 뒤따라 내려갈 테니까."

마도카가 방을 나간 뒤에 와키사카도 불을 끄고 유희실을 나왔다. 복도를 지나 로비로 향하는 중에 연구원인 듯한 남자와 마주쳤다. 이런 시간에도 일을 하는 모양이다.

로비에 도착하자 스마트폰과 모바일을 체크했다. 어디에서도 급한 연락이 들어온 건 없었고, 수사 상황에 변화도 없는 것 같았다.

아까 잠시 눈을 붙이기 전에 모가미에게 전화를 했다. 저녁때 경찰서를 나온 뒤로 아무 연락도 못했기 때문이다.

"완전 헛걸음이었어요. 수상한 사람이 생각났으니 와달라고 해서 저녁 먹다가 급히 뛰어갔거든요. 전화로는 설명하기 어렵다고 하더니……."

"그래서 얘기는 들었어?" 모가미는 명백히 따분해하는 눈치였다. 와키사카의 말투에서 결론이 어떨지 짐작이 갔기 때문일 것이다.

"일단 듣기는 했죠. 분명 수상한 사람이더라고요. 한밤중에 다마가와 강변에서 카트로 큼직한 상자를 옮겼다니까. 상자 안에 사체가 있을지도 모른다는 상상은 나쁘지 않았어요. 근데 그게 지난달 초였다니 이건 뭐, 말이 안 되죠. 이번 사건 일어나기 한 달 전 얘기더라고요."

허허허 하고 메마른 웃음소리가 스마트폰에서 들려왔다. "진짜 헛걸음을 했네."

"그래서 본의 아니게 시간만 허비했어요. 오늘은 이대로 퇴근하겠습니다."

"알았어. 내일은 평소대로 특별수사본부에 집합이야."

"알겠습니다. 수고하셨습니다."

미심쩍어 하는 기색은 없었다. 와키사카는 양심에 찔리는 것을 느끼면서도 이럴 수밖에 없다고 스스로를 납득시켰다. 이제 새삼 설명하려야 설명할 방도가 없다. 일이 이렇게 된 이상 나 혼자 어떻게든 수습할 수밖에 없다고 각오를 다졌다.

마도카가 모습을 드러냈다. 검은 반소매 후드티에 긴 바지, 게다가 검은 야구모자를 쓰고 있었다.

"온통 검정 일색이네요."

"조금이라도 어둠에 녹아들까 하고." 마도카는 그렇게 말하고 웃었다. 입술 사이로 드러난 이가 하얗다.

주차장에 세워둔 것은 하얀색 경차였다. 이 차라면 노상 주차를 해도 눈에 띄지 않을 것이다. 운전은 내가, 라면서 와키사카는 마도카에게서 키를 받았다.

"그 아이는 뭐랬어요?" 출발하고 잠시 뒤 와키사카는 물었다.

"그 아이라뇨?"

"리쿠마. 집에 돌려보낼 때 배웅하러 내려가던데 뭔가 얘기 없었어요?"

아, 하는 소리를 내더니 마도카가 말했다. "딱히 별다른 얘기는 없었어요."

"전혀? 화난 거 같던데."

"글쎄 어떤지 모르겠네. 잘 부탁한다는 말만 했어요."

"잘 부탁한다……. 그렇군요."

의외였다. 기필코 아버지의 죽음의 진상을 밝혀내겠다는 마음으로 여장까지 하지 않았던가.

억지로 돌려보낸 자신을 원망할 거라고 예상했던 만큼 와키사카로서는 약간 맥 빠지는 기분이었다.

경차의 주행은 나쁘지 않았다. 밤 시간이라 고속도로가 한산하기도 해서 예상보다 일찍 목적지 근처에 도착할 수 있었다. 오전 1시까지는 30여 분이 남았다.

"저 빌딩이에요." 와키사카는 수십 미터 앞의 건물을 가리키며 말했다.

"지난번에 뒷문으로 들어가던데 고객 출입구는 정면에 있어요. 근데 카지노 층에서는 대부분 증명 없이는 엘리베이터가 서지 않죠. 그래서 몇 층인지는 모르겠어요."

"4층이에요."

마도카가 간단히 대답하는 바람에 와키사카는 놀랐다. "눈가리개를 했었잖아요."

"눈은 안 보여도 내 몸의 이동거리쯤은 알아요."

"이동거리……."

엘리베이터를 탔을 테니 좌우로의 이동은 없다. 즉 상하로 이동한 거리를 알았다는 뜻이다. 나도 가능할까, 라고 생각해보고는 곧바로 불가능하다고 결론을 내렸다. 이 여자는 특별한 것이다.

"여기, 히가시아자부네요." 스마트폰을 들여다보며 마도카가 말했다.

"그렇죠, 아자부주반이나 롯폰기에서도 가까워요. 밤늦게까지 한잔하던 사람들이 기분 전환 삼아 놀러 오기에 딱 좋은 거리죠."

"이런 데서 내가 룰렛 딜러를 했군요. 오늘 밤에 오는 사람들은 두둑하게 따고 가면 좋을 텐데." 마도카는 재미있어 하는 기색이었다. 어젯밤 일이 생각난 것인지도 모른다.

"그 점에 대해 좀 궁금한 게 있어요." 와키사카는 머뭇머뭇 말했다. "아, 수사와는 전혀 관계없는 얘기지만……."

"뭔데요?"

"트릭에 대한 거. 어떻게 했어요? 룰렛 숫자를 정확히 맞히고 원하는 자리에 볼을 넣다니, 신기하다는 말밖에 안 나오던데."

마도카는 별일 아니라는 듯이 고개를 저었다. "아, 그거?"

"나도 이것저것 생각해봤는데 도통 모르겠어요. 좀 알려주시죠, 어떻게 그런 게 가능하지요?"

"아까 그 말이 맞네요."

"예?"

"수사와는 전혀 관계가 없다는 말."

"뭐, 그렇긴 한데……." 머리를 긁적였다.

"와키사카 씨, 자석이 왜 쇠붙이를 끌어당기는지 설명할 수 있어요?"

"자석?"

"S극과 N극을 가까이 대면 서로 끌어당기죠. 하지만 S극끼리나 N극끼리는 반대로 떨어지려고 해요. 왜 그럴까요?"

"왜냐니, 자석은 원래 그런 거라서……라고 하면 안 되겠죠?"

마도카는 후훗 하고 웃었다.

"안 될 거 없어요. 그게 정답이겠죠. 자석이 쇠붙이를 끌어당기는 것에 의문을 품는 사람은 아마 없을 거예요. 그것과 똑같이 생각하시면 돼요. 이 세상에는 룰렛 숫자를 맞히는 사람이 있다, 원하는 숫자에 볼을 넣는 것도 가능하다. 이유는 알 수 없지만, 그런 인간이 존재한다. 그거면 되잖아요?"

와키사카는 눈만 깜작거리며 마도카의 작은 얼굴을 마주 보았다.

"그럼 트릭이 아니라는 겁니까?"

"아니, 그런 걸 고민할 필요가 없다니까요. 모든 일을 자신이 이

해할 수 있는 범위에 담으려고 하는 건 억지고 오만이에요. 그런 협소한 세계관에서 벗어났을 때 인간은 비로소 다음 단계로 한 걸음 내딛을 수 있어요."

"다음 단계?"

이를테면, 하고 마도카는 검지를 세웠다.

"딜러를 했던 게 내가 아니라 로봇이었다고 해볼까요? AI로 컨트롤하는 로봇이에요. 그 로봇이 숫자를 맞히거나 자유자재로 볼을 조종했다고 해봐요. 그래도 와키사카 씨는 질문을 할까요, 이 AI는 어떤 구조인 거냐고?"

"그건……질문하지 않겠네요. 알려줘도 이해를 못 할 테니까."

"AI는 대단하다. 뭐가 뭔지 모르겠지만 아무튼 대단하다. 그래서 그런 것도 가능하다. 그걸로 끝이에요. 어떤 의문도 품지 않아요. 그렇죠?"

"그렇겠네요. 맞는 말이에요."

"그럼 똑같은 것을 인간이 해냈다고 놀라는 건 이상하잖아요. 인간은 좀 더 자신의 가능성을 믿어야 해요. AI 따위를 상대로 주눅이 들어서는 안 되죠."

"그러네요."

자신보다 젊은 여성의 논리에 와키사카는 반박할 엄두도 내지 못했다. 다만 엄청나게 높은 식견의 소유자라는 것만은 분명해보였다.

"와키사카 씨, 저기." 마도카가 앞쪽을 가리키며 말했다.

빌딩 앞에 멈춘 택시에서 남녀 둘이 내리더니 안으로 들어갔다. 둘

다 화려한 차림새였다. 카지노 고객이라고 봐도 틀림없을 것이다.

그들의 등장이 신호가 된 것처럼 차례차례 수상쩍은 사람들이 나타나 빌딩 안으로 사라졌다. 오늘 밤에도 불법 카지노는 성황인 모양이다.

"주인공 등장이네요." 마도카가 말했다.

이번에도 택시에서 한 사람이 내리는 참이었다. 풍덩한 검은 원피스 차림에 긴 머리가 등에서 출렁였다. 몸매를 가리는 옷을 입은 것은 여장을 들키지 않기 위해서인가.

"저자가 아카기 사다아키?"

"네."

"와아."

마도카가 같이 와줘서 다행이라고 생각했다. 혼자 왔다면 전혀 몰라볼 뻔했다.

아카기 사다아키는 주위를 쓱 둘러본 뒤 빌딩 안으로 들어갔다.

와키사카는 손목시계를 보았다.

"지금이 오전 1시 35분. 카지노에 언제까지 있을까요?"

"어제는 두 시간쯤 놀았어요. 오늘도 비슷하겠죠."

"그렇다면 뒷좌석으로 이동하는 게 좋겠군요. 운전석과 조수석에 나란히 앉아 있으면 눈에 띄니까요."

"나는 잠시 산책이나 해야겠어요. 빌딩 주변도 한번 돌아보고."

"카지노 사람들에게 들키지 않게 조심해요. 마도카 씨는 얼굴이 알려졌으니까."

"네, 알아요."

와키사카는 일단 차 밖으로 나와 반대편 슬라이드도어를 열고 뒷좌석으로 갔다.

마도카가 빌딩 방향으로 가는 것을 뒤에서 지켜보았다. 광고지 같은 게 휘휘 날리고 있었다. 태풍이 접근 중인 모양이라서 강한 바람이 불었지만 오늘 밤도 바깥은 푹푹 찌는 날씨다. 경차라도 정차 중에 에어컨이 작동해서 다행이었다.

30분쯤 지나 돌아온 마도카는 편의점 봉투를 손에 들고 있었다. 차에 타더니 봉투 안의 것을 꺼냈다.

"긴 밤이 될 것 같아서."

캔 커피와 샌드위치 등이었다. 잘 먹겠습니다, 라고 말하고 와키사카는 커피에 손을 내밀었다.

"나도 질문이 하나 있어요."

"뭔데요?"

"와키사카 형사님은 왜 단독으로 수사를 하고 있죠?"

하마터면 마시던 커피를 뿜을 뻔했다. 손등으로 입가를 닦으며 돌아보았다. "왜 그런 걸?"

"나하고 똑같은 생각을 하시는 것 같아서."

와키사카는 턱을 당기고 경계 태세를 취했다.

"내가 어떤 생각을 한다는 겁니까?"

그러자 마도카는 뺨을 풀고 웃으면서도 냉철한 눈빛으로 천천히 입을 열었다.

"이번 사건에 경찰 내부의 흑막이 얽혀 있다는 생각, 그렇죠?"

와키사카는 한순간 목덜미가 써늘해지는 것을 느꼈다.

"흑막이라니……."

"그 표현이 너무 거창하다면 오점이라고 말을 바꿀까요? 어쨌든
공공연히 밝힐 수 없는 거예요. 거대한 조직은 가능하면 그걸 계속
숨겨둔 채 이번 사건을 종결시키려고 한다. 하지만 어떤 조직에나
분위기 파악을 못하는 이단아가 있게 마련이죠. 그는 진상을 끝까
지 파헤치려는 호기심을 억누르지 못해 폭주한다……." 마도카는
검지 끝으로 와키사카의 가슴팍을 가리키며 말했다. "호기심이라
는 단어가 못마땅하다면 정의감이라고 해도 좋아요."

와키사카는 쓴웃음을 지었다. "호기심이라고 해도 상관없습니다."

"내 상상이 틀리지 않은 것 같군요."

"전혀 틀린 얘기는 아니다, 라는 정도로 해두죠. T초 사건의 전말
에 대해 의문이 들었고, 그게 이번 사건과 관련이 있다고 생각했으
니까요. 하지만 오점이라고 해야 할 일인지 어떤지, 그건 아직 모르
겠어요."

"오점이 아니라면 굳이 숨기려고 할 이유가 없지 않나요?" 마도
카가 의미심장한 웃음을 지으며 말했다.

"나도 질문을 해도 될까요?"

"좋아요, 사안에 따라서는 대답을 못할지도 모르지만."

"마도카 씨야말로 왜 직접 나서서 진상을 파헤치려고 하지요? 처
음부터 경찰을 의심했던 건 아니잖아요."

"단순한 호기심……이라고 하면 안 되겠죠?"

"안 됩니다." 와키사카는 고개를 좌우로 흔들었다. "중학생에게
여장을 시켜 함께 불법 카지노에 뛰어들었어요. 단순한 호기심이

라는 걸로는 설명이 안 되죠."

"그건 그렇겠네요." 마도카는 포기한 듯 후우 숨을 내쉬었다. "정확히 설명할 순 없지만 그 두 사람, 리쿠마와 데루나에게 아버지의 진짜 모습을 보여주고 싶었기 때문이라고 할까."

"무슨 뜻이에요, 진짜 모습이라니?"

마도카는 지그시 앞을 바라본 채 등을 꼿꼿이 세웠다. 속마음을 털어놓기로 마음먹은 것처럼 보였다.

"경찰의 수사가 진척되면 많은 것들이 밝혀지겠죠. 범인의 정체와 범행 동기 같은 것도. 하지만 발표되는 건 사건과 관련된 무기질적이고 표면적인 사실들뿐이에요. 쓰키자와 가쓰시라는 사람이 어떤 생각을 하면서 살아왔고 어떤 목표를 갖고 있었는지, 그런 건 알지도 못한 채 넘어가겠죠. 그래서 경찰 대신 그런 것들을 알아내 그 두 아이에게 보여주자고 생각했어요. 아버지에 대해 잘 모르는 채로 이복 오누이가 서로 마음을 나누기는 어려울 테니까요."

와키사카는 마도카의 단정한 옆얼굴을 멍하니 바라보았다. 그녀의 대답은 전혀 생각지도 못한 것이었다.

"하지만 달갑지 않은 결과가 나올 수도 있어요." 와키사카는 말했다. "쓰키자와 가쓰시 씨의 목적이 역시 돈을 노린 것이었을 가능성도 부정할 수 없어서……."

"그렇더군요. 하지만 그래도 어쩔 수 없어요. 슬픔이나 분노를 공유하는 것도 의미가 있으니까." 그 침착한 말투에서 그녀의 흔들림 없는 신념이 느껴졌다.

역시 내가 상상한 것보다 훨씬 더 높은 식견을 가진 사람이라고 와키사카는 생각했다.

그러는 참에 와키사카 씨, 라고 낮게 부르짖으며 마도카가 밖을 가리켰다. "나왔어요."

등받이에 기대고 있던 와키사카가 몸을 급히 앞으로 내밀었다. 검은 원피스 차림의 아카기가 빌딩 앞에 서 있었다. 저만치 멈춰 있던 택시가 곧바로 아카기 앞으로 다가왔다. 미리 불러둔 모양이다.

아카기를 태운 택시가 이쪽 방향으로 달려왔다. 와키사카는 스마트폰을 카메라모드로 설정해 택시가 경차 옆을 지나가는 틈에 셔터를 몇 번 눌렀다.

마도카가 슬라이드도어를 열려고 했지만 잠깐만 기다리라고 제지했다. "아직 택시가 멀리 가지 않았어요. 자칫하면 우리가 내리는 걸 볼 수 있어요."

"그래도 지금 따라가지 않으면 놓쳐요."

"아뇨, 괜찮아요." 택시가 한참 멀어진 것을 확인한 뒤에 와키사카는 말했다. "이제 앞자리로 옮기죠."

하지만 운전석에 앉아서도 곧장 차를 출발시키지 않고 스마트폰 화면을 들여다보며 모바일을 조작했다.

"뭐해요?" 마도카가 재촉했다. "서둘러 미행해야죠."

"택시 번호를 아니까 서두를 필요 없어요. 경찰에서 도쿄 시내를 달리는 모든 택시의 위치 정보를 파악하고 있으니까." 와키사카는 모바일 화면을 내보였다. 지도와 해당 택시의 현재 위치가 표시되었다.

마도카의 눈이 둥그레졌다. "그 모바일, 나 주면 안 돼요?"

"하하, 안타깝지만 대여품이라서 안 됩니다."

갑시다, 라고 말하고 와키사카는 차를 몰았다.

핸들을 조작하면서 모바일의 모니터를 옆 눈으로 확인했다. 택시는 시바공원에서 고속도로로 올라가는 것 같았다. 장소를 바꿔 다른 클럽에서 한잔 더하려는 건 아니라고 판단되었다.

"방향으로 봐서 다마가와로 가고 있어요." 마도카가 말했다. "쓰키자와 가쓰시 씨가 살해된 현장 부근 아닐까요?"

"그럴 거예요. 아카기의 집도 그 근처일 수 있으니까."

"공식적인 얼굴은 사업가, 하지만 밤마다 여장을 한 채 불법 카지노를 드나드는 사람. 저런 자는 대체 어떤 곳에서 사는지, 그것만이라도 리쿠마와 아이들에게 보여주고 싶었는데."

"그것도 문제없어요. 샅샅이 촬영할 예정이니까."

와키사카는 차의 속도를 높여 택시를 추적했다. 위치 정보를 알고 있기 때문에 그리 서두를 필요는 없지만, 따라잡기 전에 아카기가 택시에서 내리면 놓쳐버릴 우려가 있다.

아카기를 태운 택시는 에바라 인터체인지에서 고속도로를 빠져나왔다. 역시 다마가와 근처의 집으로 가는 모양이다. 와키사카는 액셀을 밟아 차의 속도를 다시금 올렸다.

고속도로를 내려와 일반도로를 달렸다. 주택가로 들어서면 도로는 그물망처럼 교차한다. 모퉁이 하나를 깜빡 지나치면 원래 길로 돌아가는 데 상당한 시간이 걸리기 때문에 신중하게 달릴 필요가 있었다. 그렇다고 느릿느릿 가서는 따라잡을 수 없다. 초조한 마음과 그것을 억누르는 감정이 줄다리기를 거듭했다.

제법 가까이 따라잡았다고 생각했을 때, 택시 표시가 멈춘 채 움직이지 않았다. 지도로 봐서는 신호를 기다리는 건 아니었다. 즉 아카기가 차에서 내리려는 것이다.

급히 조금 더 달려가자 저 앞쪽에서 비상등을 켠 택시가 눈에 들어왔다. 차에서 내리는 사람은 아카기가 틀림없었다. 하지만 거기서 차를 세울 수는 없어서 약간 속도를 늦춰 천천히 택시 옆을 지나쳐갔다. 아카기가 바로 옆의 단독주택으로 들어가는 것을 옆 눈으로 파악했다.

차를 길가에 세웠다. 뒤를 돌아보며 아카기가 들어간 집을 살펴보았다. 아담한 서양식 가옥이었다.

"맨션이 아니었네요." 마도카가 말했다.

"이 근처는 맨션이 거의 없어요. 혹시 맨션이라면 쓰레기봉투는 공용 수거함에 버렸겠죠. 쓰키자와 가쓰시 씨가 아카기의 쓰레기봉투를 가져올 수 있었던 건 단독주택이기 때문이라고 짐작했어요."

"역시 형사님의 추리는 예리하시네요."

"그런 건 추리라고 하기도 민망하죠. 그보다 여기서 잠깐 기다려요. 문패를 확인해볼 테니까."

"나도 같이 가요. 밤늦은 시간이라 커플인 척하는 게 유리해요. 방범카메라로 지켜볼지도 모르니까."

듣고 보니 맞는 말이라고 와키사카는 수긍했다. 신중해서 나쁠 건 없다.

"알았어요. 차 문을 열고 닫는 소리, 조심해요."

"네."

차에서 내려 둘이 나란히 걸음을 옮겼다. 마도카가 몸을 맞대며 와키사카의 왼팔에 매달렸다. 이 정도면 아무도 수상하게 생각하지 않을 것이다. 연기력도 대단하다고 내심 감탄했다.

집 앞을 지났다. 문패는 '아카기'였다. 가명을 쓰지는 않는 모양이다. 생각해보면 당연한 일인지도 모른다. 아카기 사다아키에게 지명수배가 떨어진 적은 없다. 니지마 시로가 T초 사건의 범인으로서 사망했기 때문에 아카기는 굳이 숨어 살 이유가 없었던 것이다.

오토바이 한 대가 집 옆에 서 있었다. 조용한 주택가에서 그것만 약간 이질적으로 보이는 건 생각 탓일까.

"오늘은 여기까지만 하죠. 그만 돌아가요."

발길을 돌리려 했지만 마도카가 멈춰 세웠다. 그녀는 집을 올려다보고 있었다.

왜 그러느냐고 물었다.

"불빛이 없어요, 어떤 창문에도."

와키사카는 집 쪽을 돌아보았다. 분명 모든 창문이 컴컴하다.

"커튼을 쳐둔 거 아닌가요?"

"불을 켰다면 틈새로 조금쯤은 새어나올 텐데요."

"복도 불만 켠 모양이죠. 그대로 방으로 들어가 침대에 누워버렸거나."

"옷을 입은 채로? 그 짙은 화장도 지우지 않고?"

정확한 지적에 와키사카는 반론할 수 없었다. "그럼 왜 그렇다는?"

"생각할 수 있는 건 두 가지예요. 첫째, 아카기가 일부러 불을 켜지 않았다. 그래야 커튼이나 창문 틈새로 바깥을 살펴보기 쉬울 테니까요."

"우리가 추적한 걸 눈치챘다는 건가요?"

"네."

"또 한 가지는?"

"불을 켤 수 없는 불가피한 사태."

"불가피한 사태?"

와키사카의 말을 제지하듯이 마도카가 손을 내밀었다. 그러고는 코를 킁킁거리며 미간을 찌푸렸다. "탄화수소……."

"예?"

"탄화수소 냄새가 나요. 석유, 가솔린, 등유…… 아, 그래, 등유 냄새예요."

그 말을 듣고 와키사카는 몇 번 공기를 들이쉬었지만 그런 냄새는 나지 않았다.

"나는 모르겠는데? 기분 탓인 거 아니에요?"

"아니, 틀림없어요. 저쪽에서 냄새가 새어나와요." 마도카가 옆집과의 틈새를 가리켰다. 삐죽 나온 배기관이 보였다.

"실내에서 등유를 사용하는 건가? 이런 시간에?"

"냄새가 지독한 걸 보면 그냥 사용하는 게 아니에요." 말을 마치자마자 마도카는 와키사카의 팔을 놓고 급히 걸음을 옮겼다. 집 현관으로 가는 것이었다.

"안 돼요. 잠시 상황을 지켜보는 게 좋다니까요."

"지금 그럴 때가 아니에요." 마도카는 현관 앞에서 느닷없이 인터폰 버튼을 눌렀다. 실내에서 벨 울리는 소리가 들렸다.

와키사카는 당황해서 허둥거렸다. "어쩌려고요?"

마도카는 조용히 하라는 듯이 검지를 입에 댔다. 그리고 다시 인터폰 버튼을 눌렀다. 두 번째 벨이 울렸다.

잠시 기다리자 스피커 스위치가 켜지는 기척이 있었다.

'누구십니까?'

뜻밖에도 남자 목소리였다. 아카기일까.

마도카가 와키사카를 보며 재촉하는 눈짓을 보였다. 대답하라는 신호다.

"밤늦은 시간에 죄송합니다." 와키사카는 마이크를 향해 말했다. "경찰에서 나왔어요. 잠시 확인할 게 있습니다. 문 좀 열어주시겠습니까?"

인터폰에는 카메라가 달려 있다. 즉 저쪽에서는 와키사카의 얼굴이 보인다는 뜻이다. 과연 어떤 반응을 보일까.

몇 초쯤 침묵한 끝에 상대가 말했다. "잠깐 기다려요." 그대로 스피커 소리는 끊겼다.

와키사카는 혼란스러웠다. 잠깐 기다리라는 건 무슨 말인가. 이런 시간에 경찰이 찾아오다니, 수상하게 생각하지 않았을 리가 없다. 어쩌면 경찰에 신고하려는 것인지도 모른다.

마도카는 생각을 정리하는지 허공의 한 점을 응시했다. 손에는 스마트폰을 쥐고 있었다.

현관 잠금이 풀리는 소리가 들렸다. 멈칫해서 대문 담장 너머로 쳐다보니 현관문이 천천히 열렸다.

얼굴을 내민 것은 중년 남자였다.

게다가 아는 얼굴이다. 바로 최근에 만났었다. 그런데 이름이 얼른 떠오르지 않았다. 너무도 뜻밖이었기 때문이다.

와키사카는 안주머니에 손을 넣어 경찰수첩을 꺼냈다. 하지만 그 수첩을 내보이기도 전에 상대가 말했다. "와키사카? 수사1과 강력계의 와키사카 형사로군. 그렇지?"

그 순간, 상대의 이름이 생각났다.

경찰청 과학경찰지원국의 이바였다.

27

"이바 과장님이 왜 여기에……."

"그건 내가 묻고 싶은 말이야. 거기, 뒤쪽에 있는 분은?" 이바가
질문을 던졌다.

"수사 협력자예요. 설명하려면 얘기가 길어집니다."

"두 사람뿐인가?"

"그렇습니다."

"좋아. 들어와."

이바의 손짓에 와키사카는 안으로 들어섰다. 마도카도 뒤따라 들
어갔다.

현관에는 작은 조명이 켜져 있었다. 밖으로 불빛이 새어나오지
않을 만도 하다.

"신발 벗고 올라와." 이바가 말했다.

두 사람이 신발을 벗고 복도로 들어가자 뒤에서 이바가 지시했다. "거기 서."

뒤를 돌아보다가 흠칫했다. 이바가 손에 세미 오토매틱 권총을 쥐고 있었다. 그 총구가 두 사람을 겨눴다.

"무슨 짓입니까?"

"두 손을 목 뒤로 올려. 이제부터 내 명령에 따른다. 미리 말하겠는데, 이 총은 경찰 지급품이 아니야. 기록이 없기 때문에 내가 발사하더라도 이 총알로는 아무것도 밝혀질 게 없어."

"이바 과장님, 대체 왜……."

"잠시 닥쳐주겠나? 그리고 움직이지 마. 저항하지 않는 한 위해를 가할 생각은 없다. 거기 아가씨, 와키사카 형사의 벨트 뒤쪽에 검정색 케이스가 있어. 상의를 걷어보면 알아. 확인 좀 해줄래?"

마도카가 와키사카의 뒤에 와서 섰다. 벨트 뒤쪽을 더듬는 감촉이 느껴졌다.

"확인했어요." 그녀가 말했다.

"케이스를 열고 안에 있는 것을 꺼내. 그래, 수갑이 들어 있지. 와키사카 형사, 양손을 천천히 허리 뒤로 내려. 아가씨, 뒤에서 이 친구에게 수갑 좀 채워줄래? 둘 다 절대로 딴생각은 안 하는 게 좋아. 나는 방아쇠에 손가락을 걸고 있어. 허튼짓을 했다가는 그 즉시 쏴버릴 수 있다는 얘기야. 그런 불상사는 서로 좋을 게 없겠지?"

와키사카는 팔을 등 뒤로 내렸다. 어떻게 된 건지 모르겠지만 일단 시키는 대로 할 수밖에 없었다.

손목에 차가운 금속이 닿았다. 그와 동시에 와키사카는 냄새를 깨달았다. 분명 등유 냄새였다.

고리가 찰칵 잠기는 소리와 함께 양손은 쓸 수 없게 되었다. 수갑이 손목을 파고들었다.

"좋아. 와키사카 형사, 그대로 천천히 걸어가."

복도를 들어가자 안쪽에 있는 방 문이 활짝 열려 있었다. 와키사카는 문 앞에서 안을 슬쩍 들여다보았다. 불을 켜지 않아서 어두컴컴했다. 등유 냄새는 거기서 나는 것이었다.

바닥에 누군가 쓰러져 있었다. 확실하게는 보이지 않지만 검은 원피스를 보고 아카기 사다아키라는 걸 알았다. 긴 머리 가발이 반쯤 벗겨져 있었다.

"죽은 건 아냐." 이바가 말했다. "기절했을 뿐이지. 특수한 약제를 주사했거든. 부검을 해도 혈액에서는 수면제 성분밖에 나오지 않아. 앞으로 두 시간은 못 깨어날 거야."

미리 집 안에 숨어 있다가 아카기가 방에 들어선 순간 덮친 모양이다.

와키사카는 옆에 기름통이 있는 것을 알았다. 잘 보이지는 않지만 바닥에 등유를 뿌린 것 같았다.

"집에 불을 지를 생각입니까?"

"그럴 예정이었지. 너희가 나타나는 바람에 계획을 약간 수정해야겠어. 자, 와키사카 형사, 그대로 이쪽을 보고 바닥에 꿇어앉아."

와키사카는 우향우를 한 뒤에 그 자리에 무릎을 짚고 앉았다. 이바는 마도카의 등 뒤에 서 있었다. 총구를 등에 겨누고 있는 것이다.

"그 여자는 풀어주시죠. 사건과는 관계없는 일반인이에요."

"관계가 없다면 이런 밤늦은 시간에 여기까지 왔을 리가 없잖아. 어쨌든 자네 얘기를 들어본 뒤에 판단하기로 하지. 그러면 질문을 해볼까. 오늘 밤에 왜 여기에 왔지?"

"아카기 사다아키를 미행해서 온 것뿐이에요. 히가시아자부의 불법 카지노에서."

"어째서 아카기를?"

"T초 사건의 진범이라고 봤기 때문입니다. 니지마 시로가 범인인 것으로 되어 있지만, 사람을 착각한 거였어요."

오호, 하고 이바는 나지막한 소리를 발했다.

"이건 또 다시 뜻밖의 말이 튀어나오는군, T초 사건이라니. 내가 파악한 바로는, 자네는 다카쿠라 경위 휘하에서 주로 D자료 대상자들에 대한 탐문수사를 벌이고 있었어. 그런데 왜 엉뚱한 T초 사건을 캐고 있지?"

"쓰키자와 가쓰시 씨의 지명수배자 노트 덕분이었죠. 그 안에 니지마 시로의 얼굴 사진이 있었지만, 니지마 시로에게 지명수배가 내려진 적도 없는 데다 쓰키자와 씨의 동료였던 수사원은 그 사진을 본 적조차 없다고 했습니다. 그래서 그 사진에 대해 조사하다보니 T초 사건의 전말에 미심쩍은 점이 많다는 걸 알게 되었어요."

"이를테면 어떤 점이?"

"그걸 말하면 그 여자를 풀어주시겠습니까?"

"얘기를 들어본 뒤에 생각해본다고 말했지? 어서 대답해, 어디까지 아는 건가."

"쓰키자와 씨가 T초 사건의 재수사에 관여했다는 점, 그리고 니지마 시로의 집에서 T초 사건의 피해자 야마모리 부인의 액세서리가 발견된 것에 의문점이 있다는 점도."

이바의 눈에 쓱 그늘이 졌다. 와키사카의 말이 마음에 들지 않은 것이다. 즉 핵심을 찔렀다는 얘기다.

"자네, D자료의 탐문수사라는 단순 작업을 핑계로 그런 걸 파헤치고 다녔나? 그런데 이상하군, 그런 성과가 수사회의에서는 전혀 언급된 적이 없어. 왜 그런 거지? 다카쿠라 경위에게 보고를 안 했나?"

"중간에 보고는 했는데 팀장님이 상당히 신중한 자세였어요. T초 사건은 이미 해결된 거라서 다시 꺼내기 어려운 모양이라고 짐작했죠. 유력한 물증이 없는 한, 수사를 못하게 할 것 같아서 그 뒤부터 보고를 미뤘습니다."

"그렇게 단독 플레이를 했다는 건가. 응, 이제야 알겠네. 어쨌든 역시 열쇠는 그 사진이었군." 이바는 한 손을 품속에 넣었다. 꺼내든 것은 모바일이었다. 능숙하게 터치하더니 화면을 이쪽으로 내보였다. "이 사진이지?"

와키사카는 눈이 둥그레졌다. 화면에 나온 것은 쓰키자와의 노트에 있던 니지마 시로의 얼굴 사진이 틀림없었다. 맞습니다, 라고 대답했다.

이바는 입꼬리를 올리면서 한숨을 내쉬었다.

"내가 중요한 걸 알려주지. 정확히 말하면 이건 얼굴 사진이 아냐. 컴퓨터로 만들어낸 이미지, 즉 CG야."

"예?"

"T초 사건의 유일한 단서는 살해된 부인의 손톱에서 검출된 혈액이었어. 범인과 실랑이를 하다가 상대를 할퀸 것으로 추정되었지. 즉각 DNA 분석에 들어갔지만 경찰청 데이터베이스에 일치하는 게 없어서 유류 DNA형으로 보관해둘 수밖에 없었어. 그 혈액이 다시 빛을 보게 된 것은 그로부터 10년 뒤야. 게놈 몽타주를 작성했으니까."

"게놈……."

"게놈 몽타주, DNA분석에 의한 복안술復顔術이지. 경찰청 과경지원국이 연구기관과 공동으로 개발했어. 비슷한 연구가 각국에서 진행되고 있지만 우리 과경지원국에서 개발한 기술이 세계 최고 수준이라고 해도 좋아. 가장 큰 특징은 얼굴 인식 시스템에 적용된다는 점이야. 이미지를 시스템에 입력하면 얼굴 주인이 찍힌 동영상이나 정지화면을 AI가 척척 찾아내거든."

"그런 것까지?" 와키사카는 아연할 수밖에 없었다. DNA에서의 복안復顔을 연구한다는 얘기는 들었지만, 아직은 한참 나중의 일이라고만 생각했다.

"게놈 몽타주의 기본적인 기술이 확립된 건 10여 년 전이야. 국내에서 운용되는 얼굴 인식 시스템의 80퍼센트 이상에서 유의미한 결과를 얻어냈어. 덕분에 우리 과경지원국의 주도 아래 실증 실험에 들어갔지. DNA 자료가 존재하는 미제 사건의 용의자 얼굴을 게놈 몽타주로 만들고, AI로 경찰청이 보유한 모든 영상 자료에서 찾아내게 한다는 계획이야. 그 결과, 오사카와 나고야, 그리고 후쿠오카에서 미궁에 빠졌던 사건의 범인들을 차례차례 발견해내서 체포에 성공했어. 물론 게놈 몽타주를 활용했다는 건 말단 수사원들에게는 밝히지 않았지만."

오구라에게서 들은 이야기와 일치했다. 역시 그건 단순한 소문이 아니었다.

"다음은 드디어 경시청이야. 그쪽에서 선정된 게 T초 사건이었고, 그때 만들어진 게놈 몽타주가 방금 그 사진이야. 즉각 전국의 얼굴 인식 시스템으로 조회에 들어갔어. 그런데 오사카, 나고야, 후쿠오카 때와는 다르게 합치하는 인물이 좀체 발견되지 않았어. 가장 큰 원인은 사건 발생 이후 오랜 시일이 경과했다는 점이야. 10년 가까이 지나면 사람에 따라서는 얼굴이 크게 달라지니까. 그래서 사건 이후의 시간을 감안해 새롭게 게놈 몽타주를 만들었지. 게다가 하나가 아니라 복수의 패턴으로. 생활습관이며 환경에 따라 인간의 인상은 달라지니까. 그 모든 것을 고려한 사진이야. 나아가 수사범위도 좁혀졌어. T초 사건의 피해자 야마모리 다쓰히코는 불법 카지노의 단골이었고 그쪽 업계와 인맥도 있었어. 야마모리가 관여한 장소에 드나든 자들의 얼굴 정보를 샅샅이 수집해 얼굴 인식 시스템에 입력해나갔어. 그 결과, 한 남자가 부각된 거야."

"그게 니지마 시로……."

"야마모리가 자주 드나들던 클럽에서 근무한 경력도 있고 밤업소와의 관련도 확인됐어. 거의 범인에 가까운 인물이라는 게 과경지원국에서 내린 판단이었어. 그래서 그 정보를 경시청의 미제 사건 수사팀으로 넘긴 거야. 거기에 과경지원국에서 지휘관으로 파견된 사람이……." 이바는 빈 왼손의 엄지로 자신의 가슴팍을 가리켰다. "바로 나였어."

눈썹이 가늘고 표정도 희박한 이바의 얼굴을 보면서 와키사카는 고개를 끄덕였다. "그런 거였군."

그걸 다카쿠라도 알고 있었던 거라고 와키사카는 새삼 깨달았다. 그래서 T초 사건을 다시 파헤치는 일에 그토록 신중했던 것이다.

"그렇게 재수사가 시작되었지. 나는 물론이고, 윗선에서는 다들 게놈 몽타주의 존재를 알고 있었어. 하지만 특수한 사정에 따라 그런 사실이 외부에 새어나가지 않게 하라는 경찰청의 엄명이 떨어졌어. 그렇기 때문에 익명의 제보 형식으로 니지마 시로가 T초 사건의 범인이라는 밀고장을 배달한 거야."

"그 특수한 사정이라는 게 뭡니까?"

"자네는 몰라도 돼." 이바가 옅은 웃음을 띠었다. "자, 그 뒤에 어떻게 됐는지는 자네도 알겠지? 무능하기 짝이 없는 형사들이 DNA 채취조차 못한 채로 니지마를 놓쳐버렸고, 게다가 바다에 뛰어들어 사망하게 하는 엄청난 실수를 저질렀어. 대혼란에 빠진 사태를 수습하기 위한 방법은 딱 한 가지밖에 없었어."

"니지마가 T초 사건의 범인이었다는 걸로 결론 내버리기로 했군요."

이바는 어깨를 으쓱 쳐들었다.

"그거 말고 무슨 다른 방법이 있나? 그렇게 하지 않았다면 니지마가 범인이라고도, 범인이 아니라고도 단정할 수 없었어. 거꾸로 말하면 범인이라고 단정해도 아무도 부정할 수 없었다는 얘기야."

"니지마의 방에서 채취한 DNA가 T초 사건의 유류 DNA형과 일치했다, 라는 건 사실이 아니었군요."

이바는 차가운 눈빛으로 이쪽을 노려보았다.

"그 스토리는 이미 결말이 정해져 있었어. 피의자 사망으로 불기소. 그렇다면 경시청, 경찰청, 그리고 검찰까지 다들 일처리를 쉽게 할 수 있게 해줘야지."

"살해된 부인의 액세서리가 니지마의 방에서 발견되도록 위장한 것도 당신이었군요."

"부족한 증거 서류를 채워준 것뿐이야. DNA만으로는 검찰 송치가 불충분할 것 같았으니까. 장부의 작은 구멍을 메우기 위해 숫자를 더해주는 것과 같아. 관청에서는 흔한 일이야. 누구한테 피해를 입히는 것도 아니잖아. 실제로 약간 미심쩍게 생각한 자가 있었는지도 모르지만, 니지마의 송검에 이의를 제기한 자는 아무도 없었어. 무사히 T초 사건은 해결, 그걸로 모든 게 잘 끝났어. 세상은 그런 사건 따위 금세 잊어버렸고."

"하지만 단 한 명, 결코 잊지 못한 사람이 있었죠." 이바를 노려보면서 와키사카는 말했다. "쓰키자와 가쓰시 씨, 게놈 몽타주 이미지를 소중한 물건처럼 보관하면서 진범이 어딘가에 따로 있다고 끝까지 믿었던 분이에요."

이바는 눈꼬리를 늘어뜨리고 입을 시옷 자로 구부렸다.

"그자를 끌어들인 게 나의 가장 큰 실수였지. 처음에 게놈 몽타주의 정확성을 증명하려고 연락했을 뿐이야. 니지마의 얼굴을 보고 게놈 몽타주 사진의 인물이 틀림없다고 말해주면 그걸로 끝날 일이었다고. 우수한 미아타리 수사원으로, 수사공조과에서의 실적을 알아보고 내가 일부러 데려온 게 쓰키자와였어. 그런데 게놈 몽타주를 본 그가 협조를 거부했어. 이런 이미지로는 세월이 흐른 뒤의 모습을 상상할 수 없다는 거야. 컴퓨터로 만들어진 얼굴에서는 인생이 느껴지지 않는다나? 만들어진 게 아니라 실제 이미지라면 아무리 오래되었어도, 그리고 현재 모습이 아무리 바뀌었어도 반드시 구분해낸다고 장담하면서. 그러니 우리도 불끈할 수밖에. 그래서 실제 영상을 보여줬던 거야."

"실제 영상을?"

"실은 그 사건 직후에 수집한 현장 주변의 방범카메라 영상을 얼굴 인식 시스템으로 확인해본 결과, 게놈 몽타주와의 일치율이 매우 높은 인물이 딱 한 명 있었어. 근처 쇼핑몰의 방범카메라에 찍힌 것인데 여러 대의 카메라가 그자의 모습을 잡아냈지."

쓰키자와 가쓰시의 예전 스마트폰에 있던 그 동영상이다, 라고 와키사카는 생각했다.

"하지만 안타깝게도 신원을 특정하지 못했고 그 영상 데이터는 내내 보관만 해뒀어. 그걸 꺼내서 쓰키자와에게 보여줬더니 드디어 수사에 협조하겠다는 거야. 그래서 즉시 니지마를 감시하던 잠복 장소에 데려가 그의 모습을 확인하라고 했어."

"쓰키자와 씨의 대답은?"

"전혀 다른 사람이라는 거야. 당신들은 AI를 맹신해 전혀 관련도 없는 사람을 감시하고 체포하려는 거냐며 코웃음을 치더군. 비위는 상했지만 그걸 떠들고 다니면 난처해질 터라서 외부에 발설하지 않겠다는 약속을 받고 정중히 보내줬지. 이후 그자와는 전혀 연락한 적이 없었어."

"쓰키자와 씨는 그 일이 머릿속에서 떠나지 않았겠지요. T초 사건의 범인이 따로 있고 아직도 태연히 거리를 돌아다닌다는 걸 잊지 않은 겁니다. 그렇게 지난 달, 마침내 찾아냈죠. 상대는 여장으로 정체를 숨겼지만 그래도 쓰키자와 씨는 속지 않았습니다. 미행을 해서 이 집을 알아낸 거예요."

그 뒤로 그는 어떻게 되었는가…….

와키사카의 상상은 비관적인 방향으로 흘러가지 않을 수 없었다.

"근데 그자가 나한테 연락을 했더라고. 메일이라는 골동품 같은 방식으로. T초 사건의 진범을 찾았다고 써서 보냈더군. 범인이 불법 카지노에 드나든 것도 알아냈는지, 그 카지노의 소재지를 수사해볼 생각이니 별건으로 체포한 뒤 DNA 감정을 하는 방법도 고려해보자는 조언까지 덧붙여서. 솔직히 간담이 서늘해졌어. 이제 와서 새삼스럽게 들춰내고 싶지 않은 안건이었으니까. 어떻게든 쓰키자와를 막아야 했어."

그런 메일이 오고 갔다는 것을 수사진이 파악하지 못한 건 어쩔 수 없다. 스마트폰 본체가 없어서는 메일 분석이 사실상 불가능한 것이다.

"그래서 살해했습니까?"

"그것밖에 다른 선택지가 없었어. 어물대다가 쓰키자와가 불법 카지노를 신고라도 하면 곤란하잖아."

와키사카는 쓰러져 있는 아카기에게로 시선을 던졌다.

"저자에게 특수한 약제 주사를 썼다고 했지요? 똑같은 걸 쓰키자와 씨에게도?"

"그래."

"어떻게 그런 무도한 짓을……." 와키사카는 입을 악물었다.

"저런, 섭섭하군. 내가 나 자신의 안위만을 위해 그런 일을 했다고 생각하나? 사회 시스템에 혁명을 일으키려면 누군가는 제 손을 더럽혀야 할 때가 있어. 그걸 무도한 짓이라고 해서는 안 되지."

"사회 시스템? 혁명? 무슨 헛소립니까!"

"조금 전에 자네는 몰라도 된다고 말했지만, 정정해두는 게 좋겠군. 가르쳐주지, 그 혁명이란 전 국민의 DNA형 데이터베이스 구축이야. 게다가 지금까지 경찰청에서 관리하던 것과는 수준이 달라. 종래에는 단순히 개인 식별만이 목적이었기 때문에 DNA 중에서도 신체적 특징이나 인종 같은 구체적인 정보는 제외했어. 하지만 현재 구축 중인 시스템에는 모든 정보가 등록될 거야. 한 인물을 지정하면 지병에서부터 체질, 생김새 등 모든 것을 알 수 있어. 그뿐만이 아니야. 혈연관계인 사람을 찾아내는 것도 가능해."

"어처구니가 없군요. 그런 시스템을 인정해주겠습니까? 지금까지 그 비슷한 법안이 여러 번 나왔지만 번번이 폐기됐어요."

"폐기된 건 전 국민 DNA 정보 등록을 의무화한다는 법안이지. 임의로 정보를 수집하는 건 합법이야."

"임의로 수집하다니, 어떻게 한다는 겁니까?"

"자네도 최근 며칠 동안 D자료의 대상자들을 만났잖아. 경찰에서 그들의 DNA를 어떻게 수집했겠나?"

"버려진 꽁초나 빈 캔을 수집해봤자 그게 누구 것인지 모르면 데

416

이터베이스에 입력할 수 없을 텐데요?"

"어째서 누구 것인지 모른다고 단정하지? 아까부터 우리가 해온 얘기는 뭐지?"

와키사카는 온몸에 소름이 돋는 것을 느꼈다. 이바가 무슨 말을 하려는지 알았다.

"아, 게놈 몽타주를 만들면 되는 거네."

"드디어 이해했나? 바로 그거야. 게놈 몽타주만 있으면 요즘 세상에는 그게 어디 사는 누구인지 알아내는 건 그야말로 식은 죽 먹기야."

"전국의 방범카메라 영상에서 얼굴 인식 시스템으로 찾아낸다고요? 하지만 신원은 그리 간단히 알아낼 수 없을……." 거기까지 말한 참에 와키사카는 한 가지 가능성이 떠올랐다. "아니, 그런 필요도 없겠군요. 이제는 전 국민이 자신의 얼굴과 이름을 한 세트로 나라에 제출하고 있으니까."

"그렇지. 국가가 의무화를 추진하는 ID넘버카드야. 운전면허증이며 건강보험증까지 일원화하고 있어. 그 얼굴 사진과 대조하면 게놈 몽타주의 주인은 즉시 밝혀져. 실은 그 덕분에 자네도 다마가와에서 담배꽁초며 빈 캔을 휙 던져버린 자들을 찾아다닐 수 있었잖아."

"DNA자료는 어디서 채취하는 겁니까?"

"다양한 장소에서. 이를테면 흡연실, 공원, 도서관 등등 무방비로 DNA가 폐기되는 곳이라면 어디서든 수집하지. 학교나 회사, 병원의 업자를 끌어들이면 대량 채취가 가능한 곳도 있어."

"그런 일을 언론에서 알게 되면 크게 시끄러워질 텐데요."

"그래서 게놈 몽타주에 대한 건 현재로서는 엄중하게 덮어두고 있어. 공공연히 얘기할 수 있다면 범죄수사도 한결 수월해지고 따라서 범죄 예방에 큰 도움이 되겠지만, 아직은 사회적인 반발도 무시할 수 없으니까. 그런데 당당하게 공표할 날이 멀지 않았어. 전 국민의 약 절반에 해당하는 수의 DNA 정보가 등록되면 발표해도 좋다고 승인해줄 수밖에 없겠지?"

"그렇게 뜻대로 술술 풀리지는 않을 겁니다."

"뭘 모르시는군. 현재 술술 풀리고 있어, 실로 순조롭게. 이제 곧 전 국민이 두 부류로 나뉠 거야. DNA를 관리하는 측과 관리당하는 측. 당연히 관리하는 측에 서는 게 미래가 밝아지겠지. 어떤 사업자라도 눈에 불을 켜고 확보하려는 게 정보일 테니까. 그래서 자네에게 제안을 하나 하지. 우리 편에 서지 않겠나? 나라면 자네를 괜찮은 포지션에 넣어줄 수 있어. 어떤가, 나쁘지 않은 얘기지? 자네 코앞에 있는 이득을 붙잡기만 하면 지금 이 상황도 타개할 수 있어. 아까부터 이 아가씨를 걱정하던데, 자네의 태도 여하에 따라서는 고이 보내드릴 수도 있다는 얘기야."

"당신이 저지른 짓에 대해 입을 다물라는 겁니까?"

"간단히 말하면 그렇지. 하지만 입으로 하는 약속만으로는 안심할 수 없어. 공범이 되어줘야지. 뭐, 그렇게 어려운 일도 아냐." 이바는 바지주머니에 손을 넣어 뭔가를 꺼냈다. 라이터였다. "내가 바닥에 뿌려둔 등유에 이걸로 불을 붙이는 거야. 어때, 간단하지? 그 순간부터 자네는 당당한 공범이 될 거야. 우리 편 사람으로 인정받는 거라고."

"아카기를 살해하고 집에 불까지 지르는 이유는 대체 뭡니까?"

"그건 굳이 말할 필요도 없지 않나? 쓰키자와가 쓰레기봉투를 갖고 나오는 영상이 발견되는 바람에 특별수사본부에서는 이 지역 주민 전원에게 의혹의 시선을 던지기 시작했어. 아카기가 눈에 띄는 건 이제 시간문제야. 만일 아카기가 T초 사건에 대해 자백이라도 하면 매우 난처해져. 이렇게 된 이상, 자살로 위장해 죽이는 게 최선이야. 등유를 뿌리고 타이머 발화 장치를 세팅한 뒤에 수면제를 복용했다, 라는 식으로. 자살 동기는 쓰키자와 가쓰시의 살해범이라는 것을 경찰에 들켰기 때문이라고 하면 앞뒤가 딱 맞잖아. 쓰키자와를 살해한 동기는 불법 카지노 출입으로 공갈 협박을 당했기 때문이라는 걸로 하면 어떨까."

"거짓말을 잘도 지어내는군요."

"일종의 직업병이야. 어때, 내 제안을 받아들이겠나?"

"거절한다면?"

이바는 눈을 크게 부릅떴다.

"거절? 어째서? 그런 선택지도 있었어? 뭐, 그럴 경우에는 시나리오를 바꿀 수밖에 없지. 아카기가 자살하기 직전에 돌연 두 남녀가 찾아왔다는 스토리야. 아카기에게 쓰키자와 가쓰시 살해를 인정하고 경찰에 출두하라고 다그쳤다, 놀라서 어쩔 줄 모르던 아카기는 두 사람을 총으로 살해한 뒤 자신도 목숨을 끊었다……. 어때, 이것도 꽤 괜찮은 스토리지?"

"그런 억지스러운 얘기를 누가 믿겠습니까."

"총에 아카기의 지문이 찍혀 있는데 그거 말고 달리 설명할 방법이 있을까? 수사1과의 젊은 형사가 혼자 공을 세우겠다고 상부에 보고도 없이 단독 플레이를 하다가 일반인까지 끌어들인 끝에 오히려 범인에게 당했다. 어때, 그럴싸하지 않아?"

"다시 생각해보시죠. 그런 게 통할 리가 없어요."

"다시 생각해볼 사람은 자네야. 10초쯤은 기다려주지. 시간이 별로 없어서 말이지." 이바의 눈이 날카로워졌다. 총 끝을 마도카의 등에서 턱밑으로 옮겼다. "자, 어떻게 할 건가."

마도카는 눈을 감고 있었다. 얼굴이 창백해진 게 옅은 어둠 속에서도 보였다.

방아쇠에 걸린 이바의 손가락에 힘이 더해지는 기척이 났다. 와키사카는 고개를 떨구고 이를 악물었다. 이 상황에서는 일단 포기하고 시키는 대로 하는 수밖에 없다.

알았다, 라고 말하려고 했을 때였다.

땡똥땡똥……. 생각지도 못한 소리가 귀에 들어왔다. 인터폰 차임벨이다.

와키사카는 얼굴을 들었다. 이바의 몸이 얼어붙은 듯 경직되었다. 얼굴도 바짝 굳어 있었다.

땡똥, 다시 벨이 울렸다.

"누구지?" 이바가 물었다.

모릅니다, 라고 와키사카는 대답했다. 실제로 짐작도 가지 않았다. 눈을 뜬 마도카도 말없이 고개를 가로저었다.

그 직후였다.

"마담!" 느닷없이 밖에서 사람 소리가 들려왔다. 낭랑하지만 허스키한 목소리다. "마담, 문 좀 열어요. 나예요, 리마예요." 대문 앞에서 소리치는 것 같았다.

와키사카는 소스라치게 놀랐다. 평소와는 다르게 기묘한 발성을 하고 있지만 그 목소리의 주인은 리쿠마가 틀림없었다. 왜 리쿠마가 이곳에 있는 것인가.

"마담, 주무세요?" 리쿠마의 넉살 좋은 기성奇聲이 가까워지는가 싶더니 닫힌 커튼 너머로 톡톡 유리창을 두드리는 소리가 들렸다. 대문 안으로 들어온 모양이다. "아이 참, 마담, 문 열어요. 어떻게 된 거야, 대체?"

이바의 얼굴에 곤혹스러운 빛이 떠올랐다. 리쿠마의 목소리는 이웃집에도 왕왕 울릴 터였다.

"내 여동생이에요." 지금까지 침묵하던 마도카가 말했다. "마담이 저 애를 좋아해서 가끔 놀러 오곤 했어요. 그냥 두면 계속 불러댈 거예요."

"뭐야?" 이바가 혀를 찼다.

"동생을 휘말리게 하고 싶지 않아요. 그냥 돌아가라고 말해줘도 될까요? 내가 타이르면 들을 거예요."

마담, 하고 다시 리쿠마가 외치는 목소리가 울렸다. "주무세요? 일어나봐요."

이바는 짜증스러운 시선을 마도카에게로 향했다.

"알았어. 하지만 허튼 수작을 했다가는 용서 없어."

마도카가 조심스럽게 커튼 쪽으로 다가갔다. 이바는 그녀의 등에 총구를 댄 채 따라붙었다.

마도카가 커튼을 살짝 열었다. 유리창 너머로 화려한 여장을 한 리쿠마의 모습이 보였다. 마도카를 보자 활짝 웃으면서 주인을 만난 강아지가 꼬리를 흔들듯이 양손을 옆으로 흔들기 시작했다.

"리마, 집에 돌아가." 마도카가 얼른 가라고 손짓을 했다. 리쿠마는 이상하다는 표정으로 귀에 손을 댔다. 안 들려요, 라고 말하는 것 같았다.

마도카가 팔을 옆으로 뻗어 창문 고리를 풀고 유리창을 10센티미터쯤 열었다.

"마도카 씨, 뭐 하고 있어? 마담은 어디 있고?" 리쿠마가 물었다.

"마담은 잠들었어. 술이 너무 취해서 내가 데려왔어. 너는 집에 가."

"어머, 왜? 리마도 같이 놀고 싶은데." 그렇게 말하더니 리쿠마는 갑자기 창문을 잡고 활짝 열었다.

마도카의 등 뒤에 있던 이바가 벽 뒤로 숨었다. 그 순간, 그녀의 등을 향한 총구가 아래쪽으로 숙여졌다.

와키사카는 벌떡 일어나며 부르짖었다. "도망쳐!" 그러고는 이바를 향해 몸을 날렸다.

그 순간 총구가 와키사카를 향했다. 슬라이딩 태클을 먹이려고 했지만 그 직전에 총성이 울렸다. 허리 쪽을 덮친 엄청난 충격에 와키사카는 몸의 균형을 잃었다. 그대로 바닥에 나동그라졌다.

마도카가 정원으로 뛰쳐나가는 모습이 보였다. 곧바로 이바도 쫓아갔지만 그 직전에 와키사카 쪽을 돌아보며 라이터 불을 켜 바닥에 휙 던졌다.

　화르르 불길이 번졌다. 실내가 눈부실 만큼 환해지고 와키사카는 온몸에 열기를 느꼈다. 몸을 일으키려는 순간, 하반신에 격통이 밀려왔다. 극심한 통증에 정신을 잃을 것 같았다.

28

리쿠마의 머릿속은 진공상태였다.

어떤 생각도, 판단도 할 수 없었다. 아무튼 죽기 살기로 자전거 페달을 밟았을 뿐이다. 뒷자리에 앉은 마도카가 그러라고 지시했기 때문이다.

한여름 밤의 바람은 뜨뜻미지근했다. 그 여름 바람에 리쿠마의 가발이 휘날렸다.

어쩌다 이렇게 되었을까. 원래 이 시간에는 방 침대에 벌렁 누워 있어야 한다. 하지만 아마 잠이 들지는 못했을 것이다. 마도카와 와키사카가 마음에 걸려 혼자 몸을 뒤척이며 고민했을 게 틀림없다.

그렇게 되지 않은 것은 마도카 때문이었다.

오늘은 집에 돌아가라는 말에 순순히 따르기로 했다. 같이 있어봤자 아무 도움도 안 되고 괜히 두 사람의 발목만 잡게 될 것 같았다.

하지만 수리학연구소를 떠날 때, 배웅 나온 마도카가 앱 하나를 다운받는 게 어떠냐고 제안했다. 특정인의 위치 정보를 확인할 수 있는 앱이다. 오늘 자기가 어디에 있게 되는지 리쿠마도 알아두면 좋겠다는 것이었다.

"같이 가지는 못해도 와키사카 형사와 내가 어디 있는지 알면 이래저래 상상해볼 수 있겠지? 그걸 보고 어떻게 생각하고 어떻게 행동할지, 그건 네가 결정해. 하지만 잊지 마. 너를 대신할 사람은 어디에도 없어. 네가 움직이지 않으면 세상도 바뀌지 않아."

의미심장한 말에 당황하면서도 리쿠마는 앱을 다운받아 마도카의 스마트폰 위치를 리얼타임으로 확인할 수 있게 설정했다. 그것만으로도 일체감이 강해진 것 같아서 기뻤던 것은 사실이다.

수리학연구소를 나와 집으로 가는 길에 준야에게 전화를 걸었다. 결국 자신도 귀가 지시를 받았다는 소식을 전해주고 싶었기 때문이다. 그러자 준야가 기다렸다는 듯이 말했다. 자기도 리쿠마의 집에 가서 마도카와 와키사카 형사의 움직임을 지켜보고 싶다고.

"어차피 오늘 밤에는 너희 집에서 잘 생각이었어. 어때, 괜찮지?"

열의가 넘치는 그 말에 안 된다고는 할 수 없었다. 자기만 따돌린다고 몹시 섭섭했을 게 틀림없다. 그런 식으로라도 꼭 함께하고 싶은 것이다.

리쿠마가 집에 도착하자 문 앞에 벌써 준야가 와 있었다. 아버지 엄마에게 허락도 받았다고 했다. 준야는 뭔가 일이 생겼을 때를 위해 자전거를 타고 왔다고 말했다.

리쿠마는 피식 웃음이 터졌다. "마도카 씨와 와키사카 형사는 차로 이동하고 있어. 자전거로는 아무것도 못해."

스마트폰을 옆에 놓고 마도카의 움직임을 체크하면서 준야와 이런저런 이야기를 나눴다. 가장 큰 화제는 역시 아카기 사다아키에 관한 것이었다. 아버지는 정말로 그 여장 남자에게 살해된 것인가.

"만일 그렇다면 역시 돈이 목적이었겠지?" 리쿠마는 말했다. "경찰에 신고하지 않는 대가로 돈을 달라고 아카기를 위협한 거야. 통장에 기록이 남은 그 두 지명수배자에게 했던 것처럼. 아카기는 요구를 들어주는 척하며 아버지를 안심시킨 뒤에 수면제를 먹이고 다마가와에 던져버렸겠지. 그렇게 생각하면 아버지에게 동정의 여지는 없어. 자업자득이라고 비난할 사람도 많을걸."

"그런 식으로 단정하는 건 옳지 않아. 아직 아무것도 모르잖아."

"하지만 그 전에 지명수배자 둘한테서 돈을 받은 건 확실하잖아. 이번만은 아니라고 부정할 근거가 없어."

준야는 부루퉁한 얼굴로 입을 꾹 다물었다. 순순히 인정하고 싶지는 않지만, 합리적인 반론이 생각나지 않았을 것이다.

마도카의 움직임에 변화가 나타난 것은 오후 11시가 지난 무렵이었다. 수리학연구소를 나와 시내로 향하기 시작했다. 이동하는 속도를 보니 차를 타고 가는 모양이었다.

리쿠마는 준야와 함께 마도카의 행방을 지켜보았다. 이윽고 자리를 잡은 곳은 히가시아자부 길거리였다. 이동하는 기척이 없었기 때문에 불법 카지노가 열리는 장소 근처에서 잠복 중인 것으로 생각되었다.

"아자부라면 나는 한 번도 안 가본 곳이네." 리쿠마는 혼잣말처럼 중얼거렸다. "어른들은 정말 여기저기서 나쁜 짓을 하는구나."

"아니, 어른들은 좋겠다. 나도 어른이 되면 그런 곳에 가볼 거야. 카지노도 엄청 재미있을 거 같아."

"그래도 그건 불법이야. 잡히면 어떡할 건데?"

그러자 준야는 미간을 찡그리며 뾰로통하게 입을 내밀었다.

"나는 마도카 씨가 했던 말에 일리가 있다고 생각해. 정말로 국민을 위한다면 도박은 모두 다 금지하면 되잖아. 결국 법률이라는 건 정부와 공무원에게 편리한 방향으로 만들어졌을 뿐이야. 그자들은 우리를 퍼즐 조각 정도로밖에는 생각하지 않아. 그래서 관리하기 편하게 자꾸 규칙을 만들어내는 거지. ID넘버카드가 그 전형적인 예야. 나는 그런 것에 휘둘리고 싶지 않아. 무엇이 옳은지는 나 스스로 생각할 거야. 불법 카지노가 나쁜 곳이라면 어떻게 나쁜지 내 눈으로 확인해야지. 왜냐면 우리도 벌써 중3이야. 이제 3년만 지나면 선거권이 생겨."

준야가 힘주어 하는 말을 듣고 마도카의 가치관을 즉각 받아들이는 그 유연성에 리쿠마는 감탄했다. 동시에 자각도 들었다. 그렇다, 이제 나 스스로 판단하지 않으면 안 될 나이가 되었다……

그런 생각을 하면서 잠깐 멍하고 있었던 것 같은데 갑자기 누군가 몸을 흔들었다. "리쿠마, 일어나!"

"어, 왜?" 머리를 내저었다. 아무래도 깜빡 졸았던 모양이다.

"마도카 씨가 다시 이동하고 있어."

"어디로?"

"모르겠어. 상당히 빠르게 이동하는 걸 보면 다시 미행을 시작한 거 같아."

리쿠마는 시선을 집중해 스마트폰 화면을 노려보았다.

그때였다. 착신이 있었다. 마도카였다. 전화를 연결해 네, 라고 응답했다. 그런데 그녀에게서 대답이 없었다. 그 대신 대화 소리가 들려왔다.

"방향으로 봐서 다마가와로 가고 있어요." 마도카의 목소리였다. "쓰키자와 가쓰시 씨가 살해된 현장 부근 아닐까요?"

"그럴 거예요, ……아카기, ……그 근처일 수 있으니까." 소리가 군데군데 끊겼지만 상대는 와키사카였다. 리쿠마는 스피커폰으로 바꾸고 볼륨을 높였다.

"공식적인 얼굴은 사업가, 하지만 밤마다 여장을 한 채 불법 카지노에 드나드는 사람. 저런 자는 대체 어떤 곳에서 사는지, 그것만이라도 리쿠마와 아이들에게 보여주고 싶었는데."

"그것도 문제없어요. 샅샅이 촬영할 예정이니까."

그 뒤로 대화가 끊겼다. 하지만 전화는 연결되어 있었다.

리쿠마는 이쪽의 음성이 들어가지 않게 설정한 뒤, 준야와 얼굴을 마주 보았다. "어떻게 된 거지? 실수로 통화 버튼을 눌렀나?"

"마도카 씨가 그런 실수를 할 리 없어. 이건 분명 일부러 전화한 거야." 준야가 강한 어조로 말했다.

"무엇 때문에?"

"우리에게 대화를 들려주려는 거야. 마도카 씨는 너를 데려갈 수 없다는 와키사카 형사의 의견에 동의는 했지만, 마음속으로는 그러고 싶지 않았을 거야. 그래서 자신의 위치 정보를 알려주기로 했겠지. 하지만 그뿐만이 아니야. 오늘 밤에 무슨 일이 일어날지도 모른다고 생각한 거야. 다마가와 근처니까 지금 서둘러 나가면 우리도 갈 수 있겠지?"

"설마……."

"그거 말고 다른 이유, 생각나는 거 있어? 이렇게 전화를 끊지 않고 연결해둔 이유 말이야."

리쿠마는 말없이 스마트폰을 바라보았다. 저절로 숨이 거칠어졌다.

"그럼…… 갈까?"

"좋아, 결정했어!" 준야가 벌떡 일어섰지만 이내 고심하는 표정으로 돌아보았다. "근데 리쿠마, 넌 옷을 갈아입는 게 좋을지도 모르겠다."

"옷을?"

"여장 말이야. 혹시 아카기와 덜컥 마주칠 수도 있잖아. 그 차림으로는 오히려 의심을 살 수 있어."

"아카기와 덜컥 마주친다고?"

"그거야 나도 모르지. 하지만 만일을 위해 대비하자는 거야."

그렇게 말하니 부정할 수 없었다.

급히 리마의 옷으로 갈아입었지만 가장 힘든 건 화장이었다. 시간이 없어서 파운데이션과 볼연지를 대충 찍어 바르고 립스틱과 아이메이크업도 적당히 그려 넣었다. 어떠냐고 준야에게 물었더니 나쁘지 않네, 라는 대답이 돌아왔다.

집에 돌아올 때는 날이 훤해질 거라서 위에 입을 티셔츠를 가져가기로 했다. 마침 소파 옆에 티셔츠가 있어서 냉큼 백팩에 쑤셔 넣었다.

준야가 자전거를 타고 온 게 다행이었다. 둘이서 한밤의 다마가와를 향해 출발했다.

리쿠마는 한 손에 스마트폰을 들고 이따금 마도카의 위치를 확인했다. 그리고 와이어리스 이어폰을 귀에 꽂고 있었다. 전화는 계속 연결되어 있었다. 마도카와 와키사카의 대화가 귀에 들어왔지만 잘 들리지 않아서 내용은 거의 이해하지 못했다. 하지만 아카기의 집 근처로 가고 있다는 건 틀림없는 것 같았다.

이윽고 리쿠마와 준야도 목적지에 도착했다. 모퉁이를 돌아서자 하얀색 경차가 눈에 들어왔다. 분명 마도카의 차다. 일단 몸을 숨기고 다시 상황을 살펴보았다. 그런데 차 안에 인적이 없었다. 마도카와 와키사카 형사는 어디로 간 것일까.

리쿠마는 이어폰에 집중했다. 마도카의 목소리는 전혀 들리지 않았다. 하지만 누군가 말을 하고 있었다. 와키사카인 것 같았다. 그런데 그의 말에 응하는 또 다른 목소리가 있었다. 모르는 남자 목소리다.

"왜 그래?" 준야가 물었다.

"뭔가 좀 이상해." 리쿠마는 이어폰을 빼고 스피커폰으로 바꿨다.

자전거를 길가에 세워놓고 둘이 스마트폰을 사이에 두고 마주 섰다. 와키사카가 아닌 또 한 명의 남자가 이러니저러니 길게 말하고 있었다. 그 내용이 너무 복잡해서 이해하기가 어려웠다. 게놈 몽타주라는 말이 빈번하게 나오는데 무슨 뜻인지 알 수 없었다.

"마도카 씨와 와키사카 형사님이 집 안에 들어갔어. 아카기와 얘기하는가 봐." 준야가 목소리를 낮춰 속닥거렸다.

"아니, 상대는 아카기가 아니야. 이런 목소리가 아니었어."

"그럼 누구야?"

"모르겠어."

"조금 더 가까이 가보자."

자전거를 밀면서 골목 안으로 들어가자 문패에 '아카기'라고 적힌 집이 있었다. 이곳이 틀림없을 것이다. 하지만 창문으로 불빛은 새어나오지 않았다.

"솔직히 간담이 서늘해졌어. 이제 와서 새삼스럽게 들춰내고 싶지 않은 안건이었으니까. 어떻게든 쓰키자와를 막아야 했어."

스마트폰에서 들려온 남자의 말에 리쿠마는 흠칫했다. 아버지의 이름이 나왔기 때문이다.

"그래서 살해했어요?" 와키사카의 목소리다.

"그것밖에 다른 선택지가 없었어. 어물거리다가 쓰키자와가 불법 카지노를 신고라도 하면 곤란하잖아."

"저자에게 특수한 약제 주사를 썼다고 했지요? 똑같은 걸 쓰키자와 씨에게도?"

"그래."

"어떻게 그런 무도한 짓을······."

"저런, 섭섭하군. 내가 나 자신의 안위만을 위해 그런 일을 했다고 생각하나? 사회 시스템에 혁명을 일으키려면 누군가는 제 손을 더럽혀야 할 때가 있어. 그걸 무도한 짓이라고 해서는 안 되지."

리쿠마는 숨을 헉 삼켰다. 지금 주고받는 대화에 의하면 와키사카의 상대 남자가 아버지를 살해한 것이다.

하지만 그 뒤의 전개에 리쿠마는 이래저래 생각할 여유를 잃었다. 아무래도 와키사카와 마도카가 절박한 상황에 몰린 것이다. 불을 붙인다느니 총으로 살해한다느니, 끔찍한 말이 연달아 튀어나오고 있었다.

"리쿠마, 어떻게든 해야 돼." 준야가 작은 소리로 말했다. 그 얼굴이 바짝 긴장해 있었다. 아마 자신도 그럴 거라고 리쿠마는 생각했다.

어떻게 해야지? 내가 뭘 할 수 있을까. 필사적으로 사고회로를 굴렸지만 좋은 아이디어는 떠오르지 않았다. 어쨌든 적을 방해라도 해야 한다고 생각했다.

묘안이 떠오르지 않은 채 리쿠마는 저도 모르게 대문 쪽으로 다가갔다. 인터폰 앞에 선 순간, 자신이 무엇을 해야 할지 퍼뜩 생각났다. 망설일 새도 없이 버튼을 눌렀다.

하지만 반응은 없었다. 분명 집 안에서 다들 깜짝 놀랐을 것이다. 이런 밤늦은 시간에 찾아올 사람이 있을 리 없다.

다시 한 번 차임벨을 눌렀지만 역시 반응이 없었다. 그러면 어떻게 할까. 리쿠마는 각오를 다졌다. 크게 숨을 들이쉬었다.

마담, 이라고 소리쳤다. "마담, 문 좀 열어요. 나예요, 리마예요!"

리쿠마는 옆의 정원을 통해 안으로 들어갔다.

"마담, 주무세요?"

정원을 향해 난 방은 커튼이 쳐져 있어 아무것도 보이지 않았다.

리쿠마는 유리창을 두드렸다.

"아이 참, 마담, 문 열어요, 어떻게 된 거야, 대체?"

긴장과 공포로 심장이 벌떡벌떡 뛰었다. 당장이라도 안에서 총알이 날아올 것 같아 다리가 후들거렸다. 그래도 죽을힘을 다해 목소리를 높였다.

"마담, 주무세요? 일어나봐요."

그러자 변화가 일어났다. 닫혔던 커튼이 살짝 열리고 마도카가 얼굴을 내보인 것이다. 리쿠마는 필사적으로 반가워하는 표정을 지으면서 양손을 흔들었다.

마도카가 뭐라 말하며 오른손을 움직이고 있었다. 리쿠마는 귀에 손을 댔다.

그러자 마도카가 유리창을 10센티미터쯤 열었다.

"마도카 씨, 뭐 하고 있어? 마담은 어디 있고?"

"마담은 잠들었어. 술이 너무 취해서 내가 데려왔어. 너는 집에 가."

"어머, 왜? 리마도 같이 놀고 싶은데." 리쿠마는 유리문을 꽉 잡고 활짝 열었다.

그때였다. 실내에서 누군가 뛰는 소리가 들리는가 싶더니 도망쳐! 하는 부르짖음이 울렸다.

마도카가 뛰쳐나왔다. 그 직후, 탕 하는 마른 소리가 들렸다. 총성이었다.

"뛰어!"

마도카의 지시에 리쿠마는 정신없이 뛰었다.

뭐가 뭔지 알 수 없었다. 그래도 핸들을 움켜쥔 채 온 힘을 쥐어짜 자전거 페달을 밟았다. 미니스커트가 말려 올라가 팬티가 다 보이겠지만 그런 것에 신경 쓸 겨를은 없었다. 애초에 다 보여봤자 별것도 없다.

저기서 오른쪽, 그다음은 왼쪽, 저기서는 곧장 가! 리쿠마의 허리에 팔을 두른 마도카가 날카로운 목소리로 지시를 내렸다. 하라는 대로 리쿠마는 자전거를 몰았다.

복잡하게 구부러진 주택가 골목길을 빠져나오자 돌연 시야가 탁 트인 도로가 나타났다. 건너편으로 가려면 중앙분리대를 뛰어넘지 않으면 안 된다.

"여기까지 왔으니까 이제 괜찮겠죠?" 숨을 헐떡이면서 리쿠마는 말했다.

"안 돼, 그자가 곧 따라잡을 거야." 마도카는 왜 그런지 리쿠마의 백팩을 뒤지고 있었다. "오토바이 소리가 다가오고 있어."

"오토바이?"

리쿠마가 되물었을 때, 수십 미터 뒤쪽에서 오토바이 한 대가 나타났다. 리쿠마와 마도카가 자전거를 타고 현장을 빠져나오자마자 뒤에서 엔진소리가 울렸던 게 생각났다. 상대 남자는 오토바이로 쫓아온 것이다.

남자는 몇 번이나 엔진을 부릉부릉 울린 뒤에 출발했다. 그러고는 더욱더 속도를 높여 맹렬히 돌진해왔다.

"잡히겠어요, 마도카 씨. 도망쳐야 돼요." 리쿠마는 소리쳤다.

하지만 마치 오토바이를 맞받아치려는 것처럼 마도카는 두 발을 버티고 서 있었다.

"도망치면 안 돼. 리쿠마, 똑똑히 기억해둬. 인간에게는 무한한 가능성이 있어. 너의 한계를 쉽게 결정해서는 안 된다고!" 그렇게 외치더니 오른손으로 뭔가를 홱 던졌다.

그 직후, 리쿠마는 등 뒤로 강한 바람을 받았다. 그 바람에 날려 마도카가 던진 것이 허공을 날았다.

그곳에 오토바이가 돌진해 들어왔다. 그러자 날려간 것이 마치 의지를 가진 것처럼 남자의 얼굴을 덮어버렸다.

한순간에 시야가 가려진 남자는 핸들을 놓쳤다.

오토바이는 옆으로 쓰러져 불꽃을 튀기며 바닥으로 미끄러져 그 대로 중앙분리대를 들이받고서야 멈췄다.

리쿠마는 아무 말도 나오지 않았다. 무슨 일이 일어났는지, 자신의 눈으로 지켜봤지만 도무지 실감이 나지 않았다.

오토바이를 몰던 남자는 꿈쩍도 하지 않았다. 정신을 잃은 것일까.

마도카는 어딘가에 전화를 걸고 있었다. 구급차를 부르는 것이었다.

리쿠마는 머뭇머뭇 오토바이로 다가갔다. 남자의 얼굴에 덮어씌워진 것을 보고 흠칫했다. 그건 리쿠마의 빨간 티셔츠였다.

'鬪(투)'라고 적힌 흰색 글씨가 보였다.

29

사람들이 웅성거리는 소리가 머릿속에 울렸다. 왜 이렇게 시끄러울까. 조금 더 자고 싶은데 의식이 깨어나는 게 느껴졌다. 이윽고 들려오는 것은 사람 소리가 아니라 낮은 이명이라는 것을 알았다. 하지만 그것도 서서히 멀어져갔다.

와키사카는 눈을 떴다. 바로 옆에 여자 얼굴이 있었다.

"깨어나셨네요. 와키사카 씨, 기분은 어떠세요?"

자신이 침대에 누워 있다는 걸 알았다. 구급차로 병원에 실려온 것까지는 기억이 났다.

괜찮아요, 라고 와키사카는 간호사인 듯한 여자에게 대답했다. 몸을 일으키려고 했지만 팔다리에 힘이 주어지지 않았다.

"아직 무리하시면 안 돼요, 약기운이 있어서. 실은 와키사카 씨를 만나겠다는 분이 계세요. 모가미 씨라는 분입니다. 의사 선생님께 확인해보니 짧은 면회는 괜찮다고 하셨어요. 지금 들어오시라고 할까요?"

부탁드립니다, 라고 와키사카는 대답했다.

간호사와 자리를 바꾸듯이 모가미가 병실로 들어왔다. 와키사카의 얼굴을 들여다보며 생각보다 괜찮네, 라고 말했다. "하마터면 불에 타 죽을 뻔했다고 하더니만."

"아슬아슬했죠."

"중학생이 구해줬다면서?"

"네, 그렇게 됐어요."

허리에 총을 맞고 도저히 몸을 움직일 수 있는 상태가 아니었다. 그래도 어떻게든 탈출해보려고 필사적으로 버둥거렸다. 그때 누군가 팔을 끌어당겼다. 올려다보니 통통한 뺨에 아직 앳된 티가 남은 얼굴이 있었다.

"준야?"

어떻게 네가 여기에, 라고 물어보려다가 심하게 컥컥거렸다.

"정신 차려요!"

아직 키도 작은 준야가 와키사카를 문밖으로 끌어내고 있었다. 그렇게 중학생의 손을 빌려 와키사카는 기다시피 가까스로 밖으로 빠져나왔다.

불길이 번져가는 집을 멍하니 바라보고 있으려니 잠시 뒤에 경찰 두 명이 연기를 뚫고 나타났다. 그들은 아카기를 떠메고 있었다.

구급차가 다가오는 소리가 귀에 들어온 것은 그 직후의 일이었다.

"와키사카, 잘 들어." 모가미가 말했다. "잠시 뒤에 경무부에서 나올 거야. 공식적으로는 경호를 위해서지만 실제로는 감시야. 그러면 마음대로 면회도 할 수 없어. 내가 자네한테 얘기를 들을 기회는 지금뿐이라는 거야. 대체 무슨 일이 있었는지 전부 말해봐."

"전부……. 어디서부터 얘기해야 할지 모르겠네요."

"어디서부터든 좋아. 지난 며칠 동안 자네가 어디서 뭘 했는지, 하나도 감추지 말고 실토해보라고!" 모가미가 답답하다는 듯이 내뱉었다.

모든 것을 털어놓으려면 프리라이터 쓰노 도모코에게서 들은 얘기며 준야와 약속했던 것, 나아가 불법 카지노에 대해서도 설명할 필요가 있었다. 어느 정도 단독 플레이를 인정해주기는 했지만, 언제 모가미의 분노가 폭발할지 조마조마한 마음으로 차례차례 얘기해나갔다. 하지만 모가미는 기상천외한 전개에 당혹스러운 기색을 보이면서도 사실 관계를 정확히 파악하는 게 최우선이라고 생각했는지 이따금 짧은 질문을 던져가며 냉정하게 들어주었다.

의외였던 것은 이바라는 이름이 튀어나왔을 때 모가미가 동요하지 않았다는 점이었다. 그 이름이 나올 것을 미리 예상한 것처럼 보였다.

"대강 알겠어. 아직도 숨기는 게 남았나?"

"없습니다."

"그럼 나는 그대로 팀장님에게 보고할게. 앞으로 자네는 조사를 받겠지만, 그때까지 쓸데없는 말은 하지 마. 알겠지?"

"알겠습니다. 근데 주임님, 그들은 어떻게 됐습니까?"

"그들이라니?"

"마도카 씨와 리쿠마. 이바에게 쫓기고 있었을 텐데요."

"그 두 사람은 무사해. 그리고 이바는 아직까지 의식이 돌아오지 않았어."

"예에? 무슨 일이 있었는데요?"

"오토바이로 두 사람을 쫓아가다가 사고를 냈어. 헬멧도 쓰지 않아서 머리를 크게 다친 모양이야."

"어쩌다가 그런……."

"바람에 날려온 천 조각인지 뭔지가 얼굴에 휘감기는 바람에 그렇게 됐다더라고. 천벌을 받은 건가?" 모가미가 짐짓 고개를 갸우뚱하며 말했다.

모가미가 돌아간 뒤, 와키사카는 옆에 자신의 소지품이 있는 것을 발견했다. 그런데 모바일은 있는데 스마트폰이 눈에 띄지 않았다. 어딘가에 떨어뜨린 건가.

그로부터 사흘 동안 와키사카는 병원에 있었다. 다행히 심한 부상은 아니어서 좀 더 일찍 퇴원할 수 있었지만 위에서 더 쉬라는 지시가 내려왔다. 그동안에 내내 경무부의 감시가 이어졌다. 모가미가 말했던 대로 면회는 금지되었다.

퇴원한 다음날, 조사를 받았다. 유난히 휑뎅그렁한 회의실에서 형사부장을 필두로 수사1과장, 이사관, 관리관, 그리고 팀장 다카쿠라가 나란히 착석한 가운데, 마치 면접을 치르는 것처럼 혼자 철제의자에 앉혀진 채 몇 가지 질문을 받았다. 진행자 역할은 이사관이 맡았다.

어떤 질문에도 와키사카는 아는 대로 모두 얘기했다. 상관들의 반응은 둔할 뿐, 놀란 기색은 없었다. 이미 파악한 내용을 와키사카의 직접 진술로 확인하는 절차인 것 같았다.

다카쿠라는 내내 말이 없었다. 와키사카와 눈도 마주치지 않았다. 이쪽에서의 질문은 허락되지 않았다. 조사가 시작되기 전부터 이 사관이 미리 못을 박았던 것이다.

"자네도 의문이 많겠지만, 오늘은 일절 답해줄 수 없으니까 그렇게 알고 있어."

그 뒤, 2주간의 자택 대기 명령이 내려졌지만 며칠 간격으로 조사를 위한 호출을 받았다. 그때마다 상대의 면면은 미묘하게 달라졌다. 경찰청 형사국이며 과경지원국에서 나온 자가 동석한 경우도 있었다. 하지만 그들은 발언은 일절 하지 않았다.

그 뒤로 어떻게 되었는지, 와키사카는 전혀 소식을 알지 못했다. 아카기는 어떻게 되었을까. 이바는 의식을 되찾았을까. 하지만 텔레비전이나 인터넷 뉴스를 확인해봐도 일련의 사건은 전혀 보도가 되지 않았다.

자택 대기가 끝나기 직전, 다카쿠라에게서 모바일로 메시지가 들어왔다. 공지할 게 있으니 등청하라는 것이었다. 그리 좋은 예감은 들지 않았지만, 정해준 시간에 맞춰 출근했다.

회의 책상이 있을 뿐인 살풍경한 공간에서 기다리고 있었더니 문이 열리고 다카쿠라가 들어왔다. 와키사카가 자리에서 일어서려고 하자 그대로 괜찮다고 다카쿠라는 말했다.

"아직 부상이 완치된 게 아니잖아. 무리하지 마."

"죄송합니다." 와키사카는 다시 의자에 앉았다. 지팡이 없이 걷게 된 게 겨우 이틀 전이다.

다카쿠라는 맞은편에 앉더니 서류 한 장을 와키사카에게로 내밀었다. "자네에 대한 처분이 정해졌어."

와키사카는 서류를 들여다보았다. "수사자료 분석실?"

"어찌 됐든 본청에 남게 해줬어. 고맙게 생각해. 과거 사건들을 현재 시점에서 되짚어보는 것도 나쁘지 않아. 게다가 정시 출근 정시 퇴근이야. 정식 사령장은 나중에 나올 거야. 불만이 있다면 지금 얘기해. 들어봤자 아무것도 해줄 수는 없지만."

"아뇨, 불만은 없습니다. 다만……."

"뭐지?"

"질문하고 싶은 건 아주 많습니다. 이번 사건이 어떤 식으로 다뤄지게 되는지 등등."

"그렇겠지." 다카쿠라는 어깨를 움츠리고 한숨을 쉬었다. "하지만 이 자리에서 내가 얘기해줄 수 있는 건 없어. 이것저것 확정되지 않은 게 많기 때문이야. 어쨌든 이 사건은 이미 우리 손을 떠났어."

"그렇습니까. 특별수사본부는요?"

"실질적으로는 해산이야. 현재 이사관의 지휘 아래 특명팀이 뒤처리를 맡았어. 더 이상 우리가 나설 자리는 없어."

"결론이 나면 그 내용은 발표될까요?"

"아마도. 하지만 자네가 납득할 만한 내용이 될지 어떨지는 모르겠어."

다카쿠라의 대답은 애매하기만 했다. 사건의 진상이 있는 그대로 백일하에 드러나는 건 기대할 수 없는 건가.

"그건 당분간 발표는 못할까요? 게놈 몽타주의 존재나 전 국민의 DNA형 데이터베이스가 만들어지고 있다는 거."

다카쿠라는 고개를 살짝 외로 틀었다.

"글쎄, 나도 모르겠어. 하지만 언제까지고 비밀로 할 순 없겠지."

"그런 게 드러나면 여간 큰 문제가 아닐 텐데요."

"그럴까? 어쩌면 한동안 반발할지도 모르지만 다들 금세 익숙해지지 않겠어?"

"원래 그런 국민성이라서?"

"그것도 그렇지만, 좀 더 큰 이유가 있어. 장점도 있다는 걸 깨닫기 때문이야."

"장점이라고요?"

"자네한테 딸아이가 있다고 치자. 10대의 귀여운 여자애야. 어느날, 그 아이가 시신으로 발견됐어. 몸에는 성폭행 흔적이 있고. 유일한 단서는 범인의 DNA야. 그럴 경우, 부모인 자네는 어떻게 할까? 즉시 데이터베이스를 조회해 범인을 밝혀내라, 만일 데이터베이스에 없다면 게놈 몽타주를 만들어 얼굴 인식 시스템과 ID넘버 카드로 반드시 찾아내라……. 그렇게 요구하지 않겠어? 또 한 가지 예를 들지. 자네 아이가 난치병에 걸렸다고 치자. 치료를 위해서는 이식밖에 방법이 없는데 적합성 조건이 무척 까다로워. 하지만 DNA형 데이터베이스를 검색해서 이식 조건에 부합하는 사람을 쉽게 찾아냈어. 덕분에 무사히 이식을 받고 아이는 건강해졌어. 어때, 그래도 자네는 그 기술을 반기지 않고 끝까지 배척할까?"

와키사카가 대답을 못하자 다카쿠라는 만족스러운 듯 고개를 끄덕이고 자리에서 일어섰다.

"힘들게 얻은 기회인 만큼 새로운 업무에 복귀하는 날까지 푹 쉬도록 해. 몸이 웬만해지면 송별회를 해줄 테니까."

와키사카는 고개를 저었다. "송별회는 괜찮습니다."

그래, 라고 말하고 다카쿠라는 문으로 향하려다가 문득 멈춰 섰다. "깜빡할 뻔했군. 감식팀에서 받아온 게 있는데." 안주머니에 손을 넣어 비닐봉투에 든 것을 꺼내 책상에 내려놓았다. "화재로 전소된 아카기의 집터에서 발견되었대."

와키사카는 봉지 안의 것을 보고 흠칫했다. 스마트폰이었다.

잿더미 속에서 발견했다는 건 거짓말일 것이다. 그 증거로 스마트폰이 깨끗했다. 시험 삼아 전원을 켜보니 별 문제없이 작동했다.

"부모님께 전화라도 드려." 그렇게 마지막 말을 남기고 다카쿠라는 나갔다.

회의실을 나와 집에 돌아가려는 참에 방금 받은 스마트폰에 착신이 있었다. 표시를 보니 모가미에게서 온 것이었다.

약속 장소인 신바시의 바는 재즈 음악이 낮게 흐르는 고즈넉한 곳이었다. 와키사카 일행이 앉은 자리는 깊숙한 안쪽 벽 앞이라서 밀담에는 최적이었다.

하이볼로 건배한 뒤, 모가미가 입을 열었다.

"아카기 사다아키의 취조는 끝난 모양이야. T초에서 야마모리 일가족을 살해했다고 자백했어. 역시 DNA 감정 결과가 결정타가 됐다더라고. 다만 동기는 의외였어."

"어떤 것이었는데요?"

"아카기와 야마모리는 남자들끼리지만 특별한 관계였어. 특히 아카기가 야마모리에게 푹 빠져서 사업자금을 대준 적도 있었다는 거야. 하지만 야마모리의 마음이 점점 멀어지더니 잘 만나주지 않게 됐어. 그렇다면 돈이라도 돌려받자 하는 마음으로 집에 쳐들어갔는데 아카키와의 관계를 가족에게 들킬까 봐 전전긍긍하는 야마모리의 태도에 저도 모르게 불끈해서 칼로 찌르고 말았다는 거야."

"그건 정말 뜻밖의 동기네요." 와키사카는 눈을 깜작거렸다. "그런 단순한 범행이 미궁에 빠지다니……."

"너무 단순한 범행이라서 그게 오히려 맹점이 됐지. 아카기 본인은 금세 체포될 거라고 안절부절못하고 있었는데 예상과는 달리 수사의 손길이 뻗어오지 않았어. 그러기는커녕 10년도 더 지나서야 전혀 다른 사람이 범인으로 보도가 됐어. 게다가 그자가 배에서 바다로 뛰어들어 사망했다는 거야. 이제 나는 살았다, 아무것도 두려울 게 없다 하고 그 뒤로 마음을 푹 놓고 지냈던 모양이야."

"모터쇼에서 쓰키자와 씨가 미행한 건 알지 못했던가요?"

"전혀 알지 못했다고 했어. 이번에도 집에 들어서자마자 느닷없이 습격을 당했기 때문에 병원에서 의식을 되찾았을 때도 아카기는 무슨 일이 일어났는지 전혀 모르는 상태였어. 설마 T초 사건으로 추궁 당할 줄은 꿈에도 몰랐다는 거야."

역시 그랬을 거라고 와키사카도 납득했다.

"T초 사건의 진범을 체포했다고 발표는 할까요?"

"그럴 거야. 하지만 지금 당장은 어려워. 니지마의 집에서 발견된 DNA가 유류 DNA형과 일치했던 것이며, 야마모리 부인의 액세서리에 대해 해명할 필요가 있잖아."

"이바를 어떻게 하느냐 하는 문제군요."

"살인범을 잡고 보니 과경지원국 과장이었다니, 이거야 원. 지금 위에서 다들 머리를 싸매고 있어. 들리는 바에 따르면 우선 감정유치鑑定留置로 넘길 모양이야. 범행을 아예 없었던 일로 할 수는 없으니까 최소한 정신이상인 걸로 몰아가려는 거 아니겠어? 하지만 그걸로 정리가 될 만한 사안이 아니야. 쓰키자와 씨를 살해한 건 이바였지만, 니지마 시로를 T초 사건의 범인으로 조작한 건 단지 이바 혼자만의 짓이었다고는 할 수 없으니까."

"머리를 싸맬 만도 하네요."

모가미는 유리잔을 내려놓고 얼굴을 바짝 댔다.

"나도 이번에 처음 알았는데, T초 사건의 전말에 의심을 품은 자들이 적지 않았던 모양이야. 하지만 지휘를 했던 게 경찰청에서 나온 사람이니 감히 드러내놓고 말할 수가 없었어. 근데 이번 사건을 수사하는 과정에서 웬 젊은 형사 하나가 T초 사건을 다시 들쑤신 거지." 모가미는 와키사카의 가슴팍을 가리켰다. "다카쿠라 팀장님도 초조했겠지. 진상 규명은 필요하지만, 수사회의에서 댓바람에 큰소리로 떠들 일은 아니잖아. 그래서 젊은 형사의 입을 막아가면서 뒤로는 마음껏 뛰어보게 했던 거야."

"그런 거였군요. 그래서……."

모가미와 다카쿠라의 대응에 이상한 점이 많았는데, 아무래도 자신을 사냥개 삼아 여기저기 냄새 맡고 다니게 했던 모양이라고 와키사카는 이제야 알아챘다.

"그나저나 이번에 우하라 마도카라는 여자와 두 명의 중학생 덕을 톡톡히 봤더라고. 특히 그 여자, 어떤 사람이야?"

"글쎄요, 저도 모르겠어요."

"아 참, 그렇지. 쓰키자와 씨에 관해 한 가지 알게 된 것이 있어. 쓰키자와 씨 계좌에 두 지명수배자의 이름으로 입금된 돈 있었지? 그중 한 명이 하카타에서 잡혔어. 쓰키자와 씨에게 들켰다는 건 인정한 모양이야. 하지만 협박을 당해서 돈을 보낸 게 아니라 이른바 보험금이었다는 거야."

"보험금?"

"경찰에 자수할 테니 신고는 하지 말아달라고 부탁했던 모양이야. 그러자 쓰키자와 씨가 그렇다면 보험금을 넣으라고 했대. 스물네 시간 안에 자수하면 다시 돈은 돌려주겠다, 하면서."

"그래서 돈을 보냈는데, 역시 경찰에 자수하지 않고 다시 행방을 감춰버렸군요?"

"응, 그런 얘기야."

즉 쓰키자와 가쓰시는 애써 자수의 기회를 준 지명수배자들에게 배신을 당한 것이다. 분통이 터져서 그 돈을 딸의 치료비에 보탰는지도 모르지만, 그 허탈함이 얼마나 해소되었을지는 가늠할 수 없었다.

어쨌든 이 얘기는 알려주는 게 좋겠다고 여장을 한 리쿠마의 얼굴을 머릿속에 떠올리며 와키사카는 생각했다.

30

낡은 트렌치코트를 넣었더니 45리터 쓰레기봉투가 가득 찼다. 옷장에 걸려 있던 넥타이를 한데 둘둘 말아 쓰레기봉투 틈새에 쑤셔 넣은 뒤 발로 꾹 누르면서 봉투 입구를 묶었다.

"아깝다." 옆에서 준야가 한숨을 내쉬었다. "아직 멀쩡한 옷도 많잖아. 인터넷 중고시장에 올리면 사겠다는 사람이 있을지도 모르는데."

"어쩔 수 없어. 수사 자료로 쓰일지도 모르니까 외부에 처분하면 안 된다고 경찰에서 얘기했잖아. 게다가 중고시장에 올려도 팔릴지 말지 애매해. 센스 좋은 헌 옷이라면 또 모르지만, 중년 아저씨가 입던 철 지난 양복이나 점퍼 같은 건 끽해야 100엔 정도 받을 수 있지 않을까?"

"100엔이든 10엔이든 돈은 돈이야. 이렇게 급하게 처분할 필요는 없잖아."

"어디 넣어둘 데도 없고, 어쩔 수 없다니까? 내 옷도 전부는 가져갈 수 없는데."

리쿠마의 말에 그 즉시 통통한 친구는 아차, 미안해 하면서 다시 풀이 죽었다.

"박스 두 개 분량만 가져갈 수 있다고 했지? 내가 생각 없이 잔소리를 했네."

"미안하긴. 난 아무렇지도 않아." 리쿠마는 준야의 등을 토닥였다. 실제로 감상적인 기분 따위는 없었다.

아동양호시설에 입주가 정해졌기 때문에 집을 비워주게 된 것이다. 가구나 가전제품은 모두 다 버려야 했다. 밑져야 본전이라는 생각에 인터넷 옥션에 올려봤지만 어이없을 만큼 사겠다는 사람이 없었다. 준야에 의하면 어떤 물건이든 때를 탄 것은 치명적이라고 한다. 고장 났다고 솔직하게 써넣은 것도 별로 좋지 않았는지 모른다.

결국 비용을 지불하고 대형쓰레기로 처분했다. 아버지와 나는 쓰레기더미 속에서 살아왔구나, 라고 휑하니 비어버린 집 안을 바라보며 생각했다.

리쿠마, 하고 부르는 소리가 났다. 나가에 다키코가 납작한 상자를 안고 들어왔다. "이건 어떻게 할까?"

본 적 없는 상자였다.

"어디 있었어요?"

"옷장 위 칸 안쪽에."

리쿠마는 고개를 갸웃거리며 상자 뚜껑을 열어보고는 앗 하는 소리를 흘렸다.

안에 들어 있는 것은 사진이었다. 정확히 말하면 디지털카메라로 찍은 사진을 출력한 것이다. 모두 어린 시절의 리쿠마와 세상 떠난 어머니의 모습이었다. 아버지와 함께 찍은 것도 몇 장 있었다.

상자에는 사진을 넣는 액자도 들어 있었다. 다만 사용한 흔적은 없었다.

"아버지는 왜 이런 걸……."

"아마 방에 꾸며둘 생각이었겠지. 근데 일이 바빠서 내내 넣어뒀나 봐."

그런 게 아니라 아마 기회를 놓쳤을 거라고 리쿠마는 생각했다. 어린 아들에게 엄마의 죽음을 떠올리게 하는 사진 같은 건 꺼내놓지 않는 게 좋다고 배려해준 것이다.

"이거, 시설에 가져갈 거지?"

"어떻게 할까요……."

"가져가." 다키코가 생각지 못하게 강한 어조로 말했다. "리쿠마가 간직해드려야지. 우리가 가져가는 것도 이상하고. 그럴 거지?"

네, 라고 리쿠마는 고개를 끄덕이고 상자를 받았다.

다키코는 주방으로 들어가 싱크대 밑을 살펴보기 시작했다. 집을 비워줘야 한다고 말했더니 정리하는 걸 도와주겠다고 했다. 오늘 아침 일찍 나와서 필요 없는 물건 등을 치워주고 있었다.

다키코에 의하면 데루나도 오고 싶어 했다고 한다. 아버지가 살던 집을 보고 싶다고 한 모양이다. 하지만 오늘은 아무래도 연구소를 빠질 수 없는 볼일이 있었다.

그 볼일이라는 것을 듣고 리쿠마는 마음이 적잖이 술렁거렸다.

우하라 마도카와의 송별회라는 것이다.

그녀는 연구를 위해 미국으로 떠난다고 했다. 언제 돌아올지는 알 수 없고, 어쩌면 그쪽에서 계속 살게 될지도 모른다는 얘기였다.

사건이 일어난 그날 밤 이후로 마도카와는 만나지 못했다. 경찰 조사 때문에 리쿠마는 여러 번 경찰서에 불려갔고, 마찬가지로 그녀도 갔을 텐데 결국 얼굴을 마주하는 일은 없었다. 전화도 하고 메시지도 보내봤지만 답은 없었다. 연구소로 찾아갈까도 생각했는데 구실이 없었다. 이윽고 시간만 흘러가고 리쿠마 자신도 집을 떠날 날이 닥쳐와버렸다.

어쩌면 마도카 나름의 배려인지도 모른다는 생각도 들었다. 리쿠마가 그 사건을 하루빨리 잊고 새로운 마음으로 내일에의 첫걸음을 내딛도록 쓸데없는 관여는 하지 않는 게 좋다, 이런 생각이 아니었을까.

한편으로 그럴 리 없다, 라고 냉정하게 부정하는 마음도 있었다. 그 여자는 그런 사람이 아니다. 사건이 정리되었으니 연락할 필요도 없어졌다. 단지 그것뿐이다. 어쩌면 그런 의식조차 없는지도 모른다. 단순히 리쿠마에 대한 것 따위 잊어버렸을 뿐, 이라는 가능성이 가장 높아 보였다.

하지만 그 신비한 사람 덕분에 리쿠마는 소중한 것을 깨달았다. 분명 그녀의 말이 맞는 게 틀림없다. 국가가 만드는 것은 국민을 컨트롤하기 편리한 법률뿐이다. DNA도 ID넘버카드도 국민을 관리하는 도구에 지나지 않는다. 그렇기 때문에 더더욱 중요한 건 그런 것에 휘둘리는 일 없이, 난관에 부딪혔을 때는 스스로 생각하고 길을 개척해나가지 않으면 안 된다는 것이다. 의지할 것은 AI 따위가 아니다. 나 자신의 머리다.

그러니 아마 좀 더 열심히 공부해야겠지…….

멍하니 그런 생각을 하고 있는 참에 초인종이 울렸다. 리쿠마 대신 준야가 수화기를 들었다.

"세탁소에서 왔어."

"드디어 왔구나." 리쿠마는 현관으로 향했다. 오늘 배달해달라고 미리 말해두었던 것이다.

비닐봉지에 담긴 옷을 받아 거실로 돌아왔다. 방 한구석에 상자 두 개가 나란히 놓여 있었다. 아동양호시설에 가져갈 짐을 넣은 상자다. 그중 하나를 열었다.

"뭐냐, 세탁소에 보낼 만큼 중요한 옷이?" 준야가 흥미진진하다는 얼굴로 옆으로 다가왔다. "너한테 그런 근사한 옷이 있었어?"

"이거야." 리쿠마는 비닐봉지를 준야에게 보여주었다.

드레스였다. 긴자의 〈블루스타〉에 갈 때 입었던 옷이다.

상자에는 화장품 세트며 속옷, 그리고 가발과 누브라도 들어 있다. 모두 소중한 보물이다. 다만 다음에 언제 쓰게 될지는 알 수 없다.

마도카 씨를 다시 만날 수 있다면, 이라고 생각했다. 그때는 다시 여장을 해보는 것도 나쁘지 않다.

그리고 또 한 벌, 세탁소를 거쳐온 것이 있었다.

준야, 하고 말을 건넸다. 통통한 친구는 제멋대로 상자에서 가발을 꺼내보고 있었다.

"응?"

"이래저래 고맙다."

준야는 겸연쩍은 웃음을 지으며 가발을 둘러썼다. "관두자, 그런 건."

"그 말, 기뻤어."

"내가 뭔 말을 했었나?"

"대신할 사람은 없다고 말해줬어. 너에게 나를 대신할 사람은 없다고."

"아, 그거?" 준야는 가발의 머리칼을 만지작거리며 입을 열었다. "그게 사실이니까."

"나한테도 준야, 너를 대신할 사람은 없어. 앞으로도 그래. 잘 부탁한다."

"물론이지."

"그러니까 가장 큰 보물을 너한테 줄게."

리쿠마는 비닐봉지를 내밀었다. '鬪(투)' 티셔츠다.

준야는 눈을 반짝이며 가발을 쓴 채 두 팔을 번쩍 들었다.

100번의 용기와 지혜

『마녀와의 7일』은 AI 기술이 사회 전반에 속속 스며든 가까운 미래를 배경으로 하고 있다. 실은 발전의 속도가 눈이 핑핑 돌 만큼 빨라서 바로 지금도 진행 중인 미래의 모습이다. 기술 발전으로 인간은 매우 편리하고 쾌적해진 반면 개개인이 치러야 할 대가도 분명하게 존재한다. 공공도서관은 복잡한 수속 없이 드나들며, 방대한 양의 지식과 정보를 순식간에 접할 수 있는 곳이지만, 곳곳에 설치된 CCTV에 찍힌 개개인은 얼굴 인식 시스템을 통해 실시간 범죄 조회 대상이 될 수 있다. 범죄자 검거에는 획기적인 성과를 거두겠지만 전 국민에 대한 감시 사회이기도 하다. 작은 실수나 악용에도 그 여파는 걷잡을 수 없이 커질 위험성이 상존한다. 한편으로 기술에 의해 인간은 뭔가를 잃어버리고 재미없고 삭막한 세상에서 각각 파편화된 채 살아간다는 섬뜩한 느낌도 든다.

형사들은 대부분 두 명이 한 팀으로 수사에 나섰는데 이제는 한 명의 형사만 나가고 다른 형사는 에어컨이 빵빵한 수사본부 안에서 그 과정을 방청하며 다양한 정보를 주고받는 동시에 서로의 활동도 감시한다. 리쿠마가 좋아하는 이삼십 년 전의 옛날 모험소설에는 인터넷도 스마트폰도 보급되지 않았던 시절이 담겨 있다. 등장인물들은 정보 입수를 위해 발 빠르게 뛰어다니고 적의 아지트에 직접 잠입하고 동료와의 연락 방법을 찾기에 부심하지 않으면 안 되었던 때다. 물리적 어려움을 지혜와 용기로 뛰어넘는 시절, 그런 시대가 중학생 주인공에게 훨씬 더 가슴 두근거리는 일이 많은 재미있는 시절로 여겨진다.

그해 여름, 단 하나뿐인 가족이자 전직 형사였던 아버지가 살해된다. 마지막 통화에서 아버지는 밤늦은 귀가로 아들의 저녁 식사를 챙기지 못하자 "냉동실에 새우볶음밥이……"라고 말하지만 아들 리쿠마는 끝까지 듣지도 않고 전화를 끊는다. 평범한 일상이라고 생각했기 때문이겠으나 이 마지막 대화는 두고두고 아들의 마음속에 후회로 남게 될 것이다. 그런 후회를 작품 속에 직접 묘사하는 대신 오로지 독자의 몫으로 남겨둔 덕분에 더더욱 절절하게 되새기게 된다. 아들은 갑작스럽게 맞닥뜨린, 여태껏 알지 못했던 아버지의 또 다른 세계도 이해하고 받아들여야 한다.

피살된 쓰키자와 가쓰시는 '미아타리 형사'라는 특수 분야의 전문가로서 활약했다. 얼굴 사진으로 지명수배자의 인생까지 기억하는, 인간의 타고난 감각을 최대치로 연마하는 능력이다. 인간의 뇌에 잠재된 무한한 능력은 AI와는 비교할 수 없을 만큼 엄청나다는 좋은 사례가 아닌가 한다. 미아타리 형사에 대한 이야기는『그대 눈동자에 건배』라는 소설에서도 흥미롭게 묘사된 바 있다. 같이 읽어보면 재미가 배가될 것이라고 생각한다.

리쿠마는 도서관에서 우연히 만난 '라플라스의 마녀' 우하라 마도카, 그리고 순수한 우정으로 티격태격하는 동급생 준야의 도움을 받으며 아버지를 살해한 범인을 찾기 위해 나선다. 7월 여름날 7일 동안, 30도를 오르내리는 땡볕의 무더위 속에 두 명의 중학생은 땀을 뻘뻘 흘리며 몇 킬로미터씩 걷고 자전거 페달을 밟고 그야말로 온몸으로 뛰어다닌다. 소년들의 좌충우돌 모험심은 언제 봐도 유쾌하고 상쾌한, 우리의 순수한 힘의 원천이다. 어느덧 인간을 위협하기에 이른 인공 지능, 개개인의 DNA가 샅샅이 축적되는 정보화 시대에 그것을 악용하려는 '인간성을'잃은 인간'에 대항하는 방법은 의외로 발바닥에 땀이 나도록 뛰어다니는 풋풋한 힘에서 찾을 수 있는지도 모른다.

형사 와키사카는 진실을 밝혀보고자 단독 플레이를 감행한다. 그 뒤에는 경찰 조직의 내부 사정을 견제해가며 나름대로 진실에 한발 다가가려는 상사들의 지략이 있다. 어쨌든 거대한 조직일수록 윗자리의 엘리트라고 자부하는 자들이 말썽을 부리는 모양이다. 마녀와도 같은 능력을 가진 우하라 마도카는 수리학연구소의 '제1호 익스체드'로서 아빠를 잃은 소녀와 그 가족을 위해 최선의 노력을 기울인다. 인간성을 잃지 않은 무한 능력의 두뇌, 스스로 생각하고 판단하는 두뇌는 인류의 희망적인 미래의 모습이다.『라플라스의 마녀』에서 익숙해진 쿨하고 매력적인 주인공을 이번에도 충분히 만끽할 수 있다.

인간을 뛰어넘는 신기神技를 가진 인물과 함께, 어디에도 도움이 안 된다고 자책하는 평범한 사람들도 등장한다. 하지만 이 소설을 다 읽고 되짚어보면 특출한 사람이든 부족한 사람이든 하나도 빠짐없이 중요한 역할을 해냈다는 것을 알게 된다. AI 기술이 세상을 지배하는 것도 아니고, 초능력자나 엘리트만이 세상을 위한 중요한 역할을 맡는 것도 아니다. 그저 평범한 사람, 오히려 부족한 점이 더 많은 사람이라도 인간을 존중하는 인식만 잃지 않는다면 서로를 의지해 마음을 모으고 힘을 합해 지혜와 용기를 발휘한다. 그러한 협업의 연쇄가 문제를 해결하고 좀 더 나은 사회를 만들어나간다. 히가시노 게이고 작가는 이 재미있고 잘 짜인 뇌 과학의 미스터리를 통해 그런 뜻을 독자들에게 전하고자 한 게 아닌가 한다.

이번 소설은 장편 『라플라스의 마녀』, 프리퀄 단편집 『마력의 태동』과 함께 〈라플라스 시리즈〉로 출간된 두 번째 장편이자 세 번째 책이다. 앞선 두 작품은 200만 부를 넘는 베스트셀러로 기록되고, 이어서 영화로 제작되어 다시 인기에 불이 붙었다. 참고로 '라플라스'는 18세기의 프랑스 수학자로, "만일 어느 순간에 있어서 모든 물질의 역학적 상태와 힘을 알 수 있고, 또한 그러한 데이터를 분석할 만한 능력의 지성(=라플라스의 악마)이 존재한다면 이 지성에게는 불확실한 것이 아무것도 없어서 그 눈에는 미래도 과거처럼 모조리 보일 것이다"라고 주장했다고 한다. 우하라 마도카의 능력은 바로 그 '라플라스의 악마'에서 따온 것이다. 신께서 주신 인간의 무한한 능력에 대해 전혀 새로운 생각의 지평을 열어주는 획기적인 작품이자 히가시노 게이고의 수많은 스토리 중에서도 단연 심혈을 기울인 수작으로 손꼽히는 이 세 권의 〈라플라스 시리즈〉를 독자 여러분께 추천한다.

『마녀와의 7일』은 기념할 만한 작품이다. 작가 히가시노 게이고의 100번째 소설이기 때문이다. 1985년에 첫 작품 『방과 후』를 발표했으니까 이제 작가 생활 40년을 앞두고 있다. 참으로 긴 세월 동안 쉼 없이 소설을 써온 끝에 드디어 100이라는 숫자를 기록했다. 『나미야 잡화점의 기적』 『악의』 『백조와 박쥐』 등등, 그간의 명작은 일일이 열거하기도 어렵다. 한 권 한 권 쓸 때마다 새롭게 쌓아올린, 인간의 두뇌가 빚어낸 기적의 성과를 목격하는 느낌이다.

작가로서 해를 거듭할수록 새 소설을 써내기가 결코 쉽지 않았을 것이다. 세상에서 가장 벗어나고 싶은 일이 창작의 고통이라는 말도 있다. 분명 100번의 크나큰 용기와 지혜가 필요했으리라. 그의 수많은 작품을 우리말로 옮겨온 번역자로서 또한 독자로서 그 노고에 깊은 존경과 감사의 마음을 보낸다. 유쾌하게 읽히면서도 오래도록 남는 진중한 주제, 완벽한 구성과 수렴의 미스터리, 명쾌하고 매력적인 인물 캐릭터, 깜짝 놀랄 반전의 악역 등, 이번 소설도 손꼽힐 만한 명작이다. 좀 더 많은 독자와 함께할 수 있기를 바라 마지않는다.

마녀와의 7일

초판 1쇄 펴낸날 2024년 6월 25일
초판 4쇄 펴낸날 2024년 12월 20일

지은이 히가시노 게이고
옮긴이 양윤옥
펴낸이 김영정

펴낸곳 (주)현대문학
등록번호 제1-452호
주소 06532 서울시 서초구 신반포로 321 (잠원동, 미래엔)
전화 02-2017-0280
팩스 02-516-5433
홈페이지 www.hdmh.co.kr

© 2024, 현대문학

ISBN 979-11-6790-257-3 03830

* 책값은 뒤표지에 있습니다.
* 파본은 구입처에서 교환해드립니다.